내 삶의 빛이 되어준 말들

퇴계 이황 선생 어록 中에서

박종용 지음

明文堂

내 삶의 빛이
되어준 말들

《내 삶의 빛이 되어준 말들》 시리즈를 시작하며

삶의 갈래는 사람마다 달라 그 수만큼이나 다양할 것이다. 기쁜 삶도 슬픈 삶도 모두 사람에게서 연유된다. 그래서 삶이 곧 사람이라 하는가 보다. 인생에 항상 기쁜 삶만이 따르지 않듯, 항상 슬픈 삶만이 따르는 것도 아니다. 하지만 사람들은 으레 슬픈 일을 당하면 자신만 겪는 고통이라 여기고 오래 지속될 것처럼 괴로워하게 된다.

나에게도 크나큰 슬픔이 있었다. 그 슬픔은 뭔가 갈구되지 않으면 영영 사라지지 않을 것만 같았다. 이런 가운데 동양철학에 관심을 갖게 되었으니 나에게 동양철학은 '슬픔에서 잉태된 고뇌의 산물'(앙스트 블뤼테Angstblüte)이라 할 수 있다. 벌써 16년이라는 세월이 흘렀다. 당시 일본어 통역 일을 하던 막냇동생이 교통사고로 갑자기 유명을 달리 했었다.

강촌의 화장장에서 한 줌의 재로 변한 동생의 유골함을 가슴에 안고 멍하니 앞산을 바라보고 있을 때, 새벽 햇살이 초췌한 내 얼굴에 화살이 되어 내려앉았다. 눈이 부셔서 똑바로 바라보지 못했지만, 햇살 사이로 언뜻언뜻 보이는 북한강의 물줄기는 '희끄무레한 하늘'과 '갈피를 잃은 새벽달'까지 모두 껴안고 그저 말없이 흐르고 있었다. 내 눈물도 소리 없이 흐르고 있었다. 이 눈물이 강물이 되어 흐르면 그 강물이 동생을 위한 영원한 안식처가 될 것인가!

당나라 시인 이하李賀는 "하늘이 만약 정이 있었다면, 하늘도 사람처럼 늙었을 것[天若有情天亦老]"이라 하였다. 송나라 시인 석연년石延年은 이에 대구를 붙여 "달이 만약 한이 없었다면, 달은 항상 둥글었을 것[月如無限月長圓]"이라 읊었다. 여기에 나는 "물이 과연 그리움을 품을 수 있다면, 물도 반드시 돌아오리라.[水果懷戀水必反]"는 희망의 대구를 붙여본다.

나로서는 "강물이 하늘에서 내려와 세차게 흘러 바다에 이르면, 다시는 돌아가지 않는다.[黃河之水天上來, 奔流到海不復回]"고 했던 이백李白의 말을 도무지 믿을 수 없었다. 차라리 "만사는 최악의 상황이 끝나면, 점점 원상으로 돌아가리라.(Things at the worst will cease, or else climb upward. To what they before.)"고 했던 셰익스피어(W. Shakespeare)의 말이 더 내 가슴에 와닿았었던 것 같다.

'내 맘에 맺힌 그대, 그대는 언제나 나의 꿈에 있으리니, 나를 잊지 않기를'. 그러니 '가도 아주 가지는 않노라 심은, 굳이 잊지 말라는 부탁인지요.'라는 노랫말처럼 우리의 인생은 삶과 죽음의 흔적이고 만남과 이별의 자취이다. 손가락 사이로 흘러내린 모래알처럼. 귓전을 스치듯 지나간 새소리처럼. 매사가 그렇게 지나쳐 쉽게 잊히면 좋으련만! 어떤 이별은 남겨진 이들에게 오랫동안 고통으로 몸부림치게 하고 삶에 그림자를 드리우게 한다.

부단히 그 그림자에서 벗어나기 위해 나는 의식의 빛이 필요했다. 삶의 공간에 끝없는 어둠의 터널이 이어져 도무지 끝이 보이지 않을 듯 암울했던 때, 매순간마다 나의 심신을 달래어 인도해 줄 빛! 인생엔 다른 갈래의 삶도 있다는 희망을 일깨워줄 빛! 나를 한없이 분노와 회한의 굴레로 빠져들게 하는 고통에서 나를 더욱 강하게 만들어줄 그런 빛!

마침내 위인들의 책을 마주하면서 그들의 말은 나에게 빛이 되었고, 나를 그 빛에 살게 하는 원동력이 되었다. 흔히 위인들의 빛과 같은 말들을 수언粹言이라 한다. 이는 번거로운 말들을 요약하여 간결하게 취하고 글의 질을 윤택하게 하여 완벽한 문장을 이룬 것이라는 뜻을 담고 있다.

이러한 문장들은 우리로 하여금 삶의 질곡에서 헤쳐 나갈 수 있게 해주는 정신적 보배이자 삶을 변화시키는 힘이 된다. 그렇게 정신적 감화력을 지닌 말들은 하나의 광원에서 동심원상으로 퍼져나가 새로운 시대정신의 빛이 되기도 한다. 위인들로부터 우리는 한 번의 인생으로 수많은 삶을 경험할 수 있다는 혜안을 물려받은 셈이다.

사랑하는 사람을 잃는 법을 배우는 것, 그것은 자기 자신을 얻는 법을 배우는 것이며, 나아가 그 사람이 의미했던 모든 것을 진정으로 받아들이는 법을 배우는 것이다. 슬픔이 기쁨의 일부이듯, 죽음도 삶의 일부라는 것. 어떤 슬픔은 기꺼이 받아들여 우리가 소중한 존재임을 일깨워준 위인들의 혜안 속에 그 슬픔을 녹여내면, 우리의 슬픔도 해처럼 밝을 수 있다고.

그리고 강건한 자세로 기쁜 일들과 함께 슬픈 일도 껴안고 살아가야 한다는 조용한 외침은, 니체가 "어떻게 나의 빛을 보존할 것인가! 나의 빛이 이 슬픔 속에 질식되지 않기를! 나의 빛은 다른 먼 세계를 그리고 아주 먼 밤을 밝혀주는 빛이 되리!(Wie soll ich mein Licht hinüberretten! Daß es mir nicht ersticke in Traurigkeit! Ferneren Welten soll es ja Licht sein, und noch fernsten Nächten!)"라 했던 것처럼, 굳은 다짐과 함께 또 하나의 희망으로 우리의 뇌리를 흔들고, 우리 삶에 드리워진 영혼의 빛이 된다.

끝으로 《내 삶의 빛이 되어준 말들》은 시대 순으로 총 10인의 위인들을 엄선해 전체 10권으로 출간될 예정이다. 위인들의 책에서 마주했던 주옥과 같은 표현들, 내면의 성찰과 인간적 고뇌에서 빚어진 경구들, 그리고 독실한 삶과 고결한 영혼에서 우러나온 혜안들은 독자 여러분의 삶의 빛이 되리라 확신한다. 아울러 그 빛의 무수한 광염들이 독자들의 가슴속에 투영되기를 바래본다.

영문학도였던 필자가 동양철학을 공부하게 된 것, 더 나아가 이 시리즈를 기획하게 된 동기도 동생과 무관하지 않다고 생각된다. 하여 16년 전 어느 날 먼저 간 동생에게 이 책을 보낸다. 내 가슴에 그날은 항상 오늘로 남아 있다.

오늘 아침엔 구슬픈 평화가 찾아오나 보다. 해도 슬퍼서 그 머리를 내놓지 않고 있으니!

A glooming peace this morning with it brings. The Sun, for sorrow, will not show his head.

－ 셰익스피어W. Shakespeare, 《Romeo and Juliet》 중에서

〈퇴계 이황 선생편〉 서문

하와이 라하이나Lahaina의 반얀 트리Banyan Tree는 작은 묘목이 자라
나서 시원한 그늘뿐만 아니라 다양한 활동공간을 내어주는 고마운 나
무입니다. '변함없는 사랑'과 '영원한 행복'이라는 꽃말과 함께 산스크
리트어로 지혜라는 뜻을 담고 있습니다. '본래 갖추고 있는 위대한 지
혜에 이르는 경전'을 의미하는 〈반야심경〉의 '반야'도 반얀 트리에서
따온 것이라 합니다.

이 나무처럼 사람도 내부에서 외부로 자라는 고귀한 내생식물(Man
is that noble endogenous plant which grows, like palm, from within outward. R. W.
Emerson, 〈Uses of Great Men〉)같은 존재라고 합니다. 이 말은 아마도 본성
을 알고[知性] 그 본성대로 다하여[盡性] 하늘로부터 부여받은 본성의
이치[性命之理]를 완성한다는 유학의 본령을 닮았기 때문이지 않을까
생각됩니다.

인생을 안 것은 사람을 만났기 때문이 아니라 책을 만났기 때문이
라는 작가 아나톨 프랑스Anatole France의 말처럼, 필자가 유학에 눈을

뜬 것은 《사서삼경》이지만, 한국 사상에 관심을 갖게 된 것은 《퇴계전서》입니다. 학창시절부터 지금까지 읽었던 수천 권의 책 중에서 같은 책을 10회 이상 읽은 것은 고등학생 때 외웠던 영어책 2권과 《퇴계전서》가 전부입니다.

《퇴계전서》를 읽은 횟수가 늘어갈 때마다 떠오르는 장면들이 많아졌습니다. 그것은 퇴계 사상 속에서 동·서양 선각자들의 사상이 엿보였기 때문입니다. 셰익스피어W. Shakespeare는 "미美와, 자비, 그리고 진실이 각기 떨어져 지금까지 한자리에 있은 적이 없었다."고 했습니다. 하지만 필자는 퇴계 사상 속에서는 이 세 가지가 온전히 하나 되어 화합을 이루고 있다고 생각합니다.

"풀잎 하나도 별들의 운행에 못지않다. (A leaf of grass is no less than the journey-work of the stars.)"는 월터 휘트먼Walter Whitman의 자연미와 "꽃 한 송이나 돌멩이 하나에서도 신의 본질을 느끼며 존재하는 모든 것이 신성하다"는 에크하르트 툴레Eckhart Tolle의 자비, 그리고 "신 앞에 인간은 인간일 뿐, 우린 모두 평등하다."(Wir sind Alle gleich.)는 니체F. W. Nietzsche의 진실 등이 퇴계의 "존재하는 모든 것을 존중하라."[一切敬之]는 정신으로 귀결되는 듯합니다.

살아있는 것은 모두 다 존재의 의의를 지니며 사랑의 징표가 됩니다. 사람은 누구나 소중하기에 '나만 전부'이고 '상대는 티끌'일 수는 없습니다. 성경에서는 모든 사람이 각자 두 개의 주머니를 가지고 있다고 합니다. 오른쪽엔 "나를 위해 세계가 창조되었다."는 말씀이, 왼쪽엔 "나는 티끌이나 재에 지나지 않는다.(I am nothing but dust and ashes.)"는 말씀이 들어 있습니다.

이를 퇴계의 입장에서 보면, 전자는 '사랑(仁)의 도리'를 설명한 〈서명西銘〉에 해당합니다. 〈서명〉은 이일분수理一分殊를 말하는데, 보편성의 원리(理一)로는 사랑을 행하고, '특수성의 응용(分殊)'으로는 의義를 행하는 것입니다. 후자는 '어리석음을 그치게 한다'는 〈동명東銘〉에 해당합니다. 나의 허물을 경계하지 않고, 남에게 허물을 돌리면 오만함의 싹이 자라나 그 결과는 티끌이나 재보다 훨씬 더 큰 허물이 될 것입니다.

이 책에 나오는 말들은 필자가 평소에 외우고 싶었던 것들을 메모해 두고 자주 읽는 것들입니다. 그럴 때마다 마음 저 깊은 곳으로부터 들려오는 자성의 소리를 듣습니다.

매사가 다 그렇듯 삶도 기쁨과 슬픔의 연속이라고, 메모를 볼 때마다 '빛이 되어 준 말들'은 삶의 의미를 일깨워 주었고 진리가 되었습니다. 방황과 회한에 허덕이던 순간에는 마음을 다잡는 정신적 지주가 되어주었습니다.

시조리始條理는 음악에서 북소리로 시작하며 지혜에 속하는 일이고, 종조리終條理는 종으로 마무리하며 성스러움을 의미합니다. 서로 다른 소리가 어우러져 조화를 이루기 위해서는 중간에 무수한 노력과 조율이 이뤄져야 합니다. 훌륭한 음악이 사람들에게 큰 감동을 주어 감화를 시키는 것은 연주자들의 맑은 영혼, 책임 의식, 삶의 조화가 모두 잘 맞아야 하므로 이를 집대성이라 합니다.

책의 80개 항목을 시조리와 종조리로 40개씩 분류한 것은 오직 필자의 생각이니 독자들은 달리 생각할 수도 있습니다. 시조리는 내적으로 갖춰야 할 지혜에 해당하기에 〈지혜롭게 살아가는 방법〉이라 하였고, 종조리는 인성이 갖춰야 할 덕德에 해당하기에 〈덕을 쌓아가는 방법〉이라 하였습니다. 무슨 일이든 시작할 때는 지혜롭게 하려하고 덕성으로 지속한다면 그 끝은 성대하리라 믿습니다.

항상 아름다운 꽃은 없듯이 모든 것은 흐르고 삶은 변화의 연속입니다. 다만 현인이 남긴 지혜와 덕성의 꽃은 항상 아름답지 않을까요?

모든 것이 흘러가 우리의 삶을 바꿔놓더라도 현인이 보여준 숭고한 사랑(仁)은 부드러운 바람과 잔잔한 비가 되어 우리의 몸과 마음을 길러주지 않을까요? 우리 삶의 여정에 〈지혜롭게 살아가는 방법〉과 〈덕을 쌓아가는 방법〉이 날줄과 씨줄이 되어 곱게 수놓이길 기대합니다.

현인의 수언粹言과 행적行蹟에서 우리의 무관심과 나태함 속에 버려졌던 지혜와 덕성을 찾는다는 것은 인간성이 메말라가고 인간미를 찾을 길 없어 보이는 암울한 시대에 한 줄기 빛이 될 말을 찾는 것이라 생각합니다. 아마도 그 말은 독자 여러분들의 빛이 되리라 믿습니다.

오롯이 퇴계 이황 선생께서 보여준 저 고고한 자의식의 빛 속에서 독자 여러분들 개개인이 자신만의 빛을 찾아 자신에게서 뿜어져 나오는 불꽃을 음미하길 바랍니다.

끝으로 해는 땅 밑에 있어도 틀림없이 밝게 빛납니다. 필자가 퇴계를 공부한 것은 무한한 영광이었습니다. 온갖 시기와 질투를 멀리하면서 시류에 편승하지 않고 누가 뭐라고 하든지 나만의 공부를 지속할 수 있도록 정신적인 영감을 주신 선생께 깊이 감사할 따름입니다.

해바라기가 태양을 향하듯 퇴계 이황 선생을 우러러 경모傾慕하며, 만물에 드리우는 비와 이슬 같은 두터운 은혜를 길이 입고자 합니다.

이 책이 나오기까지 조언을 아끼지 않았던 아내 백지현과 원고를 타이핑하고 교정해준 딸 박수진과 아들 박정웅, 그리고 이를 검토하고 확인해준 서준택 군에게 감사를 드립니다. 100년의 세월동안 고전古典을 출판하며 동양의 전통을 계승하고 계신 명문당明文堂 김동구金東求 사장님의 배려에 감사드리고 아울러 여러 번 수정을 요구하여도 흔쾌히 들어주시고 꼼꼼하고 세심하게 편집해주신 이명숙님께도 깊은 감사의 말씀을 드립니다.

서초동 관야재觀野齊에서 박종용 쓰다.

제2부 終條理(종조리) 평소 덕을 쌓아가는 방법

제1부

始條理(시조리)

지혜롭게 살아가는 방법

1. 마음(中心, Heart/Mind)

새해가 되면 마음을 다지게 되는데, 이를 결심決心이라 한다. 결심의 결決은 '결정한다'는 뜻과 함께 과거의 후회스런 일들을 분별하고 끊어내어 '절단한다'는 의미도 내포하고 있다. 과거의 잘못된 습성을 마음에서 덜어내기가 쉽지 않음을 의미하기도 한다.

흔히 사람들이 태산에 오르는 데는 장시간의 인내가 요구된다. 그러나 정상에서 한순간 균형을 잃게 되면 순식간에 천 길 낭떠러지로 떨어지기도 한다. 이는 마음을 붙잡는 것과 놓아 버리는 것, 또는 마음이 한순간에 선善과 악惡으로 나뉘는 것과 같다.

《세설신어世說新語》에 어떤 사람이 곡병립曲柄笠이라는 모자를 쓰고 다니자, 한 선비가 "그대는 고원한 마음을 갖기를 바라면서 어찌 그 구부정한 모자를 버리지 못하는가?"라고 묻자, 그 사람이, "장차 그 림자를 두려워하지 않는 자는 아직도 마음에 잊지 못한 것이 있다."*고 말한다. 중요한 것은 마음가짐에 있지 외부장식에 있지 않음을 말하고 있다.

이와 유사한 내용이 니체의 책에도 나온다. "멈춰라! 차라투스트라

*《世說新語》
將不畏影者 未能忘懷.

여! 기다려라! 나다. 차라투스트라여! 나다. 그
대의 그림자다!"*

*F.W. Nietzsche, *Also sprach Zarathustra*
Halt! Zarathustra! So warte doch! Ich bins ja, oh Zarathustra, ich, dein Schatten!

차라투스트라는 산속에 있는데도 고요한 마
음을 유지할 수 없음을 탄식한다. 다른 산으로
옮길까 생각도 해보지만, 그는 곧 자신의 어리
석음을 깨닫고 모든 불쾌감을 마음에서 털어낸다. 결국 마음가짐은 산
이 아니라 자신에게 있음을 깨달은 것이다.

마음을 이해하는 데 동·서양에 차이가 있다.
방동미*는 마음을 '정신의 작용', '선한 양심의 본
질', '정감적 경험의 원천', '순환적으로 작용하는
기관' 등으로 이해하였다.

*方東美(1899~1977)
중국의 신유학자

반면에 알프레드 아들러는 "정신(마음)이란
오직 움직이고 살아 있는 유기체에만 존재한다.
정신은 자유로운 활동과 긴밀한 관계가 있다."*
고 하였다.

* Alfred Adler, *Understanding Human Nature*
We attribute a soul only to moving organisms. The soul stands in innate relationship to free motions.

1

「마음」이 고요해야 만사의 이치를 알 수 있다

夫山不止則不能以生物 水不止則不能以鑑物
부 산 부 지 즉 불 능 이 생 물   수 부 지 즉 불 능 이 감 물

人心不靜 則又何以該萬理而宰萬事哉
인 심 부 정   즉 우 하 이 해 만 리 이 재 만 사 재

―《퇴계전서》 권 42

대체로 산이 그치지 않으면 만물을 살리지 못하며, 물이 그치지 않으면 만물을 비춰볼 수 없다. 사람의 마음이 고요하지 못하면 어찌 만 가지 이치를 알며 만사를 주재하겠는가?

In general, if the mountains don't cease, all things can't be saved, and if the water does not cease, all things can't be seen. If a man's heart/mind is not calm, how can he preside over everything by knowing numerous reasons?

마음이란 쟁반의 물을 엎지르지 않기 위해 유지하는 것보다 어렵고, 선善은 바람 앞에서 촛불을 보전하는 것보다 어렵다.* 하지만 아무리 강한

* 《退溪先生文集》卷 6〈戊辰六條疏〉
心難持於盤水, 善難保於風燭.

폭풍도 사람들의 마음속까지 불어올 수는 없다.

그래서 외부의 일을 견제하는 것은 마음을 수양하기 위한 것이고, 외부에서 절제를 가하려는 것은 마음을 충양充養하기 위해서다. 이를 위해 말을 할 때 조급하거나 무리하지 않아야 마음이 고요하고 전일해진다.

마음에 중심이 서있으면 마음이 동요되지 않을 수 있다. 그때 비로소 밝음은 지혜를 낳고, 총명함은 헤아림을 낳고, 지혜로움은 성스러움을 낳게 된다. 누구나 살아가면서 한 번쯤은 자신의 삶의 여정이 그런 맑은 마음 상태에서 전개되고 있음을 알 수 있다.

맑게 갠 밤하늘의 완전한 평온함과 불가해한 광활함을 바라보기, 숲속에서 계곡의 물소리에 진정으로 귀 기울이기, 그리고 고요한 여름 저녁 해질 무렵에 새 지저귀는 소리 듣기 등 이런 것들을 의식하기 위해서는 마음을 정지해야 한다.

에크하르트 톨레는 "자연의 섬세한 소리에 맑은 마음을 가져가 보라. 바람에 나뭇잎이 서걱이는 소리, 빗방울 떨어지는 소리, 풀벌레 우는 소리, 새벽녘 새의 첫 울음소리에 귀 기울여보라. 소리를 듣는 일에 전념하라."*고 말한다. 그는 또 귀에 들리는 그 소리 너머에 무언가 위대한 것, 즉 생각으로는 도저히 가늠할 수 없는 성스러움이 거기 있다고 한다. 생각이 치밀해지면 성인과도 같이 통달하게 됨을* 말하고 있다.

* Eckhart Tolle, *Stillness Speaks*
Bring awareness to the many subtle sounds of nature - the rustling of leaves in the wind, raindrops falling, the humming of an insect, the first birdsong at dawn. Give yourself completely to the act of listening.

* 《書經》, 〈洪範〉
思曰睿, 睿作聖

* Marcus Aurelius
The nearer a man comes to
a calm mind, the closer he
is to strength.

사람은 마음이 고요해지면 해질수록 내면의 힘은 더욱 강해진다.* 바람이 자자들고 풍파가 고요해야 바다의 참모습을 볼 수 있듯이, 맑고 조용한 가운데 마음의 본모습을 느낄 수 있기 때문이다.

*《近思錄》
心靜後見萬物 自然皆有春意

마음이 안정된 후에 만물을 바라보면, 자연은 모두 봄의 뜻을 머금고 있음을* 알 수 있다. 이는 마음이 안정되어야 비로소 마음의 눈으로 만물을 볼 수 있음을 의미한다.

마음이 고요하면 대나무 그림자가 섬돌을 쓸어도 먼지가 일지 않듯이, 달빛이 연못을 비춰도 물에 자국이 남지 않는 것처럼 마음에 어떠한 흔적도 남지 않는다. 마음의 맑음은 밝은 거울이나 고요한 물과 같아서 비록 매일같이 온갖 일을 마주하더라도 마음속에는 한 가지도 남아 있지 않게 된다. 자연히 마음에도 해가 되지 않는다.

* 惟心是鑑者也

선비는 오직 마음을 거울로 삼는다*고 하였다. 이 말은 파울로 코엘료Paulo Coelho의 소설에 나오는 호수와 숲의 요정들의 대화를 떠올리게 한다. 요정들이 호수에 비친 나르키소스가 얼마나 아름다웠는지 호수에게 물었을 때, 의외의 답변이 나온다.

"저는 지금 나르키소스를 애도하고 있지만, 그가 아름답다는 건 전혀 몰랐어요. 저는 그가 제 물결 위로 얼굴을 구부릴 때마다 그의 눈 속 깊은 곳에 비친 나의 아름다운 모습을 볼 수 있었어요."

The lake said: "I weep for Narcissus, but I never noticed that he was beautiful, I weep because, each time he knelt beside my banks, I could see, in the depths of his eyes, my own beauty reflected." (Paulo Coelho, *The Alchemist*)

눈은 마음의 창이라고 한다. 이런 경우 물이 먼저일까? 눈이 먼저일까? 사람의 얼굴이 물에 비치듯이, 사람의 마음은 사람을 비춘다.* 왜 하필 '거울'이 아니고 '물'일까? 또 왜 물에 마음을 비유했을까?

* Holy Bible, 〈Proverbs〉 As water reflects a face, so a man's heart reflects the man.

사람은 물에 가까이 구부릴 때에만 물속에 비친 자신의 모습을 볼 수 있다. 하지만 한 사람의 마음은 상대방의 마음에 비친다. 만물은 마음먹기에 달렸기 때문에 마음가짐이 무엇보다 중요하다는 뜻이다.

퇴계는 〈수천修泉〉이란 詩에서 마음을 물에 비유하고 있다.

어제는 샘을 쳐서 맑고 깨끗했는데	昨日修泉也潔淸
오늘 아침 다시 보니 반절쯤 흐려졌네.	今朝一半見泥生
알겠구나, 맑은 물도 사람 힘에 달렸으니	始知澈淨由人力
공들이길 하루라도 그치지 말아야 함을.	莫遣治功一日停

《退溪先生文集》卷1〈修泉〉

마음 닦는 수양공부를 잠시도 게을리하지 말라는 경계를 스스로에게 하고 있다.

2

한 사람의 「마음」이 곧 천지의 「마음」이다

一人之心 則天地之心 心本無分於內外
일 인 지 심　즉 천 지 지 심　심 본 무 분 어 내 외

—《퇴계전서》권19

한 사람의 마음이 곧 천지의 마음이다. 마음은 원래 안팎의 구분
이 없다.

One's heart/mind is that of Heaven and Earth. The
heart/mind innately isn't divided into inside and outside
(by the storm of emotions within and without it).

　탈무드에 "누구든지 한 생명을 구하는 사람은 전 세계를 구하는
것과 같고, 한 생명을 파괴하는 사람은 전 세계를 파괴하는 것과 같
다."고 한다. 생명의 소중함을 강조한 말이다.
　사람의 마음에 갖춰진 것은 모두 하늘에 근본을 둔다. 그래서 사
람의 마음은 하늘을 닮아서 하늘마음이라고 한다. 인간의 기뻐하는
마음은 빛나는 별과 상서로운 구름에 해당된다. 인자한 마음은 부
드럽고, 잔잔한 바람과도 같고, 감미롭고 포근한 이슬과도 같다. 반

면에 성내는 마음은 진동하는 천둥과 사나운 폭풍우가 된다.

엄격한 마음은 여름 햇볕과 가을 서리가 된다. 어느 것 하나라도 없어서는 안 된다. 다만 때에 따라 일어나고, 때에 따라 사라져서 조금도 거리낌이 없어야 한다. 《채근담》에서는 이것이 곧 하늘과 한 몸이 되는 길이라고 알려준다.

《성경》에서는, "나는 알파와 오메가라 이제도 있고 전에도 있었고 장차 올 자요 전능한 자"*라고 한다. 시작과 끝, 알파와 오메가가 하나이듯, 만물의 본질은 일찍이 인간의 마음으로는 결코 상상할 수도 이해할 수도 없는 온전하고 완벽한 상태로 존재해 왔으며 영원히 존재할 것이라고 한다.

> * Holy Bible, 〈Revelation〉 22
> I am the Alpha and the Omega, the First and the Last, the Beginning and the End.

이는 유학에서 '마음이 태극이 된다.'*는 말과 통한다. 곧 인극人極을 말하는 것이다. 남과 내가 없고 안과 밖이 없고 단계의 나눠짐도 없다. 형체의 한계도 없으면서 가만히 있을 때에는 하나로 뭉쳐져 모든 것을 갖추고 있다.

> *《退溪先生文集》卷 24
> 心爲太極

이것이 하나의 근본이 되기에 마음에 있거나 사물에 있는 구분이 없는 것이다. 그것이 움직여서 일에 응하고 사물과 접촉하게 되면, 마음이 주재하게 되어 각각 그 법칙을 따라 응할 뿐이다.

천 길의 깊은 바다도 물이 다 마르면 마침내 바닥을 볼 수 있지만, 사람은 죽어도 그 마음을 알지 못한다.* 한 길 깊이도 안 되는 인간의 마음을 알기게 매우 어렵다는 사실을 강조한 말이다.

> *《明心寶鑑》,〈省心篇〉上
> 海枯終見底, 人死不知心.

하지만 그 마음을 다하는 자는 그 본성을 알 수 있고, 그 본성을 알게 되면 하늘을 알게 된다.[*] 사람의 마음을 단순히 깊고 얕음으로 보지 않고 하늘에까지 맞닿을 수 있는 인간의 본성을 통해서 역으로 인간의 마음을 헤아리려 노력해야 한다.

퇴계는 "하늘의 뜻은 사랑하는 사람을 옥처럼 아름답게 성취시키려는 데 있다."고 하였다. 그래서 옛 선비들에게 편안한 곳에 사는 것은 사람의 복이 아니었다. 고통스런 상황에서도 괴로움을 참으면서 코로 한 말의 식초라도 들이키겠다는 자세로 마음을 가다듬고 참으면 결국 자신에게 도움이 된다고 믿었다.

그 과정이 곧 공부이므로 마음을 가다듬고 스스로를 새롭게 하려는 노력은 필수였다. 마음이란 것은 활동하지 않으면 정체된다.[*] 그래서 마음에 얻어지는 바가 없으면 처지에 따라 물들어버리는 것은 당연한 일이다.

《성경》에 "오늘 내가 네게 명하는 이 말씀을 너는 마음에 새기고, 네 자녀에게 부지런히 가르치며 집에 앉았을 때든, 길을 갈 때든, 누워있을 때든, 일어날 때든, 이 말씀을 강론할 것이며"라는 말 중에 '마음에(in your heart)'라 하지 않고 '마음 위에(upon your hearts)'라 하였다.

* Holy Bible,〈Deuteronomy〉6
These commandments that
I give today are to be upon
your hearts. And you shall
teach them diligently to your
children and speak of them
when you sit at home and
when you walk along the
road, when you lie down
and when you get up.

이렇게 표현한 것도 때때로 마음이 정체될 때가 있기 때문이다. 하늘의 가르침이 마음 위에 있고, 그 가르침을 받은 사람들의 마음이 열릴 때, 비로소 성스러운 말은 청동에 끌로 새겨진 글씨처럼 저마다의 마음들 위에 깊이 새겨진다.

마음에 주장하는 바가 있으면 동요되지 않을 수 있다. 일상생활 속에서 공부를 하기 때문에 점점 그 공부와 생활이 일치하게 된다. 평소 진실되게 힘을 오래 쌓아가면 언젠가는 체득하게 되는 때가 온다. 사람이 누구나 자기 마음을 하나 되게 할 수 있다고 한다. 여러 갈래로 복잡하고 갈등이 있는 마음도 가능하다.

이것이 사람 마음의 핵심이다. 저 영혼 깊이에 있는 신적인 힘은 마음에 작용하여 변화를 일으켜서 서로 엇갈리는 힘들과 여러 요소들을 하나로 묶고 융합할 수 있게 할 수 있기 때문이다. 이것이 바로 마르틴 부버가《인간의 길》에서 보여주고자 했던 마음의 길이다.

3

병을 제거하고자 하는 「마음」이 약이 된다

若知其病而欲去之 則卽此欲去之心 便是能去之藥
약 지 기 병 이 욕 거 지   즉 즉 차 욕 거 지 심   변 시 능 거 지 약

—《퇴계전서》권14

만약 병을 알아서 그것을 제거하고자 하면, 그 제거하고자 하는
마음가짐이 바로 제거할 수 있는 약이 된다.

If we know an evil practice and try to cure it, trying to
keep the heart/mind willing to remove it becomes a
medicine that can treat it any time. (renew)

걱정스런 일들을 지나치게 마음에 두어서는 안 된다. 지난 일들
에 대해 전후로 마음을 보존하기가 매우 어렵다는 말은 이미 사사
로운 생각이나 욕심이 해가 됨을 알고 있다는 말이므로, 때와 일에
따라 그것을 물리치고 다스리려 노력해야 한다. 끊임없이 잊지 않
고 마음을 보존하려고 생각하고 서두르지 말아야 한다.

'병을 고치고자 하는 마음이 약이 된다는 말'은 남에게 의지하지
말고 뒤로 미루지도 말라는 뜻이다. 의학의 시조격인 히포크라테스

Hippocrates도 "누군가를 치료하기 전에 그를 아프게 했던 일들을 기꺼이 포기할 수 있는지를 물어보라."*고 말했다.

* Hippocrates
Before you heal someone,
you ask him if he is willing
to give up the things that
made him sick.

흔히 '뒤늦게 뉘우치는 일'을 옛 성현들은 가슴속에 오래도록 가둬서도 안 되고 아예 후회를 안 해서도 안 된다고 하였다. 많은 후회 중에서 버리고 싶어도 쉽게 버려지지 않는 것이 바로 마음의 병이다.

당장 이 병을 고치고자 한다면 그저 마음을 편안하게 하고 일을 하면서도 여유 있게 하되, 이런 상태에 익숙해지려고 부단히 노력해야 한다. 그러면 자연히 마음이 텅 빈듯하면서도 맑아져 마음에 응어리졌던 과거의 기억들에 짓눌리지 않게 된다. 이런 습관에 좀 더 익숙해지면 의식적으로 노력하지 않아도 저절로 그렇게 된다.

마음에 남아 있는 것은 나쁜 기억뿐만 아니라 좋은 기억도 마찬가지다. 영화 〈이터널 선샤인〉에 나오는 대사에 마음을 표현하고 있는데, 진짜 마음이 뭘까 궁금하다.

You are erase someone from Mind, getting them out of your Heart is another story. (Eternal Sunshine Of The Spotless Mind)

인간은 땅에 기반을 둔 존재로서 사회성을 지닌 동시에 천덕天德을 지닌 영적 존재(Spiritual Being)이니 단순한 이성이나 지성의 마음인 'Mind'로 이해할 일이 아니다. 그렇다고 생리학적·상징적인 의미의 'Heart'로 나타내기에도 뭔가 미진해 보인다. 그래서 동양에서의 마음[心]을 영어로 옮길 때, 서구에서 사용되는 마음의 개념과 구별하기 위해서 Heart/Mind로 번역한다. 그래서 위 대사를 이렇게 번역하면 어떨까?

당신이 누군가를 당신의 기억(마음) 속에서 지울 수는 있지만, 정신(마음)에 새겨진 사랑은 거둬내기는 어렵다. 정신이란 스스로의 삶 속으로 파고드는 새김이다. 다시 말해, 이성적이고 고식적인 사랑은 잊혀질 수 있으나, 정신적이고 도덕적인 사랑을 잊히지 않고 청동에 끌로 새기듯 마음에 물들어져 있으니.

맹자는 "하늘이 장차 큰 임무를 어떤 사람에게 내리려 할 때는 반드시 먼저 그의 마음을 괴롭게 하고, 근골을 힘들게 하며, 그 몸을 굶주리게 하고, 생활을 곤궁하게 하며, 일을 행하는 바를 뜻대로 되지 않게 어지럽힌다. 이는 그의 마음을 분발시키고 참을성을 있게 하여 그가 할 수 없었던 일을 해낼 수 있게 하기 위함이라."* 했다.

사람은 자기 자신의 마음을 잘 파악해야 한다. 흔히 몸의 장애보다 무서운 것은 마음의 장애*라고 하듯이, 중국의 문호 루쉰魯迅 (1881~1936)은 "현재 중국인의 병은 몸에 있지 않고, 정신(마음)에 있다."는 것을 《아Q정전》에서 잘 보여주었다.

불행해졌다고 생각될 때 마음을 보면, 자신이 원하는 대로 살 수

*《孟子》,〈告子〉下
天將降大任於是人也 必先苦
其心志 勞其筋骨 餓其體膚
空乏其身 行拂亂其所爲 所
以動心忍性 曾益其所不能.

* What's scarier than a physical disability

있다고 믿는 마음이 바로 불행이 된다. 미국 소설가 니콜라스 스파크스Nicholas Sparks는 그의 소설 The Best of Me에서 여주인공 아만다Amanda의 아픈 마음을 치유하기 위해 남주인공 도슨Dawson에게 특별한 방법을 제시한다.

> "그녀가 상처를 받고 있다고 말했던 것처럼, 내 경험상, 그것은 고통을 겪고 있는 사람들이 항상 자신들이 해야 하는 것만큼 사물을 명확하게 보지 못한다는 거야. 그녀는 자신의 삶에서 몇 가지 결정을 내려야 하는 시점에 와있다. 그 틈이 네가 다가갈 곳이야."

> She's at the point in her life where she has to make some decisions, and that's where you come in. (Nicholas Sparks, *The Best of Me*)

사랑 때문에 아픈 마음은 사랑으로 치유해야 한다. 한때의 오해로 빚어진 고통을 해결하는 최고의 명약은 상대방이 처했던 상황을 이해하고 이를 마음으로 받아들이는 용서이다. 너를 용서하고 나를 용서하는 것은 더욱 단단해진 사랑을 확인하는 방법이다. 그래서 제목 The Best of Me처럼 '그대가 나에게는 최고의 존재였음을 확인하는 것'이 먼저이고, '내가 가진 모든 것 중에 네가 가장 소중하다는 확신을 갖는 것'이 다음이다.

＃4

기대하는「마음」을 갖지 말고 잊어야 한다

蓋不可不豫者事也 而有期待之心 則不可
개 불 가 불 예 자 사 야　이 유 기 대 지 심　즉 불 가

不可不應者物也 而存留不忘 則不可
불 가 불 응 자 물 야　이 존 류 불 망　즉 불 가

—《퇴계전서》권 28

대개 미리 대비하지 않을 수 없는 것이 사事지만, 기대하는 마음을 갖는 것은 옳지 않다. 대응하지 않을 수 없는 것이 물物이지만, 마음에 두고 잊지 않는 것도 옳지 않다.

Often matters are for us to be prepared for in advance, but letting our heart/mind expecting them isn't good. Things are for us to take action against, but with them kept within, it is wrong not to forget about them.

《채근담》에 "귀는 회오리바람이 골짜기를 울리는 것과 같아서, 바람이 지나가버린 뒤 남겨두지 않으면 시비도 함께 사라진다."고 하였다. 지나간 일에 대한 미련을 버리면 마음에 남아 있거나 그 일이 어떻게 되었으면 하고 바라는 바도 없게 된다. 그저 바람결에 흘

날리는 소리일 뿐이다.

마음은 연못에 비치는 달빛과 같아서, 텅 비우고 집착하지 않으면 일뿐만 아니라 나 자신도 잊을 수 있다. 흔히 마음과 일(事)의 관계에서 학문에 뜻을 두는 것을 심心이라 하고, 그 학문을 하는 인간의 도덕·실천적 행위와 관련된 모든 것을 일(事)이라 한다.

그래서 '일 외에 마음이 없고, 마음 외에 일도 없다'고 하는 것이다. '기대하는 마음을 속에 둔다'고 할 때의 '둔다(有)'는 뜻은 집착하거나 얽매임을 말한다. 미리 목표를 정하거나 자라나는 것을 인위적으로 돕거나 공로를 계산하고 이익을 도모하는 행위 등이 모두 얽매임이기 때문에 마음에 두어서는 안 된다는 것이다.

퇴계가 일을 마음속에 두고서 미리 기필하지 말라고 했던 것은 두 가지로 해석할 수 있다. 일에 앞서 미리 잊어버리려 한다면 아예 생각을 제거한다는 것이고, 또 도우려고 한다면 정情을 남겨두는 것이 된다. 그것은 수양을 하는 데는 좋을지 모르나 도를 닦는 데는 해가 되므로 오히려 일 없는 자가 바른 마음을 지닌다고 할 수 있다. 그래서 성인聖人의 마음은 거울과 같다고 한다.

일이란 늘 어긋나는 경우가 많아 일을 억지로 할 수 없다. 그러니 도道를 행한다던가, 격물格物을 하고자 한다는 것은 나쁜 생각이 아니지만, 이 또한 마음에 남겨두는 것도 옳지 않다. 아직 오지도 않은 일인데 먼저 기대하는 마음을 갖거나 일에 이미 응하고 나서도 그것을 항상 마음에 두고 잊지 않는다면, 이 두 가지 역시 마음에 한 가지 일도 있어서는 안 되는 것과 같은 심법이다.

사람의 마음속에는 두 가지 바람이 있다고 한다. 하나는 내가 원하는 것을 얻었으면 하는 바람이고, 다른 하나는 내가 피하고 싶은 일을 당하지 않았으면 하는 바람이다. 전자를 다스리지 못하면 불운하다고 느끼게 되고, 후자를 당하게 되면 불행하다고 느끼게 된다. 반면 누구라도 피할 수 없는 자연의 순리에 속하지 않으면서 내가 내 힘으로 어떻게 할 수 있는 것들만 피하고자 노력한다면, 피하고 싶었던 일을 당했다고 해서 비통해 할 일도 없을 것이다.

옛날 좋았던 때에 미련을 두거나 죽은 친구를 슬퍼하면서 추억 속에 사는 것은 좋지 않다. 사람의 생각은 미래에, 그리고 해야 할 일이 있는 미래로 향해야 한다.[*]고 버트런드 러셀은 말한다. '이는 실로 장자莊子가 언급했던 끊임없이 변화하는 나(吾)를 죽여야만 올곧은 나를 발견한다.[*]'는 말을 연상케 한다.

* Bertrand Russell, 〈How to Grow Old〉
It does not do to live in memories, in regrets for the good old days, or in sadness about friends who are dead. One's thoughts must be directed to the future, and to things about which there is something to be done.

* 《莊子》, 〈齊物論〉 9
吾喪我

먼지 낀 가슴을 세척하고 당초의 마음을 회복해야 한다. 내면의 실체를 알지 못하는 사람은 결국 자신을 그 고통 속에 가두게 된다. 당연한 말이다. 자아의 실체를 놓아버렸을 때 사람은 누구나 자신의 존재를 대체할 수 있다고 생각한다.

마치 성형수술을 통해 자신의 타고난 아름다움을 가공의 모습으로 탈바꿈하듯 상상 속에서 빚어낸 또 다른 자아상에 매달리게 된다. 성형이 또 다른 성형을 부르는 것은 예견된 수순이다. 고유한 아름다움이 균형을 잃었기 때문이다. 한번 탐탁지 않게 여겨진 자아에 자꾸만 치장하려는 것이 비뚤어진 삶의 기대로 자리하게 된다.

길고 짧음은 생각에 달려있지만, 넓고 좁음은 마음에 달려있다. 마음을 수양한다는 것은 욕심을 적게 하는 것보다 더 좋은 것이 없다. 그 사람됨이 욕심이 적으면 비록 보존되지 못함이 있더라도 적을 것이고, 사람됨이 욕심이 많으면 비록 보존되는 것이 있더라도 적을 것이다.* 뭔가를 기대한다는 것도 욕심에서 비롯된 아집의 일종이다. 맹자의 말은 욕심에서 발원된 기대하는 마음을 경계해야 함을 암시하고 있다.

* 《孟子》,〈盡心〉下 35
養心莫善於寡欲, 其爲人也
寡欲, 雖有不存焉者寡矣.
其爲人也多欲, 雖有存焉者
寡矣.

2. 사려(思慮, thoughts/thinking)

기자箕子가 무왕武王에게 홍범洪範 다섯 가지 일을 받들어 쓸 것을 말했다. 이들은 용모(貌), 말씨(言), 보기(視), 듣기(聽), 생각(思)으로 오사五事라 한다. 이 중 사思와 려慮는 그 구분하는 방법을 차분히 오래 음미하면 누구나 자연스럽게 알 수 있는 것이다.

思는 '생각[念]하는 것'이라 하였는데, 이것만으로는 思의 의미를 다 포괄할 수 없다. 念은 얕고 思는 깊으며, 思는 꼼꼼하고 念은 허술하다. 대개 마음으로 살펴서 통하기를 구한다는 말로, 이 역시 사물에 대한 마음을 말하는 것이다. 慮는 '생각이 도모하는 바가 있는 것'으로, 이는 바로 글자의 뜻을 새긴 것이며, 대조하여 살펴본다는 것은 일에 임하여 생각을 쓰는 측면을 말한 것이다.

길고 짧음은 생각에 달려 있고, 넓고 좁음은 마음에 달려 있다.* 사려思慮나 염려念慮 등은 모두 마음에 품은 뜻(意)에 속한다. 염念자는 '항상 생각하는 것'으로 대개 매 순간마다 마음이 있는 것을 의미한다. 즉, 염念이란 지금의 마음(今心)이란 뜻으로 '염념불망念念不忘'이라고도 한다.

*《菜根譚》
延促由於一念, 寬窄係之求心.

사려가 어지럽게 요동치는 것은 예나 지금이나 공부하는 사람들의 공통된 문제이다. 해결책은 마음이 오직 일삼는 것에만 그치게 하는 것이다. 그래서 그칠 곳을 안 뒤에야 안정되고, 고요하고, 편안한 효험이 있게 된다.

단테Dante는 "의혹을 품는 것은 아는 것과 마찬가지로 나를 기쁘게 한다."*고 하였다. 또 에머슨Emerson은 "사고의 첫 노력은 모든 사물을 발에서부터 들어 올려 감각의 모든 대상물을 유연하게 만든다."*고 하여 사고의 기능을 폭넓게 설명하고 있다.

사고의 기능은 배나 기구 아니면 특이한 하늘의 색조를 통해 해안을 바라봄으로써 더욱 고조된다. 다시 말해, 우리의 견해가 조금만 변해도 전 세계가 그림 같은 분위기를 띠게 되는 것은 모두 사려 덕분이다. 이는 "새로운 장소는 새로운 사고를 요한다."*는 알랭 드 보통의 말과 통한다 하겠다.

* Dante Alighieri
  For doubting pleases me as much as knowing.

* R.W. Emerson, 〈The American Scholars〉
  The first effort of thought is to lift things from their feet and make all objects of sense appear fluent.

* Alan de Botton(1936~)
  New thoughts, New places.

5

생각이란 마음에서 구하여 얻는다

思者何也 求 諸心而有驗有得之謂也
사 자 하 야 구 제 심 이 유 험 유 득 지 위 야

—《퇴계전서》권6

생각이란 마음에서 구하여 증험이 있고 얻음이 있는 것을 말한다.

Thinking refers to something that is experienced and gained from the heart/mind.

내 사랑의 그리움이 언제나 그대 곁에서 떠나도 나와 함께 있다오. 그것은 그대가 내 생각이 미치지 못하는 곳까지 멀리 떠날 수는 없기 때문이오.* 참으로 생각은 물리적인 거리가 아니라 마음만이 혜량할 수 있는 정신적인 가치를 의미하므로 다다르지 못할 곳이 없다.

배움은 생각함에 근원한다.* 배움은 이치를 밝히는 것을 우선으로 삼으니, 잘 생각하

* W. Shakespeare, *Sonnets 47*
My love, thyself away art present still with me; For thou not farther than my thoughts canst move, And I am still with them, and they with thee.

* 《近思錄》,〈爲學〉65
學原於思.

면 밝은 지혜가 생겨서 사물의 이치를 연구할 수 있다. 멀리 있는 것을 생각하기 전에 가까이 있는 것을 유類로써 추론해 나가는 것이 학문 방법의 핵심이다. 칸트의 자찬 묘비명에 나오는 말이다.

"두 가지가 마음을 가득 채운다. 항상 새로이 더해지는 놀라움과 경외로, 더 자주 생각하면 할수록 더 오래 생각하면 할수록, 내 위의 별로 뒤덮인 하늘과 내 안의 도덕률이라."고 묘비에다 새길 정도로 그는 생각을 강조하였는데, 실제로 그는 매일 정해진 시간에 산책을 하면서 생각에 잠기곤 했었다.

퇴계는 "생각마다 잊지 말고 일마다 조심해야 한다."고 강조했다. 이를 위해 배우기를 넓게 하여, 묻기를 세심하게 하고, 생각하기를 신중하게 하며, 분변하기를 명백하게 해야 한다. 이 네 가지 중에서 생각(思)을 신중하게 하는 것이 중요한데, 생각이란 바로 마음에서 구하여 진지하게 얻는 것을 말한다.

다시 말해, 마음에 절실히 느끼고 구하여 그 이치(理)와 욕심(欲), 선과 악의 기미, 의로움(義)와 이익(利), 그리고 옳은 것(是)과 그른 것(非)을 명백히 구분하여 정밀하게 하는 것이다. 이 과정에 조금의 착오도 없게 한다면 위태롭고 미묘한 까닭과 정밀하면서도 전일한 방법을 진지하게 알게 되어 의심하지 않게 된다.

여기서 마음[心]과 뜻[意]이 가장 중요한 관건이 된다. 마음은 천군天君이며 뜻은 그 마음이 발한 것이다. 먼저 그 발하는 바를 성실하게 하면 하나의 성실이 만 가지 거짓을 소멸하여 천군을 바로잡을 것이다. 그 결과 인체의 모든 기관이 명령에 복종하여 행동하는 바가 성실하지 않음이 없게 된다. 언제 어디서나 늘 잊지 않고 생각하며 일마다 경계하고 삼가야 한다.

가령 《생각의 역사》란 책에서 독자가 얻어낼 것은 역사상 많은 생각들이 태동하게 된 시기나 연대만을 암기하는 식으로 '더 많은 정보'를 찾았다고 환호하는 것이 아니다. 중요한 것은 시대의 변천에 따라 생각이 변화해 온 과정을 음미하면서 어떠한 계기로 인하여 새로운 생각, 즉 신사고가 그 시대의 주된 흐름이었는가에 대한 폭넓은 정보를 이해하고, 식별하여, 이를 가감할 수 있는 능력이다. 더 나아가 이렇게 취합된 정보의 낱알들을 패치워크 삼아 큰 틀의 시대정신으로 모자이크 할 수 있는 능력이다.

에리히 프롬Erich P. Fromm은 "알지만 모른다고 생각하는 것은 최고의 각성이고, 모르면서 안다고 생각하는 것은 최대의 질병이라." 고 한다. 말보다 훨씬 더 중요한 것은 듣는 행위이다. 이런 행위가 지속되면 습관이 된다. 이렇게 축적된 습관의 힘은 알지만 모른다고 생각하는 깨달음으로 내재화하게 된다.

깨달음으로 내재화된다는 것은 생각하는 사람의 마음 안에서 솟아오르는 지혜가 순수한 의식의 공간에서 서로 부딪쳐 불꽃을 틔우는 순간들의 연속이다. 이는 액정화된 사고에서 보여주는 불필요한 선 긋기식 파편화된 사유가 아니라 균형 잡힌 사고에서 발원된 온전한 생각들의 흐름이다.

로마 공화정 말기의 장군이자 정치가였던 율리우스 카이사르G. Julius Caesar는 "내가 무엇보다도 나 자신에게 요구하는 것은 내 생각에 충실하게 사는 것이다. 따라서 남들도 자기 생각에 충실하게 사는 것이 당연하다고 생각한다."고 하였다. 그는 자신의 마음을 한가운데에 오롯하게 세우고, 흔들리지 않는 소나무처럼 자신의 생각을 굳건하게 자리매김하면, 살면서 어떠한 시련을 마주하더라도 당당하게 대처할 수 있을 것이라고 생각한 것이다. 생각이 치밀해지면 성인과도 같이 통달하게 된다.*는 것을 암시
하고 있다.

*《書經》,〈洪範〉
思曰睿, 睿作聖.

　　20세기 중반 프랑스의 소설가이자 극작가였던 사뮈엘 베케트Samuel B. Beckett는 1952년 발표한 《고도를 기다리며(Waiting for godot)》에서 무심히 하나의 상황을 설정한다. 무대에 한 그루 나무가 서있고 두 사람이 대화를 한다. 둘은 고도를 기다린다. 그런데 아무도 고도가 누구인지 언제 오는지 모른다. 다만 기다릴 뿐이다. 기다린다는 사실만 명확하다.

　　이는 분주한 삶에 짓눌려 자신의 실체마저 의심스런 존재들의 본모습이다. 뭘 찾아 서두르는지 본인도 모른다. 지하철역 계단 중간에서 두 사람이 만나 담소를 나눈다. 그런데 누가 내려가고, 누가 올라가던 길이었는지 서로 잊어버렸다. 이런 삶에서는 아무리 생각하려 해도 마음에서 구해지는 것이라곤 회한과 후회뿐이다.

6

생각하면 얻어지는 바가 있다

心之官則思 思則得之 不思則不得
심 지 관 즉 사 사 즉 득 지 불 사 즉 부 득

—《퇴계전서》권26

마음의 맡은 것은 생각하는 것이다. 생각을 하면 얻어지고, 생각을 하지 않으면 얻지 못한다.

The heart/mind is in charge of thinking. You get it if you think, and you don't get it if you don't think.

니체는 "옛 근원에 대한 것을 깨달은 사람은, 드디어 미래의 샘과 새로운 원천을 구하게 될 것이라."*고 하였다.

그에 따르면 '인간'이라는 영토를 발견했던 사람은 '인간의 미래'라는 영토까지 발견했다고 한다. 그래서 지금 바로 학자들은 씩씩하고 끈기 있는 항해자가 되어야 한다고 주장한다.

또한 그는 모든 것을 인간이 사고할 수 있는 것, 인간이 볼 수 있

* F.W. Nietzsche, *Also sprach Zarathustra*
Wer über alte Ursprünge weise wurde, siehe, der wird zuletzt nach Quellen der Zukunft suchen und nach neuen Ursprungen.

는 것, 인간이 느낄 수 있는 것으로 변화시키기 위해 마지막까지 누구든지 자신의 감각으로 생각해야 한다고 강조한다.

학자가 평소에 수양을 쌓게 되면 굳이 일마다 생각을 하지 않더라도 골고루 비추고 널리 응하는 미묘함이 있기 마련이다. 유교 경전 중 하나인《대학》의 핵심은 인간의 타고난 본성을 밝히는 데 있다. 즉, 사람들을 새롭게 하여 지극한 선(至善)에 머무르게 하는 것이다.

그 다음으로 머무를 곳을 안 뒤에는 정해짐(定)이 있고, 정해짐이 있은 후에 고요해질 수 있고, 고요해진 뒤에 편안해질 수 있고, 편안해진 뒤에 생각할 수 있고, 생각한 뒤에 얻을 수 있다. 이렇듯 사물에는 본말本末이 있고, 모든 일에는 시종始終이 있다. 학자가 먼저 하고 뒤에 할 것을 알면 자연히《대학》의 도道에 가까워지게 된다.

학자가 한 가지 일을 생각하는 순간, 다른 일들에 대해서는 생각할 겨를조차 없다고 말한다면, 이는 그 일에 얽매이고 있다는 뜻이 된다. 어떤 일에 얽매이거나 미련을 두면 사사로운 생각이 되어 이리저리 갈라지게 된다. 옛 현인賢人들도 혹시 편벽된 생각에 빠질까 두려워하여 항상 조심하며 경계하였다. 마찬가지로 아무리 훌륭한 성인이라도 생각하지 않으면 광인狂人이 되고, 광인이라도 충분히 생각하면 성인聖人이 된다는 것이 퇴계의 생각이다.

생각한다는 것은 기능이고, 살아간다는 것은 기능을 실행하는 것이다. 시냇물이 말라도 그 수원水源은 남아있듯이, 위대한 영혼은

* R.W. Emerson, 〈The American Scholars〉
Thinking is the function. Living is the functionary. The stream retreats to its source. A great soul will be strong to live, as well as strong to think.

생각할 만큼 강할 뿐만 아니라 살아갈 만큼 강할 것이다.*

에머슨은 사고思考는 빛으로 가득하기 때문에 저절로 온 세상에 퍼진다고 믿는다. 누군가가 입을 다물고 있더라도 사고는 기적처럼 놀라운 그 자체의 발성기관으로 말을 하게 된다는 것이다. 사람들의 행동이나 태도, 그리고 얼굴에서 생각이 흘러나올 것이다.

그는 인간의 사고는 투명한 구球와도 같아서 지구의 지질 구조만큼이나 동심원적同心圓的이라고 보았다. 지구의 흙과 바위들이 층층이 같은 중심축 위에 겹쳐져 있듯이, 인간의 생각들도 모두 수평적으로 작동하지, 절대 수직적으로 작동하지는 않는다는 것이다.

사고가 수직적으로 작동됐을 때의 문제점은 반복되는 사고의 중압감에서 벗어나기 힘들다는 점이다. 코끼리 생각을 하지 않으려고 생각하면 할수록 더욱 코끼리 생각에서 벗어나지 못하게 된다. 생각이 만든 감옥에 갇혀 헤어나지 못하게 된다.

아이작 뉴턴Isaac Newton은 자신이 사회에 이익이 되는 어떤 일을 했다면, 그것은 근면성과 끈기 있는 사색 덕분이라고 하였다. 인간의 마음은 대상을 알고 이해하고, 그를 통하여 지배하려는 욕구를 가지고 있기 때문에 자신의 생각이나 견해를 착각한 나머지 사실로 오인하기 쉽다. 눈앞에 닥친 상황을 어떻게 판단하든 그것은 다만 하나의 견해이며, 수많은 옳은 관점들 중 하나에 불과할 뿐이다.

에크하르트 툴레는 이런 경우를 두고 생각의 뭉치에 불과하다고 표현하였다. 우주의 실상은 '하나로 연결된 전체'이기 때문에 그는 그것을 깨달으려면 자신의 생각을 넘어서 그보다 훨씬 더 큰 사람이 되라고 주문한다. 만물은 다 서로 연결되어 있으며 홀로 분리되어 존재하는 것은 하나도 없다는 생각은 유학에서 중요하게 여기는 《서명西銘》 공부와 통한다고 할 수 있다.

아르헨티나의 작가 호르헤 보르헤스Jorge L. Borges 의 단편집 《알레프》의 〈아스테리온의 집〉에, "잠긴 문이 하나도 없다는 것을 또다시 이야기해야 할까? 자물쇠 역시 하나도 없다는 것을 덧붙여야 할까?"라는 말이 나온다. 보르헤스는 그리스 신화의 인물 테세우스 이야기에서 미로에 갇힌 괴물 미노타우로스를 상징하는 아스테리온을 화자로 설정한다.

아스테리온은 황소의 머리와 인간의 몸을 지닌 채 미로 같은 집에 살지만 문은 밤낮으로 열려 있어서 누구든 왕래가 가능하다. 혼자 지내는 게 무료했던 아스테리온이 9년마다 집으로 들어오는 아홉 사람들을 구원할 수 있다는 기쁜 마음에 달려 나간다. 하지만 그들은 이미 겁먹고 하나씩 쓰러져 죽는다. 괴물의 집에 들어왔으니 잡아먹힐 것이라 생각한 것이다. 생각이 죽음을 가져온 것이다.

마찬가지로 서커스단에서 코끼리를 쇠줄에 묶은 채 일정 기간 혹독하게 훈련시키면 나중에 쇠줄을 매지 않아도 코끼리는 행동반경을 말뚝에 쇠줄로 묶여 있을 때의 거리에서 벗어나지 않는다고 한다. 고정된 생각이 스스로를 옥쥔다는 것이다.

7

가까운 것을 인하여 먼 것을 사려한다

以小推大 因近慮遠
이 소 추 대 인 근 려 원

—《퇴계전서》권 26

작은 것으로 큰 것을 미루고 가까운 것을 인하여 먼 것을 사려한다.

We know big thing By inferring small one, and we know far things by thinking deeply about what is close.

*《書經》,〈皐陶謨〉1
邇可遠

가까운 데로부터 먼 데에 미루어 나간다*는 것은, 하나의 사물을 만났을 때 곧 이 사물을 가지고 반복 추심하여 그 이치를 궁구한다는 것이다. 사물에는 모두 이치가 있기 때문에 사물에 나아가서 그 이치를 깊이 연구하여 극한 곳에 이르는 것을 말한다.

원래 사물과 나와는 간격이 없을 뿐더러 안과 밖의 구분도 없다. 실제로 천하의 만물은 모두 나의 밖에 있는 것이기 때문에 이치가 하나라고 해서 천하의 사물이 모두 내 안에 있다고 할 수 없다. 그래서 작은 것에서 큰 것으로 유추해 나가고 가까운 것에서 먼 것을 추론해 가는 것이다.

평소에 수양을 쌓게 되면 굳이 일마다 생각을 두지 않더라도 골고루 비추고 널리 응하는 미묘함이 있기 마련이다. 퇴계도 〈무진 6조소〉에서 6개 조항으로 나눠 추론한 글을 왕에게 올리면서 가까이 두고 경계의 말로 삼기를 바랐다.

그중에 〈서명西銘〉은 이일분수理一分殊를 밝힌 것이다.

하늘(乾)을 아버지로 삼고 땅(坤)을 어머니로 삼는 것은 생명이 있는 것은 모두 그러하기 때문에, 이것이 '이일理一'이다. 사람과 만물이 태어남에 있어 혈맥을 지닌 무리는 각각 그 어버이를 어버이로 하고 그 자식을 자식으로 하니, 이것이 분수分殊다.

하나로 통합되었으면서도 만 가지로 다르니 천하가 한 집이고, 천하가 한 사람과 같다고 하더라도 겸애兼愛하는 폐단에 흐르지 않는다. 만 가지가 다른데도 하나로 관통하였으니 친근하고 소원疎遠한 정이 다르다. 하지만 귀하고 천한 등급이 다르다 하더라도 자기만을 위하는 사사로움에 국한되지 않는 것이 〈서명西銘〉이 지닌 깊은 뜻이다.

어버이를 친근하게 여기는 두터운 정을 미루어서 무아無我의 공심[公]을 기르고, 어버이를 섬기는 정성으로 하늘을 섬기는 도를 밝힌 것을 보면, 어디를 가도 이른바 분수가 있어서, 이일理一을 유추할 수 있게 된다. 그래서 서명의 앞부분은 바둑판과 같고 뒷부분은 사람이 바둑을 두는 것과 같다고 한 것이다.

학문을 하거나 일상적인 일에 있어서도 작은 것을 가지고 큰 것을 미루어서* 알 수 있는 경우가 많다. 예를 들어, 태극太極이라 부른 것은 조화와 자연의 지분地分을 추리한 의사意思이고, 천명天命으로 부른 것은 인물人物이 받은 바의 직분職分이 있는 도리道理이다. 여기서 자연의 지분을 추리한 것이란, 본래 사람이 몸소 행하는 일로는 참여할 수 없기 때문이다.

*《退溪先生文集》卷 37
可因小以推大.

일상적인 것들도 마찬가지다. 오직 사물은 미루어 나가지 못하나 사람만이 미루어 나갈 수 있을 뿐이다. 흔히 남에게 한 걸음 양보할 줄 아는 것을 고상하다고 말한다. 한 걸음 물러서는 것은 곧 스스로 한 걸음 앞으로 나가는 토대가 되기 때문이다. 이런 자세에서 사람을 너그럽게 대해야 복을 받으며, 남을 이롭게 한다는 것은 사실 자신을 이롭게 하는 바탕이 된다는 사실을 추론할 수 있다.

《서경》에서는, "높은 곳에 오르기 위해서는 반드시 아래로부터 시작해야 하고, 먼 곳에 이르기 위해서는 반드시 가까운 곳에서 시작해야 한다. 아아! 생각하지 않고 어찌 얻을 수 있으며, 실천하지 않고 어찌 이룰 수 있겠는가?"*라고 하여 생각과 실천을 강조하고 있다.

*《書經》,〈太甲〉下 4
若升高必自下, 若陟遐必自
邇, 塢呼弗廬胡獲, 弗爲胡成.

학문을 하면서 비록 유類로써 미루어 나간다고 하더라도 아득하여 알 수 없는 경지까지 너무 앞서 나아가려는 것은 과도한 추론이다. 이렇게 하는 것은 마음에 와닿는 밝음은 적고 의혹은 많게 될 뿐이다.

학문을 함에 있어서 사리를 미루어 연구하지 못하는 것은 다만 마음이 거칠어서이다. 안자顔子가 성인의 경지에 이르지 못한 것도 마음이 거칠어서이다. 근본에서 줄기로, 줄기에서 가지로* 미루고 넓히는 과정이 필요하다. 이런 과정에 성신과 성의는 바탕이 되어야 한다.

*《退溪先生文集》卷31
自本而幹 自幹而支

에머슨은 "사람들은 가까이 있는 것들이 멀리 있는 것들에 못지 않게 아름답고 경이롭다는 사실을 알면 놀라워한다. 가까이 있는 것들이 멀리 있는 것들을 설명해 주기 때문."* 이라고 말한다. 이 말은 곧 한 사람의 인간이 자연 전체와 연관되어 있기 때문에 평범함의 가치를 인식하면 많은 것들을 발견하게 된다는 것을 의미한다.

*R.W. Emerson, 〈The American Scholars〉
Man is surprised to find that things near are not less beautiful and wondrous than things remote. The near explains the far.

삶에서 최고로 여겨지는 것들 중에는 우리가 당연하다고 간주했던 소소한 것들이다.* 집중력이 뛰어난 사람들이 보통 사람과 다른 점은 바로 관찰력에 있다. 러시아 속담에 "관찰력 없는 사람은 숲속을 거닐어도 땔감을 발견하지 못한다."는 말이 있다. 참으로 지혜로운 자는 눈이 밝지만, 어리석은 자는 눈을 뜨고도 어둠 속을 걷는 것과 같다.

*Some of the best things in life are the small things that we take for granted.

8

진보될 수 있는 방도를 생각하라

能知其不進 而思所以進者 進進不已
능 지 기 부 진 　 이 사 소 이 진 자 　 진 진 불 이

—《퇴계전서》권 39

나아가지 못함을 알고 나아갈 방법을 생각하면서 끊임없이 나아가라.

Keep going, knowing you can't and thinking about the way to think of ways to move on.

"거인의 어깨에 올라서면 더 멀리 볼 수 있다."라는 말은, 12세기 프랑스의 샤르트르 대성당 부속학교에서 활약했던 베르나르 드 샤르트르Bernard de Chartres가 한 말로 알려져 있다. 베르나르는 고전이나 그 저자들을 거인에 비유해 현재를 살아가는 우리가 거인의 어깨에 올라서면 거인보다 더 많이, 더 멀리 있는 것을 볼 수 있다는 의미로 이렇게 말했다.

이 말에 덧붙여 뉴턴은 "내가 멀리 보았다면 그건 거인들의 어깨 위에 올라서있었기 때문이라."*

* Isaac Newton
If I have seen further, it is by standing upon the shoulders of giants.

고 하였다. "거인의 어깨 위에 올라선 난장이"*라는 속담처럼 뉴턴도 자신의 빛나는 업적이 혼자만의 것이 아니었음을 겸손하게 밝히고 있다.

한 걸음 물러나서 보면 바다는 넓고 하늘도 푸르다*는 말과 같은 취지로 펑유란*은 "천리 밖을 보려면 한층 더 올라가야 한다."*고 하여 학문에 이르는 과정을 강조하였다. 유학에서 학문의 중요한 방법은 글을 널리 배우고 예로써 단속하는 것이다. 도리에 어긋나지 않는 것이 중요하지만, 이는 누구나 의지만 있으면 할 수 있다. 다만 박학만 하고 요약으로 돌아오지 않는다면, 이는 마치 말을 타고 너무 멀리 나가서 돌아오지 않는 것과 같은 이치가 되어 학자가 깊이 반성할 문제가 된다.

나아갈 수 있는 방법을 생각하면서 끊임없이 나아간다면 어찌 끝까지 진보가 안 될 이치가 있겠는가?* 퇴계는 먼저 근본을 세우고 뜻을 안정시켜 박학만을 하는 실수에 빠지지 않는 것은 참으로 좋은 일이라고 하였다. 다만 그가 염려했던 것은 학자가 먼저 공부하는 곳의 극히 일부분만 엿보았을 뿐인데, 스스로 자신이 간략하게 빨리 터득했다고 기뻐하여 자부하고 만족해서 다시 글을 널리 배우는 일에 뜻을 두지 않는다는 점이다. 게다가 생각이 지나쳐서 이단異端의 학문에 빠져들어가면서도 알지 못하는 것을 학자들은 반드시 경계해야 한다고 하였다.

* Nannos gigantum humeris insidentes

* 退一步海闊天空
* 馮友蘭
  중화민국과 중화인민공화국의 철학자.
* 《펑유란 자서전》
  欲窮千里目 更上一層樓.

* 《退溪先生文集》卷 39
  寧有終不進之理耶

누군가에게 모든 것을 다 가르칠 수는 없지만, 그저 상대가 생각할 수 있게는 할 수 있다.* 이 말은 닭이 낳은 달걀을 봐도 알 수 있다. 한 개의 달걀이 외부의 힘에 의해 깨어지면 생명은 끝난다. 하지만 내부의 힘, 즉 스스로의 힘으로 껍질을 깨고 나오면 생명은 유지되듯이, 위대한 일들은 항상 내부의 힘에서 비롯된다.* 헤르만 헤세가 《데미안》에서, "새가 알에서 나오려면 알을 깨고 나와야 한다. 알은 세상이기 때문이라."고 한 것처럼, 사람 또한 알로 비유되는 무수한 자아의 껍데기들을 벗어던져야 한다.

* Socrates
I cannot teach anybody anything. I can only make him think.

* If an egg is broken by an outside force, life ends. If broken by an inside force, life begins. Great things always begin from inside.

* Hermann Hesse Demian, Der Vogel kämpft sich aus dem Ei. Das Ei ist die Welt

잘못을 저지르고 나서 줄곧 그 잘못에 대한 말만 하고 바로잡아 실행에 옮기지 않은 채 생각의 사슬에만 매어있는 사람은 자기가 이어 붙인 저열한 고리를 마음으로부터 끊어내지 못한다. 한번 생각의 사슬에 묶인 사람은 거기에 자신의 몸과 마음은 물론 영혼까지도 옭아매이게 하여 갈수록 나락의 험지로 빠지게 된다. 그렇게 되면 다시 정상으로 돌아오기까지는 결코 쉽지 않을 것이다.

왜냐하면 그의 정신은 갈수록 피폐해지고 성격은 더욱더 거칠어지기 때문에 건실하고 발전적인 생각이 파고들 여백이 없기 때문이다. 《채근담》에 나오는 "많은 사람들이 바라는 꿈은 이 세상을 바꾸는 것인데, 자신을 바꾸고 싶어 하는 사람은 매우 적다."*는 말은 시

* 《菜根譚》
很多人的理想是改变这个世界, 但却很少有人愿意去改变自己.

사한 바가 크다.

밴드 퀸의 프레디 머큐리가 부른 〈보헤미안 랩소디〉의 가사에 "이건 현실일까? 아니면 그냥 환상일까? 산사태에 파묻힌 듯, 현실에서 벗어날 수 없어, 눈을 떠, 고개를 들고 하늘을 봐."*라는 구절이 있다. 이는 자신을 암시한 말이기도 하다.

공항에서 수하물 노동자로 일하며 음악의 꿈을 키워왔던 이민자 출신의 아웃사이더 프레디 머큐리는 록스타가 되고 싶어 하는 다른 이들과의 차별화 된 것으로 "우린 모두 아웃사이더들(Misfits)이고, 세상의 모든 아웃사이더들, 마음이 쉴 곳 없는 세상에서 외면 받은 사람들, 바로 그들을 위해 노래한다."는 점을 꼽았다.

* Queen, 〈Bohemian Rhapsody〉 Is this the real life? Is this just fantasy? Caught in a landslide, no escape from reality. Open your eyes, look up to the skies and see.

저마다 처해있는 상황에 안주하지 않고 분연히 떨쳐 일어날 수 있게 힘을 주는 것. 자신보다 힘없고 덜 갖춘 자들의 다리가 되고 어깨가 되어주겠다는 것. 그리하여 열악한 상황에 처한 이들의 가슴에도 이글거리는 열정이 있음을 고취시켜 내일은 내일의 태양이 떠오른다는 사실을 온 몸으로 보여주는 것. 바로 이러한 일에서 프레디 머큐리는 자신의 존재의 의의를 찾으려 하지 않았을까 싶다.

3. 의지(意志, willingness)

퇴계는 "'의意'는 영위하고 계획하며 왕래하는 모든 것을 일컫고, '지志'는 마음이 가는 바가 한결같고 곧은 것을 뜻한다."고 하였다. '의'는 '지'가 경영하고 왕래하는 것이니, '지'의 다리인 셈이다. '의'는 사사롭게 은밀히 행하는 사이에 드러나는 것이고, '지'는 공공연하게 일을 만들어 나가는 것이니, '의'는 침략하는 것이고, '지'는 정벌하는 것이므로 '지'는 공公이고, '의'는 사私이다.

의지는 기의 장수요, 기는 몸에 꽉 차있는 것이니, 의지가 최고요, 기가 그 다음이다. 그러므로 그 의지를 잘 잡고도, 또 그 기를 포악하게 하지 말아야 한다.* 이는 안과 밖 그리고 본과 말이 서로 배양되기 때문이다.

*《孟子》,〈公孫丑〉上 2
夫志 氣之帥也 氣 體之充也
夫志至焉氣次焉 故曰持其
志 無暴其氣.

에머슨R. W. Emerson은 자기 의지에 따라 영혼이 천국으로 나아가기도 하고, 지옥으로도 나아가기도 한다고 말한다. 그는 이러한 사실을 들어서 사람들의 마음에 선善에 대한 확고한 의지와 지선至善에 대한 숭고한 희망을 불어넣어 주려 하였다.

희망이 있다고 해도 자신 안의 빛과 작열함을 경험하지 못한다면,

그것이 희망이라는 것을 깨닫지 못하게 된다. 희망의 그 어떤 것도 보고 들을 수도 없다. 가치 있는 일을 행할 때는 결연한 의지가 필수요건이다. 꿋꿋하게 자신이 가던 길을 가면 으레 길은 있기 마련이다.*

중요한 것은 험한 길을 가고자 하는 실천적 의지이다. 〈베어울프〉*라는 서사시에 묘사된 일화이다. "귀족들이 (멀리서) 당신이 도망간 것, 즉 당신의 불명예스러운 행동을 알게 될 때, 그대의 모든 형제들은 토지를 빼앗길 것이다. 언제 어디서든 차라리 죽음을 택하는 것이 비난받으며 살아가는 것보다 낫다."* 이 시詩는 북유럽 게르만 민족의 영웅담을 전하고 있는데, 그중에서도 도망자들을 훈계한 이 말은 튜턴족의 결연한 의지를 잘 나타내고 있다.

* Rumi
As you start to walk on the way, the way appears.

* 이 시는 8세기에서 11세기 사이에 고대 영어로 쓰였으나 저자는 알 수 없다. 1010년경에 쓰인 필사본이 유일하게 전해진다. 전체 3183줄에 달하는 가장 긴 영웅시로 영문학에서 중요한 인식되고 있다.

* BEOWULF
Each man of your kindred must go deprived of his land-right when nobles (from afar) learn of your flight, your inglorious deed. Death is better for any early than a life of blame.

9

항상 빼앗을 수 없는 뜻을 지녀라

常有不可奪之志 不可屈之氣 不可昧之識見
상 유 불 가 탈 지 지　불 가 굴 지 기　불 가 매 지 식 견

—《퇴계전서》 권16

항상 빼앗을 수 없는 뜻과 굴복시킬 수 없는 기개와 속일 수 없는
식견을 지녀라.

Intellectual must Always have the will that can't be taken
away, the spirit that can't be brought down, and the
insight that can't be deceived.

에픽테토스는 "자신의 의지가 꺾이지 않도록 유념하라."고 충고
한다. 그는 매사에 이 원칙을 지킨다면 보다 일관된 행동을 할 수
있을 것이라고도 하였다. 현자賢者란, 자신의 모습을 있는 그대로
받아들이되 더 나은 모습으로 개선하려는 의지를 갖고 부단히 노력
하는 사람이다. 또한 주어진 상황을 최대로 즐기면서도 의도한 바
를 꼿꼿한 의지로 실천하는 것이 습관이 된 사람이다.

니체는 "수천 년의 의지에 따라 마치 청동에 새기듯 아로새겨 넣

는 것은 환희의 결정이 아니겠는가! 아니 청동보다도 더 귀하게 가
장 고귀한 것만이 참으로 굳건한 것이라."*고
하여 의지의 중요성을 역설하고 있다.

*F.W. Nietzsche, *Also sprach Zarathustra* Seligkeit, auf dem Willen von Jahrtausenden zu schreiben wie auf Erz, härter als Erz, edler als Erz. Ganz hart ist allein das Edelste.

이렇듯 큰 뜻을 세우면 작은 뜻이 그 큰 뜻
을 빼앗을 수가 없다. 흔히 사람들의 사사로
운 뜻이 생기는 것은 바로 생각을 하지 않기
때문이다. 공부하는 사람은 학문의 힘으로 나
날이 단련된 뒤에야 거의 두 다리가 단단히 땅에 붙어서 세속의 명
성이나 이익 또는 소문에 흔들려 넘어지지 않을 수 있다.

이렇게 하지 않으면, 조금만 쉬어도 마음이 게을러지고 뜻이 막
혀 생각이 흔들리게 된다. 게다가 세속의 유혹을 받으면 의지는 점
점 사그라들다가 마침내 처음의 뜻을 바꾸어 세속에 영합하게 된
다. 그리고는 현실에 부응하여 도리를 배반하고 이익을 따르는 것
이 좋은 방식이라고 자기 합리화 하게 된다.

의지가 견고하고 독실한 사람은 이런 근심을 제거하려고 끊임없
이 노력한다. 머리를 숙여 마음을 낮추려고 하며, 먼 곳을 가기 위
해 가까운 데로부터 시작하려는 의지를 다진다. 또 높은 곳을 오르
려면 낮은 데로부터 시작해야 한다는 사실을 직시하려 한다.

학문에 열중하면서도 겉으로 드러나는 것을 우려하여 겉옷을 걸
치고 덕을 감추려고 궁리한다. 항상 자신의 실행이 미치지 못함을
부끄럽게 여기며, 정신을 집중하여 글을 읽고 깊이 생각하며 골똘
히 연구하고 이를 실천으로 옮기려 한다.

그러면서도 의심스러운 것이 많다고 싫어하지도 않고 익숙하게 오래 하게 되면 저절로 통하게 될 것이라 믿기 때문에, 효과가 더디다고 하여 공부를 그만두지도 않는다. 학문하는 데는 목표가 바르고 타당하고 뜻을 세움이 확실한 것을 귀하게 여겨야 한다. 목표를 바르게 세우고 뜻과 기운을 굳게 하여 혼탁한 세속에 유혹되지 않고 오래도록 힘써 노력하면, 학문의 성취는 걱정할 필요가 없다.

학자가 공부하지 않고 보낸 지난 세월을 부질없이 후회만 한다면, 지금 하고 있는 공부도 훗날까지 계속하지 못하게 되어 결국 아무런 소득이 없게 된다. 그 어떤 시련도 결코 장애가 되지 못한다. 질병은 육신에 장애를 줄지언정 자신의 의지에는 장애가 되지 못한다. 절뚝거림은 다리에 장애가 될지언정 자신의 의지까지 절뚝거리게 하지는 못한다.

퇴계는 "사람들이 학문을 성취하지 못하는 이유는 한번 그 어려움을 알게 되면 중단하고 끝내 다시 시도하지 않기 때문이라."*고 하였다. 중요한 것은 스스로를 의심하지 않고, 지나간 일에 대해 후회하지 않으려는 자세이다. 게다가 학문을 너무 빨리 이루려고 지나치게 급히 서두르지 않으면서도 흔들리거나 포기하지 않으려는 단호한 의지이다. 이런 자세로 배움을 넓혀나가고 배운 바를 오래 실천하면 점차 익숙하게 된다.

*《退溪先生文集》卷35
夫常人之學, 所以每至於無成者. 只緣一覺其難, 遂輟而不爲.

의지가 없는 인생만큼 따분한 것은 없다. 가슴속의 생각을 평온하게 진정시킬 수만 있다면 사람으로서의 도리를 몸에 익히기란 그

다지 어려운 일이 아니다. 의기意氣를 분발시킬 수만 있다면, 무슨
일이든 못할 것이 없다.* 그러나 학문에 뜻을
두는 자들은 경악한 정신 상태로 사물의 도
리를 바라보거나 혹은 공기가 빠진 기구氣球
처럼 시든 마음으로 대처하려고 하기 때문에 경박하게 행동하다가
귀중한 일생을 허비하고 만다. 이 말은 명나라 여곤呂坤이 신음하듯
내뱉은 무서운 충고이다.

*《呻吟語》
把志氣奮發得起, 何事不可做.

10

자기 위치를 굳건히 확립하고 지켜라

不可變者 愈當堅牢 所當晦者 且宜崇深
불 가 변 자 유 당 견 뇌 소 당 회 자 차 의 숭 심

—《퇴계전서》권 17

변할 수 없는 것은 더욱 굳게 해야 하며, 참고 지켜야 할 것은 보다 더 높고 깊게 해야 한다.

What cannot be changed must be strengthened, and what must be endured and kept must be higher and deeper.

우리가 앞으로의 변화(爻象)를 살펴서 시기적절하게 대처하려면 어떻게 행하여야 할까? 퇴계는 "한번 자기 위치를 확립하면 쉽게 변하지 않으므로 주어진 처지에서 그 역량에 따라 어떻게 이겨 나가느냐에 달려있다."고 하였다. 이렇게 하기 위해서는 자신이 해야 할 일에 지조를 굳건히 지키되 마치 만 길의 벼랑 끝에 우뚝 서있는 것처럼 어려운 상황에서도 결연한 의지를 지녀야 한다. 그래야 처음부터 끝까지 배운 바를 저버리지 않게 된다.

밝은 덕을 천하에 밝히려고 하는 자는 먼저 그 나라를 다스리고, 그 나라를 다스리려고 하는 자는 먼저 그 집을 정돈하였으며, 그 집을 정돈하려고 하는 자는 먼저 그 몸을 닦는다. 또 그 몸을 닦으려고 하는 자는 먼저 그 마음을 바르게 하였고, 그 마음을 바르게 하려고 하는 자는 먼저 그 뜻을 성실하게 하였고, 그 뜻을 성실하게 하려고 하는 자는 먼저 앎을 지극하게 해야 한다.

이런 과정을 통해 앎을 지극하게 하려면 사물의 이치를 연구해야 한다. 사물의 이치가 연구된 뒤에야 앎이 지극해지고, 앎이 지극해진 뒤에야 뜻이 성실해진다. 또 뜻이 성실해진 뒤에야 마음이 바르게 되며, 마음이 바르게 된 뒤에야 몸이 닦여지게 된다. 그리고 몸이 닦여진 뒤에야 집이 정돈되고, 집이 정돈된 뒤에야 나라가 다스려지게 된다. 궁극적으로 나라가 다스려진 뒤에야 비로소 천하가 화평하게 되는 것이다.

이렇게 하기 위해서는 지위가 높은 사람으로부터 일반 서민에 이르기까지 모두가 한결같이 수신修身을 근본으로 삼아야 한다. 근본이 어지러우면서 말단이 다스려지는 경우는 없기 때문이다. 그리고 관대하게 해야 할 곳에 야박하게 하거나, 야박하게 해야 할 곳에 관대하게 하는 것도 도리에 어긋난 것이 된다.

이는 개인이 학문을 통해 '나'로부터 세상으로 확대해 나가는 과정을 설명한 것이다. 이렇게 학문을 하여 얻은 것이 있다면 어딜 가더라도 그 즐거움을 만끽할 수 있다. 진실로 이렇게 쌓아 올리기를 꾸준히 하여 남이 한번 할 적에 나는 백 번하고, 남이 열 번 할 적에 나는 천 번 하는 노력을 가한다면, 강하지 못했던 뜻이 자연히 강해질 것이고 늦게 배운 것도 근심할 것이 없게 된다.

나무가 크게 자라기 위해서는 단단한 돌을 파헤치고 튼튼한 뿌리를 땅 깊숙이 내려야 한다. 연약한 뿌리가 군건해지기까지는 수많은 난관을 헤치고 확고한 위치를 차지해야 한다. 그 과정은 힘들고, 어렵고, 외로운 투쟁의 길이라고 할 수 있다. 가장 고된 길은 홀로 걷는 법이다. 이것은 또한 강한 뿌리로 거듭나게 해주는 큰 족적이 되기도 한다.* 중요한 것은 잠시도 자신의 확고한 위치를 잃지 않는 것이다.

마르틴 부버의 《인간의 길》에 나오는 일화이다.

* The hardest walk is walking alone, but it's also the walk that makes you the strongest.

옛날 한 멍텅구리가 아침에 일어나면 옷을 찾아 입기가 너무 어려워, 밤이 되면 이튿날 깨면서 또 고생할 생각이 끔찍해서 잠자리에 들기를 꺼릴 정도였다. 그러다가 하루 저녁 큰 노력을 하여 연필과 종이를 가져다놓고 옷을 한 가지씩 벗는 대로 어디다 놓았는지를 정확히 적어두었다.

그 이튿날 아침 매우 만족한 그는 종이쪽을 들고 '모자' 하고 읽으면 모자가 있어서 머리에 쓸 수 있었고, '바지' 하면 바지도 있어서 입을 수 있었다. 이런 식으로 옷을 다 입도록 계속했다. "자, 그건 다 좋았는데 나 자신은 어디 있지." 하고 크게 당황하면서 물었다. "내가 도대체 세상 어디에 있는 거지." 하면서 두리번거렸으나 자기는 찾지를 못했다. 이런 장면이 결코 생소하게 여겨지지 않는 것은 어쩌면 오늘날을 살아가는 우리의 모습을 '멍텅구리'를 통해 보여주고 있기 때문인지도 모른다.

헤르만 헤세의 《데미안》에 나오는 말이다.

> "사람은 모두 유래가 같다. 어머니들이 같다. 우리 모두는 같은 협곡에서 나온다. 똑같이 심연으로부터 비롯된 시도이며 투척이지만 각자가 자기 나름의 목표를 향하여 노력한다. 우리가 서로를 이해할 수는 있다. 그러나 의미를 해석할 수 있는 건 누구나 자기 자신뿐이다."

"우리들 속에는 모든 것을 알고, 모든 것을 하고자 하고, 모든 것을 우리들 자신보다 더 잘해내는 어떤 사람이 있다는 것을 알아야 한다."는 데미안의 말 역시 우리가 우리 내면에 있는 본질적 자아와 소통을 해야 한다는 것을 의미한다. 우리가 누군가를 미워한다는 것도 우리 자신 속에 들어 있는 그 무언가를 상대의 모습에서 찾아볼 수 있기 때문이라고 한다. 자신 속에 있지 않은 것이 우리를 자극하기 힘들듯이 우리의 의지를 굳건히 하는 것만으로도 외부로부터의 영향에 흔들리지 않을 수 있다.

11

뜻이 있으면 마침내 이루어진다

有志竟成
유 지 경 성

—《퇴계전서》권23

뜻이 있으면 마침내 이루어진다.

If there is a will, it will finally come true.

중국 속담에 "세상은 목표가 있고 통찰력 있는 사람에게는 길을
열어준다."*고 한다. 인간의 의지 앞에 하늘도
도와준다는 말로 들린다. 이 말은 "포부를 지
녔고 재능을 갖춘 근면한 사람 앞에 더 이상 전진은 불가라고 알리는
장애물은 없다."는 베토벤의 좌우명과 서로 맥락이 통하는 것 같다.

*世界会向那些有目标和远见
的人让路

이 말은 학문의 길에도 마찬가지로 적용된다. 선비가 궁색하
여 가난을 걱정하다 보면 과거를 보기 위한 공부에서 벗어나기 어
렵다. 하지만 이런 이유로 자신을 위하는 학문을 포기한다는 것
은 큰 문제이다. 퇴계는 "자포자기하는 것은 아니라 하더라도 게으
른 뜻이 한번 생겨나면, 곧 이것이 자포자기가 되는 것이나 다름없

다."*고 하였다. 말끝마다 예의를 비방하는 것
을 '자포'라 한다. 또 인仁에 의하고 의義를 따를
수 없는 것을 '자기'라 한다. 매사에 매듭을 짓

*《退溪先生文集》卷 23
非敢爲自暴自棄, 懈惫一生,
便是自暴自棄耶.

지 못하고 도중에 스스로 포기하는 사람과는 어떠한 일도 도모할 수
없다. 반면에 스스로를 버리는 자와는 뜻있는 말을 나누기가 어렵다.

"결코 포기하지 말라. 그러면 그대는 언젠가 돌이켜 생각해 볼
때, 포기하지 않았던 것을 기뻐하게 될 것이
다."* 이렇듯 포기하지 않으면, 자신에게 돌아
올 기쁨을 도종환 시인의 〈폐허이후〉라는 시
에서 엿볼 수 있다.

*Never give up. One day
you will look back and be
glad you did not.

사막에서도 저를 버리지 않는 풀들이 있고
모든 것이 불타버린 숲에서
아직 끝나지 않았다고 믿는 나무가 있다.
화산재에 덮이고 용암에 녹은 산기슭에도
살아서 재를 털며 돌아오는 벌레와 짐승이 있다.
내가 나를 버리면 거기 아무도 없지만
내가 나를 먼저 포기하지 않으면
어느 곳에서나 함께 있는 것들이 있다.
돌무더기에 덮여 메말라버린 골짜기에
다시 물이 고이고 물줄기를 만들어 흘러간다.
내가 나를 먼저 포기하지 않는다면

사막 여행자에게 목마른 뱀이 다가와 불쌍한 눈으로 물을 요구하는 듯한 행동을 보였다. 여행자는 얼마 남지 않은 물을 아껴 마시던 상황이라 물은 곧 자신에게도 귀한 생명수였다. 여행자가 아끼던 물을 뱀에게 주자 물을 마신 뱀은 급히 사라졌다. 하지만 물통의 빈 공간에 여행자는 살고자 하는 의지가 가득 채워졌음을 배웠다.

아무리 힘든 상황이라도 내가 나를 버리지만 않는다면 반드시 살아갈 희망이 있다는 사실을 태국의 한 동굴에 갇혔다가 열흘 만에 발견되었던 축구팀의 사례에서도 알 수 있다. 결론적으로 축구팀의 소년들은 25세 코치의 생존 리더십 덕분에 살아남을 수 있었다. 코치는 '우리는 해낼 수 있다'는 긍정 마인드와 '우리는 한 팀'이라는 동질감을 심어주며 희망을 공유했다.

그는 신체 움직임을 최소화하여 체력을 안배하게 하였고 종유석에 맺힌 물을 모아 마시면서 심신의 한계를 조절하는 방식으로 구조의 손길이 다가올 시간을 벌었던 것이다. 이들은 전원 구조되었고 많은 사람들에게 뜻이 있으면 반드시 이루어진다는 사실을 온몸으로 보여주었다.

《주역》〈건괘乾卦〉는 문왕이 문명한 덕으로 주周나라를 잘 다스려 인심을 얻자, 이것을 두려워 한 은나라의 폭군 주왕紂王이 문왕을 유리옥에 가두었던 예를 말하고 있다. 이런 상황에 처했어도 안으로는 문명한 덕을 품고, 밖으로는 유순하게 주왕을 섬기는 방법으로 옥살이하면서, 훗날 그의 아들인 무왕武王이 은나라를 정복하고 주나라를 세울 수 있는 기틀을 다진다.

역시 주왕紂王과 그의 삼촌인 기자와의 일화에서도 '의지'의 중요
성을 찾아 볼 수 있다. 기자는 문명한 덕을 갖춘 은나라의 세 어진
신하(기자, 미자, 비간) 중 한 사람으로, 주왕 밑에서 대신의 직책을
맡고 있었다. 조카인 주왕에게 간언을 해도 이를 귀담아 들어주지
않자, 그는 거짓으로 미친 척하면서 스스로의 지혜로움을 감춘다.
이렇게 생명을 보존해서 후세에 그 지혜를 전할 수 있었다.

행동에 대한 장애가 행동을 진전시키고, 방해가 되는 것이 오히
려 길이 되기도 한다.* 이 말은 "걱정 말고 빙
판 위에 발을 디뎌라. 가장 용기 있는 자는 막
다른 길을 마주하면 스스로 길을 만들 것이
다! 스스로 길을 만들라!"라고 했던 나폴레옹

* Marcus Aurelius
The impediment to action
advances action. What
stands in the way becomes
the way.

의 말에서도 찾아볼 수 있다. 그는 알프스산맥이 자신의 군대를 가
로막자 "알프스를 없애버리겠다."고 다짐한 후 전엔 거의 접근 불가
능하리라 여겨졌던 지역에 생플롱 고갯길을 뚫어버렸다. "불가능이
란 바보들의 사전에서나 발견할 수 있는 단어라."고 했던 말을 험준
한 알프스에 길을 낸 것으로 보여준 것은 그의 실천적 의지를 보여
준 사례이다.

12

일시적으로 세운 뜻은 믿기 어렵다

一時作意難恃 而野燒依舊草生
일 시 작 의 난 시　이 야 소 의 구 초 생

—《퇴계전서》 권 36

일시적으로 뜻을 세운 것은 믿기가 어려워 마치 불타버린 들판에
다시 옛 풀이 돋아나는 것과 같다.

It is hard to believe that the intention was temporarily
established, so it is as if old grass is sprouting again in a
burned field.

수양하면서 자신을 닦아 새로 얻는 것이 날로 풍부해진다면 오래
된 습관은 자연히 없어지게 된다. 옛사람들은 비록 잘못을 뉘우치
고 자신을 꾸짖는 것을 귀하게 여겼지만, 그렇다고 너무 심하게 하
거나 박절하게 하지는 않았다.

왜냐하면 이와 같이 할 경우 도리어 허물을 뉘우치는데 얽매여서
가슴속에 부끄러움과 인색함이 쌓이게 되기 때문이다. 한 덩어리의
사사로운 뜻을 쌓아둔다는 것이 바로 이를 두고 한 말로서 누구나

경계해야 할 바이다.

흔히 공자가 말하는 소인은 군자와 달리 몸은 자랐으나 마음은 아직 어린 사람이다. 즉, 자기만 생각하고, 매사에 자기 입장만을 내세우면서 그 격에 맞는 뜻도 세우지 못한 채 소아적 사고에서 머물러 있는 부류의 사람을 일컬어 소인이라 한다.

반면 군자는 자신이 세운 뜻을 굳건하게 지켜나가면서 큰 포부를 지니고 매일매일 새로워지려고 발전을 거듭하고 잘못된 점이 있으면 이를 개선할 줄 아는 사람이다. 그래서 군자는 다름 아닌 진행되는 상태에 있으면서, 자신의 뜻을 굳건하게 세우려는 사람이다. 그렇기 때문에 군자의 경지까지 이르는 길은 매우 어려워 군자가 될 수 있는 사람 또한 많지 않다.

군자에 이르는 길이 순탄치 않더라도 불가능한 것은 아니다. "눈이 최고의 작곡가이고, 빛은 화가들에게 으뜸 요소가 된다."*는 말처럼, 군자가 되려는 사람은 최고를 볼 수 있는 눈을 가져야 한다. 그리고 화가에게 으뜸 요소인 빛은 군자가 되려는 사람에게 변치 않는 굳은 의지의 빛이 되면 가능하다.

* R.W. Emerson, 〈Nature〉 As the eye is the best composer, so light is the first of painters.

문제는 군자가 되려는 뜻이 일시적인 것이라면 이는 믿을 수가 없다는데 있다. 오스트리아 출신의 정신과 의사인 빅터 프랑클 Viktor E. Frankl은 《죽음의 수용소에서》라는 책에서 이러한 의지가 가장 절망적인 상황에서 더욱 빛난다는 것을 잘 말해주고 있다. 아우슈비츠의 수형자들에게 가장 절망적이었던 것은 자신들이 얼마나 오랫동안 수용소 생활을 해야 하는지, 언제 석방되는지를 모를 정도로 수형 기간은 불확실했으며 끝이 있는 것도 아니었다.

한 심리학자는 이를 '일시적인 삶provisional existence'으로 부를 수 있다고 한다. 그들에겐 끝을 알 수 없는 일시적인 삶인 셈이다. 이런 형태의 삶이 끝날 것인지 말 것인지, 끝난다면 과연 언제 끝날 것인지 미리 예견하는 것이 불가능하다. 하지만 끝난다는 의미의 'finis'라는 라틴어에는 두 가지 의미가 내포되어 있다. 하나는 끝이나 완성을 의미하고, 또 하나는 이루어야 할 목표를 의미한다.

자신의 '일시적인 삶이 언제 끝날지 알 수 없다'고 판단한 사람은 인생의 궁극적인 목표를 세울 수가 없다. 그는 정상적인 삶을 누리는 사람과는 반대로 미래를 대비한 삶을 포기하기 때문이다. 아무리 열악한 상황에 처해 있더라도 삶의 강렬한 의지가 필요하다는 것을 이 책의 저자 빅터 프랭클은 보여주고 있다.

대한체육회의 스포츠 영웅 선정위원회는 2022년 말에 이봉주를 대한민국 스포츠 영웅으로 선정했다. 그는 국민들에게 꿈과 희망을 전했다는 것이 높게 받아들여졌다. 불멸의 마라토너, 국민 영웅, 희망의 아이콘 이봉주는 '중요한 것은 꺾이지 않는 마음' 이른바, '중꺾마' 정신을 강조했다. 마라톤은 오랜 시간 꾸준히 운동해야 한다.

정말 오랜 시간 훈련해야 결과가 나오는 운동이기 때문에 '절대 포기하지 말자'는 것이 이봉주의 신조였다. 그가 마라톤을 오랫동안 할 수 있었던 것은 포기하지 않는 마음가짐이 있었기 때문이다. 힘이 들어도 절대 포기하거나 기권하지 않는 게 중요하다는 것이 그의 신념이다. 그는 각자가 처한 현 상황이 아무리 힘들더라도 포기하지 않고 긍정적 생각을 가지고 임한다면, 언젠가는 좋은 날이 오리라는 믿음이 희망이 되었음을 말하고 있다.

이봉주의 '중꺾마' 철학은 2000년 시드니올림픽에서 여실히 드러났다. 그는 이 대회에서 레이스 중 다른 나라 선수와 부딪혀 넘어졌을 때, 다른 나라 선수는 경기를 포기했지만 이봉주는 포기하지 않고 달렸다. 등수에서 밀려 났지만 완주했다. 이봉주는 당시 상황에 대해 자신도 역시 포기할 뻔 했지만, 늘 포기하지 않는다는 신조를 가지고 있었기 때문에 끝까지 완주했다고 하였다.

필자가 몇 해 전에 2년 연속 육군 3사관학교에서 특강을 한 적이 있었다. 당시 학교장이었던 서정열 장군이 강조했던 구호가 절·절·포였다. 어떠한 난관에 처하더라도 "절대 절대 포기하지 말라."는 군인 정신이 온축되어 있는 구호다. 온유하면서도 단호한 풍모를 온몸으로 보여줬던 서장군의 휘하에서 역시 인성을 겸비한 강인한 장교들이 배출되었음은 두말할 필요가 없다.

강물이 바다에 들어가겠다는 위험을 스스로 감수할 때, 비로소 두려움이 사라진다. 그것은 자신이 바닷속으로 사라지는 것이 아니라 바다와 하나가 된다는 것을 깨닫기 때문이다.* 어떤 분야의 대가가 되어 명성을 얻기 위해서는 위험을 감내하면서도 피나는 노력은 필수다. 여기에 군은 의지가 바탕이 됨은 당연하다.

* Khalin Gibran
The river needs to take the risk of entering the ocean, because only then will fear disappear, because that is where the river will know. It's not about disappearing in the ocean, but of becoming the ocean.

4. 판단(判斷, Judgment)

인간은 매사를 구분하고 선택하며 판단한다. 오직 인간만이 불가능한 일을 가능한 일로 만들 수 있지만, 때론 잘못된 판단도 확신을 가지고 한다. 그래서 "도덕적 미덕에도 판단이 필요하다."*

* M. J. Sandel, *Justice*
Moral virtue requires
judgment.

피타고라스pythagoras는 "인생은 올림피아 경기에 모인 수많은 군중과 같다."고 말한다. 걸인도 자기 멋에 깡통을 왼손으로 들었다가 오른손으로 들을 수도 있듯이, 명예를 얻기 위해 올림픽 경기에 참가한 사람도 있겠지만, 돈을 벌기 위해 물건을 팔러 경기에 참석한 사람도 있다. 함부로 자기 입장에서만 바라볼 것은 아니다.

사람은 누구나 자신의 판단에 따라 일하는 방식에는 한계가 정해져 있지 않다. 모든 사람에게는 자신의 노력 여하에 따라 최고의 지위에 오를 수 있는 길도 열려 있다. 여기서 요구되는 것은 오직 자신만의 지혜에서 비롯된 판단뿐이다. 먹줄을 따라 돌을 놓되 돌을 따라 먹줄을 쳐서는 안 되듯이, 판단하고 선택하는 것도 순서와 시간을 안배해야 하는 우리 삶의 일부이자 중요한 의사결정과정이다.

모든 것에는 두 개의 손잡이가 달려 있다. 잘못된 손잡이를 잡지 않도록 주의해야 한다.*는 격언은 판단의 중요성을 말해준다.

* R.W.Emerson, 〈The American Scholar〉
All things have two handles ; beware of the wrong one.

　　강을 본 적이 없는 사람이 처음으로 강을 보게 되면 바다라고 생각한다. 우리가 아는 한 가장 큰 것을 자연이 만들어 낼 수 있는 극한이라고 판단하기 때문이다. 그다지 크지 않은 강이라 할지라도 그보다 더 큰 강을 본 적이 없는 사람에게는 거대하게 보일 것이다. 사냥하다 놓친 토끼는 사슴만큼 크다고 생각될 수 있다. 사람의 경우도 마찬가지다. "자신이 넓다 하여 남을 좁다고 판단해서는 안 된다."*

*《書經》,〈咸有一德〉3
無自廣以狹人.

　　리처드 도킨슨은《만들어진 신》에서 "인간에게는 수백만 년에 걸쳐 진화한 마음의 능력 중 도덕적 판단을 지시하는 보편 도덕의 준칙이 있어서, 그 안에 다양한 도덕 체계들을 구축할 수 있는 원리들이 구비되어 있다."고 하였다. 그는 판단을 지시하는 준칙의 존재를 원리적인 측면을 들어 구체적으로 밝히고 있다.

짧은 소견으로 억지로 판단하지 말라

見未到 不可以臆斷
견 미 도 불 가 이 억 단

—《퇴계전서》권 25

소견이 미치지 못한 것은 억측하여 판단할 수 없다.

It cannot be judged by speculation that the opinion did
not reach.

사회에서 지식인의 기능은 열정에 대한 무수한 유혹에 직면해서도
냉정하고 편견 없는 판단을 지니는 것이다.[*]

[*] B. Russell, *I Believe*
If the intellectual has any
function in society, it is to
preserve a cool and unbiassed
judgement in the face of all
solicitations to passion.

우리가 이 시대의 밑바탕에 깔려있는 편
견을 짊어지고 가지 않는 한 세월의 흐름은
우리를 점점 더 완벽하게 이끌어줄 것이다.
그 편견의 내용은 오로지 청춘만이 아름답고
행복할 권리처럼 생각될 수 있다고 리아 루프트Lya Luft는 말한다.

하늘에 있는 것은 진실로 알 수 없으며 사람에 있는 것은 한 가지
를 갖고서 개괄하여 논할 수 없다. 하늘에 있는 것은 본래 알 수 없

지만, 사람에게 있는 것도 역시 일괄적으로 논할 수는 없다. 대개 하늘이 큰 임무를 사람에게 내리려 할 적에 어찌 젊을 때에 한번 이룬 것만으로 대번에 만족하게 여기겠는가. 필시 중년과 말년에 풍족하게 공을 쌓은 이후에야 자격이 크게 갖추어지는 것이다.

시를 예로 들자면, 옛 사람들이 지은 시 중에는 좋은 것은 매우 좋지만 좋지 않은 것도 역시 많다. 가령 당나라의 시인 두보杜甫가 만년에 지은 시 대부분은 정연하고 온건하지만, 역시 간간이 방자한 것은 매우 방자한 것도 있다.

이런 곳까지 우리들의 소견이 아직 미치지 못하면 억측으로 판단할 수 없다. 주관을 세우고 의론을 정립하여 우리의 의리가 성숙되고 안목이 높아진 후에 천천히 논의해야 한다.

만약 어떤 일에 대하여 거칠고 엉성한 견해로써 자신의 뜻을 지나치게 주장하여 입에서 나오는 대로 마구 말하고 높은 소리로 떠들면서 여러 의견들을 능가한다면, 혹 말이 이치에 어긋나지 않았더라도 이러한 태도는 배우는 사람의 도리를 벗어난 것이 된다.

퇴계는 "학자가 자신이 직접 편찬한 책에 대해서도 항상 믿음이 덜 가는 것은 단연코 국량局量이 넓지 못하고 견해見解가 투철하지 못하기 때문이라."고 하였다. 이러한 태도는 다급한 경우에 처했을 때 더욱 두드러진다. 마치 바람이 불면 풀이 힘없이 흔들리듯이, 학자가 마음은 너무 조급하고, 처신할 때는 몸 둘 바를 모르며, 간사한 얼굴에 구차한 행동을 하면서 우선 환난患難을 피하는 데만 짧은 소견을 발휘한다. 이런 것은 내부에 갖춘 바가 없기 때문이므로 특히 경계하고 깊은 반성을 해야 한다고 퇴계는 말한다.

사람은 야자수처럼 내부에서 바깥쪽에서 자라는 고귀한 내생식물이다.* 나무가 어떻게 자라고, 얼마나 자랐는지를 알기 위해서 나무 앞에 서서 나무를 계속 지켜본다고 해서 잘 알 수 있는 것은 아니다. 필요한 것은 나뭇가지를 쳐주고, 잡초를 제거해주며, 벌레들로부터 해를 입지 않게 어루만져주는 관심이다. 그러면 나무가 성장하고 있다는 것을 볼 수도 있고 느낄 수도 있다.

인간도 마찬가지다. 인간에게도 인간다운 관심이 필요하다. 아이가 자라면서 장애물을 극복하는 법을 보여주는 식의 관심이 중요하지 얼마나 더 성장했는가를 확인하기 위해 매시간 나무 기둥에 세워 키를 잴 필요는 없다. 인간의 틀 안에만 머물면 정작 인간들의 일을 모르는* 법이다.

감각은 우리를 속이지 않지만, 판단은 우리를 속인다고 한다. 세상의 죄악罪惡에 물들지 아니한 어린아이의 자연 그대로의 깨끗한 마음을 맹자는 적자지심赤子之心이라 하였다. 순수한 경험에 만족하고, 그에 따라 행동하는 자는 자연 그대로의 진실을 갖춘 사람이다.

벤자민 프랭클린이 번개와 전기의 동일성을 발견했을 때, 사람들은 그를 비웃으며 그게 무슨 소용이 있겠느냐고 자신들의 짧은 소견으로 속단했었다. 그러자 그가 "아이가 무슨 소용이 있는가? 하지만 아이는 어른이 될 수 있다!"고 말했던 것은 우문에 대한 현답이

* R.W. Emerson, 〈Uses of Great Men〉
Man is that noble endogenous plant which grows, like palm, from within outward.

* F.W. Nietzsche, *Also sprach Zarathustra*
Man verlernt die Menschen, wenn man unter Menschen lebt.

아닐 수 없다.

사람들과의 교제는 인간의 판단력을 놀라울 정도로 향상시킨다. 자기 내부에 갇혀 있는 사람은 누구나 한 치 앞도 내다보지 못하는 경우가 허다하다. 소크라테스socrates에게 누군가가 "그대는 어느 나라 사람인가?"라고 묻자, '아테네 사람'이 아니라 '세계 사람'이라고 대답했다는 일화는 합리적 판단을 도출하라는 우문현답이다.

그는 매우 풍부하고 넓은 사상을 가지고 있었으므로 발밑밖에 보지 못하는 사람들과는 달리 전 세계를 자신의 마을로 생각했으며, 지인과의 교제와 애정을 전 인류에게로 넓혔던 것이다.

《성경》에 "너는 소와 나귀를 겨리하여 갈지 말라."*고 하였다. '겨리'란 소 두 마리가 끄는 쟁기를 의미하므로, 소와 나귀를 한 멍에에 씌워 밭을 갈지 말라는 의미다.

* Holy Bible, 〈Deuteronomy〉 22
Thou shalt not plough with an ox and an ass together.

신체조건이 다른 두 대상의 특수성을 감안하여 일을 행하란 뜻이다. 군인들이 보트를 머리에 올리고 걷거나 목봉체조를 할 때도 힘과 높이를 고려해야 한다는 것도 같은 맥락에서 이해할 수 있다.

식견이나 목표하는 바는 원대하고 커야 한다. 그러나 행할 때는 또한 자기의 능력을 고려해서 점진적으로 해내야 한다.*

*《近思錄》,〈爲學篇〉
所見所期, 不可不遠且大, 然行之 亦須量力有漸.

뜻이 너무 크면 마음이 지치게 되고, 역량은 부족한데 목표하는 바가 지나치면 결국 실패할 우려가 있기 때문에 뜻을 원대하게 갖되 자기의 능력에 맞는 목표를 세워야 한다.

14

높이 나는 학은 닭의 무리를 피한다

昂鶴避鷄羣者 而所守所處之不凡
앙 학 피 계 군 자 이 소 수 소 처 지 불 범

—《퇴계전서》 권 20

높이 나는 학은 닭의 무리를 피하고 지키고 처신하는 바가 범상
치 않다.

The flying Crane is unusual in avoiding, guarding, and
behaving from the flock of chickens.

"위대한 정신의 소유자는 사상을 논하고, 보통인 자들은 사건을 논
하지만, 나약한 정신의 소유자들은 사람을 말
한다."*는 루즈벨트Roosevelt의 말은 사람들이
각자 자신의 그릇만큼 논의의 대상도 차이가
있음을 보여주고 있다.

* Eleanor Roosevelt
Great minds discuss ideas;
average minds discuss events;
small minds discuss people.

이를 극명하게 보여주는 예가 《장자》에 나온다. "아침 버섯은 아
침과 저녁이 있음을 알지 못한다. 또 쓰르라미와 매미는 여름 동안
에만 살기 때문에 봄과 가을을 알지 못한다."* 그리고 만 리 물결치

며 날아가는 곤이 화한 대붕새를 비웃는 것은 다북쑥 밭 깊이 숨은 매미와 밭새이다.* 생명이 극히 짧은 생물들의 숙명을 빌어 견문이 매우 좁음 사람을 비유한 것이다.

*《莊子》,〈逍遙遊篇〉
朝菌不知晦朔,
蟪蛄不知春秋.

*《莊子》,〈逍遙遊篇〉
解笑鯤鵬擊萬里
蓬蒿深處有蝸鳩.

이와 유사한 예로, 진秦나라 말기에 처음 반란을 일으켰던 진승·오광의 난을 들 수 있다. 진승은 본래 남의 집에서 일하던 머슴이었다. 그렇지만 그는 어려서부터 포부가 남달랐는데, 그가 젊은 시절 자신이 일하던 집주인에게 "훗날 누구든 영화를 누리게 되면 우리 사이의 인연을 잊지 맙시다." 하고 말했다. 노비로부터 이런 말을 들은 주인이 어이가 없어 "이런 미친놈!" 하고 무시하자 진승은 "제비와 참새가 어찌 기러기와 고니의 뜻을 알겠느냐?"* 하고 반문한다.

* 陳勝
燕雀安知鴻鵠之志.

하루는 노나라 정공定公이 계손사季孫斯 등 문무백관과 함께 남쪽 교외로 나가 하늘에 대한 교郊제사를 올렸다. 정공은 제사를 지내자마자 제齊나라에서 바친 미인 악사들을 보기 위해 궁으로 돌아갔고, 계손사 역시 집으로 돌아가 강악무를 즐기고 있었다. 결국 제사 지낸 후 조胙는 분배되지 않았다. 게다가 사흘 동안이나 조회도 열리지 않았다.

이에 공자孔子는 "아, 나의 진리가 세상에 퍼지지 않았구나. 이것이 하늘의 뜻인가?"라고 하며 길게 탄식하였다. 다음날 아침, 공자는 여러 제자들을 거느리고 곡부성을 떠났다. 기근가 뒤따라가서 공자에게 노나라를 떠나는 이유를 묻자, 공자가 거문고를 타며 노래 한 곡을 부르기 시작한다.

"군주가 여인의 말을 믿으면 군자는 떠나가는도다. 군주가
여인을 가까이하면 사직은 사라지는도다. 이런 그늘 속에서
벗어나 유유자적하며 이렇게 나의 세월을 보내리라."

공자는 이미 노나라 정치에 더 이상 희망이 없다고 판단했던 것
이다. 14년 동안의 자신의 뜻을 알아주는 군주를 찾아 천하를 떠돌
기 시작한 것이다. 이른바 공자의 '천하 역유歷遊'가 시작된 것이다.
페르시우스persius가 말했던 "조국과 사랑하는 동포에 대한 너의 의
무는 무엇인가?"를 공자가 엄중히 정공에게 질책한 것이다.

퇴계는 "비록 학문을 통해 자신이 직접 효과를 거두지 못하더라
도 남들이 효과를 거둘 수 있게 된다면 이는 매우 행복한 일이라."
고 여겼다. 선비는 조용한 처지에 있으면서 일과 공부를 하면 세상
을 경영하는 것보다 훨씬 큰 효과를 거둘 수 있다.

이럴 때 주의해야 할 점으로 지나치게 너그러워서 교유交遊하는
사람들의 편의나 봐주는 그런 작은 선비가 되지 말라는 것이다. 높
이 나는 학이 닭의 무리를 피하는 것은 고수하는 바와 처신하는 바
가 범상치 않기 때문이다. 선비가 출사하거나 물러나는 것이 모두
자신의 마음대로 되는 것이 아니지만, 주어진 환경에 따라 물들어
서는 안 된다.

녹을 위해 벼슬하는 것은 옛사람들도 간혹 있었기 때문에 본래

의리에 어긋난 일은 아니다. 하지만 명성과 이익의 바닷속은 사람을 빠지게 하기 쉬운 곳이기 때문에, 만일 선비가 등골뼈를 튼튼히 확립하고 발꿈치를 굳게 정착하지 않는다면 그 구덩이 속에 떨어지지 않을 사람은 적다는 것을 퇴계가 우려한 것이다.

자기 마음대로 더했다 덜었다 하는 저울로 자신을 저울질하려 하지 말고, 객관적인 잣대가 자신의 옳고 그름과 굽고 곧음을 재는 표준이 되어야 한다. "진흙에서 나왔지만 물들지 않는다."*는 말처럼 벼슬하지 말라는 것이 아니라 벼슬하되 벼슬놀이에 빠져 있는 필부필부들과는 격이 달리해야 한다는 것이다.

* 주돈이, 〈愛蓮說〉
出淤泥而不染

공자가 "어찌 한 가지 말을 들었다고 해서 곧바로 그것을 실행할 수 있겠는가?"라고 했던 말의 의미도 깊이 생각해야 한다. 선비가 그 들은 바가 옳지 못하고 악한 것이라는 사실을 알았으면, 곧 이를 바로잡아 실행하려고 노력해야 한다. 그리고 이를 행하는데 있어서 주변의 사람들이 자신과 결기가 다르다는 사실을 알게 되었으면 이들과의 관계를 과단성 있게 결단하고 본연의 자신에게로 돌아가야 한다. 이런 사람은 대장부라 할 수 있다. 맹자는 "대장부라면 천하의 가장 넓은 곳에 살며, 천하의 가장 바른 지위에 서서, 천하의 가장 큰 도를 행하여야 한다."*고 하였다. 그는 비록 가난하고 천하여도 지조를 잃지 않으며 위엄과 힘으로도 그를 굽힐 수 없는 뜻이 높은 사람이다.

*《孟子》,〈滕文公〉下 2
居天下之廣居 立天下之正
位 行天下之大道.

15

다른 사람도 있다는 사실을 알아야 한다

但知有己 不知有他人
단 지 유 기 부 지 유 타 인

—《퇴계전서》권16

자기만 알고 다른 사람도 있다는 것은 모른다.

Man often value himself and do not care about others.

미하엘 엔데의 소설 《모모》에는 타인의 시간을 빼앗아 자신의 생명을 연장하는 회색인간이 등장한다. 상대의 등에 비수를 꽂아야만 내가 살 수 있다는 잘못된 인식과 누군가의 목을 물어 피를 마셔야 자신이 살 수 있다는 드라큘라식 사고로는 우리 곁에서 영원히 회색인간을 몰아낼 수 없다. 타자에 대한 공평무사한 인식과 균형 잡힌 사고만이 이런 인간을 멀리할 수 있는 방법이다.

가장 좋은 방법은 한쪽으로 치우치지 않은 식견을 지니는 것이다. 또한 원칙을 세우고 함부로 세태의 흐름에 편승하지 않으려 노력하는 것이다. 무작정 여론에 따르기보다는 자신이 올곧게 배운 바를 저버리지 말아야 한다.

남에게 문제점이 있다는 것은 알면서도 자신에게 있는 더 큰 문제점을 알지 못하는 것이 보통 사람의 상정이다. 각기 자신의 장점을 자랑하면서 남의 단점을 공격하는 것은 사고의 균형이 파괴된 행위이다. 매사를 자신에게 돌이켜 성찰하기에 힘쓰고 치우친 점이 있다면 바로잡아 서로 같이 나아가려는 것이 균형 잡힌 사고이다.

유리 집에 사는 사람은 돌을 던지지 말라는 속담이 있다. 괴테는 "가장 멋진 윤회는 우리가 타인 안에 다시 등장하는 것을 볼 때." 고 하였다. 다른 사람들보다 항상 앞서려고 하고 자신의 뛰어남을 내세우는 사람은 대개 혼자만의 세계관에 빠져있는 경우가 많다. 이들은 마치 자기 기만의 어둠에서 헤어나오지 못한 채 자신의 본 모습마저 망각하게 된다.

《성경》에 "캄캄한 어둠이 온통 애굽을 덮어서 3일 동안 누구도 다른 사람을 볼 수 없었다."*고 쓰여있다. 비단 주변의 어둠이 무서운 것이 아니라 사람을 보지 못하는 마음의 어둠이 위험한 것이다. 마음의 어둠은 아집의 싹을 키울 뿐이다. 마음에 온통 자기 자신만으로 가득 찬 사람에게는 누구든지 들어갈 여지가 없다.

* Holy Bible, 〈Exodus〉 10 Total darkness covered all Egypt for three days. No one could see anyone else.

세상 사람들은 '나'란 글자를 너무 소중하게 여기기 때문에 수많은 고통과 번뇌를 경험하게 된다. 모 가수가 부른 〈가시나무새〉라는 노래의 노랫말에는 '내 속에 내가 너무 많음'을 고백하는 구절이 나온다. 내 속에 내가 너무 많으면 당신이라는 아름다운 새가 둥지를 틀 여백이 없다.

원래 켈트 신화에 나오는 가시나무새는 평생 뾰족하고 긴 가시가 박힌 가시나무를 찾아다니다가 그런 가시나무를 찾아내면 그 가시나무에 돌진해서 가시에 박혀 죽는다고 한다. 심지어 죽어가면서도 가장 아름다운 노래를 부른다고 하니, 이 새야말로 자신이 할 수 있는 모든 일이 대단한 것이며 다른 모든 새들이 할 수 있는 것 이상이라고 여겼기 때문이 아닐까?

마르틴 부버는 "교만한 사람은 벌bees로 다시 태어난다."고 한다. 그런 사람은 마음속으로 난 부자고, 난 잘생겼고, 난 공부도 잘하고 등등 온통 나만을 내세운다. 내 속엔 수많은 '나'가 존재할 뿐이다. 착한 나, 똑똑한 나, 행복한 나, 넓은 집에서 사는 나, 훌륭한 부모님 밑에서 자란 나 등등 마치 "난~ 난~ 난~"이라는 소리가 윙윙거리는 벌의 노랫소리로 들리기 때문이다. 이런 사람은 언제나 문제를 일으키는 '나'로부터 해방되는 것이 급선무다.

* Sigmund Freud
Everywhere I go I find a poet has been there before me.

"가는 곳마다 나보다 먼저 다녀간 시인이 있음을 발견한다."*는 말이 있다. '나' 이외에 알 수 없는 많은 사람들이 있다는 사실을 인식시키기에 충분히 함축적인 표현이다. 하지만 사람들은 대개 자기 생각에만 온통 사로잡혀서 다른 존재에는 주의를 기울이지 않는다.

마음으로 뜻을 모으고 사랑으로 힘을 합하며 어떤 일을 하든지 나를 이루고 타자도 이뤄준다는 자세가 중요하다. 상대를 다툼의 상대나 경쟁의 대상으로 여겨 가식적으로 응대하지 않고 겸손한 마음으로 각자가 자기와 남을 같다고 여길 수 있는 똘레랑스(寬容, tolerantia)가 요구된다.

'대상경정大相徑庭'이란 말은 의견 차이가 너무 크면 분쟁보다는 인내가 더 필요하다는 뜻을 내포하고 있다. 즉, 차이를 인정하기까지 시간이 오래 걸리고 잘 안되더라도 잘 견뎌내야 한다. 타인 존중, 나아가 인류 전체 간 존중을 위해서는 관용, 자선, 협동, 그리고 화해의 자세가 필요하다.

다른 사람의 말을 경청할 수 있어야 한다. 경청이란 상대의 말뿐만 아니라 말에 내포된 의미와 정서까지 마음을 열고 온몸으로 받아들이는 것을 말한다. 그러면 상대와 나 사이에 진정으로 교감이 일어나는 상념의 공간이 마련된다. 즉, 다른 사람이 존재할 수 있고, 서로의 생각에 차이가 있을 수 있다는 가능성의 공간이 열린 셈이다.

이렇게 차이를 존중한다는 것은 서로에 대한 관대한 마음에서 비롯된다. 다른 사람이 존재할 수 있는 공간을 마련한다는 것은 우리가 내어줄 수 있는 가장 소중한 선물이 된다. 이것이야말로 내 안에 그대가 있음을 확인하려는 맹자의 마음이다.

16

선택을 잘못하면 천한 정원사가 된다

場師之一舍一養失宜 則爲賤場師焉
장 사 지 일 사 일 양 실 의 즉 위 천 장 사 언

—《퇴계전서》 권35

정원사로서 어떤 것을 버리고, 어떤 것을 기를 가를 놓고 선택을
잘못한다면 천한 정원사가 된다.

As a gardener, if you don't make a good choice about
what to throw away and what to grow, you become a
humble one.

에리히 프롬은《인간의 마음》에서 "선택의 자유는 어떤 사람이
갖거나 또는 갖지 않은 형식적이고 추상적인 능력은 아니다. 그것
은 오히려 그 사람의 성격 구조의 기능이다."고 하였다. 그는 자유
의지를 지닌 사람이 판단을 내리는 과정에도 성품이라는 인간 본질
적인 면이 작용하고 있음을 말하고 있다.

판단이 약할 때는 편견이 강해진다고 한다. 사람들은 누구나 하
루에도 몇 번씩은 선택을 하게 된다. 대수롭지 않은 일에서부터 골

머리를 아프게 하는 심중한 일까지 선택은 높은 수준의 의식 상태를 요한다. 올바른 선택은 마음의 틀에 고정된 생각에서 벗어나는 상태에서 행해져야 한다.

앞서 말한 것처럼 모든 것에는 두 개의 손잡이가 달려있기에, 잘못된 손잡이를 잡지 않도록 주의해야 한다.* 는 격언은 단순한 듯하지만, 매우 의미심장한 면이 있다. 순간의 선택도 결국은 평소에 단련된 의식의 깊은 곳에서 조언한 결과임을 평이하게 전하고 있기 때문이다.

> *R.W. Emerson, 〈The American Scholar〉
> All things have two handles; beware of the wrong one.

당나라의 이상은李商隱이란 시인은 정치에 휘말려 하급관리로 각지를 떠돌다 기구한 일생을 마친다. 한번은 그가 여행을 하다 두 갈래 길 앞에서 하염없이 울고 있자, 행인이 "여행 중인 사람이 왜 울고 있습니까?"라고 묻는다.

이에 그는 "눈앞에 두 갈래 길이 있습니다. 앞으로 나아가기 위해서는 어느 한쪽을 택해야 합니다. 어느 한쪽을 선택한다는 건 나머지 한쪽을 버리는 것이지요. 한쪽 길로 가면 다른 한쪽 길은 평생 걸을 수 없습니다. 그 사실이 슬퍼서 울고 있는 겁니다."라고 다소 의외의 답변을 내놓는다.

이것이 인생인 걸 시인이 몰랐겠는가? 삶의 기로에 서서 누구나 한 번쯤은 선택을 해야만 하는 야릇한 운명과 마주하게 된다. 때로는 그것은 가시밭길처럼 보이더라도 그 길에 들어서기로 결심하는 것이 인생이다. 가지 않은 길은 가지 않은 것일 뿐 갈 수 없었던 것은 아니다. 오른손이 한 일을 왼손이 하지 않았던 것과 같다.

맹자는 몸에 귀천이 있다고 했다. 마음과 귀, 눈 등의 류類로서 크고 작은 것을 구분하고, 손가락 한 개와 어깨 등으로 크고 작은 것을 비유하였다. 즉, 입과 배는 몸에서 소체小體가 되고, 마음과 뜻은 대체大體가 되는 것으로 보았다.

퇴계는 이를 좀 더 알기 쉽게 설명한다. 즉, 소체는 형체가 있어 보기가 쉽지만, 대체는 형체가 없어 알기가 어려우므로 사람들이 깨닫지 못할까 염려하여 이에 다시 형체 있는 것으로 크고 작고 귀하고 천한 것을 구분하여 비유하였다. 예컨대 오동나무와 가래나무는 크면서 귀한 것이고, 신대추나무와 가시나무는 작으면서 천한 것이다. 만약 정원사가 어떤 것을 버리고, 어떤 것을 기를 것인가를 판단할 때, 그 선택을 잘못한다면 그는 천한 정원사가 될 것이라는 것이다.

이런 사람은 "세월이 가져온 사랑과 미움에 지배를 받아 때로는 잡초와 함께, 또는 화초와 함께 꺾이게 된다."* 자신이 심은 나무뿌리에 걸려 넘어질 뻔했다고 말한 사람은 나이 든 산지기이거나 서툰 정원사임이 틀림없다.

* W. Shakespeare, *Sonnets 124*
As subject to Time's love or to time' hate, Weeds among weeds, or flowers among flowers gather'd.

이런 사람은 몸에서 만약 손가락 하나만 기르고 어깨나 등을 돌아보지 못하는 부주의하기 이를 데 없는 사람이다. 그는 시급한 판단이 요구되는 상황에서도 결정짓지 못하고 주저하다 자기 틀에 갇히게 될 것이다. 다 같이 작은 것이지만, 작은 것만을 기르고 큰 것을 버려둘 수는 없다. 하물며 입이나 배 같은 작은 것만 기르고 마음이나 뜻 같은 큰 것을 버려둔다면, 그런 사람은 천한 사람일 수밖에 없다.

한비자에 "법은 귀족에게 아첨하지 아니하고, 먹줄은 휘어지지 않는다."*는 말은 법 적용은 권력자에게 아부해서 안 되고, 목수는 굽은 나무라고 먹줄을 구부려 그어서는 안 된다는 충고다.

*《韓非子》,〈有度〉
法不阿貴 繩不撓曲.

사람을 선택하는 경우도 마찬가지다. 떠도는 소문이나 명성만 가지고 이익을 좋아하는 사람을 얻고 공연히 과장하다가 마침내 허무하게 되어서는 안 된다. 퇴계는 바둑이나 장기는 천한 기술이지만, "한 수만 잘못 놓아도 판 전체를 패하게 된다."*고 하였다. 새 정치를 행할 사람을 기용할 때도 헛수를 두게 되면, 그 판을 패하는 것은 자명한 이치이다. 퇴계의 말이 절실히 와닿는다.

*《退溪先生文集》卷 9
一手虛著, 全局致敗.

새뮤얼 스마일즈는 《자조론》에서 "넌 이제 인생에서 왼쪽이든 오른쪽이든 방향을 잡아야 한다."고 한 신사가 아들에게 보낸 편지를 인용하여 판단을 설명하였다. 누구나 원칙, 결심, 의지 등은 스스로 입증해야 한다. 나태함에 빠져 산만하고 무능하게 젊은 날을 보내는 것은 습관이 되고 품성이 되기 때문이다. 일단 그런 상태에 빠지면 다시 일어선다는 것은 무척 어려운 일임에 틀림없다.

5. 욕속(欲速, Impetuosity)

아프카니스탄에 있던 교민들 구출작전에 투입되었던 특수부대의 명칭이 'First There Last Out'이다. '가장 빨리 들어가 가장 늦게 나온다.'는 뜻이다. 생명을 구하는 일은 촌각을 다투는 문제이기 때문에 누구보다도 빨리 현장에 투입되고, 구출한 사람들의 안위를 확보하기 위해 가장 나중에 나온다는 의미를 담고 있다고 생각된다. 과연 살신성인을 행동으로 보여주는 부대라 할 수 있다.

반면에 맹자가 말한 "나아감이 급하면 물러남이 빠르다."*는 것은 전혀 다른 의미이다. 가령 어려워진 사업을 회생시키겠다는 계획은 그 자체로도 어려운 것이지만, 그 계획을 차츰차츰 보완하여 회생의 가능성을 열어가야 한다. 마치 바둑에서 패배한 원인이 무엇인지 알기 위해 복기하는 것은 다음 승부에서 묘수가 될 수 있다.

*其進銳者其退速

급히 하려다가 이루지 못한 일이 있다면 마음을 맑게 하여 그 일을 면밀히 살피는 것이 요법이다. 《세설신어》에 "그대는 사악한 첩경의 빠름만을 알았지, 길을 잃고 미혹에 빠지는 염려는 하지 않는가."*라

하여 스스로를 돌아보게 한다.

니체는 "높은 곳에 오르려는 자는 자신의 발을 써라! 힘으로 올라서는 안 된다! 또한 남의 등과 머리 위에 타지도 말라."*고 충고한다. 왜 이렇게 말했을까?

그는 덧붙여 말한다. 왜 말을 타고 목적지까지 급히 가려는가? 그것도 좋다고 치자. 하지만 그대가 목적지에 도착해 말에서 뛰어내리는 순간, 바로 그 정상에서 그대는 넘어질 것이기 때문이다. 뭔가에 지나치게 의지하면 나의 의지는 약해지고 조급함은 왕성해진다.

이런 조급함의 근거는 자신의 의지에 맞춰 사는 게 아니라 시간의 속박에 맞춰 살기 때문이다. 시간은 직선적인 개념이다. 우리의 삶은 직선과 곡선의 조화이다. 삶이 시, 분, 초라는 추상적인 단위로 측정되면, 우리는 몇 시, 몇 분, 몇 초가 남았는지 시시각각 조급해지고 서두르려 스스로를 재촉하게 된다. 하루하루 희망에 부풀어 가슴이 뛰어야 할 자리에 우리의 마음이 말처럼 뛴다. 그것도 너무 빨리.

* 子適知邪徑之速, 不慮失道之迷.

* F.W. Nietzsche, *Also sprach Zarathustra*
Wollt ihr hoch hinaus, so braucht ihr die eignen Beine! Laßt euch nicht empor tragen, setzt euch nicht auf fremde Rüchen und Köpfe!

가부可否를 살피는데 서두르지 말라

可行則當行 但於審可否之際 不可太草草耳
가 행 즉 당 행　단 어 심 가 부 지 제　불 가 태 초 초 이

－《퇴계전서》권 26

나가는 길이 옳다면 당연히 나가야 되나 그 옳고 그름을 살필 때
너무 서둘러서는 안 된다.

If it is right to go to public office, of course, you should
go, but you should not rush too much when looking at
the right and wrong.

퇴계는 조정의 일을 할 때, "빨리하려고 하면 너무 조급하다는 비
난을 들을까 두렵고, 천천히 하려고 하면 또 너무 태만하다는 비난
을 들을까 두려워서 이러지도 저러지도 못한 채 조석으로 근심만
하고 있다."고 말한 바 있다.

　지금 당장 한 걸음을 옮기지도 않았는데 높은 곳에 올라가도록
재촉한다거나, 아직 마차가 출발하지도 않았는데 멀리 나아가기를
바라는 마음은 타인에게는 비난의 화살을 날리기 쉽고, 자신에게는

비겁한 합리화의 틈을 내어준다.

세상에 어디에도 이러한 이치는 없다. 올라갈 때는 계단 전체를
보려고 하지 말고 첫 계단만 봐야 한다.* 또 먼
길을 나서려면 마차의 수레바퀴가 튼튼한 가
를 먼저 살펴야 한다.

* Martin Luther King, Jr
You don't have to see the
whole staircase, just take
the first step.

누구든지 자신에게 도취되면 남의 말을 듣
지 않게 된다. 마찬가지로 학자가 학문을 빨리 이루려는 마음이 앞
서면 그 학문에 따르는 많은 이치들을 꼼꼼히 살피지 않게 된다. 이
런 자세로는 진리를 탐구하고 덕망을 쌓더라도 성현의 문과 담장
가까이 가기를 바랄 수는 없다. 이런 경우를 두고 퇴계는 "뒤로 물
러나면서 앞으로 나아가기를 바라는 것과 같
은 이치."*라고 하였다.

*《退溪先生文集》卷 16
豈不如卻步而求前乎.

대개 옛사람과 지금 사람의 학문하는 방식
에 차이가 나는 이유는, 사물의 이치를 말하는 이理자 한 글자를 제
대로 파악하지 못했기 때문이다. 다시 말해, 이理자를 알기 어렵다
고 하는 것은 대강 알기가 어렵다는 것이 아니라 참되게 알고 훤히
깨달아 궁극에까지 이르기가 어렵다는 것이다.

만약 여러 가지 이치를 잘 연구하여 궁극에까지 도달하면 이 사
물이 비어 있는 듯하면서도 가득 차있고, 없는 듯하면서도 있으며,
움직이는 듯하면서도 움직이지 않고, 고요한 듯하면서도 고요하지
않은 속성에 조금도 더할 수도 없고 감할 수도 없다는 것을 알게 된
다.

학문의 정수에 대해 오직 깊이와 넓음을 음미할 뿐이라면, 옳고 그름의 무게 추가 이쪽에 있든 저쪽에 있든 문제가 되지 않는다. 다만 이쪽의 견해가 미약하다고 판단되면 저쪽의 말을 듣고 옳은 것만을 따르면 된다. 그러면 마치 화창한 봄날에 얼음이 풀리는 것처럼 해결될 것이니 사사로운 의견을 고집할 필요가 없게 된다.

또한 무거운 짐을 지고 먼 길을 가는 것과도 같이 진리를 추구해 가는 학문을 평생의 사업으로 여긴다면, 더더욱 그 시비를 빨리 내리려는 데 대한 근심은 하지 않을 것이다. 문제는 결심한 바를 오랫동안 밀고 나갈 수 있느냐가 관건이다.

시작은 있는데 끝이 없다는 것은 수치스런 일이다. 이런 정신자세는 시장의 많은 사람들 앞에서 매를 맞는 것보다 더 수치스러운 것이니 밤낮으로 마음을 가다듬어 힘써 나가려고 노력해야 한다.

그렇지 않으면 흐릿한 정신자세로 한평생을 보낼 뿐만 아니라 명예는 땅에 떨어지고, 결의는 물거품처럼 부질없어 스스로 치욕을 감내해야 한다. 마침내 너무 빨리 나아가려다가 영광의 구덩이에 스스로 빠져들어 헤어 나오지 못하게 된다.

반면에 옛날 배운 것만 복습하는 것은 현재 읽는 글에 방해가 된다는 생각도 마음이 급하기 때문이다. 속히 이루려고 판단하기 때문에 옛 것을 깊이 복습할 시간이 없을뿐더러 현재 읽고 있는 글도 정밀하고 익숙하게 할 시간이 없게 된다.

항상 마음 한 가닥이 바쁘게 쫓기는 데가 있게 되어 본래는 여러 책을 널리 읽고자 의도했지만, 책의 내용을 진지하게 살피지 않고 대충 넘기기 때문에 조잡하고 엉성하여 다시 잊어버리게 된다.

이런 식으로 아무리 많은 책을 읽는다 하더라도 끝내는 책 한 권도 읽지 않은 사람과 다를 바가 없게 될 것이다. 실제로 많은 사람들이 책을 깊이 있게 읽지도 않고 섣부르게 판단하여 속독을 하거나 발췌 독을 하는 병에 걸려 있는 경우가 허다하다. 이렇게 독서해서 얻은 지식은 공허한 마음을 채우는 공기처럼 들어왔다가 금방 사라지는 덧없는 가식일 뿐이다.

이런 것을 우려해서 퇴계가 스스로를 돌아보며 안타까움을 토로한 말은 지극히 감계鑑戒삼을만하다.

"내가 지난 날 과거 공부를 한 것도 바로 이와 같은 것이었는데, 거기에다가 병으로 게을러져서 글을 읽는 것이 매우 정밀하지 못하였으며, 적은 듯 많은 세월을 지내버려서 이제는 나이가 많고 기력도 쇠하여 이를 메꿀 길이 없다. 사우士友들에게 권장할 수도 없고 입을 열 수도 없게 되었다. 요즘에 와서 더욱 그러한 폐단을 깨닫게 되어 마음속으로 부끄러울 뿐이다."

18

빨리하려는 생각이 바로 큰 병이 된다

欲速一念 亦是大病
욕 속 일 념 역 시 대 병

—《퇴계전서》권25

매사를 빨리하려는 생각이 또한 큰 병이 된다.

The idea of getting things done quickly is also a serious
illness.

《맹자》에 나오는 알묘조장揠苗助長이란 말은 곡식의 싹을 뽑아
올려 성장을 돕는다는 뜻으로, 결과물을 일찍 얻으려다 오히려 손
해를 입는 경우를 비유한 것이다. 이와 유사한 내용이《그리스인
조르바》에도 언급되는데, 여기서는 곡식이 아니라 나방 이야기다.
다음은 조르바의 독백이다.

"나비는 번데기에다 구멍을 뚫고 나올 준비를 하고 있었다.
나는 잠시 기다렸지만 오래 걸릴 것 같아 견딜 수 없었다. 나는
허리를 구부리고 입김으로 데워주었다. 열심히 데워준 덕분에

기적은 생명보다 빠른 속도로 내 눈앞에서 일어나기 시작했다. 집이 열리면서 나비가 천천히 기어 나오기 시작했다. 날개를 뒤로 접으며 구겨지는 나비를 본 순간의 공포는 영원히 잊을 수 없을 것이다."(니코스 카잔차키스, 《그리스인 조르바》)

가엾은 나비는 그 날개를 펴려고 파르르 몸을 떨었다. 조르바는 입김으로 나비를 도우려고 했으나 허사였다. 번데기에서 나와 날개를 펴는 것은 태양 아래서 천천히 진행되어야 했으나 이미 때를 놓친 뒤였다. 입김은 때가 되기도 전에 나비를 날개가 쭈그러진 채 집을 나서게 한 것이었다. 나비는 필사적으로 몸을 떨었으나 곧 손바닥에서 죽어갔다. 나비의 가녀린 시체만큼 양심을 무겁게 짓누른 것은 없었다.

이 일로 인해 조르바는 자연의 법칙을 거스르는 행위가 얼마나 무서운 죄악인가를 깨닫게 된다. 빨리하려는 생각을 버리고 서두르지 말고, 안달을 부리지도 말고, 영원한 리듬에 충실하게 따라야 한다는 사실을 그는 깨달은 것이다.

《주역》의 〈명이〉 괘에 "빨리 정벌하려는 것은 불가하니 정도를 지켜야 한다."*는 말이 나온다. 주나라 무왕이 은나라 폭군 주紂왕을 정벌해서 승리를 거둘 수도 있으나 여론이 더욱 무르익은 후에 합당한 도리로 무력을 행사해야 한다는 경계의 말[戒言]이다.

*《周易》,〈明夷〉
不可疾貞.

주왕의 포학무도함에 더 이상 견딜 수 없을 정도로 신음하다가 지금의 하남성 맹현에 있는 맹진盟津에 8백여 제후들이 모여 주왕을 치도록 부왕에게 간권諫勸했으나 무왕은 "아직은 때가 아니다. 그대들은 천명을 모른다."라고 하면서 거사를 미룬다. 이와 같은 경우가 바로 '불가질不可疾'이란 의미에 해당된다. 결국 2년 후에 주왕의 포학이 더욱 심해지자, 이때 무왕은 주왕을 정벌해서 은나라를 멸망시켰다.

가장 좋은 발전은 비교적 속도가 느린 법이다. 위대한 성과는 단번에 얻을 수 없으며 한 걸음 한 걸음 전진해야 이룰 수 있다. 프랑스의 정치 철학자인 메스트르는 '기다릴 줄 아는 것이 위대한 성공의 비결'이라고 말했다. 수확을 하려면 씨앗을 뿌리고 나서 오랫동안 끈기 있게 기다려야 한다. 그래서 동양에서는 "시간과 인내가 뽕잎을 비단으로 바꾼다."는 속담이 나왔던 것이다.

이와는 반대로 세계경제포럼의 창설자이자 총재인 클라우스 슈바프Klaus schwab는 "우리 세계는 큰 것이 작은 것을 잡아먹는 세계에서 빠른 것이 느린 것을 잡아먹는 세계로 옮겨가고 있다."고 하면서 속도의 필요성을 역설했다. 여기에 더해 영국의 심리학자 가이 클랙스턴Guy claxton은 "우리는 속도, 그러니까 시간을 절약하고 효율성을 극대화하는 것을 심층심리로 키워왔고 그 심리는 나날이 강해지고 있다."고 하면서 속도를 높이는 것이 인류의 제2의 천성이라고 목소리를 높였다.

하지만 한 번쯤은 모든 것을 더 빠르게 해야 한다는 우리의 조바심에 휘슬을 불고 옐로카드를 줄 필요가 있다. 잠시 열을 식히면서 왜 옐로카드를 받았을까 그 원인을 생각해보면 사태의 심각성을 파악할 수 있게 된다. 만약 그렇지 않고 더욱 속도를 올려 그대로 내달린다면 레드카드를 받아 경기에서 완전 퇴장되고 만다.

아프리카의 스프링 벅은 놀라서 한번 달리면 쉽게 멈추지 못한다고 한다. 눈앞의 절벽을 보고 앞에서 뛰던 벅들이 멈추고 싶어도 뒤따라오는 동료들의 속도에 밀려 절벽 아래로 떨어지는 대참사를 맞게 된다. 야생에서 가젤은 포식자에게 잡아먹히지 않기 위해 빨리 달려야 하고, 포식자는 굶주리지 않으려면 가젤보다 더 빨리 달려야 한다지만 속도가 항상 최상의 해결책은 아니다. 속도만을 생각한다면 나무늘보는 멸종되었어야 한다. 중요한 것은 속도보다는 주어진 환경에 알맞게 적응하는 능력이다.

세상엔 속도를 올리는 것이 중요한 이슈가 될 때도 있고, 속도를 줄이는 것이 이슈가 될 때도 있다. 속도만이 항상 최선의 방책은 아니다. 때론 속도보다 방향이 중요할 때도 있다. 방향을 돌리려고 하면 속도를 늦춰야 한다. 속도를 늦추면 위험이 줄어든다. 그러려면 마음을 느긋하게 갖는 것이 먼저이니 마음을 늦추면 곧 병은 줄어든다.

19

급히 나아가려다 빨리 후퇴한다

似於進銳之餘 已有退速之漸
사 어 진 예 지 여 이 유 퇴 속 지 점

—《퇴계전서》권 37

급히 나아가려다가 빨리 후퇴하려는 조짐이 있다.

There is a hint of a quick retreat from trying to rush
forward.

*Eckhart Tolle, *Stillness
Speaks*
Most people's lives are run
by desire and fear.*

에크하르트 톨레는 "사람들의 삶은 욕망과
두려움의 지배를 받는다."*고 말한다. 그에 따
르면 욕망은 무언가를 더하여 좀 더 풍성해지
려는 욕구이지만, 두려움은 무언가를 잃어서
자신이 작고 초라해지는 것에 대한 막연한 두려움으로 풀이된다.

뭔가를 좀 더 빠르게 이루려는 것을 맹자는 "곡식의 싹을 뽑아 올
려 빨리 자라도록 도우려 하는 것과 같은 폐단이라."고 하였다. 이
말은 특히 학문하는 사람들에게는 마음 깊이 새겨야 할 정도로 함
축하는 바가 깊다.

처음 공부를 시작하자마자 효과를 바라다가 여의치 않으면 정력의 낭비와 인내의 한계를 호소하거나 타고난 기질이 좋지 못한 것을 탓하는 등 여러 핑곗거리를 들먹인다. 결국 너무 급히 나아가려다가 빨리 후퇴하는 조짐이 보이고 만다.

마치 백 척 깊이의 우물을 파려는데, 네다섯 삽을 뜨자마자 펑펑 솟아오르는 맑은 샘물을 기대하다가 샘물을 얻지 못하면 몸이 피곤하고 기진맥진해졌다고 탄식하는 것과 같다.

더욱 힘써서 아홉 길까지 파고 들어가 샘물에 닿지 못하더라도 지금까지 들인 공력을 포기하지 않는다면, 그리고 좀 더 참고 견디어 끝을 보겠다는 의지를 지닌다면, 백 척까지 파고 들어가 샘물을 얻는 것이 쉬운 일은 아니지만 결코 이를 수 없을 정도로 어려운 일이 아니다.

학문도 마찬가지다. 문제점들을 먼저 제거하고 나서 학문을 닦을 수 있다. 마음을 바로잡고 스스로 애써 노력하거나 힘쓰는 공력을 기울여야 한다. 그 예로 퇴계는 송나라 주자의 교수법을 들었다.

"주자는 문하의 사람들에게 글 보는 법을 가르치되 극히 더디어 매일 과정이 한두 장에 지나지 않았다. 그러면서 늘 타이르기를 배우는 자로서 전진하지 못할까를 걱정할 것이 아니라 퇴보하지 않을 것을 걱정해야 한다."

학문하는 사람의 자세는 차분한 마음으로 공부한 것을 반복하면서 곰곰이 생각하고 정밀하게 이해하기를 오랫동안 계속해서 점차 그 문리가 체득되도록 하는 것이다. 그저 많은 분량의 책을 소화하겠다는 욕심으로 성급하게 터득하려는 것은, 본래의 학문하는 자세와는 거리가 먼 태도다.

학문할 때는 각자의 능력을 헤아려서 속도와 분량을 알맞게 조절하는 것이 좋다. 열흘이나 한 달 사이에 몇 권의 책을 읽겠다는 식으로 시간과 분량을 마음속에 정해놓고 강행하다가는 스스로 갈팡질팡하다가 끝내 한 권도 제대로 읽지 못하는 경우가 많다.

대체로 유자의 학문은 높이 오르기 위해서는 반드시 낮은 데부터 시작하고, 멀리 가기 위해서는 반드시 가까운 데부터 시작한다. 낮고 가까운 데부터 시작하는 것이 답답하고 더딜 것 같지만, 온 힘을 다해 차츰차츰 전진해 나가면 높고 멀게만 느껴지던 것도 낮고 가까운 곳에서 결코 많이 벗어나지 않았음을 깨닫게 된다.

매사에 그만두어서는 안될 일을 그만두는 자는 그만두지 않는 것이 없고, 후하게 해야 할 일을 박하게 하는 자는 박하지 않은 일이 없을 것이다.* 또 '그 나아감이 빠른 자는 그 후퇴도 빠르다.'는 말은 나아감이 빠른 자는 마음을 씀이 너무 지나쳐서 그 기운이 쇠진하기 쉽다는 뜻이다. 그래서 후퇴도 빠른 것이다.

* 《孟子》, 〈盡心〉上 44
於不可已而已者 無所不已
於所厚者薄 無所不薄也.

아우구스투스Augustus라 불리는 로마제국의 초대 황제 옥타비아누스는 "천천히 서두르라."라는 말을 즐겨했다고 한다. 이 말은 급할수록 돌아가라는 말과 같은 뜻으로, 천천히 착실히 행동하는 것이 성공으로 가는 가장 빠른 지름길임을 역설적으로 표현한 것이다.

유자효 시인의 〈속도〉라는 詩이다.

속도를 늦추었다

세상이 넓어졌다

속도를 더 늦추었다

세상이 더 넓어졌다

아예 서버렸다

세상이 환해졌다.

달린다. 너무 바쁘게 달린다.

주위에 모두 … 또

속도만이 능사가 아님을 시인은 역설적으로 표현하고 있다.

이탈리아 속담에 "천천히 가는 사람이 멀리 간다."는 말이 있다. 끈기가 부족하고 경박한 사람은 경주에서 우둔하더라도 부지런한 사람에게 뒤처지기 마련이다. 중요한 것은 노력하는 자세가 몸에 익숙해져서 일종의 습관이 되는 것이다.

마찬가지로 정도를 걷는 거북이가 빠르지만 거짓된 길을 걷는 토끼를 이기고 만다. 근면하기만 하다면 굼뜬 것은 별문제가 안 된다. 필수적인 자질이자 인격 형성의 중요한 요소인 집중력과 인내력을 기르지 않는다면 오히려 빨리 배우는 것이 단점이 될 수 있다.

20

겉만 보고 성급하게 시비를 논하지 말라

不當纔窺得外面影子 議其是非如何
부 당 재 규 득 외 면 영 자 의 기 시 비 여 하

—《퇴계전서》권36

겨우 외면의 그림자 정도를 엿보고서 그 시비 여하를 의론해서는 안 된다.

You shouldn't just peek at the shadow on the outside and discuss what is the right and wrong of it.

아무리 느리더라도 꾸준히 발전하고 있는 사람을 낙담시켜서는 안 된다.*는 말이 있다. 이는 누군가를 평가할 때, 겨우 외면의 그림자 정도만 엿보고 그것에 대해 자기 견해를 성급하게 피력하여* 옳고 그름과 바르고 바르지 않음 등을 의론해선 안 된다는 뜻이다.

퇴계는 책을 읽되 자세히 탐구하지도 않고 말 한마디, 혹은 글 한 구절만을 믿고서 터득한 바가 있기를 바라는

* Plato
Never discourage anyone who continually makes progress, no matter how slow.

* 《退溪先生文集》卷 36
遽以己見, 橫加其上.

사람을 가장 경계하였다. 이런 사람은 허영에 빠진 채 황당한 생각을 하고 입으로만 큰소리치는 자들로 하늘을 속이고 성인을 멸시하는 죄에 빠지게 된다고 하였다.

퇴계는 당시 경서를 공부하는 선비들 중 일부가 설익은 문자를 남발하여 학자인 척하며 이익을 누리는 행위가 매우 걱정된다고 하였다. 이들은 유학의 진정한 학문 보기를 쓴바귀같이 할 뿐만 아니라 깊은 학식은 갖추지 못해 입 한 번 열거나 글 한 줄 제대로 쓰지 못하면서도 버젓이 스스로 잘난 척하곤 했기 때문이다.

마치 셰익스피어가 이런 부류들을 두고 한 말이 아니었을까 싶을 정도로 통쾌한 표현이 있어 인용한다.

"외모에 치중하는 가련한 출세꾼들이 망하는 꼴을 봐왔지 않은가? 남을 너무 의식하다가 큰 손실을 입는 것을. 이는 순박한 것을 멀리하고, 복잡한 겉치레를 좋아하기 때문이다."

Have I not seen dwellers on form and favour, Lose all, and more, by paying too much rent, For compound sweet foregoing simple savour, Pitiful thrivers, in their gazing spent? (W. Shakespeare, *Sonnets 125*)

일반적으로 학문을 하면서 그 이치를 정밀하게 터득하기 위해서는 마음을 크게 하고 안목을 높여야 한다. 조금 안다고 해서 절대로 먼저 한 가지 설을 주장해서는 안 된다. 마음을 비우고 기운을 평온하게 한 후에 친친히 그 의취義趣를 살펴야 한다.

같음 가운데 다름이 있음을 알고, 다름 가운데 같음이 있음을 알아야 한다. 또 나누어 둘이 되어도 서로 떨어진 적이 없다는 사실을 인식하고, 합하여 하나가 되어도 실제로는 서로 섞이지 않는다*는 진리를 체득하여야 주도면밀하고 공평무사한 공부가 된다.

*《退溪先生文集》卷 16
就同中而知其有異, 就異中而見其有同, 分而爲二, 而不害其未嘗離, 合而爲一, 而實歸於不相雜.

*《明心寶鑑》,〈省心篇〉
凡人不可貌相, 海水不可斗量.

* A few bad chapters do not mean your story is over.

"사람은 용모로 취해서는 안 되고, 바닷물은 말로 잴 수가 없다."* 그 사람이 어떻게 하느냐에 따라 달라질 수 있으며, 무한한 가능성을 쉽게 판단해서 성급하게 혜량하지 말라는 의미다. 마치 "책의 몇 페이지가 잘못되었다고 해서 줄거리 전체가 끝장났다는 것을 의미하지는 않는다."* 이런 사실을 제대로 알고 바로 보기 위해서는 무엇보다 추론하는 능력을 키워야 한다. 추론의 철학적 의미는 어떤 판단을 근거로 삼아 다른 판단들을 이끌어내는 방법을 말한다.

마음속의 이치인 성리性理는 선천적으로 갖게 되는 것이다. 이는 이치의 전체이기도 하지만, 사물은 어느 하나에 치우쳐 온전하지 않는 경우가 많다. 그래서 마음속의 성리를 알려면 부분에서 전체로 나아가고, 물리物理에서 성리性理로 나아가는 인식 과정이 필요하다.

학문을 함에 있어 문리가 트이지 않고 문로가 단단하지 못하면, 보고 읽은 바를 정밀하게 요약하지 못하게 된다. 게다가 이해하여 간직하려는 것마저 견실하고 안정되지 못하게 된다. 이처럼 학문에 대한 자세와 입장이 확고히 서있지 않으면, 학문의 존재 자체를 모르는 자의 우둔하고 무지함만 못한 것이 된다.

옛 선비들은 자신의 행적을 감추고 눈앞의 난관을 피하는데 급급해 하던 사람들이 자신을 드러내어 과장하고 잘못된 명성을 취하는 것은 부당하고 부끄러운 일로 여겼다. 이들은 대개 실제로 속이 텅 비어 있을 가능성이 높고 일부는 스스로 설정한 아집의 구렁텅이로 빠져들어가기도 한다. 그래서 매사를 함부로 논하지 말고 참되게 쌓고 오래 힘써 나아가는 자세를 제일의 의로운 자세로 여겼다.

6. 허세(虛勢, Bluff)

불과 몇 사람들을 위해 자신의 색깔을 바꿀 필요는 없다. 아마도 그들은 색맹일지도 모르니 실제 모습대로 살아가는 편이 낫다.* 인간의 치명적인 약점 중 하나가 지나치게 남을 의식한다는 것이다. 이런 의식이 강할수록 심리적인 압박은 물론 정신적인 장애로 나타날 수도 있다.

*Don't change your color for few people, maybe they are colour blind. Stay real.

경쟁사회의 병리적 현상을 탓하기 전에 자신에 대한 냉정한 진단이 필요하다. 개인이 모여 사회를 이루듯 사회현상도 개인의 일탈에서 빚어진 행동의 총화라고 한다면, 그것은 다름 아닌 개개인의 '과시욕에서 비롯된 허세'와 '유명세에서 왜곡된 가식'들이 모여 이룬 골칫덩어리임에 틀림없다.

명성은 분명 사람이 한 인격체로서 가져야 하는 가치이나 삶에서 야기되는 일들과는 구분해서 인식할 필요가 있다. 사람들이 자신이 아닌 다른 존재로 보이고, 또 그렇게 살려고 하는 삶의 태도도 허한 마음에서 비롯된다고 할 수 있다. 허세가 탈각된 자아를 발견하려는 노력이 지금의 나를 인정하고 받아들이는 초석이 된다.

사람들이 관대해서 다른 사람의 약점을 눈감아주는 것만은 아니다. 자신도 언젠가는 저런 약점이 노출될지도 모른다는 포장된 관용에서 묵인하기도 한다. 하지만 다른 사람의 허세를 너그럽게 받아들이고 묵인할 수 없는 이유는 그것이 자신의 허세에 깊은 생체기를 내기 때문이다.

"그대들의 능력 이상의 것을 바라지 말라. 자신의 능력 이상의 것을 바라는 자에게는 더러운 허위가 있다."*는 니체의 충고에 귀 기울일 때다.

* F.W. Nietzsche, *Also sprach Zarathustra*
Wollt Nichts über euer Vermögen; es gibt eine schlimme Falschheit bei Solchen, die über ihr Vermögen wollen.

특히 허영과 허세가 하늘을 찌르듯 위대한 것을 바라는 경우에 더욱 심각해진다. 만일 인간이 하늘을 나는 방법까지 배웠더라면, 인간의 탐욕이 대체 어느 하늘을 향해 날아갈 것인가? "허세가 없는 사람은 수술을 통해 자기 육체를 잘라낼 필요도 없고, 진한 화장도 필요 없으며, 화려한 옷을 입을 필요도 없다. 아울러 자신의 신체를 이곳저곳 가리려고 할 필요도 없다."고 리아 루프트Lya Luft는 말한다.

21

바람을 잡으려 하면 아무것도 얻지 못한다

捕風者之無得
포 풍 자 지 무 득

—《퇴계전서》권9

바람을 잡으려는 자는 아무것도 얻을 수 없다.

He who tries to catch the wind gets nothing.

*〈Vulgata〉1
Vanitas vanitatum et omnia
vanitas.

"헛되고 헛되며 헛되고 헛되니 모든 것이 헛되도다."* 이 말은 〈전도서〉에 나오는 유명한 구절이다. 라틴어 'vanitas'는 영어로는 vanity인데, 허무나 무상함 또는 허영 등을 뜻한다. 만년에 고백하듯 이 말을 했던 사람이 바로 솔로몬이었다.

그는 참으로 많은 것을 가졌던 사람이다. 재산, 명성, 권세, 쾌락, 지혜, 사람 등등 어느 것 하나 부족함이 없었던 그였지만, 임종이 가까워졌을 때, 그의 입에서 자연스럽게 흘러나온 말이 헛되더라는 것이었다.

사람들 가운데 간혹 순서를 건너뛰어 벼슬자리에 오르는* 경우가 있다. 이런 사람들은 동료들에게 미안한 감은 있지만, 그래도 나중에 공적으로 보답할 *《退溪先生文集》卷 9
人或有蹖躋爵位 수 있기 때문에 관직을 받는다. 하지만 벼슬을 사양하고 거절하는 척하며 더 높은 직위로 올라간다면, 이는 겸손한 덕을 사다리 삼아 육경六卿의 지위를 얻는 격이 되니, 일종의 도박이 된다.

퇴계는 "이런 사람들에게 나중에 이룬 공적을 물으면 마치 바람을 잡으려는 자가 아무것도 얻지 못하는 것과 같다."고 하여 처신에 문제가 있음을 지적했다. 이런 사람들은 하나같이 부탁을 거절 할 수가 없었다는 핑계를 댄다. 그러면서 자신의 이익은 굳게 움켜잡으면서 뻔뻔스럽게 부끄러워할 줄도 모른다.

이런 것은 예나 지금이나 똑같다. 이들의 영혼 없는 인생은 지나간 바람처럼 공허할 뿐이다. 그야말로 "태양 아래에서 행해지는 모든 일을 봤을 때, 다 헛되어서 바람을 잡으려는 것에 지나지 않다."*는 말 그대로다.

* Holy Bible, 〈Ecclesiastes〉
I have seen all the things
that are done under the sun;
all of them are meaningless,
a chasing after the wind.

한 번이라도 자신을 돌이켜보고 자신만의 세계에 깊숙이 들어가 자신을 찬찬히 들여다 볼 필요가 있다. 간혹 이런 사람들 중에도 깊은 밤 조용할 때 자기 마음을 들여다보면, 어느덧 허망한 생각이 사라지고 허허로운 진실만이 호젓함과 벗한다는 사실을 뒤늦게나마 깨닫는 경우가 있다.

독일의 시인 카를 부세Karl Busse의 시詩이다.

산 너머 저쪽 하늘 멀리
모두들 행복이 있다고 말하기에

남을 따라 나 또한 찾아갔건만
눈물지으며 되돌아왔네.

산 너머 저쪽 하늘 멀리
모두들 행복이 있다고 말하건만.

괴테는 "선명한 밤하늘을 우러러 그저 황홀함에 빠져, 반짝이는 것을 음미하려고 해하지, 저 멀리 뜬 별을 따려는 사람은 없다."고 하였다. 하지만 김동리의 단편소설 〈무지개〉에 나오는 소년은 동산에 올라 대나무로 무지개를 따려고 애쓰다가 공허함을 느낀다. 어른의 눈에는 허황된 치기 어린 모습으로 보일지 모르지만 소년에겐 진지한 인생 이야기다.

그가 쓴 〈무지개〉라는 시는 성인이 된 소년이 스스로를 회고하는 독백이자 고백이며 고해하는 성사로 읽힌다.

"내 어려서부터 술 많이 마시고
까닭 없이 자꾸 잘 울던 아이
울다 지쳐 어디서고 쓰러져 잠들면
꿈속은 언제나 무지개였네."

시구에서 느낄 수 있듯 무지개는 시인에게 그리움이자 동경의 대상이었다. 행복은 산 너머 저 멀리 있는 것이 아니다. 어찌 보면 이미 나에게 있거나 내 마음, 내 숨결, 내 노래 속에 이미 있는지도 모른다.

빅터 프랭클Viktor E. Frankl(1905~1997)의 《삶의 의미를 찾아서》에서는 인간 존재가 갖고 있는 비극적인 요소 중 하나로 '삶의 무상함'을 들었다.

> "인간은 무상함이라는 그루터기만 남은 밭만 보고 곡물들로 꽉 들어찬 과거라는 창고는 그냥 보아 넘긴다. 과거라는 시간 속에서는 회복할 수 없을 정도로 잃을 것이 없고, 모든 것이 회복할 수 없는 상태로 보존되고 저장되며, 안전하게 전달되고 축적된다."(빅터 프랭클, 《삶의 의미를 찾아서》)

어느 것도, 어느 누구도, 우리가 과거라는 시간 속에 구출해 놓은 것들을 우리에게서 빼앗아갈 수는 없다. 프랭클은 이것을 인간이 짊어져야 할 책임 중 하나라고 말한다. 때로는 책임이 삶의 고뇌로 다가올 때도 있다. 사람들이 지나간 세월의 침묵 속에서 행적을 더듬고 시간을 회고해 볼 때, 물밀 듯 다가오는 회한과 돌이킬 수 없는 후회는 대부분 스스로 이욕에 눈멀고 귀먹어서 바람 같은 허영의 늪에 빠졌을 때임을 알게 된다.

22

스스로를 대단하다고 여기지 말라

所以輕自大而卒無得者也
소 이 경 자 대 이 졸 무 득 자 야

—《퇴계전서》권 23

경솔하게 스스로를 대단하게 여기다 끝내 성과가 없는 자가 된다.

He recklessly considers himself great and ends up being a fruitless person.

맹자는 "사람들의 병통은 남의 스승 되기를 좋아함에 있다."*고 하였다. 학문이 충분하여 남들이 자기에게 의뢰하거든 부득이하게 응하는 것은 가능하다. 하지만 남의 스승이 되기를 좋아하는 사람들은 스스로 만족하다고 여겨 더 이상 진전이 없는 경우가 많다. 이는 학문하는 사람들에게 큰 문제점이 된다.

*《孟子》,〈離婁〉上 23
人之患在好爲人師.

그래서 버트런드 러셀Bertrand Russell(1872~1970)은 "인간은 외부의 위험을 정복할 수 있는 데까지 성장했지만, 증오나 질투나 자랑이라고 하는 인간 자신의 정열이 생성하는 내부의 위험을 정복하는 데까지는 이르지 못했다."*고 하였다.

* Bertrand Russell, 〈Can War be Abolished〉
Man has risen to mastery over external dangers, but he has not risen to mastery over the internal dangers generated by his own passions of hate and envy and pride.

예나 지금이나 학문에 뜻을 둔 사람이 많다. 하지만 스스로 자랑하고 자부하며 기뻐하는 자세가 지나쳐 겸허하고 겸손하며 온후溫厚한 뜻이 적으면 진덕進德, 수업修業하는 일에 방해가 된다. 가까운 곳을 버리고 먼 것을 추구하며, 낮은 곳에 있으면서 높은 것을 엿보기* 때문이다.

*《有心齋集》卷6
舍近而趍遠 處下而窺高.

사람의 마음이 별안간 오만해져서 자족自足한 나머지 '나는 이미 알고 있으나 세상 사람들은 모두 알지 못한다.'고 여기면서 스스로 자신을 높여 천하의 제일이라 간주하게 되면 더 배울 것이나 유익한 일이 있다는 것도 결코 알지 못하게 된다.

그리고 심한 경우에는 세상 사람들뿐만 아니라 옛날의 선유先儒들 또한 모두 능멸하고 짓밟아서 반드시 그 윗자리에 올라서야만 속이 시원한 사람들이 많다. 가까운 곳을 버리고 먼 것을 추구하며, 낮은 곳에 있으면서 높은 것을 여기기 때문에 경솔하게 스스로를 대단하게 여기게 된다.

성현의 말씀을 얼핏 보고서 좋아하는 곳을 자신이 이미 터득한 것처럼, 자신을 함부로 높이면서도 스스로의 마음 씀이 이와 같음을 알지 못한다. 善을 사모함은 간절하기는 하나 인품의 높낮음을 알지 못하고, 옛 것을 좋아함은 너무 지나치나 자기 학문의 허실을 생각하지 않는다. 다만 사람을 비슷하지 않은 데에 비교할 뿐만 아니라 자신이 너무 높은 데에 자처한다.

자신이 지닌 것을 스스로를 감추지 않는 자는 다른 사람의 눈에 거슬리는 경우가 많다. 옛 선비들은 비단옷을 입고 홑옷을 덧입었다. 그 문채가 드러나는 것을 싫어해서이다.[*] 또 자기의 지혜와 덕을 밖으로 드러내지 않고 속인과 어울려 지내면서 참된 자아를 보여주는 지혜의 빛을 늦추고, 속세의 티끌과 함께하는[*] 품의도 지녔다.

*《中庸》第33章
詩曰衣錦尙絅, 惡其文之著也.

*《老子》第56章
和其光 同其塵.

산화비山火賁괘에서 '비'는 장식품을 말하는데, 진정한 장식품은 결국 희게 해야 가장 아름답다고 한다. 다시 말해, 진정한 꾸밈은 외적인 치장이 아니라 내면에서 우러나오는 것으로, 품성이 좋으면 겉은 덜 꾸밀수록 좋다.

이는 고대부터 내려온 유가의 중요한 개념으로 인식되었다. 내면의 성품이 좋지 않다면 겉을 아무리 꾸며도 소용없다. 오히려 그런 성품이 금세 드러나 사람들과 조화롭게 지내기 어렵다. 진정한 꾸밈이란 속에서 우러나며, 흰색이야말로 가장 훌륭한 꾸밈이란 것도 이 때문이다.

없으면서도 있는 척하고, 비었으면서 가득한 척하며, 적으면서도 많은 척하면 항심恒心을 지니기 어렵다.[*] 허황되게 말하고 과

*《論語》, 〈述而〉3
亡而爲有, 虛而爲盈, 約而爲
泰, 難乎有恒矣.

장해서 보여주는 언행은 반드시 해로운 무기가 되어 자신에게 향하게 된다. 이런 자세로 아무리 몸을 닦고 말을 실천하려 해도 덕이 쌓이지 않고 도에 들어갈 수 없어서 성현의 문정門庭에 가까이 다가가는 것은 꿈도 꿀 수 없다.

자기를 총명하다고 보는 생각이 바로 도를 가로막는 것이다. 대단한 지식을 가진 사람처럼 보이길 원하지 말라. 보다 나은 삶은 추구한다면, 모든 피상적인 외부의 것들에 대해 차라리 무지한 사람이라는 소리를 듣는 편이 낫다.

한때 유행했던 말 중에 T.M.I라는 다소 생소한 단어가 있다. 'Too Much Information'의 첫 자를 딴 것으로, 묻는 말에 너무 장황한 설명을 한다는 뜻이다. 다른 사람과 대화할 때는 자신의 자랑거리나 과거의 경험담을 지나치게 늘어놓는 것을 삼가야 한다.

과거 경험담이 자신에게는 길게 얘기할 만큼 중요하고 의미가 있을지는 모르지만, 듣는 사람에게는 인내를 요하는 힘든 시간일 수 있다. 이는 남녀노소 모두 해당되는 말이다.

23

과장된 말을 삼가고 허황된 글을 쓰지 말라

口絶夸辭 手無虛著 脚踏實地
구 절 과 사 수 무 허 저 각 답 실 지

―《퇴계전서》권26

입으로는 과장된 말을 끊고, 손으로는 허황된 저술을 쓰지 말고 실지를 밟아야 한다.

You should stop exaggerating with your mouth, and do not write absurd articles with your hands, but do the actual work.

연암燕巖 박지원(1737~1805)이 쓴《호질》에는 북곽北郭 선생이 등장한다. 북곽 선생이란 사람은 저서가 1만 권이 넘을 정도로 학문적 성취가 탁월했으며 청나라 황제와 제후諸侯들도 그를 우러러봤을 정도로 덕망이 높은 선비다. 문제는 그가 도학자라는데 있다. 낮에는 근엄하게 진리 실천의 학문인 도학을 연구하면서, 밤에는 혼자 사는 여자들만을 골라 간음하러 다니는 표리부동한 위선자僞善者였던 것이다.

《호질》은 박지원이 청나라 건륭제 생일을 축하하러 가는 성절사를 따라가는 동안 머물렀던 여관방 벽에 기록되어 있던 글을 필사한 것이다. 소설에 등장하는 인물이나 상징하는 것들이 모두 과장된 말과 허황된 풍자로 이루어져 있다.

창귀(범의 앞잡이)가 경전을 줄줄 외우고, 만물의 이치에 통달했으며 도덕을 갖춘 훌륭한 선비라 그 고기 맛도 좋을 것이라고 하면서 저녁거리로 북곽을 추천한다. 이 말에 범이 화를 내는 장면이다.

> "무슨 소리냐! 그자들이 내뱉은 소리는 이치에 맞지 않는 허황된 것들뿐이다. 그런 자들의 고기를 먹으면 체하고 말 것이다."

온통 허장성세에 빠진 유학자의 고기는 먹을 가치도 없다는 것이다. 이외에도 범은 유학자들이 말하는 음양오행설 등을 조목조목 비판한다. 북곽의 위선을 제대로 알아본 것은 호랑이뿐이었다.

유학에서는 이런 사람을 향원이라 하여 공자와 맹자도 멀리해야 할 사람으로 보았다. 공자는 "내 집 앞을 지나며 내 집에 들어오지 않더라도 유감으로 여기지 않을 자는 오직 향원뿐이니, 향원은 도덕의 적이라."*고 하였다.

이 말에 더하여 《맹자》의 향원에 대한 평가는 최악의 인간 군상을 연상시키게 한다.

*《論語》,〈陽貨〉13
過我門而不入我室, 我不憾焉者, 其惟鄉原乎, 鄉原 德之賊也.

"그들은 말은 행동을 돌아보지 않고 행동은 말을 돌아보지 않으면서도 입만 열면 옛 성인을 운운한다. 그 행동이 또 얼마나 그럴듯한가! 사람이 세상에 태어난 이상 지금 세상을 위해 좋은 것이 좋은 것 아닌가! 라는 태도로 은밀히 세상에 영합하는 자가 바로 향원이다."

에리히 프롬Erich S. Fromm(1900~1980)은 "진짜와 가짜의 차이를 구별하기 어려운 것은, 유력한 인물과 명성의 최면적인 흡입력 때문이라."고 말한다. 말이 사실보다 과장된 경우가 있으면 가장 좋은 해결책은 스스로가 그 허물을 시인하고 엄격하고도 간절하게 자책自責하는 것이다. 이는 잘못된 버릇을 고쳐 새로운 것을 도모하려는 뜻을 세우는 데에 매우 좋은 습관이다.

각답실지脚踏實地라는 말은, 중국 북송北宋의 정치가이자 사학자인 사마광司馬光(1019~1086)이 《자치통감資治通鑑》을 집필한 뒤에 그를 평가한 데서 나온 성어成語로 성실한 태도와 바른 품행으로 착실하게 일을 처리하는 사람을 말한다.

퇴계는 "우리들의 몸가짐이 임금을 섬기는 도리와 다를 것이 없으니 바로 입에는 과장된 말을 끊고, 손에는 허황한 글을 저술함이 없어서 실지를 밝아가야 한다."*고 강조했던 것도 선비가 낭패스런 걱정을 면하게 하기 위해서였다. 그렇지 않으면 그 끝에 가서 반드시 아주 수습하기 어렵고 정리하지 못하게 될

*《退溪先生文集》卷 26
吾輩持身, 與事君無異道, 正當口絶夸辭, 手無虛著, 脚踏實地.

큰 일이 있을 것을 우려하였기 때문이었다.

진실함(誠)을 행한다는 것은 허망한 말을 삼가는 데서 시작된다. 사람이 응접應接하는 동안 가장 허망虛妄하게 실수할 가능성이 많은 것이 언어이다. 그래서 성인聖人이 사람을 가르칠 때 믿음(信)으로 언어의 준칙準則을 삼았을 정도로 믿음은 성誠과 동일한 이치이다.

그래서 성誠을 실행하기 위해서는 마땅히 허망한 말을 하지 않는 것으로부터 시작해야 한다는 것이다. 더구나 허망한 말을 하지 않으려면 반드시 말을 하려면 앞으로 할 행동을 돌아보고, 행동을 하려면 앞으로 할 말을 돌아본* 연후에야 가능하다. 사람이 내적으로 갖춘 바가 돋보이게 하려면 그 안에 남다른 진실이 존재해야 한다. 외부의 누추함이나 초라함은 내부의 진실됨이 인품의 향기로 드러날 때, 그 향기에 가려 느낄 수 없게 된다.

* 《中庸》第13章
言顧行, 行顧言.

24

명성이 실정을 벗어나지 않게 하라

大抵聲聞過情 古人以爲大恥
대 저 성 문 과 정 고 인 이 위 대 치

—《퇴계전서》권 26

명성이 실정을 벗어나는 것은 옛사람들이 아주 부끄럽게 여겼다.

The ancients were very ashamed that a false reputation
was different from a real one.

퇴계는 헛된 명성으로 경상卿相의 자리에 오른다면, 이는 명기名器를 더럽히고 절개를 잃는 일이라고 하였다. 선비가 몸은 세상에 쓰일 곳이 없고 지식은 왕의 은전에 보답할 방법이 없다고 판단될 때, 한 가지의 길은 사퇴뿐이다. 이것만이 선비가 부끄러워할 줄도 모른다는 오명을 씻을 수 있는 유일한 방법이다.

선비가 부끄러워하는 바는 허명을 팔아 실리를 취하는 것보다 심한 것이 없다. 반면에 나라의 걱정은 거짓 명성에 속아서 사람을 잘못 쓰는 것보다 더 큰 것이 없다. 우둔하고 작은 그릇인데도 처신이 합당하지 못한 사람이나 소문이 실상을 능가하는 데 익숙해져서 벼슬을 탐내며 큰 이익을 누리면서도 부끄러운 줄 모르는 자는 자신의 본심을 잃어버린 사람이다.

퇴계는 항상 스스로를 돌아보며 자신이 이런 부류의 사람으로 인식되지 않을까 성찰하곤 했다.

"옛날의 큰 인재와 작은 인재를 분별하는 방법을 쓴다면 본래 백관百官의 반열에 낄 수 없는데, 요행히 벼슬길에 들어와 3품品까지 거쳤어도 보잘것없고 녹록하여 한 가지 직무도 제대로 수행하지 못하였다. 작은 것이 이러하니 큰 것은 가히 알 수 있다. 그러므로 스스로 부끄럽고 두려워 조정에 몸을 두는 것이 편안하지 못하니 고향으로 돌아가 제 힘으로 농사를 지어 먹으며 본분을 지키고 죄를 면하고자 할 뿐이다."

퇴계는 헛된 명성을 얻어서 공로와 실적으로 말하면 털끝만큼도 드러난 것이 없는데도 직위의 서열은 높아 육경六卿의 반열에 올랐던 것이 자신에게는 큰 허물이라고 하였다.

이는 마음과 일이 모순이 될 뿐만 아니라 이름과 실제가 어긋나게 된 것이기 때문에 허명을 팔아 실리를 취하는 격이어서 선비에게 이보다 더 부끄러운 것은 없다. 그래서 퇴계는 알맹이 없이 명성만 도둑질하는 것을 옛날에는 좀도둑에 비유했다고 하였다.

《채근담》에 나오는 다음의 말이 이를 잘 설명해 준다.

"부귀와 명예가 도덕에서 나온 것이면 수풀 속의 꽃처럼 스스로 무럭무럭 잘 자라고, 공적功績에서 온 것이면 화분 속의 꽃처럼 이리저리 옮겨지기도 하고 흥하고 쇠하기도 할 것이다. 그런데 권력으로 얻은 것이라면 꽃병 속의 꽃처럼 뿌리가 없으므로 시들어가는 모습을 지켜볼 것."

사람들은 실제보다 상상 속에서 더 고통받는다.*고 한다. 참 선비는 자신이 실제보다 더 자질이 뛰어난 것처럼 과시하지 않는다. 이런 과시욕을 버리지 못한 선비는 언젠가는 자신의 자질은 물론 인물 됨됨이까지도 형편없다는 품평에서 벗어나지 못하게 된다.

* Seneca
We suffer more often in imagination than in reality.

진심으로 참된 명성을 바라는 선비라면 출처진퇴의 시기를 놓치지 않아야 한다. 명예와 관직을 버리고 떠나야 할 때는 과감히 떠나는 용단이 필요하다. 또한 최고의 자리라고 여겨졌을 때는 스스로 더 높이 올라가려는 욕심을 자제할 줄 알아야 한다. 이것이 참 선비[眞儒]로 오래도록 기억되고 다시 부름을 받을 수 있는 혜안이기도 하다.

에픽테토스는 "양은 자기가 얼마나 풀을 많이 뜯어먹었는지 과시하기 위해 양치기 앞에 먹은 것을 토해놓지 않는다. 대신 뜯어 먹은 꼴을 속에서 소화시킨 뒤, 이것으로 양털과 양젖을 생산해낸다."고 말한다.

선비도 마찬가지다. 선비는 세상 사람들 앞에서 자신이 공부하여 터득한 지식을 자랑하거나 높은 관직을 과시하려 들지 않는다. 대신에 양이 꼴을 삼켜 털과 젖을 만들어서 많은 사람에게 도움을 주듯이, 선비는 자신이 소화해낸 학문으로 세상을 빛내는 데 참여할 뿐이다.

그래서 맹자는 "귀한 신분을 믿고 물으며, 어짊을 믿고 물으며, 나이가 많음을 믿고 물으며, 공로가 있음을 믿고 물으며, 의도를 가지고 묻는 경우에는 모두 대답하지 않았다."[*] 고 하였다. 믿는 바가 있으면 道를 받아들이는 마음이 한결같지 않기 때문에 대답해주지 않는다. 이것이 참 선비가 명성이 실정을 벗어나지 않게 하는 처신이었다.

*《孟子》,〈盡心〉上 43
挾貴而問 挾賢而問 挾長而問 挾有勳勞而問 挾故而問 皆所不答.

7. 곤궁(困窮, Want)

"빈 자루는 똑바로 서있을 수 없다."는 속담처럼, 곤궁한 상황에 처했거나 빚을 진 사람이 올바르게 산다는 것은 어려운 일이다. 거짓말은 빚을 타고 다닌다는 말처럼, 한번 구걸을 하게 되면 또 구걸하고자 하는 유혹에 빠지기 쉽다. 그래서 일단 한번이라도 구걸을 한 사람은 슬퍼하게 되어 있다.

옛날 군자들은 한때 곤궁하고 난감한 상황에 처했더라도 쉽고 구걸하거나 자포자기하지 않았다. 일례로, 퇴계는 과거시험에 낙방하여 곤궁하게 지내는 문인에게 "지난 일에 대해서는 자랑하지도 위축되지도 말라."고 충고하였다. 과거科擧는 그때그때의 명命이 있기 때문에, 잘되었다고 자랑할 것도 없고, 실패했다고 하여 거북이처럼 움츠러들 필요도 없다는 것이다.

《주역》의 지풍地風〈승升괘〉는 위로 올라간다는 의미를 담고 있다. 위로만 올라가다 보면 기진하여 곤궁하게 된다. 곤궁하면 밑으로 내려오는 게 당연하다. 이러한 곤궁은 사람이 가져야 할 바른 도리를 쉬지 않고 굳게 지킬 때 비로소 해소된다.

괴테는 "눈물 젖은 빵을 먹어본 적이 없는 자, 번민에 찬 밤들을 침대 위에서 눈물로 지새운 적이 없는 자, 그런 자들은 천국의 힘을 알지 못하리."라고 하여 곤궁이 그저 삶의 질곡만이 아님을 읊었다.

가난한 집을 깨끗이 청소하고 초라한 여인도 단정하게 차려입으면, 아담하고 기품 있게 보일 수 있듯이, 곤궁했던 경험을 잘 가꾸면 삶의 지혜가 될 수도 있다. 쓰라린 경험은 금을 함유한 광석일 수도 있다. 자신이 소유한 광석이 광물 찌꺼기로만 가득 차 있다면 좋은 품질의 금은 기대하기 어렵다. 지금 곤궁하더라도 이를 박차고 일어나 밭을 갈고 밀알을 심지 않으면 내일은 입이 곤궁해진다.

마르틴 부버는 "사람은 누구나 자신의 곤궁한 생활양식에 대한 책임을 회피하려고 숨는다."고 말한다. 이를 위해 자기 실존을 온갖 은신처로 꾸미고 현실의 눈에서 숨고 또 숨어 점점 더 깊은 타락에 얽매여 들어간다는 것이다. 당장의 곤궁만을 면하려는 사람은 자신에게 숨으려 하고 자신 안에도 자기를 찾는 무엇이 있지만, 그 '무엇'이 자기 찾기를 더욱더 곤궁하게 만든다는 것이다.

25

곤궁을 참아 익숙해지면 만족하게 된다

窮須是忍 忍到熟時自好
궁 수 시 인 인 도 숙 시 자 호

—《퇴계전서》권27

곤궁이란 모름지기 참는 것이니, 그 참음이 익숙해질 때 스스로
만족을 느낀다.

It is best to endure hardship, so you feel satisfied when
you get used to it.

퇴계는 "근심스러운 일이 다가오면, 이를 차분하게 처리해야 한
다."*고 하였다. 큰 걱정거리나 어려움을 당하
면 비록 사소한 우환憂患과는 다르겠지만, 그
사리와 분한分限에 따라 각각 그 도리를 다하
여 동요되거나 혼란에 휩쓸리지 않아야 한다. 바로 다음과 같은 경
우가 좋은 예가 되겠다.

*《退溪全書》卷 36
憂事至則靜而理.

중국의 원자바오 전 총리가 쓰촨성 대지진 때 행했던 연설이다.
총리는 가족과 재산을 잃은 채 실의에 빠져있던 이재민들을 두 번

울렸다. 첫 번째는 10년 전에 착용했던 노란 잠바를 총리가 그날도 입고 있었던 것. 그리고 두 번째는 그가 평소에 자주 애용하였던 다음 구절이었다.

"위험이 닥친 이유를 생각하면 안정을 찾는 길이 보이고, 혼란해진 이유를 생각하면 국가를 잘 다스릴 수 있는 방도를 찾을 수 있으며, 멸망한 이유를 생각하면 존립의 길을 찾을 수 있다. 어려운 일도 어렵지 않다고 여기고, 어려움이 닥쳐도 이기고 나아가며, 어렵다는 걸 알면서도 그 일에 뛰어들어 절대 도피하지 않고 실패를 말하지 않는다."[*]

사건 발생 두 시간 뒤에 현장에 곧바로 날아간 66세의 원자바오 총리는 무너진 집에서 부모를 잃고 혼자 우는 여자 아이를 붙들고 눈물을 흘리면서 "1%의 희망만 있더라도 우리는 100% 최선을 다하자."[*]고 호소하였다.

2010년 8월 칠레 산호세 광산이 붕괴돼서 지하 700미터에 광부 33명이 매몰되는 대형 사고가 발생했다. 그리고 69일 만에 기적적으로 전원이 생환하였다. 당시 대통령이었던 세바스티안 피녜라는 "칠레의 국보는 구리가 아니라 광부라."고 했을 정도로 광부들의 안위에 진심을 다했다. 그런데 당시 지하에 매몰된 광부들이 죽음의 그림자를 걷어내고 삶에 대한 희망의 끈을 놓지 않기 위해 시 한 편을 돌려 읽었다고 한다.

소박한 민중들을 위한 시詩 쓰기를 천명하였던 파블로 네루다

[*]《新唐書》
思所以危則安 思所以亂則治 思所以亡則存 知難不難 迎難而上 知難而進 永不退縮, 不言失敗.

[*] 溫家寶
一線希望 百倍努力.

Pablo Neruda(1904~1973)의 〈커다란 기쁨(La gran alegría)〉이란 시의 일부이다.

> 나는 쓴다, 물과 달을, 변치 않는 질서의
> 요소들을, 학교를, 빵과 포도주를,
> 기타와 연장을 필요로 하는 소박한 이들을 위해 쓴다.
> …
> 그것으로 충분하며, 그것이 내가 바라는 월계관이다.

칠레 민중들에 대한 따뜻한 애정을 담고 있는 이 시는 분명 어두운 갱도에 갇힌 광부들에게 삶의 의지를 일깨워줬을 것이다.

인간은 누구나 살아가면서 곤궁에 처하게 된다. 어떤 사람은 운 좋게도 겨우 한두 번의 곤경만 경험하는 경우도 있겠지만, 사람들 중에는 사는 게 곤궁의 연속이라고 느끼는 경우도 많을 것이다. 이럴 때, 우리가 어떤 상황을 더 이상 우리 힘만으로는 변화시킬 수 없을 때는 우리는 우리 스스로를 변화시켜야 한다.*

* When we are no longer able to change a situation, we are challenged to change ourselves.

몽테뉴는 "곤궁은 우리 자신보다 우리를 더 잘 알고, 우리 자신보다 더 우리를 사랑하는 어버이 같은 보호자이자 엄격한 스승이라."고 하면서, "손해와 곤궁은 참으로 가차 없는 공부이지만 다른 데서는 도저히 찾을 수 없는 지혜를 얻게 된다."고 말한다.

반드시 참음이 있어야 이룰 수 있으며, 너그러움이 있어야 덕이

창대해진다.* 농구선수 마이클 조던이 고등

학교 재학 중이던 시절 농구팀에서 퇴출당

했다고 한다. 그는 경기에서 수백 번 졌었

고 농구인생에서 수천 번의 슛을 놓쳤었다. 그러나 이런 실패들이

오히려 그가 성공할 수 있었던 발판이 되었

다.* 많은 시련과 곤궁이 그를 가로막았었지

만 그는 끝내 세계적인 선수가 되었던 것이

다.

*《書痙》,〈君陳〉12

　必有忍 其乃有濟 有容 德乃大.

* Michael J. Jordan

　I have failed over and over

　and over again in my life. And

　that's why I succeeded.

옛사람은 진실로 학문에 뜻을 두면 곤궁하다 해서 폐지하지 않았

으니, 함부로 뜻을 접는다는 것은 학문에 뜻을 둔 자가 할 일이 아니

다. 특히 실천에 소홀함이 없고 처신하기를 처자處子와 같이 조심하

면 쇠를 녹이고 산을 옮기는 참소도 능히 변화시켜 사라지는 구름

과 흩어지는 안개로 만들 수 있다.

하늘이 장차 이 사람에게 큰 임무를 내리려 하면, 반드시 먼저 그

마음과 뜻을 괴롭게 하고 그 근육과 뼈를 힘들게 하며, 그 몸과 피부

를 굶주리게 하고, 그 몸을 궁핍하게 하여 그 하는 일마다 어긋나고

어렵게 하나니, 이로써 마음을 움직이고 성질을 참게 하여 그 할 수

없던 능력을 기르게 하고 더욱 이롭게 하기

위함이다.* 맹자는 곤궁을 훌륭한 사람에게

큰 임무를 맡기기 위해서 하늘이 행하는 검

증 과정이라고 보고 있다.

*《孟子》,〈告子〉下 24

　必先苦其心志 勞其筋骨 餓其

　體膚 空乏其身 行拂亂其所爲

　所以動心忍性 曾益其所不能.

26

곤궁하고 어려워도 지키던 것을 잃지 말라

因一困拂而遽喪其所守
인 일 곤 불 이 거 상 기 소 수

—《퇴계전서》권 33

한 번의 곤궁하고 어려운 일로 갑자기 그 지키던 것을 잃지 말라.

Don't suddenly lose what you've kept, even if you've
once been in need and in trouble.

여자들에게 물어보라. 즐겁기 때문에 (아이를) 낳는 것이 아니
다. 암탉과 시인을 울게 하는 것은 고통이
다.*

    여자들이 첫아이 낳을 때 고통을 생각하
면서 더 이상 아이를 갖지 않겠다고 다짐하
기도 한다. 하지만 고통은 사랑 앞에 무릎을
꿇는 법이다. 아이가 자라면서 보여주는 온갖 사랑스런 말과 행동
에 여자들은 그만 사랑에 눈멀어 산파의 고통을 감내하려 한다.

    시인도 시어 한 개 혹은 시 한 구절을 생각해내기 위해 뜬눈으로

* F.W. Nietzsche, *Also sprach Zarathustra*
Fragt die Weiber: man gebiert nicht, weil es Vergnügen macht. Der schmerz macht Hühner und Dichtergackern.

밤을 지새우는 고통이 즐거워서 하는 것은 아니다. 하지만 고통과 곤궁도 희망 앞에 무릎을 꿇는 법이다. 넘어진 아이에게 울지 않고 일어서게 하는 방법은 스스로 잘할 수 있다는 격려와 희망을 불어넣어 주는 것이다.

미국의 프랭크 카프리 판사Frank Caprio, Chief Judge(1936~)가 사는 게 힘든 30대 가장을 위로하면서 한 말이다.

"제가 드리고 싶은 말은 쓰러지는 게 죄가 되지는 않지만, 다시 일어나지 않는 게 죄가 된다는 말입니다."

그러자 가장이 "예"라고 대답하자, 판사가 "뒤로 넘어져도 다시 일어나세요. 아들과 아내를 생각해서라도 튼튼한 울타리가 되어주세요. 아시겠죠?"라고 덧붙인 이 한마디가 가장과 방청석에 있던 모든 사람들로 하여금 감동의 눈물을 흘리게 했다.

곤궁에 빠져 있는 사람들에게 힘이 되어주는 사람으로 미국에 카프리 판사가 있다면, 우리나라에는 천종호 판사가 있다. 판사로서의 천종호는 매우 단호한 면이 있지만, 인간으로서의 천종호는 법정 밖에서 한없는 관심과 사랑으로 비행청소년들을 감싸 안으면서, 사재를 털어 비행청소년 교화 공동주거를 설립하기도 했다.

그는 곤궁한 상황에 빠진 청소년들을 밝고 건강한 젊은이로 거듭나도록 교정하고 선도하기 위해 물심양면으로 최선을 다하였다. 그의 이런 모습이 '인성이 미래다'라는 TV프로를 통해 방영되었을 때,

시청자들의 가슴에 잔잔한 감동을 불러일으켰다.

　그의 단호한 면모에서 나오는 부드러운 말과 따스한 손길은 곤궁에 처한 청소년들에게는 영혼을 달래는 빛이 되었음에 틀림없다. 2017년 국정감사 때, 그가 퇴직할 때까지 소년보호재판만 하겠다고 했던 말은 곤궁하고 어려워도 그 지키던 것을 잃지 않겠다는 선비의 다짐으로 들렸다.

　"선비가 정사를 함에 있어서는 불가능을 말해서는 안 된다. 오직 그 마음을 다함에 달려 있을 뿐이다."* 선비는 궁하여도 의義를 잃지 않으며, 영달하여도 도道를 떠나지 않는다.* 옛사람들은 뜻을 얻으면 은택이 백성에게 돌아가고, 뜻을 얻지 못하면 몸을 닦아 세상에 드러냈으니, 궁하면 그 몸을 홀로 선하게 하고 영달하면 천하를 겸하여 선하게 한다.

*《書經》卷 10,〈周書〉(畢命)
罔曰弗克 惟旣厥心.

*《孟子》,〈盡心〉上 13
士窮不失義 達不離道.

　옛 선비를 보건대, 그 곤궁함이 심하면 심할수록 그 뜻이 더욱 씩씩하며, 그 절개가 기특하였다. 만약 한 번의 곤궁하고 어려운 일 때문에 갑자기 그 지키던 것을 잃는다면 선비라고 할 수 없다. 퇴계는 "하나의 궁窮자 때문에 세상의 도도한 흐름에 자신을 던져버려서는 안 된다."*고 강조한다.

*《退溪先生文集》卷 33
乃因一窮字 而欲自棄於滔滔
者耶.

　그러면서 漢·晉시대 이래로 조금이라도 스스로 무언가를 이룬 선비라면, 지조와 절개를 굳게 하지 않고서 도도히 세속과 뒤섞여 세상에 이름을 낸 사람은 없었다고 하면서 선비가 곤궁하다고 좌절

해서는 안 됨을 문인들에게 강조하곤 했다.

자로가 "군자도 막다른 길에 이를 때가 있습니까?"라고 묻자, 공자가 "물론 군자도 막다른 길에 이를 때가 있다. 그러나 소인이라면 어떤 나쁜 짓이라도 서슴지 않겠지만, 그때도 군자는 자기 원칙을 지킨다."고 대답했다.

어니스트 헤밍웨이Ernest M. Hemingway(1899~1961)는《해는 또다시 떠오른다》는 소설에서 전쟁에서 경험한 고통과 두려움도 삶의 일부분이라는 것을 받아들이고 이러한 상황에서도 인간적 위엄을 지켜내고자 하는 의지를 이 소설의 주인공 제이크 반즈Jake Barnes의 행동양태를 통해 보여주고 있다.

전쟁에 참전했다가 부상을 입어 성불구가 된 제이크는 사랑하는 연인 브렛 애쉴리Brett Ashley와 육체적 사랑을 완성할 수 없다. 제이크의 성적 불능 상태는 그를 무기력한 상태에 놓이게 하지만, 이를 극복하고자 하는 신념은 그의 내면의 힘을 견고하게 해준다.

제이크와 대조를 이루는 로버트 콘Robert Cohn이 어느 날, 지금의 현실에 만족하지 못하고 남미로 도피하고 싶다고 제이크에게 불평한다. 제이크가 콘이 어디를 간다 해도 고민거리는 해소되지 못한다고 토로하며, 도피 행위는 현실 문제를 올바르게 해결할 수 있는 대안이 아니라고 충고하는 장면에서 현실을 직시하고자 하는 주인공의 의지는 강하게 드러난다.

27

살면서 다섯 가지의 어려운 것이 있다

實有五難焉
실 유 오 난 언

—《퇴계전서》권 43

살면서 실로 다섯 가지의 어려운 것이 있다.

There are indeed five difficult things in life.

책, 이야기, 그림, 영화, 연극, 드라마 등 인생을 묘사하는 방식은 셀 수 없을 정도로 많다. 다종다양한 방법들 중에 가장 손쉽게 인생을 다시 돌아볼 수도 있게 하고, 메모를 해두었다가 언제든지 확인할 수 있게 해주는 것은 책이 아닐까 생각된다. 인생은 책을 통해 설명되어지기 때문이다.

* Life is like a book. Some chapters are sad, some happy, and some exciting. But if you never turn the paper, you will never know what the next chapter holds.

그래서 "인생은 한 권의 책과 같다. 어떤 장에서는 슬픔을 다루고, 또 다른 장에서는 행복이나 즐거움도 품고 있다. 하지만 직접 책장을 넘기지 않으면 다음 장이 어떤 인생 이야기를 담고 있는지는 결코 알 수 없다.*

사람들은 저마다 인생이란 화폭에 구도를 짜고 스케치를 하여 자신들만의 그림을 그려간다. 그렇다고 그림이 항상 순조롭게 잘 그려지는 것만은 아니다. 화가의 의지와 관계없이 때론 그림이 빗나가 그려지는 것은 마치 인생길이 빗나가는 것을 닮은 것 같다. 인생이 항상 뜻한 대로만 된다면, 그 어떤 아픔이나 슬픔도 없으련만.

필자가 이 책을 지필하게 된 동기도 아픔과 슬픔에서 비롯되었다고 할 수 있다. 평범한 가정에서 대출받아 유학을 보냈던 막냇동생이 귀국한 지 1년 만에 교통사고로 죽었다는 비보를 들었을 때는 믿을 수 없다고 현실을 부정했었다. 급히 병원에 달려가 미동도 하지 않은 채 누워있는 동생을 보고 빨리 일어나 집에 가자고 울부짖었었다. 다 부질없음을 깨닫기까지 참으로 긴 시간이 필요했다.

자신이 사랑했던 이들을 잃는다는 것. 애써 잊기 위해 부단히 흔적을 지우려 할수록 허허로운 가슴에 남는 것은 멍에뿐이라는 것. 남아 있는 사람은 가슴에 회한을 품은 채 살아갈 수밖에 없다는 것. 한없이 자탄하며 가슴을 북처럼 두드려도 울리는 소리는 없고 꺼이꺼이 감아 들어가는 한숨소리뿐이라는 것. 그래서 찰리 채플린은 "인생은 가까이서 보면 비극이고, 멀리서 보면 희극이라."고 했나보다.

퇴계는 살면서 다섯 가지의 어려운 것이 있다고 했다. 왜 어려움이라 하는가 하면, 이 다섯 가지는 하늘이 하는 일이고 사람이 할 수 있는 바가 아니기 때문에 '어려움'이라 하는 것이다.

인간의 수명이 90에 이른 것이 첫째의 어려움이고, 부부가 같이 천수를 누린 것이 둘째의 어려움이다. 그리고 출세한 사람이 고향에 찾아가 부모와 고향의 어른들을 존경하고 있음을 인정받는 것이 셋째의 어려움이고, 자손이 모두 효행으로 이름나 임금의 은혜를 입는 것이 넷째의 어려움이다. 그리고 선을 쌓아 후손들이 가문의 경사를 크게 받은 것이 다섯째의 어려움이다.

이 글에서는 지면상 다섯 가지의 어려운 것 중에서 퇴계가 가장 고통스러워했을 정도로 슬퍼했던 것 한 가지만 말하기로 한다. 그것은 바로 첫 번째인 수명이 90에 이르기 어려움이었다. 이 말의 핵심은 90세에 이를 정도로 장수했다는 데 있는 것이 아니라 90세에 훨씬 못 미쳐 죽음을 맞이했다는데 있다.

누군들 유명을 달리하면 슬프지 않겠는가마는 퇴계가 죽은 이들을 두고 가장 절절한 감정을 드러냈던 사람들 5명을 꼽자면, 농암 이현보, 넷째 형인 이해(瀣), 이해의 아들이자 조카인 이복(宓), 넷째 형수, 그리고 문인 금계 황준량의 죽음이었다.

그중 농암 이현보 선생이 세상을 떠났을 때는 국가의 불행이라고 하면서 의지하여 우러러 볼[依仰]할 곳이 없으니 아픔이 지극하여 마음을 가눌 수 없다고 하였다.

"어버이 죽으니, 큰 나무가 가만히 있으려 하여도 바람이 그치지 아니하며, 자식이 효도하려 하여도 어버이 기다리지 아니하나니, 가도 돌아오지 않을 것은 나이이며 가면 못 따라갈 이는 어버이다."* 퇴계는 일찍 부모를 여의였기 때문에

*《韓詩外傳》, 吾親死
夫樹欲靜而風不止, 子欲養而
親不待. 往而不可返者年也. 逝
而不可追者親也.

농암 이현보를 부모처럼 생각했었다. 그가 죽자 항상 마음에 한처럼 품었던 '고어皐魚의 슬픔'을 느낀다고 하면서 한시외전의 이 시편을 읽을 때마다 자신도 모르게 눈물이 옷깃을 적신다고 하였다.

동양에서는 사물과 사물 또는 사람과 사물의 인연을 하늘이 맺어 준다고 생각한다. "거대한 우주의 순환 속에 존재하는 것은 모두 저마다의 '다르마(우주의 보편 법칙)'가 있기에, 그것은 누구나 따라야 할 길이요, 완수해야 할 의무라."*고 받아 들인다.

* Yuval Noah Harari, *21 Lessons for the 21st Century*
Within the great cycle each being possesses a unique 'dharma', the path you must follow and the duties you must fulfil.

그렇게 보면 사랑하는 이를 잃었을 때의 고통과 아픔은 단순히 우리 인생길에 성가신 방해 거리가 아닐 수도 있다. 삶의 다섯 가지 어려움도 오히려 저마다의 특성과 개성 알게 해주는 우주의 보편 법칙으로 이해한다면 생각이 달라질 수 있다.

28

남에게 번번이 요구하면 일마다 천해진다

見人輒有求 所以事事賤
견 인 첩 유 구 소 이 사 사 천

—《퇴계전서》권27

사람을 만나 자주 요구하면 일마다 천해진다.

If you meet people and ask them often, they become
vulgar in everything they do.

〈예덕 선생전〉은《연암집》에 실려 있는 작품으로, 주인공인 예
덕 선생은 이덕무의 벗이다. 이덕무는 박지원과 절친한 사이였으니
'친구의 친구' 이야기를 쓴 셈이다. 이덕무는 아주 능력이 뛰어났었
지만, 서출이라 높은 관직에는 오르지 못한 선비였다. 매미와 귤을
뜻하는 선귤자蟬橘子는 서재가 매미 껍질이랑 귤껍질처럼 작았기
때문에 붙여진 별명이다.

　예덕이란 말은 더러울 예穢, 덕 덕德으로 '더러운 것으로 덕을 쌓
아가는 사람'이라는 뜻이다. 그의 직업은 마을의 똥을 푸는 일인데,
사람들은 그를 엄 행수라고 불렀다. 성에 붙인 '행수'는 나이 들어서

도 막일하는 사람을 하대하듯 일컫는 말이다. 내용은 선귤자와 제자인 자목의 대화로 이뤄지는데, 선귤자가 예덕 선생이라 높이 평가하는 부분이 압권이다.

한번은 자목이 선귤자에게 세상의 유명한 벼슬아치들이 선생님을 모시겠다고 찾아오는 것도 천박하다고 마다하면서 하층계급인 엄 행수와 어울리는 것이 부끄러워 문하에서 떠나겠다고 말한다. 이에 선귤자의 대답은 단호하다.

> "겉모습이 비루한 것은 나도 안다. 하지만 그가 의로움을 지키는 것에는 조금도 굽히는 뜻이 없어 그 뜻을 우리가 돈으로 살 수 있을 것 같으냐? 내가 밥을 먹을 때 반찬이 너무 없으면 견딜 수가 없다는 생각이 든단다. 그런데 엄 행수의 행실을 떠올리면 스스로 부끄러워진단다. 그는 아마 처음부터 도적질할 마음조차 없었을 것이야. 이 마음을 더 키워나간다면 성인의 경지에 도달하지 않겠느냐? 그런 이유로 나는 엄 행수를 예덕 선생이라고 부르며 감히 이름을 부르지 않는 거야."(박지원, 《연암집》, 〈예덕 선생전〉)

스승의 말은 가히 자목을 부끄럽게 만들기 충분해 보인다.

예덕 선생의 가장 큰 장점은 부귀를 부러워하지 않고, 욕심내지 않고, 아침밥 한 그릇, 저녁밥 한 그릇으로 자기 분수에 만족하며 남에게 구걸하지 않는다는 것이다.

자신도 모르게 사치하는 것이 습관이 되어버린 사람은 아무리 가진 게 많아도 항상 부족하게 느끼기 때문에, 검소한 사람이 가난하면서도 여유 있게 느끼는 것과는 차원이 다른 얘기다. 결국 행복해지는 방법은 자신이 가지고 있는 것에 만족하는 것이다.*

* The art of being happy is to be satisfied with what you have.

상황이 조금 어려워졌다고 해서 만나는 사람마다 앞뒤 가리지 않고 뭔가를 자주 요구하면 하는 일마다 천박하게 보인다. 인간관계에서 일어나는 일들을 살펴보면, 바로 구求라는 이 한 글자가 문제가 되는 경우가 많다.

퇴계도 누군가에게 구求하는 행위에 대해 극히 힘쓰고 정신을 차려 이 말의 깊은 의미를 깨달았다고 하였다. 한번은 선영先塋의 석물石物을 하기 위해서는 불을 피워야 하는데, 숯이 모자라 부득이 관官에 요구하여 보충을 해야 될 형편이었다. 이를 두고 그는 "앞으로 이 한 가지 일에 그치지 않고 자주 요구하게 될지 모른다는 생각에 파계破戒의 해로움까지 들어 심히 두렵다."*고도 하였다.

*《退溪先生文集》卷27
將恐不獨此一事, 深懼破戒
之害也.

하는 일마다 함부로 구걸하거나 누군가에게 지나치게 의존하지 않아야 함을 말한 것이다. 이는 몸가짐과 행세하는 것이 언제나 소홀해질 수 있어서 남의 비방을 듣게 되는 것을 두려워하고 이를 사전에 깨우쳐야 함을 강조한 것이다. 그래서 맹자는 "구하면 얻고 버리면 잃는다. 이런 구함은 유익함이 있는데, 바로 자신에게 있는 것을 구하기 때문이다."*고 하였다.

반대로 요구하지 않은 사람에게 뭔가를 주
는 것도 신중해야 한다. 올바르게 준다는 것
이 올바르게 받는 일보다도 얼마나 어려운 것
일 수도 있기 때문이다. 그래서 니체는 "잘 준다는 것이 하나의 기
술이며, 선의의 가장 교활한 최후의 묘기라."고 말한다. 주는 쪽은
큰 배려를 했다고 생각할지 모르지만 받는 쪽의 생각이 항상 같을
수는 없기 때문이다.

때로는 큰 은혜가 감사하는 마음을 일으키기보다는 도리어 복
수심을 야기하는 경우도 있다. 그래서 은혜를 원수로 갚는다는 말
이 생겨날 정도이다. 은혜를 받은 경우는 고마움을 마음에 새겨야
하겠지만, 은혜를 베푼 경우라면 행한 후에는 잊어야 한다. 작은
은혜가 잊히지 않을 때, 그것은 영혼을 물어뜯는 좀벌레가 되기도
한다.

주어야 할 것이 아무것도 없는 사람들에게 니체는 가혹할 정도로
단호하다. "받는 것을 부끄럽게 알라! 받는 것
을 거절하라!"*라고.

*《孟子》,〈盡心〉上 3
求則得之 舍則失之 是求有
益於得 求在我者也.

* F.W. Nietzsche, *Also sprach
Zarathustra*
Seid spröde im Annehmen!
Zeichnet aus damit, daß ihr
annehmt!

8. 후회(後悔, Regret)

퇴계는 "세월은 빨라 머물지 않고, 깊은 회포는 애달파 말하기 어렵
네."*라며 봄날의 정한을 노래했다. 매년 봄은

* 《退溪先生文集》卷 1
時光忽不留, 幽懷恨難言.

돌아오건만 인생의 시간은 한번 지나가버리면
오지 않고, 되돌릴 수도 없다. 자칫 후회로 점철될 수 있다. 그래서 서
양의 한 철학자는 "후회의 씨앗은 젊었을 때 즐거움으로 뿌려지지만,
늙었을 때 괴로움으로 거둬들이게 된다."고 했나 보다.

반면에 탈무드에서는 "실패한 일을 후회하는 것보다 해보지도 못하
고 후회하는 것이 훨씬 더 바보스럽다."고 말한다.

아름다웠던 추억들은 썰물처럼 밀려가 시간의 파도 속에 묻혀버리
고 기억에 박제된 채, 안타깝고 애달팠던 순간들만이 밀물처럼 빈 가
슴을 채운다. 이쯤 되면 인생의 여백이 온통 후회로 도배된다.

퇴계에게 가장 큰 후회는 무엇이었을까? 그는 "상대해서는 안될 사
람들은 더러운 기름 같아서 가까이하면 곧 사람을 더럽히는데, 이들을
멀리하지 않고 물리치지 않아 비방의 근원을 불러오게 한 것이 후회스
럽다."고 하였다. 오이밭과 자두나무 아래의 혐의를 피하지 않아 난감
한 상황에 이른 것을 후회한 것이다.

괴테의 시詩에 "모든 이가 이리 즐거운데, 너는 참 슬퍼 보이는구나! 너의 눈을 보니 여태껏 울고 있었구나!"라는 구절은 후회의 감정을 잘 보여준다. 때론 달달한 눈물이 가슴을 후련하게 한다고 해서 몰래 흘린 눈물이었건만, 그건 다름 아닌 내 아픔의 흐름이었음을.

마치 입에 맞는 음식은 모두 창자가 곯고 뼈가 썩는 독약이니 반쯤 먹어야 재앙이 없고, 마음에 쾌락을 주는 일은 모두 몸을 망치고 덕을 잃어버리는 매개물이니 반쯤에서 멈춰야 후회가 없다《菜根譚》고 한다. 심각한 후회를 미연에 방지하기 위해서는 단호한 의지가 있어야 함을 강조하고 있다.

사람은 누구나 내 권한에 속하지 않는 것들을 얻기 위해 다른 사람들과 똑같은 행동을 하지 않고서 그들과 똑같은 영예를 누릴려고 해서는 안 된다. 그렇지 않으면 통렬한 후회를 하고 뼈아픈 회한에 빠지는 지름길이 될 수 있다.

사욕에 매몰되어 권세 있는 자들의 문지방을 들락거리며 굽실거리지 않는다면, 주위에 구차하게 하소연을 늘어놓지 않는다면, 자신이 가진 것과 자신의 능력에 맞는 것을 구하고 찾는다면, 그렇다면 마음에 결코 후회가 싹틀 일은 없을 것이다.

29

일이 지나면 후회가 되는 경우가 많다

臨事眩是非 事過多追悔
임 사 현 시 비 사 과 다 추 회

—《퇴계전서》권 28

일에 임해서는 옳고 그른 것이 분명하지 않고, 일이 지나고 나면 뒤따라 후회됨이 많다.

When faced with work, it is not clear whether it is right or wrong, and there are many regrets that follow after work.

당나라 이백李白의 첩박명妾薄命이란 시의 일부이다.

떨어진 빗방울 하늘로 오르지 못하고　　雨落不上天
쏟아진 물은 다시 주워 담지 못하네.　　水覆難再收

이백이 한무제의 황후 진아교陳阿嬌와의 일화를 소재로 하여 지은 시다. 무제가 어렸을 때 궁녀인 진아교를 보고 반해서 나중에 진아교에게 장가들면 금으로 된 집에서 살게 하겠다고 약속했다. 황후가 된 진아교는 오만과 질투가 화근이 되어 결국 한무제의 사랑을 잃었다. 이윽고 장문궁에 유폐되었다가 폐비가 된 채 후회하며 여생을 보냈다.

중국 주周나라의 '태공망太公望과 그의 처 마馬씨', 그리고 중국 오吳나라의 '주매신朱買臣과 그의 처'에 관한 일화의 공통점은 아내들이 생활능력이 없던 남편들을 버리고 떠났다는 것이다. 힘든 시절을 같이 보내다 조금만 더 참았더라면 좋았을 것을. 두 부인들이 땅을 치고 후회해도 소용없을 일이 벌어졌던 것이다.

살아가면서 누구나 일에 임했을 때는 옳고 그름이 분명하지 않지만, 일이 지나고 나면 후회스런 경우가 많다는 것을 느끼게 된다. 아무리 고명高明한 사람일지라도 한 번의 시도로 오묘한 경지까지 나아가기를 바랄 수는 없다. 몸은 날로 쇠하여서 옛것은 잊어버리는 것이 많고 새것도 빠뜨리는 것이 많지만, 성현의 말씀을 공경하고 받들어야 할 것은 힘쓰지 않을 수 없다. 바로 이런 점들을 퇴계도 평생을 두고 괴로워하고 근심하였지만 치료할 방법이 없었다.

그런데 퇴계에게 문인이 이런 문제점을 묻자, 그는 '장님에게 길을 묻는 것과 다름이 없다'고 말한다. 이는 자신뿐만 아니라 옛사람들도 그런 점을 근심했었을 것이라고 생각했기 때문이다.

해답은 부지런히 학문에 매진하여 책을 통해 해답을 찾고, 때로는 스승이나 벗에게 도움을 받아 그 의리義理가 마음에 환하게 트인다면 그런 일들에 대처할 때 의혹이 없게 된다는 데 있다.

그런데 어리석어 혼자 책을 통해 해답을 찾을 수 있는 능력이 부족한데도 본인이 노력은 하지 않고 무턱대고 스승이나 벗에게 도움을 받고자 한다면, 사람들의 비웃음만을 받아 혼자서 괴로워하고 후회로 남을 뿐이다.

탈무드에 "이미 끝나버린 일을 후회하기보다는 하고 싶었던 일을 하지 못한 것을 후회하라."는 말처럼, 면할 수 없는 것인데도 구차하게 일시적으로 면하려고 하면 반드시 처리하기 어려운 일이 생기기 마련이다.

《주역》의 〈지뢰복〉괘 초구에서는, "머지않아 되돌아와서 후회에까지 이르지 않으니 크게 선하고 길하다."*고

*《周易》,〈地雷復〉
不遠復 無祗悔 元吉.

하였다. 사람은 누구나 자신의 길을 가야한다. 때로 자기의 길을 두고 다른 길로 가더라도 너무 늦지 않게 제 길로 돌아와야 한다. 조금만 더 조금만 더 하면서 나아가다가 결국 돌아올 수 없게 되기도 한다.

어떤 부유한 사람이 몇 사람을 불러놓고 각자가 하루에 걸어서 갔다 돌아오는 거리만큼의 땅을 소유하도록 하겠다는 제안을 하였다. 그들 중 대부분은 먹지도 마시지도 않고 욕심껏 멀리 걷다가 돌아가려고 하니까 하루가 지났거나, 돌아오지도 못하고 도중에 탈진해서 쓰러지기도 했다.

또 어떤 사람은 죽어서 사랑하는 가족들에게 돌아가지 못한 경우도 있었다. 단 한 사람만이 반나절을 걸어서 자신이 관리할 수 있는 정도의 땅만을 확인하고 돌아왔다. 매사가 그렇다. 목적을 달성했

으면 돌아가야 한다. 꿀단지를 발견하더라도 자신이 먹을 수 있는 만큼만 먹고 남겨둬야 한다.

꿀단지 가장자리에서 적당히 먹고 물러난 파리는 다음에 또 꿀을 먹을 수 있지만, 꿀 먹는데 정신을 놓고 한 발짝 한 발짝 단지 안에 발을 넣게 되면 꿀을 많이 먹어 무거워진 몸에 두 발은 꿀 속에 빠져 옴짝달싹 못하게 되어 결국 날지 못하고 그대로 생을 마감하게 된다.

현명한 사슴은 연못의 가장자리에서 물을 마시지만, 연못 안으로는 들어가지 않는다. 연못 안에는 자신을 기다리는 악어가 있다는 사실을 익히 알고 있기 때문이다. 매사가 그렇게 양면성을 지니고 있다. 불리하다고 해서 항상 불리한 것도 아니고, 유리하다고 해서 항상 유리한 것만도 아니다.

사람은 누구나 꽃길은 좋아하지만, 살면서 항상 꽃길만을 걸을 수는 없다. 꽃길에는 많은 위험도 상존한다. 꽃길을 적당히 즐겼으면 자신이 스스로 내려올 줄도 알아야 한다. 이것이 지나치거나 모자람이 없게 되는 시중時中의 지혜를 따르는 것이고, 후회를 남기지 않는 현명한 방법이 된다.

30

허물을 후회하고 스스로 새롭게 하라

一時之悔過 自新
일 시 지 회 과 자 신

—《퇴계전서》 권33

한때의 허물을 후회하고 스스로 새롭게 하라.

Regret one's faults once and renew yourself.

세상을 뒤덮는 위대한 공적도 자랑 긍矜자 하나를 당해내지 못하고, 하늘에 가득 찬 큰 죄도 뉘우칠 회悔자 하나를 당해내지 못한다.《菜根譚》 퇴계는 "한때의 허물을 후회하고 스스로 새롭게 하는 것이 어려운 것이 아니라, 정말 어려운 것은 처음과 끝을 변함없이 무너지는 세파 한가운데에서 오롯하게 발을 딛고 서는 것이 어려운 것이라."* 하였다.

옛 습성이 잘못된 것을 알았으면, 독실한 마음으로 깊이 후회하고, 통렬하게 경계하여 고치는 것이 좋다. 이런 재주와 기상으로 문제의 원인을 체득할 수 있다면, 배워서 이루지 못할 것이 없다. 우

*《退溪先生文集》卷 33
一時之悔過自新非難 而能
終始不變 卓然立脚於頹波
之中者爲難也.

려가 되는 것은 뜻을 세웠다 금방 무너져 시작만 있고 끝이 없으면
원하는 결과를 기약할 수 없다는 것이다.

퇴계는 젊었을 때 잘못 배웠던 것들을 깨달았지만, 세월이 흐른
뒤라 뜻은 꺾이고, 힘이 부족한데다 몸은 병들어서 바로잡을 수 없
었던 것이 늘 책을 어루만지며 길이 탄식하는 이유라 하였다.

《주역》,〈문언文言〉전에 '극한까지 오른 용이니 후회[尤]함이 있
다.'고 하였다. 여기서 '항亢'이라는 말은 전진할 줄만 알고 후퇴할
줄 모르며, 보존하는 것만 알고 멸망하는 것은 알지 못하며, 얻는 것
만 알고 잃는 것은 알지 못한다는 뜻이다.

예를 들자면, 임금은 권세와 지위가 지극히 높은 자리다. 신하와
함께 서로 믿음으로 나라를 다스리는 도리를 세우지 않으면, 나라
의 은택이 백성들에게 내려가지 않는다. 이런 상태라면 하늘도 구
름을 일으키고 비를 내리게 해서 은택이 만물에 미치게 할 수 없는
것과 같은 이치이다. 이런 상황에 있는 임금이 지위만 높은 곳에 위
치해 있어 '극한까지 오른 용'에 비유될 수 있고, '후회함이 있다는
것'은 '궁극에 도달한 재난'이라는 뜻이 된다.

이 때문에 옛날의 현명한 군주는 이런 이치를 깊이 깨닫고, 항상
스스로를 낮추고 굽히며 겸손하고 공경하여 자신을 비우는 것으로
도리를 삼았다. 그들은 스스로를 일컬어 '덕이 부족한 사람[寡人]',
'박덕한 사람[涼德]', '보잘것없는 어린 나[眇眇予末小子]'라고 하였
다. 그들 스스로 이와 같이 처신하면서도 혹시라도 교만하고 넘치
고 자만하여 위태롭고 패망하는 환난에 이를까 두려워하였다.

가득 찬 것은 오래갈 수 없다는 사실을 알고 극도에 이르기 전에 멈춘다면 후회가 없게 된다. 그러므로 《명심보감》에 "총애를 받고 있을 때는 욕됨을 생각하고, 편안하게 거처하고 있을 때는 위태로움을 생각한다. 영예가 가벼우면 욕됨도 적고, 이익이 무거우면 해로움도 크다."*고 하였다.

*《明心寶鑑》,〈省心〉上 2
得寵思辱 居安慮危 榮輕辱
淺 利重害深.

아직 시작하지 않은 일의 성취를 도모하는 것은 이미 성취한 일의 업적을 보존하는 것보다 못하며, 이미 저지른 잘못을 후회하는 것은 장차 일으킬 실수를 미리 막는 것보다 못하다.(《채근담》)

후회를 줄이는 방법 중의 하나는 감정을 조절하는 것이다. 그렇지 않으면 수년간 쌓아온 일들이 한순간에 무너져 버릴 수 있다.* 이를 《논어》에서는, "하루 아침의 분노로 자신의 몸을 잊고 나쁜 짓을 하여 그 영향이 자기 양친에게 미치는 것이 미혹된 것 아니겠는가."*라 하여 감정조절의 필요성을 말하고 있다.

*Control your emotions. It only takes seconds to ruin years of hard work.

*《論語》,〈顏淵〉21
一朝之忿 忘其身 以及其親
非惑與.

셰익스피어는 후회의 무익함을 실감나게 표현하고 있다.

"지나간 불행을 한탄하는 것은 계속 새로운 불행을 부르는 또 다른 길이 된다."

To mourn a mischief that is past and gone Is the next

way to draw new mischief on. (W. Shakespeare, *Othello*)

이 대사는 베니스의 공작이 브라반티오(데스데모나의 아버지)에게 후회할수록 더 큰 불행이 온다고 충고하는 말이다. 이아고의 모략으로 아내인 데스데모나가 바람을 피운다고 의심하게 된 오셀로가 질투심을 이기지 못하고 그만 그녀를 죽이고 만다. 나중에 그게 오해였다는 걸 알고 좌절해서 그는 스스로 목숨을 끊는다.

화가 닥쳐서 돌이킬 수 없는 것도 인내하면 웃어넘길 수 있는 법이다. 빼앗겨도 웃고 있으면 빼앗은 자에게서 얼마만큼은 되찾게 되겠지만, 부질없는 슬픔을 안고 있으면 스스로 더욱 많은 것을 잃게 된다.

슬픔에 빠져있는 사이에 소중한 시간은 점점 사라진다. 사라지는 것은 시간만이 아니라 소중한 친구들까지 잃어버릴 수도 있다. 그랬더라면 또는 저랬더라면 하면서 푸념만 늘어놓으면 듣는 사람도 지친다.

그래서 경전에서 "모두 처음은 있지만 참으로 끝이 있기는 드물다."*고 말한 까닭이 여기에 있다.

*《詩經》,〈湯之什〉
靡不有初 鮮克有終.

31

진흙탕 속에서 싸우는 짐승이 되지 말라

泥中之鬪獸 終不得掩其迹也
니 중 지 투 수 종 부 득 엄 기 적 야

—《퇴계전서》권25

진흙 속에서 싸우는 짐승은 끝내 그 자취를 가릴 수 없다.

Beasts fighting in the mud cannot finally judge who is right and wrong.

괴테는 "사소한 일을 통해서도, 오해나 태만은 술수나 악의보다 이 세상에 더 많은 다툼을 일으킨다."*고 하였다. 이는 베르테르가 친구에게 보낸 편지에 친척 아주머니가 자기 어머니의 말처럼 그렇게 나쁜 사람은 아니었다고 하면서 한 말이다.

퇴계는 벼슬에 나아가면 직책은 제대로 수행하지 못하면서 녹만 탐한다는 비난을 받았다. 또 반대로 벼슬에서 물러나면 지체하고 도망쳐서 부끄럽게

* Goethe, *Die Leiden des Jungen Werther*
ich habe, wieder bei diesem kleinen Geschäft gefunden, daß Mißverständnisse und Trägheit vielleicht mehr Irrungen in der Welt machen als List und Bosheit.

도 성은을 저버렸다는 책망을 자주 듣곤 하였다. 당시 선비들은 관직에 나아가거나 물러날 때 수없이 많은 불미스런 일들을 마주하곤 했다.

그중에서 선비가 몸을 욕되게 하거나 절개를 잃고 과오를 범하는 일 등은 모두 스스로 화를 자초한 것들이다. 하지만 진퇴의 의리가 분명하고 행동거지가 곧았던 퇴계에게 주위에서 시샘하는 목소리가 끊이지 않았을 것이다. 다음 시조는 정몽주 어머니인 이씨 부인이 아들을 걱정해 지었다고 알려진 '백로가' 이다.

까마귀 싸우는 끝에 백로야 가지마라	烏爭處 白鷺勿去
성난 까마귀 흰빛을 새오나니	怒烏猜 汝之白色
청강에 고이 씻은 몸을 더럽힐까 하노라	疑染汚 洗滌之身

'새오나니'는 '샘내다' 또는 '시기하다'는 뜻으로, 다툼의 단초가 되는 말이다. 각별히 신중하게 처신하기를 바라는 어머니의 간곡한 심정이 온축되어 있는 시어다. 정쟁에 휘말려 목숨까지 위태로워지지 않을까 노심초사하는 어머니의 간절한 마음이 엿보인다.

이 시는 먹을 가까이하면 자신도 모르게 검어진다[近墨者黑]는 뜻을 지니고 있어서 주변 환경, 특히 인간관계의 중요성을 강조하고 있다. 정몽주가 이성계 문병을 가던 날, 팔순 노모가 꿈자리가 안 좋으니 가지 마라고 만류하였으나, 자신의 운명을 예감했던 정몽주는 귀갓길에 선죽교에서 이방원의 자객에게 피살되고 만다.

*《菜根譚》
生命不是要超越別人 而是
要超越自己.

산다는 것은 다른 사람을 넘는 것이 아니라 자신을 넘는 것이다.* 일반적으로 옳다는 것은 자기를 위주로 해서 생기고, 자신이 상대방보다 더 많이 알고 있다고 생각하는 데 문제가 있다. 이런 까닭에 시비가 벌어진다.* 진흙탕 같은 싸움을 즐기면서 이런 싸움이 지속되기를 원하는 사람은 아무도 없을 것이다.

*《莊子》,〈雜篇〉 23
是以生爲本 以知爲師 因以
乘是非.

상대방의 촛불을 끄는 것이 자신의 촛불을 더 밝게 만들지는 않다는 사실을 기억할 필요가 있다.* 자포자기한 상태로 '너 죽고 나 죽자'라는 식의 극단적인 생각은 어느 쪽에도 도움이 안 된다. 원하지도 않고 후회만 남을 달갑지 못한 삶의 상황을 받아들일 필요는 없다. 더더욱 자기 자신을 속이고 진흙탕 같은 싸움에 빠져 있으면서 나는 괜찮으니 끝까지 해보자고 억지 주장을 할 필요도 없다.

*Blowing out someone else's candle won't make yours shine brighter. Remember that.

진흙으로 만든 소 두 마리가 싸우면서 점차 물속으로 들어가면 그 결과는 자명해진다. 해결의 기미가 안 보이는 싸움에서 적극적으로 빠져나올 수 있는 방법을 강구해야 한다. 이것만이 흙으로 만든 소 두 마리가 물에 녹지 않고 살 수 있는 길이다.

퇴계는 말직에 있는 아들에게 "모든 일을 천만 근신하여 부끄럽고 후회되는 일을 남기지 말라."*고 충고한 바가 있다. 대체로 자신이 보수가 적고 지위가

*《退溪先生續集》卷 7
凡事千萬謹愼 無貽羞悔.

낮은 보잘것없는 자리인 냉관冷官에 있으면서 염정恬靜과 고담苦淡을 마음으로 삼지 않으면 반드시 부당한 일이 있게 될 것이니 더욱 경계하라고 거듭 당부한 말이다.

마르틴 부버는 비난받는 자의 힘은 비난하는 자의 힘보다 더 크다고 말한다. 왜냐하면 사람이 비난을 수용하고 진실을 인정하며 겸손한 태도를 취할 때, 자신이 비록 높고 거룩한 위치에 있으나 겸손한 사람과도 함께 있고, 잘못을 뉘우치고 회개하는 사람과도 함께 있게 된다는 성경의 말씀이 그 사람에게 딱 들어맞기 때문이라고 한다.

유발 하라리는 "우리가 인생의 의미를 찾을 때, 우리는 현실이 무엇인지, 전 우주에서 나의 특별한 역할이 무엇인지를 설명해줄 이야기를 원한다."*고 말한다. 바로 이런 역할이 자신이 누구인지를 규정하고, 자신의 모든 경험과 선택에 의미를 부여한다는 것이다.

인생의 의미라는 큰 틀에서 본다면, 삶의 갈래마다 뒤따르는 아귀다툼이나 진흙탕 싸움 등은 순간 지나가는 바람처럼 한때의 터프한 대화일지도 모른다는 생각이 든다.

*Yuval Noah Harari, *21 Lessons for the 21st Century* When we look for the meaning of life, we want a story that will explain what reality is all about and what is my particular role in the cosmic drama.

32

옛사람을 생각하여 스스로 허물을 없애라

思古人 俾無試兮者
사 고 인 비 무 우 혜 자

—《퇴계전서》권34

옛사람을 생각하여 허물을 없게 하라.

Get rid of your own faults by trying to emulate the old.

옛 선비들은 편안한 곳에 사는 것은 자신의 복이 아니라고 여겼다. 그들에게 곤궁한 여건은 선비를 옥玉처럼 아름답게 성취시키려는 하늘의 뜻으로 받아들여졌다. 그래서 아무리 어렵고 괴로워도 코로 한 말의 식초라도 마시겠다는 자세로 마음을 가다듬고 참아내려 하였다.

뭔가에 익숙해지려면 반드시 그에 따르는 과정을 거쳐야 한다. 선비는 자신이 목표로 하는 곳, 그곳을 향해 마음을 가다듬고 늘 스스로를 새롭게 한다는 자세를 지녀야 한다. 즉, 공부하면서 마음을 가다듬는다는 것은 "경건함으로 마음을 곧게 하고, 의로움으로 밖으로 드러나는 행동을 반듯하게 한다."*는 뜻이다. 여기서 직直은 바른 위치를 말한 것이

*《周易》, 〈文言傳〉
敬以直內 義以方外.

고, 방方은 그 의리를 말한 것이다.

그런데 이렇게 공부하고 스스로를 가다듬으려고 하면서도 우상 숭배하듯 이를 지키기만 한다고 학문이 성취될 리 만무하다. 더구 나 옛사람을 사모하는 마음은 있되 이들을 본받으려는 노력은 하지 않은 채 그저 기다리겠다는 자세만으로는 조금도 체득될 게 없다. 결국 스스로를 돌아보고 한숨지으며 탄식만 하게 된다.

문제는 길은 알면서도 그 길로 가지 않고, 뜻은 있되 하는 일은 어긋나고 있다는 점이다. 이런 생각이 들면 만사를 제쳐두고 당장 에라도 스스로를 더욱 강하게 단련鍛鍊한다면, 옛사람들의 길을 따 를 수 있을 것이다. 학문에 뜻을 둔 의미와 道를 구하려는 정성이 지극해야 한다는 사실을 다시금 깨우쳐야 한다.

종종 선비들 중에 산에 들어가 집을 짓고 온힘을 다해 공부한 후 스스로 깨달은 바가 있다고 여기는 사람이 있다. 당연히 얻은 바가 있어야 하겠지만, 확실한 목표는 모르겠다고 한탄하는 이들도 있 다. 확실한 목표란 정말 쉽지 않은 것이라 남들이 함부로 설정하지 도 않는 것을 얻지 못했다고 한탄한 것이기 때문에 한편으로는 반 가운 측면도 있다.

하지만 내 마음을 돌이켜서 그 진실을 얻으려고 힘써야 한다. 과 연 내 마음에 '仁'과 '智'의 진실이 있어 그것이 속에 충만하여 바깥 으로 나타난다면, 산을 좋아하고 물을 좋아하는 것은 그렇게 절실 히 구하지 않더라도 저절로 그 즐거움이 있게 되는 것이다.

그런데 이것에 힘쓸 줄은 모르고 한갓 그 높고 푸른 것만을 보고서 이것만으로 仁者의 좋아함을 찾는다고 하거나, 깊고 흘러가는 물을 보고서 이것만으로 智者의 좋아함을 찾는다고 한다면, 이는 산만하고 황당하여 찾으려는 것을 구할수록 더욱 멀어지게 된다.

과거의 미래는 미래에 있고, 현재의 미래는 과거에 있으며, 미래의 미래는 현재에 있다고 말하는 이도 있다. 이는 곧 과거에 근거하지 않은 현재가 있을 수 없듯이, 현재에 기초하지 않은 미래도 없고, 미래 또한 현재에 터한다는 시간의 순환을 의미한다. (박종용,《퇴계와의 만남과 대화》)

어떤 식으로 이해하든 현재는 과거에 뿌리를 두고 있음은 분명하다. 과거로부터 누적된 삶의 지혜들이 지금 우리의 삶에 바탕을 이루고 있듯이, 현재 우리의 삶으로부터 축적되어가는 지혜들이 숨결과 손길이 되어 미래 후손들 삶의 초석이 될 것이다.

각 시대마다, 각 세대마다 맺어진 삶의 결실들은 사람들이 살아온 자취이자 살아갈 궤적의 결과이다. 여기에다 기록된 글들은 고귀한 행적들을 하늘과 땅에 새긴 것처럼 후손들에게는 따르고자 하는 모범이 되어 정신적인 유산으로 대물림된다.

세상에 고귀한 삶의 기록을 남기고 떠난 사람들은 후세에게 영원한 선의 원천을 유산으로 남긴 것이라 하겠다. 그런 삶은 미래의 모든 사람들이 인격을 형성하는 데 좋은 귀감이 되기 때문이다. 그들의 모범은 지금도 사람들에게 새로운 활력을 불어넣고, 위대한 사람들의 인생을 새롭게 재현해내며 고귀한 인품을 다른 방식으로 표출할 수 있도록 돕는다. (새뮤얼 스마일즈,《자조론》)

1855년 미국정부의 강압에 의해 자신들의 땅을 내놓아야 했을 때, 시애틀 추장이 미국 대통령에게 보낸 연설문의 일부이다. 백인들까지 감동시켰던 글이기에 인용한다.

홀로 있을 수 있는 곳은 어디에도 없다. 밤이 되어 당신네 도시와 마을 거리에 정적이 내려앉아 아무도 없다고 생각될 때도, 한때 이곳에 살았고 아름다운 이 땅을 여전히 사랑하는 영웅들이 모여들 것이다. 백인들만 있는 일은 결코 없을 것이다. 그러니 우리 부족을 공정하고 친절히 대해주기 바란다. 죽은 사람도 힘이 있다. (시애틀 추장, 《어떻게 공기를 팔 수 있다는 말인가》)

연설을 통해 시애틀 추장은 백인들의 문화를 존중할 것을 약속함과 동시에 원주민들의 삶의 터전인 자연을 존중할 것을 백인들에게도 요구하였다. 연설의 핵심은 인디언들의 고유성을 보존하고 백인들의 참신성이 공존할 수 있도록 상호간 급선무인 존중의 필요성을 역설한 것이다.

9. 배움(眞知, genuine Knowledge)

"학문의 정도는 다름 아니라 모르는 게 있으면 길 가는 사람일지라도 붙들고 묻는 것이다." 이 말은 《북학의》 원고를 읽은 후 박지원이 박제가에게 보낸 서문의 첫 문장이다. 또 당나라의 명필가 안진경의 가훈은 "어려서 공부하는 것은 일출 때의 햇빛과 같다."는 말이었다. 둘 다 학문에 임하는 자세와 중요성을 말하고 있다.

유발 하라리Yuval Harari는 "최고의 과학적 발견은 무지의 발견이라."*고 하였다. 삶 속에서 일어나는 소위 나쁜 일들의 대부분은 무지의 어둠에서 비롯된다. 이 말은 참으로 빈 학문을 직시하고, 참 학문의 필요성을 암시한 말이다.

* Yuval Harari, *Sapiens*
The greatest scientific discovery was the discovery of Ignorance.

동양에서의 학문은 "글을 읽어 이치를 밝히고[讀書明理]", "글을 알아 예의에 도달[知書達禮]"하는데 의의를 두고 있다. 그렇다고 학문하는 방법이 말 많은 데에 있는 것도 아니다. 그저 묵묵히 앉아 마음을 밝혀 오래도록 이에 힘을 기울이면 강학한 것이 점차 밝아져 비로소 강력한 저력이 생기게 된다. 이렇게 자기만의 학문세계를 열어 나가야 한다.

몽테뉴는 "꿀벌들은 이 꽃 저 꽃에서 꽃의 정수精髓를 훔쳐 가지만, 이를 그들 자신만의 꿀로 변화시킨다. 그러면 그것은 이미 백리향百里香의 꿀도 마요라나의 꿀도 아닌 새로 만들어진 꿀이 된다."*고 하였다. 마찬가지로 학자들도 다른 사람들에게서 빌려온 것을 변화시키고 섞어 완전히 다른 자기만의 것, 즉 자신만의 견해를 만들어내야 한다.

* Montaigne, Michel De, *The Complete Essays*
Bees ransack flowers here and flowers there, but then they make their own honey, which is entirely theirs and longer thyme or marjoram.

에머슨에게 학자는 세상의 눈이고, 세상의 심장이다. 학자는 영웅적인 생각들, 위인들의 전기, 시가, 역사를 지키고 이들을 전승함으로써 야만의 단계로까지 타락하는 천박한 물질적 번성을 막아내고, 학문이 사라지려 하는 이 시대에 말 없는 파수꾼이다.

학자는 인간 본성의 최상위 기능들을 실행하는 것에서 위안을 얻게 된다. 자신의 깊은 생각을 바탕으로 스스로 성장하며, 대중적 생각들과 유명한 사상들을 모두 호흡하며 먹고 사는 자가 바로 학자다.(R.W. Emerson, 〈The American Scholars〉)

33

일을 배우고 익혀 참되게 실천하라

學也者 習其事而眞踐履之謂也
학 야 자 습 기 사 이 진 천 리 지 위 야

−《퇴계전서》권7

학學이란, 그 일을 습득하여 참되게 실천하는 것을 말한다.

Genuine Knowledge refers to acquiring the knowledge
and practicing it truly.

에리히 프롬은 "어떤 기술을 배우는 것은 이론을 습득하는 것과 실천에 익숙해지는 것으로 이뤄진다."고 하였다. 어느 분야에서 대가가 되기 위해서는 배운 것을 반드시 실천에 옮기는 것이 중요함을 강조하고 있다.

참으로 안다는 것은, 아는 것이 지극해져서 참으로 옳음을 알면 자연히 실천하게 된다. 성문聖門의 학이란 마음에서 구하지 않으면 어두워져서 얻지 못하는 까닭에 반드시 생각하여 그 미묘한 이치를 통해야 하고, 그 일을 습득하지 못하면 위태로워져서 불안한 까닭에 반드시 배워서 그 실상대로 실행해야 한다. 이렇게 생각하며 배우는 것이 새의 두 날개나 수레의 두 바퀴처럼 서로 분명히 도움을 줘야 한다. 그래서 생각하고 배우는 이 두 가지 공부에 힘써야 한다.

생각과 배움을 겸하는 방법은, 반드시 마음을 삼가고 엄숙하며 고요한 가운데에 두고, 배우고 묻고 생각하고 분별하는 사이에 그 이치를 궁리하는 것이다. 어떤 한 가지 일을 습득할 적에는 마땅히 이 일에 오로지 집중해서 다른 일이 있다는 것을 알지 못하는 것처럼 해야 한다.

아침저녁으로 변함이 없이 매일매일 계속하고, 혹 새벽에 정신이 맑을 때에 그것을 되풀이하여 그 뜻을 이해하고 평상시에 사람을 응대할 때에 몸소 경험하고 북돋우면, 처음에는 자연스럽지 않아 마치 서로 모순이 되는 것처럼 불편하게 생각될 수 있다.

또 때로는 극히 고통스럽게 느껴지기도 하지만, 이것은 공부하는 사람이라면 누구나 느끼는 과정이다. 옛사람들은 이런 감정을 장차 크게 향상되려는 징조이자 좋은 소식이라고 받아들였다. 더욱 자신감을 갖고 힘써서 참된 것을 많이 쌓고 오래 힘써 나가면, 자연히 마음과 이치가 서로 물 베듯 하여 어느새 이해하고 통달하게 된다. 또한 익히는 것과 일이 서로 익숙해져 점점 순탄하고 편하게 행해지는 것을 몸소 체득하여 알게 된다.

처음엔 각각 그 하나하나에만 집중하던 것이 나중에는 모두 하나의 근원에서 만나게 됨을 알 수 있게 된다. 이것이 바로 맹자의 "깊이 나아가기를 도로써 하여 자득하게 된 경지"*이며 "생겨나면 어찌 그만둘 수 있겠는가"

*《孟子》, 〈離婁〉下 14
君子深造之以道, 欲其自得之也.

라는 말을 경험하게 된다. 더 나아가 자득을 하여 천하를 얻게 되면 천하도 역시 나를 얻게 된다. 나와 천하가 서로 얻게 되면, 언제나 천하는 나의 것일 뿐이다.*

*《淮南子》,〈原道訓〉21
自得則天下亦得我矣 吾與
天下相得 則常相有已.

퇴계는 "학문을 할 때는 모두 평범하고 비근하며 실질적인 측면에 나아가 뜻을 겸손하게 하고 마음을 비워서 차근차근 공부해 나아가야 한다."*고 말했다. 그래야만 나중에 도道

*《退溪先生文集》卷29
故爲學皆就低平近實處, 遜
志虛心, 循循做將去.

가 높고 덕德이 성대하여 고원심대高深遠大함 이 극치에 이르게 된다.

이렇게 했을 때, 천지를 위하여 마음을 세우고, 백성을 위하여 도를 세우며, 지나간 성인을 위하여 끊어진 학문을 잇고, 만세를 위하여 태평太平을 열어갈 수 있다. 옛 선비들에게서 허황되고 과장된 자취를 찾아볼 수 없었던 것은, 먼저 자신이 말한 것을 실행하고 그 뒤에 말이 행동을 따르게 했기 때문이다.

율곡 이이가 쓴《격몽요결擊蒙要訣》의 서문 첫 구절이다. "사람이 이 세상을 살아가는 데 학문이 아니고서는 올바른 사람이 될 수 없다."* 이처럼 학문하는 사람은 정신을 가다듬

*《擊蒙要訣》
人生斯世 非學問 無以爲人.

어 뜻을 한 곳에 모아야 한다. 만일 덕을 닦으면서도 마음을 공적功績과 명예에 둔다면 반드시 깊은 경지에 이르지 못할 것이며, 책을 읽으면서도 읊조리는 맛이나 놀이에만 흥을 붙인다면 결코 깊은 마음에 이르지 못할 것이다.

시작이 없으면 실로 끝도 없지만, 끝이 없다면 시작도 소용이 없

다. 학문이 대부분 처음은 있는데 끝이 없으며 시작할 때는 부지런하다가도 끝에 가서는 게을러지고, 처음에는 공경하다가 끝에는 방자해져서 들락날락하는 마음으로 하다 말다 하게 되어 결국에는 덕을 무너뜨리고 나라를 미혹하게 한다.

아는 것[知]과 이를 실천하는 것[行], 이 두 가지는 수레의 두 바퀴와 새의 두 날개와 같아서, 서로 선후가 되고 서로 경중輕重이 된다. 知를 먼저 하고 行을 뒤에 한 경우가 바로 《대학》과 《맹자》이다. 그리고 行을 먼저 하고, 知를 뒤에 한 경우 《중용》이다.

그렇다고 知를 먼저 한다고 해서 知를 다한 뒤에 비로소 行한다는 것은 아니며, 行을 먼저 한 것은 行을 다한 뒤에 비로소 知한다는 것도 아니다. 처음 알게 되는 단계로부터 시작하여 앎이 지극한 단계에 이르게 되고, 배운 것을 처음 행동으로 옮기는 단계로부터 실천이 지극해지는 단계에 이르기까지 배움과 실천이 서로 자뢰하고 서로 진전시키는 것이다. 여기서 심오한 지식과 얕은 지식은 구별되어야 한다. 흔히 사람들이 모르는 바는 아니나, 행동할 의지가 없는 것은 지식이 얕고 믿음이 확고하지 않기 때문이다.*

*Dao Companion to Neo-Confucian Philosophy, 〈Cheng Yi's Moral Philosophy〉
There is a distinction between propound knowledge and shallow knowledge. It is not that people do not know. The reason that one is not willing to act is that knowledge is shallow and belief is not firm.

34

배워서 마음에 더러운 물이 고이지 않게 하라

只恐志業不修 則遂成汚下 無復捄拔之期也
지 공 지 업 불 수 즉 수 성 오 하 무 복 구 발 지 기 야

—《퇴계전서》권14

뜻한 학업을 닦지 않으면 마침내 더러운 물이 고이는 웅덩이가
되어 다시는 구제할 기약이 없을까 염려스럽다.

If you don't learn the study you wanted to do, you're
worried that there's no possibility of getting away from it
again as a puddle of dirty water.

*《孟子》,〈告子〉上 11
學問之道無他 求其放心而
已矣.

*Bertrand Russell,〈Free
Thought and Official
Propaganda〉
Education would aim at
expanding the mind, not
narrowing it.

학문하는 길은 다른 것이 아니라 잃어버린
마음을 찾는 것일 뿐이다.* 그래서 버트런드
러셀Bertrand Russell(1872~1970)은 "학문은 마음
을 좁히는 것이 아니고, 넓히는 것을 목적으로
해야 한다."*고 말한다.

퇴계는 "내가 힘써 행할 일이란, 오직 글을
읽어 학문하는 것일 뿐이라."고 하였다. 퇴계

는 자신이 노쇠하고 병들고 혼미해서, 새는 그릇에 물을 담는 겪이어서 비록 물이 고이지 않음을 탄식하지만, 그래도 날마다 더 보탤 것을 생각한다면 보태지 않는 것보다 나을 것이라고 다짐하곤 했다. 지식이 지극하지 못할 때에는 비록 뜻을 성실히 하고자 하나, 그 도道가 말미암을 길이 없다는 말은 사물의 이치를 터득하지 못하면 그 뜻도 제대로 파악하기 힘들다는 뜻이다.

사람들은 미래를 결정하지는 못하지만, 자신들의 습관을 결정할 수 있고, 그 습관이 그들의 미래를 결정하게 된다.* 대개 옛 습관이 여전히 남아 있는 상태에서 새로운 공부가 확립되지 않았을 경우에는 더욱 마음을 다하여 노력을 기울여야 한다. 그러나 외부의 사물을 접하게 되었을 때, 예를 들어 사냥하는 것을 보면 마음이 기뻐지는 병폐*가 있어서 그것에 점점 젖어들어 마침내는 스스로 그 잘못되는 줄도 모르게 된다.

> * Matthias Alexander
> People do not decide the future. They decide their habits and their habits decide their future.

한 문인이 "만약에 옛 버릇을 지워버리고 새로운 공부를 힘써 하려면 어떤 방법이라야 될 수가 있겠습니까?"라고 묻자, 퇴계는 "초학자는 잡아두려는 의사 없이 동動하는 곳에서

> * 모귀희렵暮歸喜獵
> 한 선비가 16세 때 사냥을 좋아했었으나 얼마 후에 그 버릇이 고쳐졌다고 했었는데, 12년 후 어느 날 우연히 다른 사람이 사냥하는 것을 보고 자신도 모르게 기뻐하는 마음이 생기므로 스스로 반성하기를 "아직도 멀었구나"라고 한 데서 유래한 말.

득력得力을 할 수 없다. 너무 지나치게 긴장할 정도로 집착을 하지도 말고, 그렇다고 집착을 안 하지도 않는 그 중간에서 시습時習하는 공부에 더한층 노력하여 그것이 오래되어 익숙해지면 동動과 정靜이

하나같이 되는 의미를 알게 된다. 당장 하루아침, 하루저녁에 성과를 기대하는 것은 옳지 않다."고 답하였다.

*《退溪先生文集》卷31
初學, 如何便能無把捉意思, 而得力於動處耶. 但切不可太著意緊捉, 只於非著意非不著意間, 加時習之功. 至於久而熟, 則漸見動靜如一意味, 正不可以朝夕期速效也.

옛 버릇에서 벗어나 오직 그 사람의 뜻을 돈독히 하고 행동에 힘쓰며 경敬을 주主로 삼고 이치를 밝혀서 분노하는 마음을 다스리고 욕심을 막으며 착한 데로 옮겨가고 허물을 고쳐가면서 오래도록 지속하는 것이 중요하다. 그러므로 다른 사람이 대신 노력해 줄 수도 없는 오로지 자신이 해결할 문제다. 이른바 "인仁을 하는 것이 자신에게 달려 있다."는 것도 같은 맥락에서 이해할 필요가 있다. 한 선비가 사냥하는 것을 보면 마음이 기뻐지던 습관을 고치는데 10년이 걸렸다는 것은 습관을 바꾸는 것이 쉽지 않음을 의미한다.

에크하르트 툴레는 "삶 속에서 일어나는 소위 나쁜 일들의 대부분은 무지의 어둠에서 비롯된다."고 하였다. 즉, 그런 일은 저절로 일어난다기보다 에고ego가 만들어내기 때문에 일에 접하는 사람이 스스로 완전히 깨어 있게 되면 나쁜 일들이 더 이상 자신의 삶 속으로 들어오지 않게 된다는 것이다.

*Ships don't sink because of the water around them; ships sink because of the water that gets in them. Don't let what's happening around you get inside you and weigh you down.

이는 마치 배가 주변의 물 때문에 가라앉는 것이 아니라, 배 안으로 들어오는 물 때문에 가라앉는 것과 같은 이치다. 주변에서 일어나고 있는 일들이 자신 안으로 들어와 자신을 짓누르지 않도록 해야 한다.*

사람의 건강에 대해 얘기할 때도 마찬가지다. 직접 병들어 아픔을 경험했던 사람들이나 이들을 가까이서 치료했던 사람들의 실질적인 경험에서 나온 얘기라야 다른 사람에게도 도움이 된다. 그러나 "본 적도 없이 헤아리고, 병들지 않고서 신음하는 자들의 말"*은 백해무익한 것이다. 학문할 때도 이런 마음가짐으로 오랫동안 계속

*《退溪先生文集》卷35
其與未見而料度, 不病而呻吟者

해나가면서 익숙하게 되면 자연히 마음과 정신이 융화되어 외부의 영향으로부터 초탈하는 경지에 이르게 된다. 그렇게 되면 가슴속에 가득하던 응어리를 씻지 않아도 저절로 흔적도 없이 사라지게 된다.

그래서 사람은 누군가를 가르치면서도 배울 수 있는 것이다. 《서경》에 "가르침은 배움의 반이니, 생각의 종과 시를 학문에 몰입하면 그 덕이 닦임을 자신도 깨닫지 못할 것이라."* 하였다. 가르치는 것과 배우는 것이 반반이니 중요성에 있어서도 경중에 차이가 없음을 의미한다.

*《書經》,〈說命〉下 5
惟斅學半 念終始 典于學 厥德修罔覺.

대신 가르침은 반드시 위에서 시작하여 아래로 도달하게 해야 그 뿌리가 있어 멀리 오래갈 수가 있다. 그렇지 않으면 근원이 없는 물처럼 아침에 가득했다가 저녁이면 다 빠지게 되기 때문이다.

35

옛것을 익혀 새것에 득이 되게 하라

舊有據而新不孤 當有益矣
구 유 거 이 신 불 고 당 유 익 의

—《퇴계전서》권32

옛날에 익힌 것은 근거가 있게 되며, 새로이 얻은 것은 외롭지 않게 되어 반드시 이익이 있을 것이다.

What has been learned in the past has a basis, and what has been newly obtained is not in vain, so it must be of great help to genuine Knowledge.

글을 배움은 천년의 보배요, 물건을 탐함은 하루아침의 티끌이다.* 옛날에 익힌 것을 근거 삼아 새로운 것을 얻기 위해서는 새롭게 단서를 열어주는 공부를 해나가야 한다. 뭔가를 배운다는 말은 본받는다는 뜻이다.

사람의 본성은 모두 선善하나, 이것을 아는 데는 '먼저' 혹은 '뒤에'라는 선후의 차이는 있

*《推句》
學文千載寶 貪物一朝塵.
《推句》는 내용의 첫머리가 '天高日月明'으로 시작하기 때문에, 천고담天高談이라고도 한다. 어린아이들이 천자문, 사자소학 다음으로 배우는 책인데 5자씩 묶여있다.

을 수 있다. 다만 뒤에 깨닫는 사람은 반드시 먼저 깨달은 사람이 하는 것을 본받아야 선善을 밝게 알게 되고 그 '본성의 선함'을 회복할 수 있다.

맹자는 "큰 목수가 사람을 가르칠 적에 반드시 규구로써 하니, 목수 일을 배우는 자 역시 반드시 규구로 해야 한다."*고 하였다. 일에는 반드시 본받을 만한 규범이 있은 후에 완성될 수 있으니, 스승이 이것을 버린다면 가르칠 수 없고, 제자가 이것을 버리면 배울 수 없게 된다.

*《孟子》,〈告子〉上 20
大匠誨人必以規矩 學者亦
必以規矩.

뭔가를 안다는 것은 그 일에 대한 속성이나 본질을 깨닫는 것을 의미한다. 이를 통해 부족함을 인식하고 진전시키면서 학문의 발전을 도모하게 된다. 옛것을 배울 때는 무엇보다 순수하고 깨끗한 마음을 지녀야 한다. 그렇지 않으면 한 가지 선행을 보아도 이것을 훔쳐 자기 욕심을 채우는 데 이용할 것이고, 한 마디 좋은 말을 들어도 이것을 빌려 자기의 단점을 감추는 데 이용할 것이다. 이것은 바로 원수에게 병기를 빌려주고 도둑에게 양식을 대주는 것과 같다.《채근담》

퇴계는 먼지가 가득한 자신의 책상 위에 선유의 책이 놓이자, "천년 전의 고인을 만나보고 훌륭한 말씀을 직접 접하는 듯하다."*고 하였다. 또 괴테는 "책을 앞에 두고, 나는 새벽에 일어나 동터 올 때의 아침놀을, 그다음에 태양을 초조하게 기다리다 해가 떠오르자 눈부

*《退溪先生文集》卷 21
見古人接緖言於千載之上.

시어하는 사람과 같았다."고 하였다.

두 사람이 모두 학문하는 학자의 설레는 마음과 학문의 기쁨을 감추지 않고 적나라하게 표현하고 있다. 전통은 역사적으로 생성된 살아있는 과거이지만, 그것은 과거를 위해서 있는 것이 아니라 도리어 현실의 가치관과 미래의 전망을 위해서만 의의가 있는 것이다.(조지훈,《전통의 현대적 의의》- 돌의 미학)

그래서 고전은 과거에 생각되고 기록되고, 조각되고, 그려진 최고의 것으로 보존할 가치가 있는 유익한 것이라는 관념이다. 바로 이러한 생각과 정신을 온축한 관념이 온고지신溫故知新이다. 이 말은 경전 두 곳에 언급되고 있다.《중용》은 德을 닦고 道를 이룸을 논하여, 마음을 보전함을 주로 하기 때문에 溫故에 중점을 두었다. 그리고《논어》에서는 스승 삼을 만한 것을 논하여, 진리를 아는 것을 주로 하기 때문에 지신知新에 중점을 두었다.

여시구진與時俱進이라는 말이 있다. 시대와 더불어 새롭게 창조하는 것이라는 의미이다. 옛것, 즉 전통을 배우는 것만이 중요한 것이 아니다. 전통을 오늘의 시각으로 새롭게 변용하고 해석하는 것 또한 매우 중요하다.

문제는 과거를 답습하는 마음은 언제나 이미 알고 있고 익숙한 것을 되풀이하려고 한다. 마음은 언제나 알고 있는 것에 집착할 뿐, 모르는 것에 대해서는 위험을 느낀다. 현재 순간을 인식하면 마음의 흐름뿐 아니라 과거와 미래를 연결하는 연속성에 틈새가 생긴다. 정말 새롭고 창조적인 것은 무한한 가능성의 공간을 열어주는 그 틈새

를 통과하지 않고서는 이 세상에 들어올 수 없다. (에크하르트 툴레)

그래서 마음의 변화가 필요하다. 변화의 비밀은 자신의 모든 에너지를 옛것과 싸우는 것이 아니라, 새로운 것을 만드는 것에 집중하는 것이다.* 성경과 쿠란, 베다를 쓴 것도 우리 인간의 손가락이고, 이들 이야기에 힘을 부여한 것도 우리의 정신이다.*

* Socrates
The secret of change is to focus all of your energy, not on fighting the Old, but on building the New.

* Yuval Noah Harari, *21 Lessons for the 21st Century*
It is our own human fingers that wrote the Bible, the Quran and the Vedas, and it is our minds that give these stories power.

모두가 아름다운 이야기임에는 틀림없지만, 그 아름다움도 철저히 보는 사람 눈에만 그렇게 보인다는 것이 문제다. 학자의 영혼에 자연 다음으로 가장 큰 영향을 미치는 것이 '과거의 정신'이다. 그리고 그 과거 선조들의 정신은 문학, 예술, 제도, 관습 등 모든 형태로 각인되어 있다.*

* R.W. Emerson, 〈The American Scholars〉
The next great influence into the spirit of the scholar is the mind of the Past,- in whatever form, whether of literature, of art, of institutions, that mind is inscribed.

그래서 큰 업적은 선배에게 빛이 나고, 유풍은 후배에게 미친다*는 말처럼, 전통을 바로 보려는 것은 '먼 과거를 알고자 하는 지원知遠'이고, 전통과

* 大業光前輩 流風被後人

의 대화는, 곧 '과거와 현재를 연결하여 과거를 통해 현재를 이해하고 현재와 미래를 소통케 하라는 《서경書經》의 교훈'*이라 하겠다.

* 《禮記》, 〈經解〉
疏通知遠 書教也.

36

걱정만 하고 배우지 않는 것이 문제다

動處悠悠者 學者之通患也
동 처 유 유 자　학 자 지 통 환 야

—《퇴계전서》권32

움직일 때마다 걱정만 하는 것이 배우는 자들의 공통된 걱정이
다.

It is a common concern of learners to worry only every
time they act.

퇴계는 세월이 흐름에 따라 병病은 깊어만 가고 학문하는데 필요
한 힘은 갈수록 약해져 한 치를 전진하여 한 자를 후퇴하는가 하면,
한 자 후퇴만이 아니고 때로는 천 길이 넘는 벼랑으로 떨어지는 것
같아 두렵다고 하였다.

그러면서 그는 "대개 고요한 가운데 안정되어 있는 듯하나, 움직
일 때마다 걱정만 하는 것이 배우는 자들의
공통된 문제라."*고 하였다. 정靜에 치우쳐
말할 뿐 동動에 관해서는 언급하지 않은 것

*《退溪先生文集》卷 32
大抵靜中稍似有定, 而動處悠
悠者, 學者之通患.

이 문제라는 것이다.

자연히 고요한 가운데 힘쓰기는 쉽지만, 움직일 때는 성과를 거두기가 어렵게 된다. 그래서 배우는 사람은 고요한 가운데 마음을 존양해야 하지만, 단정하게 앉아서 공부하면서도 움직이는 가운데 지녀야 할 마음자세에 더욱 힘써야 한다.

배우기만 하고 생각하지 않는 것은 허망한 일이고, 생각만 하고 배우지 않으면 위태로워진다.* 배우기만 하고 생각하지 않으면 체계적인 지식은 기대하기 어렵고, 생각만 하고 배우지 않으면 객관적인 오류나 주관적인 독단에 빠질 우려가 있어 위태롭다는 의미다.

*《論語》,〈爲政〉15
學而不思卽罔, 思而不學卽殆.

그래서 배우면서 생각하고, 생각하면서 배우는 상보적인 학습태도가 바람직한 학자의 자세라고 여겨진다. 이 때문에 공자가 종일 먹지 않고 밤새도록 자지 않고 생각해도 이익이 없어서 배우는 것만 못하다고 했던 것이다.

배움은 생각을 바르게 하려는 것인데, 널리 배우려 하면서도 생각을 하지 않는 사람들에게 경각심을 불러일으키기 위해 경계한 말이다. 그래서 학자는 배우기를 넓게 하고, 묻기를 세심하게 하며, 생각하기를 신중하게 해야 하고, 분변하기를 명백하게 해야 한다.

괴테는 "성공하는 것은 배우는 사람의 몫이 아니다. 배우는 사람에게는 끝없는 연습만으로 충분하지만, 그래도 할 수 있는 데까지는 다해야 한다."고 말한다. 이는 목적의식적인 위인지학爲人之學이 아니라 자기수양을 위한 위기지학爲己之學을 강조한 것이다.

피아니스트 아르투르 루빈스타인Arthur Rubinstein이 "하루를 연습하지 않으면 내 자신이 알고, 이틀을 연습하지 않으면 전문가가 알며, 사흘을 연습하지 않으면 관객이 안다."고 했던 것처럼, 공부도 쉬지 않고 끊임없이 해야 한다.

《주역周易》, 〈중부中孚〉 괘에서 중부의 부孚자는 어미 닭이 알을 부화시키기 위해 알 전체가 고르게 따뜻해질 수 있도록 끊임없이 발톱으로 알을 돌리는 형상을 나타낸다. 닭이 품은 알을 폐철廢撤하지 않고 온기가 일정하게 전달되게 하면 병아리를 탄생시킬 수 있지만 조금만 차게 해도 병아리의 생명은 장담할 수 없게 된다.

다소 차이는 있지만 쉬지 않고 끊임없이 노력한다는 면에서 세계 최고의 패션 디자이너 중 한 명인 코코 샤넬*의 경우도 이와 통한다고 하겠다. 그녀는 이런 말을 남겼다.

* Gabrielle Bonheur Coco Chanel
프랑스의 여성 패션 디자이너, 사업가이자 샤넬의 설립자

"나처럼 교육받지 못하고 고아원에서 자란 사람도 아직 하루에 꽃 이름 하나 정도는 외울 수 있어요."

샤넬은 실제로 평생 배움의 끈을 놓지 않았다. 제2차 세계대전 중이나 그 이후에도 한동안의 침체기는 있었지만 87세에 죽을 때까지 패션계 최전선에서 활약했다. 젊고 유능한 인재들이 끊임없이 등장하는 패션계에서 그런 지위를 유지할 수 있었던 것은 무엇보다 배움의 끈을 놓지 않았기 때문이었다.

오늘의 성공은 어제 쌓아둔 것 때문이고, 내일의 성공은 오늘의 노력에 의한 것이다.* 이를 위해서는 배우는 자는 먼저 자신을 감추는 수양을 통해 덕德을 길러 이를 세상에 처신하는 수단으로 삼아야 한다.

*《채근담》
今天的成功是因为昨天的积累，明天的成功则依赖于今天的努力.

그렇지 않고 자신의 학문이 이루어지지도 않았는데 먼저 세상을 놀라게 하려는 생각은 결국 낭패를 보게 될 것이므로 이익은 없고 해로움만 있을 것이다. 옛 선비들은 학문을 하다가도 스스로 자신의 현주소를 점검하곤 하였다. 자신의 학문이 지나치게 고원한 것만을 추구한다고 생각되면 기본으로 돌아가기를 주저하지 않았다.

즉, 《소학》의 방법대로 물 뿌리고 쓸고 응대하며 집에 들어가서는 효도하고, 밖에 나가서는 공경하는 것을 기본으로 삼아 자신의 공부를 점검하는 것이다. 이렇게 모든 행동에 거슬림이 없이 실천한 후에 여력이 있으면 시詩를 외우고 글을 읽었으며 영가詠歌하고 무도舞蹈를 하는 데까지 넓혀 나가면서도 항상 생각하고 배워 실천하는데 지나침이 없게 하였다.

10. 실천(實踐, Practice)

《성경》에 "추수할 것은 많은데 추수할 자가 적다."[*]는 말이 있다. 추수하는 방법도 충분히 읽혔지만, 온갖 벌레와 곤충이 득실거리는 들녘에 나가 선뜻 추수하겠다고 나서기에는 용기 또한 필요하다.

*Holy Bible, ⟨Matthew⟩ 9
The harvest is plentiful but the workers are few.

라퐁텐 우화집에 나오는 "용기 있게 총대 메기"[*]라는 의미인 '고양이 목에 방울 달기'[*]도 목적만 달성하면 안전이 보장된다는 것을 알지만 나서기가 쉽지 않은 것과 같다.

*campanella in collo Cati

*猫項懸鈴

지知와 행行 두 가지는 수레의 두 바퀴와 새의 두 날개와 같아서, 서로 선후가 되고 서로 경중이 된다. 知를 먼저 한 것은 知를 다한 뒤에 행한다거나, 行을 먼저 한 것은 행을 다한 뒤에 知을 한다는 것이 아니다. 처음 앎으로부터 知에 이르고, 처음 행함으로부터 知를 이르게 한다. 관찰해서 서로 진전하게 한다는 뜻이다.

퇴계는 일마다 실행의 길을 찾으려 하지만 갈수록 끝없는 대해에서 아무것도 보이지 않는 막막한 느낌이 들어 일생을 헛되게 보낼까봐 늘 두렵다고 했을 정도로 실천을 강조했다.

대체로 실천實踐에서 실實은 자신부터 체득해야만 비로소 성실이라 말할 수 있다. 몸소 실천에 옮기는 것을 行이라 하고, 천하에 베푸는 것을 사事라 한다. 공자는 제자들이 실천한 뒤에 말하길 바랐고, 맹자는 "하늘은 말을 하지 않는다. 행실과 일로 보여줄 뿐이라."* 하였다.

*《孟子》, 〈萬章〉上 5
天不言 以行與事 示之而已矣.

롱펠로우Longfellow(1807~1882)는 "향락도 슬픔도 / 우리 운명의 종말이나 노정路程이 아니니 / 행동하라, 그래서 미래에는 / 우리가 오늘보다 더 나아질 수 있도록."*이라는 詩를 통해 실천적 행동을 노래했다.

* Henry W. Longfellow, 〈The Psalm of Life〉
Not enjoyment, and not sorrow, Is our destined end or way; But to act, that each to-morrow. Find us farther than to-day.

또한 어니스트 헤밍웨이Ernest M. Hemingway (1899~1961)는 도덕적인 것은 행동한 후에 기분이 좋아지지만, 비도덕적인 것은 행동한 후에 기분이 나빠지는 것*이라고 하여, 실천적 행위가 인간의 정감적 인식과 밀접한 관계가 있음을 보여주고 있다.

* Ernest M. Hemingway
About morals, I know only that what is moral is what you feel good after and what is immoral is what you feel bad after.

37

아는 것보다 실천하기가 어렵다

非知之艱 行之惟艱
비 지 지 간 행 지 유 간

—《퇴계전서》권26

알기가 어려운 것이 아니라 실천하는 것이 어렵다.

It's hard not to know something but to practice it.

《서경》, 〈열명〉에 "아는 것이 어려운 것이 아니라 행하는 것이 어
렵다."*고 하였다. 퇴계는 문인들을 경계하고
격려하면서 날마다 하는 말과 행위가 전혀 학
*《書經》,〈說命〉
　非知之艱 行之惟艱.
자의 모습과 같지 않다고 하거나, 행동하는 것
과 아는 것이 상반된다는 말을 하곤 했다.

학자의 하루 일과는 먼저 묵은 생각을 말끔하게 씻어내고 책을
읽는 것으로 시작된다. 다각도로 궁리해서 말을 하고 모범이 될 만
한 행동을 해야 한다. 하루 동안의 행실을 돌아보고 거칠었거나 들
뜬 기상이 느껴지면, 이를 가장 먼저 제거한다. 한결같이 장중하고
경건한 자세로 스스로를 함양하며 마음을 가라앉히고 깊이 생각하

면서 학문에 몰입해야 한다.

알면 말하고, 말하면 끝까지 한다.* 책을 읽 　　*蘇洵,〈刑論〉
을 때도 몸과 마음으로 체득하고 인식하면서 　知無不言, 言無不盡.
침착하게 반복하기를 오래 지속하면, 어렵게 생각되었던 것들도 조
금씩 풀리게 된다. 이를 바탕으로 도에 나아가고 덕을 쌓는 기본으
로 삼아야 한다.

참되게 알지 못하면 이를 행하기도 어렵다. 학자가 스스로 이미
알았다고 하나 참되게 깨달은 것이 아니거나, 깨달은 것을 스스로
실천했다고 하나 실제로 경험해서 얻은 것이 아니라면, 이는 공자
가 "仁을 함이 자기 자신에게 말미암는다."고 했던 말의 의미를 알
지 못한 것이다.

퇴계는 "당연한 일은 곧 행동에 옮겨야 하는데, 그저 이러한 것
을 알기만 하고 실행으로 옮기지 못하니, 먼저 실행하고 말이 따른
다는 성인의 훈계 말씀에 몹시 부끄럽다."*고 　　*《退溪先生文集》卷 24
말했다. 궁리와 진성의 학문은 학자가 갖춰야 　當處便行 但見得如此 未行
할 급선무다. 학문을 실천에 옮기지 못하면, 　得到此 深愧聖門 先行後從
비록 아는 것이 있더라도 귀한 것이 못된다. 　之訓也.

옳은 것을 배웠으면 이를 힘써 행해야 한다. 옳은 데 이르지 못한
다는 것은 실행하여도 이르지 못함을 뜻한다. "천하의 이치가 다 눈
앞에 모인다."는 것은, 이치를 궁구해야만 천하의 모든 이치가 한눈
에 다 파악이 된다는 것이다.

일용으로 응접하는 측면에 있어 어느 때이건, 무슨 일이건 일일

이 나의 행한 바가 이치에 맞는지, 맞지 않는지를 점검하되, 이치에 맞으면 더욱 힘쓰고 이치에 맞지 않으면 빨리 고쳐야 한다. 만일 몸소 실행하고 마음으로 터득하면서 항상 삼가 조심하고 방심하지 않으면 의도적으로 노력하지 않더라도 저절로 성실하게 된다.

일을 하면서 과장된 말과 지나친 행동을 했는지 돌이켜보고 그것이 크게 잘못된 것임을 깨달았으면 스스로 부끄러워해야 한다. 이렇게 스스로를 성찰하는 것은 다음에 또 같은 실수를 반복하지 않기 위함이다.

이렇게 오래도록 자신을 참되게 수양하면 자연히 의義에 정밀해지고 인仁에 익숙해져서 자신도 모르게 중화中和의 경지에 들어가게 된다. 그렇게 실천을 통한 경험은 도를 이루고 덕을 쌓는 근본이 된다. 인재를 얻는 방법도 마찬가지다. 훌륭한 인재들이 잇따르면 이들의 공적이 크게 빛나 세상을 융성하게 하고 태평하게 하는 근본이 되는 것이다.

에픽테토스는 "절대 철학자인 척하지 말고, 사람들과 더불어 철학에 대해 많이 아는 척도 하지 말라. 대신 철학에서 배운 것을 행동으로 실천하라."*고 할 정도로 철학에서 가장 필수적이고 으뜸가는 원칙으로 실천을 꼽았다. 음식 먹는 방법을 장황하게 설명하기보다는 그저 올바른 자세로 음식을 먹으면 된다. 그래서 항상 행동의 결과를 생각한 후에 행동을 취해야 한다. 말이 행동과 맞지 않으면 말이 가치를 잃게 되기 때문이

* Epictetus(고대 그리스 로마의 철학자)
Don't explain your philosophy,
Embody it.

다.*

* Your words start to lose value, when your actions don't match.

마르틴 부버는 《인간의 길》에서 "생각은 아내에 해당하고, 말은 자식에 해당하며, 행위는 종에 해당한다. 이 셋에 대해 자신을 바로잡는 자라면 그가 하는 모든 일이 잘될 것이라."고 하여 생각과 말과 행위를 좀 더 실감나게 표현하였다.

이렇듯 아는 것과 이를 실천한다는 것은 일상생활에서 매우 중요한 정신이지만, 사람과 사람 사이에 일어나는 알력의 원인이 되기도 한다. 매사는 수행자 자신이 어떻게 하느냐에 달려 있다. 문제의 원인을 다른 사람이 아닌 자기 자신에게 찾는 것이 문제를 해결하는 근본이 된다.

가정에서 부부간에 문제가 있을 때 퇴계의 해결책은 가장 쉬우면서도 분쟁을 없애는 가장 확실한 방법이라고 생각한다. 그는 가정에서 부부간 불화의 원인은 90% 이상이 남자가 잘못한 경우이지 남자가 잘하면 된다고 하였다.

가장이 처신을 잘해야 함을 말하고 있다. 가장이 말하고서 이를 실천하지 않는다면 부인은 물론이고 자식들에게도 가장의 권위가 세워지지 않은 것은 당연한 결과이다.

38

소당연의 법칙은 이치대로 실천하는 것이다

所當然之則 理之實處
소 당 연 지 칙 이 지 실 처

—《퇴계전서》권25

소당연의 법칙은 이치 그대로 실천하는 것이다.

What something ought to be is to practice the principle in
a rational way.

사람들 중에는 일을 행하면서도 밝게 알지 못하고, 익히면서도
살피지 못하여 종신토록 행하면서도 그 도
를 모르는 자가 많다.* 자신이 일을 행하면서
도 그 일이 '당연히 그렇게 되어야 하는 당위
성[所當然]'을 분명히 알지 못하며, 이미 익히고 있으면서도 그 일이
그렇게 될 수밖에 없는 까닭[所以然]을 알지 못한다.

어떤 일의 소당연所當然을 말하는 것은 그 일을 도중에 그만둘 수
없는 당위성을 말하는 것이고, 그 일의 所以然(that by which something
is so)을 말하는 것은 바꿀 수 없는 이치가 있음을 말하는 것이다. 천

*《孟子》,〈盡心章〉5
行之而不著焉 習矣而不察焉
終身由之而不知其道者衆也.

하의 만물에는 반드시 각각 그렇게 되는 까닭[所以然之故]과 당연한 법칙[所當然之則]이 있는데, 이 둘은 모두 하나의 이치이다. 말하자면, 소당연의 법칙은 이치 그대로 실천하는 것이다. 소이연의 이치는 바로 그 위의 한층 더 높은 이치의 원두源頭인 것이다.

이치에는 능연能然이 있고, 필연必然이 있고, 당연當然이 있으며, 자연自然이 있다. 모든 사事가 다 그렇다면 능연能然과 필연必然은 이理가 일[事]에 앞서 있고, 당연當然은 바로 그 사事에 나아가 직접 그 이理를 말한 것이고, 자연自然은 사事와 이理를 관통하여 바로 말한 것이다.

경북 영주시의 무섬마을에는 독립운동가 김성규가 살았던 집이 있는데, 이 집은 시인 조지훈의 처가이기도 하다. 마을 어귀에 조지훈의 〈별리〉라는 詩의 시비가 세워져 있다.

십리라 푸른 강물은 휘돌아 가는데
밟고 간 자취는 바람이 밀어 가고
방울소리만 아련히
끊질 듯 끊질 듯 고운 뫼아리
발 돋우고 눈 들어 아득한 연봉을 바라보니
이미 어진 선비의 그림자는 없어…

이 시에서 그 '밟고 간 자취'와 '그림자'는 소이연의 故이다. '밟고 간 흔적'은 없지만, '밟았던 이치'는 남아 있다. 또한 '선비의 그림자'

는 없지만, 선비의 그림자가 '지나간 이치'는 남아 있다. 그 이치는 기약 없이 떠나간 선비를 사모하여 슬피 우는 여인의 마음속에 별리의 정한으로 남아 있을 뿐이다.

우리가 이런 시를 읽는 것은 선유사상의 존재의 의의와 정신의 자취(故)를 찾고자 함이다. 모든 존재하는 것들의 故에는 저마다의 가치가 있게 마련이다. 현재를 넘어 미래로 일관될 윤리를 세우기 위해서는 이 가치가, 곧 우리의 자산이 된다. 왜냐하면 가치들은 응고된 유산과는 거리가 먼 것으로 끊임없는 유동 속에서 미래를 향해 주어지는 상속이기 때문이다.

선각자들의 사상에 내재해 있는 진리와 그 소이연所以然의 까닭 [故]을 심구하고, 여기서 후학들의 삶에 정신적 자양분이 될 소당연 所當然의 법칙[則]을 궁구하는 것도 선유와 밀접한 관계망을 형성하면, 선유의 숨결과 손길이 또 하나의 자취가 되어 우리의 삶에 따스한 입감과 촉감으로 우리를 스쳐 지나리라 생각하기 때문이다. (박종용,《퇴계와의 만남과 대화》)

셰익스피어의 소네트에서도 소당연의 이치와 소이연의 까닭을 찾아볼 수 있다.

그대의 거울은 그대의 아름다움이 시들어가는 것을 보여주며,
그대의 귀중한 시간이 소모되는 것을 나타내 줄 것이오.
그리고 이 빈 종이는 그대 마음의 흔적을 남기게 할 것이오.

Thy glass will show thee how thy beauties wear,

Thy dial how thy precious minutes waste;

The vacant leaves thy mind's imprint will bear. (Sonnets 77)

소나무가 항상 푸르게 보이는 것은 끊임없이 새 잎이 돋기 때문이지, 늙지 않고 항상 젊기 때문이 아니다. 자연의 당연한 이치이다. 사람도 나이 들어가면서 젊은 날의 아름다움은 시들어간다. 이또한 당연한 이치이다. 시들어간다는 것은 시간의 흐름을 암시하지만, 손으로 만지거나 눈으로 확인할 수 있는 방법은 없다.

다만 빈 종이에 투영된 마음의 흔적이 기억 속에 존재의 의의와 아름다웠을 이치로만 남아 있을 뿐이다. 사람은 자연의 일부이다. 나이 들어가고 아름다움이 시들어가는 것도 자연이다. 시간의 흐름과 육신의 변화도 저절로 행해지니, 이 또한 자연이 아니겠는가?

자연인 인간이 자연 속으로 들어가는 유일한 길은 인간이 지닌 통찰력을 십분 발휘하는 것이다. 그래서 에크하르트 톨레Eckhart Tolle는 "자연으로부터 배우시오."라고 조언한다. 삼라만상이 저마다 자신의 존재를 성취해가는 방식을 보고, 시기와 다툼도 없이 자신의 생명력을 이어가는 것을 보면 자연도 쉬지 않고 변화한다는 사실을 알 수 있다.

자연은 항상 옳은 길을 가고, 인간은 자연을 따라 배운다. '옳은 길'은 지선至善에 다다가는 길이며, '따라 배운다'는 것은 진실 무망함을 보고 이를 실천에 옮긴다는 것과 같다. 옳은 것을 배우되 아직 그 옳은 길에 이르지 못했다는 말은, 아직 지선至善의 경지에는 이르지 못한 상태를 말한다.

39

자신의 행실을 모르는 것이 인지상정이다

在人則知之 在己則不知 乃恒物之大情
재 인 즉 지 지   재 기 즉 부 지   내 항 물 지 대 정

—《퇴계전서》권16

남에게 있는 것은 알고 나에게 있는 것은 알지 못하는 것이 보통 사람의 상정이다.

It is an ordinary person's perception that one knows the shortcomings of others and does not know those of one's own.

퇴계는 이미 말한 것을 상대는 잊지 않았는데, 나만 잊은 경우가 상대와 내가 모두 잊은 경우보다 부끄러워할 일일뿐 아니라 매우 두려워할 일이라고 하였다. 말을 함부로 하지 않는 것은 몸소 실천이 따르지 못할까 부끄러워서이다. 또한 말을 천천히 하는 것은 빨리 말할 수 없어서가 아니다. 말을 섣부르게 하기보다는 좀 더 다듬어서 말하기 위해서다. 《논어》에 "말은 더듬거리더라도 행동은 민첩하게 하라."*는 말은,

* 《論語》,〈里仁〉24
訥於言而敏於行.

행동은 신속하게 하더라도 말은 천천히 생각하면서 할 것을 강조한 것이다.

옛사람들이 인간사를 끊고 도피하듯 자취를 감췄던 그 의도가 어디에 있었는지를 대개 상상만 해도 알 수 있다. 그러나 학자들은 마땅히 스스로가 힘써야 할 것을 찾아 더욱 노력해야지 남을 책망하는 데 촛점을 두어서는 곤란하다. 남이 나를 볼 때 내가 남을 볼 때처럼 되어서는 안 된다.

퇴계는 젊었을 때 글을 읽지 못했기 때문에 늙어서 마음을 보존하기가 어려웠다고 하였다. 이런 점을 스스로 극복하기 위해 넓게(博) 공부하려고 하면 총명함이 미치지 못하고, 요약(約) 공부를 하려고 하면 정신력이 약해져서 남의 문제점만 알 뿐 자신의 문제점은 알지 못했다고 탄식했다. 그래서 퇴계는 문인들에게 자신을 비루하게 여겨 도외시하지 말고 채찍질하고 격려하는 글을 보내주길 바랐다. 서로 도와 학문을 닦고 수양에 힘쓰는 의리를 다해주길 바랐던 것이다.

누군가의 마음상태를 알고 싶다면 말을 들어보고, 누군가의 마음속 생각을 알고 싶다면 행동을 보라.*는 말이 있다. 말과 행동을 통해서 그 사람이 누구인지를 대강은 알 수 있다는 것이다. 중요한 것은 현란한 말솜씨에 현혹되기보다는 말의 진정성에 무게를 둬야 하고, 행동의 결과만으로 판단하기보다 행위 자체를 주의 깊게 봐야 한다.

* If you want to know someone's mind, listen to the words. If you want to know their heart, watch their actions.

상황에 합당한 말과 처신에 정당한 행동은 그 사람의 덕성을 상당히 보여주는 지표가 되기 때문이다.

아리스토텔레스는 "우리는 정당하게 행동함으로써 정당해지고, 절제함으로써 절제하는 사람이 되고, 용감하게 행동함으로써 용감해진다."(Aristoteles, 《Nicomacbean Ethics》)고 하여 덕성은 우리가 실천함으로써 증진되는 것이라고 가르쳤다.

마찬가지로 이타주의, 관용, 결속, 시민 정신은 사용할수록 고갈되어지는 상품이 아니라 오히려 운동하면 발달하고 더욱 강해지는 근육과 같은 것*으로서 마이클 샌들은 이들을 '돈으로 살 수 없는 것들'이라고 명명하였다.

* Michael J. Sandel, *What money can't buy*
Altruism, generosity, solidarity, and civic spirit are not like commodities that are depleted with use. They are more like muscles that develop and grow stronger with exercise.

배움에 있어서든, 인간관계에 있어서든, 이타주의에 대해 퇴계는 사람이라면 누구나 같음 가운데 다름이 있음을 인지하고, 다름 가운데 같음이 있음을 인식해야 한다*고 말한다.

*《退溪先生文集》卷 16
就同中而知其有異 就異中而見其有同.

이 말은 "끊임없이 자신은 다른 사람들과 다름을 강조하여 어떻게 하면 모든 사람보다 뛰어날 수 있을까 만을 궁리하는 오만한 자세로는 결코 원만한 관계를 형성할 수 없다."*는 알프레드 아들러의 인간관과 맥이 통한다 하겠다.

* Alfred Adler, *Understanding Human Nature*
The imperious individual who must have a dominant role, and is anxious to play the chief part is concerned with but one question in all life, How can I be superior to everyone? This role carries all manner of disappointments with it.

또한 퇴계는 "성실하지 못하면 하늘을 감
동시킬 수 없다."*고 하였는데, 여기서 실實이
*《退溪先生文集》卷 15
不誠不能動天.
란 자신이 체득해야만 비로소 성실이라 말할
수 있다. 성실하지도 못하면서 득실을 지적하고 열거한다면 결코
하늘을 감동시킬 수 없다. 마찬가지로 자신에게 체득됨이 없기 때
문에 남을 감동시킬 수 없다.

알리바바 그룹 마윈 회장의 강연 일부이다.

"세상에서 같이 일하기 가장 힘든 사람은 가난한 사람이다.
희망이 없는 친구에게 의견을 듣는 것을 좋아하고, 앞을 보지
못하는 맹인보다 더 적게 행동으로 옮긴다. 그들에게 무엇을
할 수 있는지 묻는다면, 그들은 아무 대답도 할 수 없을 것이
다. 내 결론은 간단하다. 당신의 빨리 뛰는 심장보다 더 빨리
행동하고 생각해 보는 것 대신에 무언가를 그냥 하라."

강연의 요지는 실천성이 결여된 채 이유와 핑곗거리만을 생각해
내는 영혼이 가난한 사람과는 같이 일하지 말라는 것이다. 어리석
은 사람은 늘 다른 사람이 자기를 알아주기를 바라지만, 지혜로운
사람은 자신을 알기 위해 노력한다.*
*俗談
愚痴的人 一直想要別人了解
他. 有智慧的人 却努力地了
解自己.

40

매사를 실천함에 소홀히 하지 말라

若能實踐無謾 而行己如處子
약 능 실 천 무 만 이 행 기 여 처 자

—《퇴계전서》권27

실천에 소홀함이 없고 처신하기를 처자處子와 같이 조심하라.

Don't neglect what you have to do, and be careful like a hermit when you behave.

학자가 학문을 가르치면서도 실천하지 않는다면 입으로만 참선함이 되고, 사업을 일으키고도 덕을 심으려고 하지 않는다면 눈앞에서 피고 지는 꽃잎이 되고 만다.《채근담》

퇴계는 "실천에 소홀함이 없고 처신하기를 처사와 같이 조심하면, 쇠를 녹이고 산을 옮기는 참소도 능히 변화시켜 사라지는 구름과 흩어지는 안개로 만들 수 있다."*고 하였다. 학문에 뜻을 둔 선비라면 각별히 언행을 조심해야 한다. 특히 처신이나 행세를 소홀히 하여 남의 비방을 듣게 되는 것을 두렵게 여겨 깨우쳐야 한다.

*《退溪先生文集》卷 27
鑠金漂山 當變爲雲消霧散矣.

오직 스스로 수양하는 것이 최고다.

그래서 에머슨은 "행동하지 않는다면, 학자는 아직 인간이 아니다."라고 하였다. 흔히 학자들이 행동을 중요하게 여기지 않지만, 실천적 행동은 필수적인 것이다. 이런 행동 없이는 결코 생각이 성숙되어 진리로 열매 맺지 못한다. 눈앞에서 세상이 아름다운 구름으로 떠있다 하더라도, 그 아름다움을 볼 수조차 없게 된다. "일이 지난 뒤에 후회가 많다는 것은 실천하는데 힘을 더하지 못했기 때문이다."* 이에 대한 처방은 또다시 실천하지 못하는 일은 결코 없게 하겠다는 의지를 키우는 것이다. 이렇게 해서 기질이 변하게 되면 차츰 어려운 일도 실천하는데 익숙하게 된다.

*《退溪先生文集》卷 24
示喩以事過多悔, 歸於踐履
之未得力.

평소 생활하면서 매사에 응대할 때, 익숙해진 폐습을 따르고 있지는 않은지 스스로 행한 일들을 점검해볼 필요가 있다. 또한 스스로 행동을 돌이켜 보고 잘못한 점이 있지나 않은지 성찰할 필요가 있다. 가령 처세하기 어려웠던 것, 법도의 엄함을 보고 놀란 것, 그리고 외모가 흐트러지면 마음도 변한다는 것 등은 누구나 빨리 고쳐야 한다. 하지만 이것을 고치는 것도 쉬운 일이 아니다.

말만으로 그저 이렇다 저렇다 늘어놓아서는 그 실질적인 결과를 얻을 수 없다. 매사에 경건한 자세를 잃지 않고 깊고 두텁게 함양하며 함부로 쉽게 여기거나 방심하지 않아야 한다. 이렇게 오래오래 하여 차츰 익숙해지면 자연히 실수를 하지 않게 되고 사람을 응대할 때도 절도에 맞게 된다. 비록 절도에 맞지 않는 경우가 있더라도 사람들이 크게 원망하거나 괴이하게 여기지는 않을 것이다.

사람이 비록 일에서 이룬 바가 있더라도 학문에는 미치지 못한 것이므로 마음에 잊지 않고 새겨야 한다. 마음에 진실로 잊지 않으면 사람과 사물을 접하더라도 곧 이것이 실행이니 도道 아닌 것이 없고, 마음에 잊으면 끝까지 행하더라도 단지 속사俗事인 것이다.

사뮤엘 스마일즈는 《자조론》에서 "우리의 언행은 우리가 보고 듣는 모든 언행과 마찬가지로 우리의 삶 전체를 다듬어 나가며 영향을 미칠 뿐만 아니라 사회 구조에까지 파급 효과를 미친다."고 하였다. 어느 시대나 선비들이 훌륭한 사람들의 《언행록》을 읽곤 했는데, 이는 그들의 마음가짐과 실천적 자취를 본받아 배우려는 데 목적이 있었다.

스스로 본받으려는 자세로 반복해서 책을 읽고 배운 바를 실천에 옮기려고 노력하다 보면 자신도 모르게 기쁜 마음으로 옛사람들을 공경하며 사모하게 된다. 그렇게 즐기는 가운데 어느 순간 자신도 모르게 그 중심에 우뚝 서게 되면 스스로 그만둘 수도 없게 된다.

이렇게 가장 순수한 말과 행동의 중요성은 온몸으로 체득하면서 해가 갈수록 배운 것을 실천에 옮기고자 하는 의지도 증가하게 된다. 어떤 경우든 배움이 실천으로 옮겨져야 한다. 만약 실천으로 이어지지 않으면 배움도 사라져 버리게 된다. 스웨덴의 자연 과학자이자 철학자인 에마뉴엘 스베덴보리Emanuel Swedenborg는 '이승에서 진리를 알면서도 그것을 실행하지 않는 영혼들은 죽을 때 그들의 지식을 잃게 될 것임'을 자신이 깨달았다고 주장했다. 현세에서 자신이 배운 바를 실행에 옮기는 사람은 박식해질 것이다.

맹자는 "스스로 돌아보고 바르지 않으면, 비록 갈관박이라 해도 내 두려워하지 않겠는가? 스스로 돌아보아서 곧으면 비록 천만 명의 사람이라도 나는 간다."*고 하였다. 또 《성경》에 "천만인이 나를 에워싸 진陣을 칠지라도 나는 두려워 아니하리."*라 하였다.

* 《孟子》, 〈公孫丑〉上 2
自反而不縮 雖褐寬博 吾不惴焉. 自反而縮 雖千萬人 吾往矣.

* Holy Bible, 〈Psalms〉3
I will not fear the tens of thousands drawn up against me on every side.

무슨 일을 하든지 일단 해야 할 일은 하겠다고 마음을 먹었으면 반드시 추진해야 한다. 주변에서 이상한 소문이 들리고 달갑지 않은 말들이 오고 갈지라도 도무지 의식하지 말고 실천하는데 매진해야 한다. 정의롭지 않은 일이라면 처음부터 하지 않아야 하겠지만 옳다고 판단한 일이라면 주의를 의식하지 말고 실행해야 한다. 실천은 사람들에게 베푸는 침묵의 가르침이다.

제2부

終條理(종조리)

평소 덕을 쌓아가는 방법

11. 선비(賢士, Intellectual)

선비를 순수한 우리말로 표기한 것은 《용비어천가龍飛御天歌》에서이다. 이 서책에 선비는 "션ᄫᅵ"로 표기되었고, 한자로는 유생儒生 또는 유儒로 표기되어 있다. 선비는 한자어로 유儒나 사士로 통칭된다. 특히 士는 일一과 십十을 조합한 말로 '문헌을 통해 널리 배우고 익히며[博文]', '이미 익힌 것을 다시 예로써 요약한다[約禮]'는 뜻을 담고 있다.

또한 선비는 유교적 지성인으로 숙세淑世하는 자를 지칭한다. '숙淑' 자는 《이아》에서 선善을 뜻한다고 하였다. 숙이란 어떤 일에 대해 내려지는 가치판단뿐만 아니라 그 가치를 실천하고자 노력하고 지향하는 것을 겸하는 것이다. 맹자는 "선비가 일삼을 바는 뜻을 고상히 하는 것이라."* 하였다. 여기서 志자는 士와 心의 합성어로 선비의 마음을 나타낸다.

*《孟子》,〈盡心〉上 32
士何事 尙志.

퇴계는 "바위 위에 천년 늙지 않은 소나무여, 푸르른 비늘에 움츠려 있어 기세가 솟아오르는 용이로다. 살아가기를 깎아지른 절벽에 당하여 바닥이 없는데 임하고, 기상은 층층 하늘에 떨치고 높은 산봉우리를 압도하도다."라는 시에서, 소나무와 용으로 선비의 '고상한 뜻'과 '고

귀한 기품'을 노래했다.

괴테는 "고결한 사람은 때로는 자신에게 소홀할 수 있지만, 고귀한 사람은 자신에게 소홀하지 않는다."고 말한다. 타인에게 고귀해 보이고자 한다면 실제 자신이 고귀하게 행동해야 하기 때문이다. 그래서 "성공한 사람이 되려고 노력하기보다 가치 있는 사람이 되려고 노력해야 한다."[*]

* Albert Einstein
Try not to become a man of success, but rather try to become a man of value.

어느 시대나 청렴하고 검소한 선비는 으레 겉치레를 밝히는 자들에게 의심받고 비난을 받는다. 자신들이 아무리 노력해도 따라갈 수 없는 선비의 고결한 이미지에 먹칠이라도 하겠다는 못난 심사이다.

니체는 "나는 진정한 사람을 구하고 있다! 올바르고 순결하며, 단순하고 성실한 사람을 구하고 있다! 모든 성실을 지닌 인간, 지혜의 그릇, 인식의 성자, 이와 같이 위대한 한 인간을 찾고 있다."[*]고 외쳤다. 이 위대한 인간이 바로 유가의 선비이다.

* F.W. Nietzsche, *Also sprach Zarathustra*
Ich suche einen Achten, Rechten, Einfachen, Eindeutigen, einen Menschen aller Redlichkeit, ein Gefäß der Weisheit, einen Heiligen der Erkenntnis, einen großen Menschen!

41

「선비」는 고매한 지조와 기개가 있어야 한다

士須有嘐嘐激昂之志氣 然後可以樹立於世
사 수 유 교 교 격 앙 지 지 기   연 후 가 이 수 립 어 세

―《퇴계전서》권27

선비란 모름지기 고매한 지조와 기개가 있은 연후에 세상에 나서
자신의 의리를 세울 수 있다.

An Intellectual can go out to the world and establish his
morality after having his noble will and high spirit.

사마천이 친구 임안任安에게 보낸 편지에, "선비는 땅에 금을 그
어 만든 감옥이라 할지라도 기세로 들어가서는 안 되며, 나무를 깎
아 만든 형리일지라도 심문에 응한다고 대답해선 안 된다. 이는 미
리 마음을 분명하게 정했기 때문이라."* 하였
다. 과연 궁형을 당하고도 꺾이지 않는 선비
의 기개를 드러낸 말이라 하겠다.

* 《史記》,〈列傳〉
報任少卿書, 士有劃地爲牢
勢不可入 削木爲吏 議不可對
定計於鮮也.

《성경》에 선비를 묘사한 구절이 나온다.
선비란 "정직하게 행하며 의로운 일을 일삼고 그의 마음으로부터

진실을 말하는 사람이다."*

　이렇듯 선비는 어렵고 위급할 때 반드시 자신의 가치를 증명한다. 선비의 자격은 그 어떤 풍조나 예절이 아닌 정신적 가치와 개인적인 자산이 아닌 자질에 달려 있는 것이다.

　선비의 고결하고 단아한 모습을 퇴계의 매화 시에서 엿볼 수 있다.

뜰에 매화 한 그루, 가지에 눈이 만발한데,	一樹庭梅雪滿枝
세상 풍진에 품었던 꿈이 어긋났구나.	風塵湖海夢差池
옥당에 앉아서 봄밤의 달을 대하니,	玉堂坐對春宵月
기러기 우는 소리에 생각되는 바 있도다.	鴻雁聲中有所思

　퇴계의 취향은 높고 깨끗하여, 항상 거리낌 없이 관직에서 선뜻 물러나겠다는 뜻이 있었다. 영예로운 벼슬자리에 있어도 즐기려 하지 않았다. 이 시는 퇴계가 42세 되던 해 봄에 홍문관에서 숙직하고 있을 때 매화를 그린 것이다.

　대개 선비는 세상을 살면서 벼슬하기도 하고 물러나기도 하며, 혹은 때를 만나기도 하고 만나지 못하기도 하지만, 그 귀결은 몸을 깨끗이 하고 의義를 행行하는 것뿐이지, 화禍와 복福은 논해서는 안 된다.

　그래서 이미 출세하여 몸을 나라에 바치기로 기약했으면, 물러갈

뜻만을 고수해서도 안 되며, 도의로 준칙을 삼았으면 진퇴도 그 준칙을 따라 처신해야 한다. 몸을 굽혀 선비에게 낮추는 것은 대부大夫의 아름다운 일이지만, 비굴하게 몸을 낮추어 녹이 있는 곳에 나아가는 것은 선비의 부끄러운 일이다.

옛 선비들은 실로 남의 세력과 지위에 굽히지 않았다. "상대가 그의 부유함을 내세우면 선비는 자신의 어짊을 내세우고, 그가 벼슬의 지위를 내세우면 선비는 자신의 의로움을 내세운다."* 또한 상대에게 있는 것은 모두 선비가 하지 않는 것이며, 선비에게 있는 것은 모두 옛날 도리라고 하였다. 결코 그 사람을 업신여겨 폄훼하고 그 의관을 멸시하고 모욕을 느끼는 정도에 이르지 않게 하는 것이 선비다.

*《孟子》,〈公孫丑〉下
彼以其富, 我以吾仁, 彼以其爵, 我以吾義.

대개 이쪽에서 부러워하지도 않고 아부하지도 않으면, 상대에게 약점 잡힐 일은 없을 것이다. 그 세력에 도움 받지도 않고 그가 가진 것을 탐내지도 않으면 그가 나에게 세력을 믿고 뽐낼 수도 없다. 그 때문에 필부로서 천자를 벗하여도 외람되지 않고, 왕공王公으로서 선비에게 낮추더라도 치욕이 되지 않는 것이다.

이것이 선비가 귀하게 여겨지고 공경 받을 수 있는 방법이며, 절의節義라는 말이 성립될 수 있는 까닭이다. 그러므로 선비는 임금이나 대신에게도 농락되지 않는다.

니체는 "나는 권력을 쥔 천민, 글을 쓰는 천민, 쾌락을 찾는 천민들과 더불어 살지 않으려고, 오랫동안 귀머거리와 장님과 벙어리가

된 불구자처럼 살아왔다."*고 말했다. 그
는 말을 달리하는 사람들 사이에서 귀를
막고 살았다. 그런 사람들의 번지르르한
말과 믿음이 없는 천박한 거래에 가까이
하지 않으려고 한 것이다.

* F.W. Nietzsche, *Also sprach Zarathustra*
Einem Krüppel gleich, der taub und blind und stumm wurde : also lebte ich lange, daß ich nicht mit Macht - und Schreib - und Lust-Gesindel lebte.

　도량이 넓은 선비가 되어야지, 지향하는 바가 편협한 선비가 되
어서는 안 된다.* 여기서 유儒는 고대에
스승을 가리키는 명칭 가운데 하나였으
며 선비란 말로 대신할 수 있다. 군자는

*《論語》,〈雍也〉6
女爲君子儒, 無爲小人儒.

정의에 밝고 공동체 전체의 이익을 위해 학문을 하고, 소인은 자기
이익에만 몰두하고 공동선에 무관심한 사람이다.

　선비는 넓은 도량과 굳건한 의지가 있어야 한다. 그는 무거운 임
무를 지고 먼 길을 가야 하기 때문이다. 인仁을 행하는 것을 자기 책
임으로 여기기 때문에 짐이 무거울 수밖에 없다. 또 죽을 때까지 가
야하니 그 길은 멀 수밖에 없다. 공자가 말한 일관지도는 선비가 행
할 인仁이 핵심이다.

42

「선비」의 병통은 뜻을 세움이 없는 것이다

士患志不篤 所以自樹立者不堅確耳
사 환 지 부 독   소 이 자 수 립 자 부 건 확 이

—《퇴계전서》권23

선비가 뜻이 독실하지 못함을 걱정하는 것은, 스스로 수립한 것이 굳지 못하고 확신하지 못하기 때문이다.

The reason why the Intellectual is worried that his will is not faithful is because what he established himself is not firm and unsure.

선비에게 큰 문제는 뜻을 세우지 않는 것이다. 우선 스스로에게 어떤 사람이 될 것인가를 자문하고 할 바를 정해야 한다.* 만약 뜻이 성실하고 돈독하다면 학문이 지극하지 못하다거나 도를 듣기 어려울까 걱정할 필요가 없다. 선비에게 중요한 것은 도를 실천하는 일이다. 여기에서 말하는 도는 공자와 맹자의 도를 말하며, 구체적으로는 인간의 본성을 따르는 인도人道를 말한다.

* First say to yourself what you would be and then do what you have to do.

개인적인 도덕성을 실천하는 것도 중요하지만, 궁극적으로는 사회 현실에 '인간다움의 도'를 실현하는 것이 선비의 직분이다. 이를 위하여 선비는 무엇보다도 강인한 의지를 지녀야 한다. 학문에 대한 깊은 믿음과 함께 배운 바를 실천하려는 역사적 사명의식이 요구된다. 그러므로 선비를 지사志士라고도 한다.

도의 실현을 위해서 무엇보다도 현실 상황에 대한 올바른 판단이 요구된다. 자기의 역량과 시세時勢를 살펴서 자신의 출처를 올바르게 해야 한다. 그래서 깊은 학문적 지혜와 높은 인격의 덕성을 갖추어야 하는 것이다.

산속에 사는 선비는 청빈하여 속세를 초월한 취미가 절로 넉넉하고, 농사짓는 사람은 거칠고 꾸밈이 없으나 천진스러움을 그대로 지니고 있다. 자기 몸을 시장 바닥의 거간꾼으로 전락시킨다면, 구렁텅이에 빠져 죽을지라도 몸과 마음이 깨끗한 것만 못하다.《채근담》

선비가 일(業)을 가려서 하는 것이 분명하고 뜻을 세움이 굳다면, 온 세상이 그르다고 비웃더라도 오히려 걱정하지 않을 것이다. 그러므로 남들이 실없는 말로 시시덕거리거나 비웃으면 더욱 힘써 노력해야 한다. 하지만 남들이 비난하고 헐뜯는 것을 견디지 못하고 이를 근심하느라 스스로 낙담하게 된다면 진정한 선비가 되기는 어렵다.

퇴계는 어린 나이에 일찍 뜻을 가졌으나 학문에 들어가는 방법을 몰라 부질없이 힘만 쓰다가 너무 지나쳤기 때문에 야위고 파리해지는 병을 얻었다고 하였다. 그 이후에도 자신을 이끌어 줄 사람이 없었다.

　간혹 주변 사람들 중 고식적으로 사람의 비위를 맞추는 이들이 잘못된 길로 빠져 내쳐지게 된 경우도 있었다. 게다가 한때 세상일에 경도되어 세속의 정리를 따르느라 골몰하다가 깨닫지 못한 채 수십 년 세월이 흘러가버렸다고 한탄하기도 했다.

　퇴계는 자신이 죽기 전에 학자의 본분으로 돌아와 옛 책에서 실마리를 찾으니 뜻이 맞아 "기뻐서 먹는 것도 잊어버린다."*는 선유의 말을 실감하게 되었다고 하였다. 그러면서 죽을 때까지 맹세코

*《論語》,〈述而〉19
發憤忘食.

묵묵히 앉아 조용히 살피면서 남은 생애를 보내고자 다짐하기도 하였다. 공부하다가 하늘의 신령함에 힘입어 도가 크게 밝은 나머지 틈 사이로 새어 나온 빛이라도 엿볼 수 있게 된다면 더할 나위 없이 소원을 이룬 것이 되어 학자로서 최고의 바람이자 초야의 선비에게 큰 행운이라고 여겼다.

　선비들 중에 관의 일이 공부에 방해되고 뜻을 빼앗는다는 탄식에 대해 퇴계는 "다른 사람이 흔들리거나 말거나 내 어찌 그에 참여할 수는 없는 것이다."* 하지만 관의 일이 공부에

*《退溪先生文集》卷 27
他自膠擾 我何與焉.

'방해가 되고 안 되고'와 '뜻을 빼앗고 빼앗기지 않는 것'은 그 사람의 학문하는 의지와 자세 문제이기 때문에 스스로 힘써 배우지 못하는 것은 자신을 반성하고 자책해야 할 문제라고 하였다.

　선비가 자신의 뜻을 지키고자 하는 것은 분명 어려운 일이다. 그

러나 세상의 여론이 두려워서 움츠려들고 서로 갔다 동으로 갔다
하는 자는 진실로 뜻을 지키는 선비라고 할 수 없다.

이런 선비의 처세에 대해 에머슨R. W. Emerson은 신랄한 비유를 하
고 있다.

"마치 한 마리 타조처럼 꽃이 피어있는 덤불 속으로 머리를
숨기면서 현미경을 통해 몰래 주변을 훔쳐보다가 용기를 잃
지 않은 척하려고 휘파람을 불어대는 꼬마 같다. 정치나 복잡
한 문제들로부터 자기 생각을 다른 곳으로 돌려 일시적인 평
안을 추구하려 한다면, 이런 행위는 선비에게 수치스런 일이
다." (《The American Scholars》)

선비 중에 스스로 무언가를 이룬 사람치고 지조와 절개를 굳게
하지 않고 세속과 뒤섞이며 세상에 이름을 낸 사람은 없다. 이에 더
하여 퇴계는 "남이 하는 일이야 내가 어떻게 할 수는 없지만, 내가
해야 할 일에는 더욱 그 지조를 굳건히 지키되 마치 만 길의 벼랑이
우뚝 선 것처럼 하여야 거의 처음부터 끝까지 배운 바를 저버리지
않게 될 것이라."*고 단호하게 말한다.

*《退溪先生文集》卷 22
在人者, 吾無如之何. 在我
者, 尤當益堅所守. 壁立萬
仞, 庶幾終始不負所學.

43

「선비」가 의리義理를 논함은 농부가 누에 치는 것과 같다

士之論義理 如農夫之說桑麻
사 지 논 의 리 여 농 부 지 설 상 마

—《퇴계전서》권41

선비가 의리를 논하는 것은, 농부가 뽕나무와 삼에 대해 말하는 것과 같다.

An Intellectual is to discuss the morality what a farmer is
to cultivate the mulberry trees and ginseng.

선비가 의리를 논하고, 농부가 뽕나무와 삼에 대해 말하는 것은 장석匠石이 먹줄과 먹통을 얘기하는 것과 같다. 이는 제각기 떳떳한 일을 하는 것이기 때문이다.* 선비는 의리의 관점에서 출처를 결정하고, 농부는 농작물 본래의 속성에 따라 농사를 짓는다. 수행 방식과 성격은 서로 다르지만 추구하는 목적과 맥락은 서로 통한다.

＊《退溪先生文集》卷 41
匠石之議繩墨 亦各其常事也.

니체는 "나는 자유와 대지 위에 부는 신선한 바람을 사랑한다. 학자들의 관직과 존엄 위에 잠들기보다는 차라리 쇠가죽 위에서 잠들기를 원한다."*고 말한다.

누군가가 한 농부에게 '그대가 감히 신농씨 神農氏 같은 농부가 되려 하는가.'라고 꾸짖고 또 장석에게는, '그대가 무모하게 공수자公輸 子 같은 장인이 되려 하는가.'라고 꾸짖었다. 물론 신농씨와 공수자는 쉽게 따라갈 수 없는 사람들임에는 틀림없다.

* F.W. Nietzsche, *Also sprach Zarathustra*
Freiheit liebe ich und die Luft über frischer Erde; lieber noch will ich auf Ochsenhäuten schlafen, als auf ihren Würden und Achtbarkeiten.

그러나 과거의 대단한 장인들만 중시하여 현재의 서툰 장인들을 업신여긴다면, 어느 누구도 배워서 농부나 장인이 되려고 하지 않을 것이다. 이런 논리라면 머지않아 먹줄도 먹통도 없어질 것이고, 뽕나무밭과 삼밭은 모조리 황폐해질 것이다.

옛날 촉蜀나라에 통籠을 메는 사람이 《주역》의 한 구절을 얘기한 것이 이치에 맞자, 군자가 그 말을 취해서 후세에 전하였다. 그렇다고 통을 메는 사람을 복희씨와 문왕이라 여긴 것은 아니다. 말을 취할 만하면 취하는 것이고 선비가 사람을 취하는 것이 이와 같으며, 선비가 남을 지나치게 나무라지 않고 그의 뜻이 좋은 것을 용납하는 풍모가 이와 같이 넓음을 비유적으로 한 말이다.

무기력하고 서툴기만 하던 아이가 자라 어른이 되면, 신농씨나 공수자 같은 사람도 되고 배워서 복희씨나 문왕처럼 성인도 될 수 있는 것이다.* 상대를 함부로 폄훼하는 말은 사람들이 듣고서 참고한다는 일면에서는 도움을 줄지 모르지만 남을 책망한다는 도리에

* 周敦頤, 《通書》20 聖可學

서는 너무 험악하고 좁은 사고이다.

이런 사람들은 얕은 재주와 미미한 역량으로는 마치 모기가 산을 짊어지는 것과 같이 자신이 한 말을 결코 감당할 수 없다는 사실을 알아야 한다. 물질적으로 가난한 자는 구제가 가능하지만, 정신적으로 가난한 자는 구제할 방법이 없다. 혹여 물질적으로 모든 것을 잃었다 하더라도, 용기와 희망, 그리고 미덕을 지녔다면 이런 사람들은 여전히 부유하다고 말할 수 있다.

의리를 논하는 선비는 세상을 신뢰의 눈길로 바라보고 더 나은 세상을 열어갈 가능성을 모색한다. 그리고 매사를 부정적인 시각으로 바라보고 염세적인 생각에 매몰된 채 구차한 변명과 맥없는 불신, 그리고 부질없는 걱정을 물리치고 참 선비로서 올곧은 길을 걸어간다.

선비가 세상을 살면서 벼슬을 하기도 하고 물러나기도 하며, 혹은 때를 만나기도 하고 만나지 못하기도 하지만, 그 귀결은 몸을 깨끗이 하고 의로움을 행하는 데 있는 것이지 화禍와 복福을 논하는 것은 별도의 문제다.

퇴계는 "선비들 중에 도의道義를 사모하는 뜻을 지닌 사람들이 세상의 환란(사화)에 걸린 것은 그들의 처신이 미진했기 때문이라."*고 하였다. 그들이 미진했다는 것은 학문이 지극하지도 못하면서 스스로 처신하기를 너무 높게 하고, 시의時宜도 헤아리지 못하고서 세상을 경륜하는 데 성급했다는 뜻이다.

*《退溪先生文集》卷16
士稍有志慕道義者, 多罹於世患, 其所謂未盡者.

그러면서 그는 "이것이 바로 실패한 원인이니, 이름을 걸고 큰일을 담당하는 선비들이 절실히 경계할 일이라."고 하였다. 선비는 반드시 자신이 배움에 있어 부정함이 있는지 없는지를 반성한다. 올바르면 더욱 힘쓸 것을 생각하고 조금이라도 부정이 있다면 빨리 고쳐 바로잡는다.

통달한 선비는 어떤 모습을 띠는지 자장이 질문하자, 공자는 "통달했다는 것은 진심이 있고 정직하며 정의를 좋아하고, 다른 사람의 말과 표정을 살피며, 항상 남에게 겸손하려고 생각하는 것이라."*고 대답했다. 이렇게 하면 나라에서 일해도 통달하고, 대부의 식읍에서 일해도 통달할 수 있다.

*《論語》,〈顏淵〉20
夫達也者, 質直而好義, 察言而觀色, 慮以下人.

선비는 산림에 묻혀 자기 몸만 깨끗하게 하는 것이 아니고, 벼슬에 나아가서 모든 사람들을 자기와 같이 깨끗하게 만든다. [兼善] 다만, 선비는 관직에 나가고 싶지만 세상이 자신을 받아주지 않을 때, 자신이 벼슬을 통해서는 이념을 구현할 수 없을 때, 그리고 때를 만나지 못했을 경우에는 부득이 독선獨善하는 것이다. (율곡,《동호문답》)

44

「선비」는 예의를 지키는 종주宗主이다

士子禮義之宗 元氣之寓也
사 자 예 의 지 종 원 기 지 우 야

—《퇴계전서》권41

선비는 예의를 지키는 종주이고, 국가의 원기가 붙어 있는 자이
다.

An Intellectual is a leader who keeps propriety and is a
person who contains the fundamental spirit of the state.

*《退溪先生文集》卷41
學校風化之原 首善之地.

학교는 교화의 근원이고, 선을 솔선수범하
는 곳이다.* 여기서 수양하는 선비는 예의를
지키는 종주이고, 국가의 원기가 붙어 있는 자
이다. 국가에서 학교를 설립하여 선비를 양성하는 것은 이렇게 높
은 뜻이 있으니, 선비가 입학하여 스스로 수양함에 있어서 구차스
럽게 천하고 더러운 행동을 해서는 안 된다.

더구나 스승과 제자 사이에는 마땅히 예의를 앞세워 스승은 엄하
고 제자는 공경하여 각자 그 도리를 다해야 한다. 스승이 엄하다는

것은 사납게 군다는 것이 아니고, 제자가 공경한다는 것은 굴욕을 받는다는 것이 아니다. 모두 예禮를 위주로 해야 하는 것이다. 예를 행하는 것은, 또 의관의 정제와 음식의 의절儀節과 읍양揖讓·진퇴進退의 법도에 벗어나지 않을 뿐이다. 옛사람들은 "예를 한 번 잃으면 이적夷賊이 되고, 두 번 잃으면 금수가 된다."*고 할 정도로 예를 하루도 폐할 수 없음을 알았다.

*《退溪先生文集》卷41
一失則爲夷狄, 再失則爲禽獸.

성현이 사람 가르치는 법은 경전에 갖추어져 있으니, 뜻있는 선비는 마땅히 숙독熟讀하고 깊이 생각하여 묻고 분변해야 한다. 진실로 이치의 당연함을 알아서 자신에게 반드시 그렇게 하도록 책려한다면, 그 일상생활의 법도와 금지 규정을 다른 사람이 가르쳐 주기를 기다린 뒤에 준수하고 좇을 필요가 없게 된다.

학교에 규정은 있지만 학문에 대한 기대가 너무 천박하고 고인의 뜻에 맞지 않은 것들은 성현들이 학문을 가르쳤을 때의 큰 근본을 취하여 조목조목 현판에 게시하였다. 이를 선비들이 강명하고 준수하여 몸소 실행한다면, 생각하고 행동할 때마다 경계하고 삼가며 두려워하고 조심하는 바가 규정보다 더 엄격하게 될 것이다.

《맹자》는 "사람이 부끄러움이 없으면 안 되나 부끄러움이 없는 것을 부끄러워하면 비로소 부끄러워할 일이 없게 된다."*고 했는데, 옛 선비들은 염廉자에 치恥자를 붙여서 같이 썼다. 이는 선비들이 '홀로 깨끗하려는 노력'보다 '스스로 부끄러워하는 자세'를 중하게 여

*《孟子》,〈盡心〉上 6
人不可以無恥 無恥之恥 無恥矣.

겼다는 뜻이다.

《관자管子》에서는 예禮·의義·염廉·치恥를 나라를 지탱하는 네 가지 줄기(四維)라 하였다. "나라에는 네 가지 벼리가 있다. 벼리 하나가 끊어지면 기울고, 둘이 끊어지면 위태로워지고, 셋이 끊어지면 뒤집어지고, 넷이 끊어지면 망한다. 기우는 것은 바로잡을 수 있고, 위태로운 것은 안정시킬 수 있으며, 뒤집어지는 것은 일으킬 수 있다. 그러나 망한 것은 다시 어찌할 수 없다."*

*《管子》,〈牧民〉
國有四維. 一維絶則傾, 二維絶則危, 三維絶則覆, 四維絶則滅. 傾可正也, 危可安也, 覆可起也. 滅不可復錯也.

그중 廉은 악을 덮지 않는 것이고, 恥는 굽음을 좇지 않는 것으로, '염치'란, 곧 '스스로 올곧아져 그릇된 것을 덮거나 추구하지 않는 행위'임을 강조했다. 예의禮義와 염치廉恥가 무너지면 산이 옮겨지고 바다가 뒤집히는 것처럼 풍속이 허물어지는 것이 극도에 달하게 된다. 국가가 선비를 기르는 뜻이 높기 때문에 선비들이 서로 함부로 대하고, 스스로 천박하게 처신하는 것은 예의염치를 모르는 필부필부나 다를 바 없게 된다.

서원에서 선비들은 반드시 각자 예복을 갖추고 나와서 모두 읍揖을 행한 후에 글을 읽고 가르침을 청해야 한다. 일상생활과 음식을 먹을 때도 예의를 갖춰 행동해야 한다. 그러면서 서로 경외하고 격려하여 묵은 습관을 깨끗이 씻어버려야 한다. 마치 집에 들어가 부형을 섬기는 마음가짐으로 밖으로 나가서는 어른과 윗사람을 섬기는 예절을 이행移行하며, 안으로는 충忠과 신信을 주장하고, 밖으로는 겸양과 공경을 시행하여 각기 그 분수를 다할 것을 생각해야 한다.

이렇게 하면 종전의 오만하고 사나우며, 능멸하고 홀대하며, 비루하고 패려하며, 험하고 편벽한 태도가 저절로 없어지고, 겸양하고 공손하며, 온순하고 공경하며, 선善을 좋아하고 의義를 좋아하는 뜻이 자연히 드러나서, 풍속이 돈후해지고 나쁜 폐단이 일신될 것이다.

그리하여 선비들이 양성되어 인재가 많이 배출돼서 훌륭한 군자들이 크게 세상에 쓰여 국가의 문교를 숭상하고 교화를 일으키며, 학교를 설립하고 선비를 양성하는 뜻에 부합하는 것을 볼 수 있을 것이다.

선비는 인간 세상인 공동체를 이상적으로 실현하려는 뜻에서 《맹자》의 '겸선천하兼善天下한다'는 의미와 같은 것이다. 선비는 "남의 고통을 차마 지나치지 못하는 착한 마음"*

*《孟子》, 〈公孫丑〉上 6
不忍人之心.

으로 나라와 천하를 하나로 연계하여 지극히 선한 세상을 만드는 일을 자신의 임무로 삼는다.

이를 위해서 조정에서는 현명한 선비를 정상적인 방법으로 취해서 합당한 일을 맡겨야 한다. 이러면 위에서는 어진 이를 초빙해서 일의 효과를 거두고, 아래로는 불러주면 무조건 나아간다는 참담한 비난을 받지 않고, 조정을 빛내고 자신의 명성을 얻게 되는 것이다.

12. 군자(君子, superior person)

"당신들은 다만 당신들 나라만이 아니라 세계가 잃어버린 영혼입니다. 왕자의 영혼을 지니고 사는 여러분들, 당신들이 창조한 것은 냉장고와 텔레비전과 자동차가 아니라 지상의 것을 극복하고 거기에 밝은 빛을 던지는 영원한 미소입니다." 이는《25시》의 저자 콘스탄틴 비르질 게오르규Constantin Virgil Gheorghiu(1916~1992)가 한국인에게 전하는 메시지이다. 그는 한국에서 행한 한 강연에서 "군자의 전통을 살려서 시련을 이겨 온 한국인은 거목巨木에 핀 난초"라고 비유하였다.

군자가 학문을 하여 기질이 편벽된 것을 교정하며 물욕을 막고 덕성을 높여 가장 바르고 지극히 옳은 도에 돌아가는 것*은 그의 숙명이다.

*《退溪先生文集》卷 13
君子爲學 矯氣質之偏 禦物
欲而尊德性 以歸於大中至
正之道.

오늘날의 군자가 옛날의 군자와 같지 않다는 것은 時中을 잃었음을 뜻한다. 도道는 지극히 큰 것이어서 때에 따라 곳에 따라 있지 않은 데가 없다. 마치 군자가 세상에 나서거나 숨어사는 일을 비록 비가 개면 다니고, 장마가 지면 중지하기를 알맞게 하는 것처럼 매사를 그 절도에 맞게 할 수 있는 것이다.

절개와 의리를 내세우는 자는 절개와 의리 때문에 비난을 받고, 도덕과 학문을 내세우는 자는 도덕과 학문 때문에 원망을 듣는다. 그러므로 군자는 나쁜 일에 가까이하지 않을 뿐만 아니라 자기의 명예도 내세우지 않으니, 오직 원만한 화기和氣만이 몸을 보전하는 보배가 된다.《채근담》

그리고 군자의 넓음은 바다에 비유된다. 바다는 온통 물이지만, 여전히 비를 받아들여 더욱 많은 물을 저장하기를 그치지 않는* 바다의 속성을 군자의 포용력에 비유한 것이다.

* Shakespeare, *Sonnets 135*
The sea, all water, yet receives rain still, And in abundance addeth to his store.

군자는 서양의 개념으로는 본래 의미의 학자와 비유될 수 있다. 하나의 인간이 일부분의 모습으로, 또는 하나의 능력을 통해서 모든 특정한 사람들로 나누어져 있으며, 따라서 하나의 완전한 인간을 찾으려면 사회 전체를 통찰해야 한다.* 여기서 서양식으로 표현된 '하나의 완전한 인간'이 바로 동양의 '군자'이다.

* R.W. Emerson, 〈The American Scholars〉
There is One Man - present to all particular men only partially, or through one faculty; and that you must take the whole society to find the whole man.

223

45

「군자」는 세속에 따라 언행을 바꾸지 않는다

君子之言行 豈視時世而有所變易
군 자 지 언 행 기 시 시 세 이 유 소 변 역

—《퇴계전서》권24

군자의 말과 행동을 어찌 시대와 세속을 따라 바꿀 수 있겠는가.

How can a superior person change his words and actions
according to the public opinion of the times and the
world.

* R.W. Emerson, 〈The American
Scholars〉
He is the world's eye. He is
the world's heart. He is to
resist the vulgar prosperity
that retrogrades ever to
barbarism, by preserving
and communicating heroic
sentiments, noble biographies,
melodious verse, and the
conclusions of history.

학자는 세상의 눈이고, 세상의 심장이다. 학자는 영웅적인 생각들, 위인들의 전기, 고운 선율의 시가, 역사의 결론들을 지키며 그것들을 전파함으로써 야만의 단계로까지 타락하는 천박한 물질적 번성을 배격한다.*

군자는 한 마디로 인하여 지혜롭게 될 수도 있고, 지혜롭지 못하게 될 수도 있다.

지혜로운 말들은 시대와 함께 때로는 시대를 견인하며 사람들에게 기억되어 정신으로 이어지고 역사에 기록되어 청사를 빛낸다.

군자가 행한 사업과 문장은 몸과 함께 사라지지만, 정신은 오랜 세월에 걸쳐 한결같이 새롭다. 공명과 부귀는 세상을 따라 바뀌지만 절개는 천 년이 하루 같은 법이다. 그러므로 군자는 저것으로 이것을 바꾸지 않는다.《채근담》

퇴계는 "덕 있는 사람의 말과 길한 사람의 말은 많지 않으면서도 사람으로 하여금 감동을 준다."*고 하였다. 군자는 세상을 살아가면서 나아가고 물러나는 것과, 말하고 말하지 않는 것은 그 시대의 상

*《退溪先生文集》卷28
德人之言, 吉人之辭, 不在多
而能令人感慨不歇也.

황에 맞게 잘 처신해야 한다. 큰 종鐘은 짧은 막대를 위해 소리를 내지 않으며, 천균의 쇠뇌는 새앙 쥐 때문에 방아쇠를 당기지 않는 법이다. 이것이 군자의 무게감이다.

조정에서 사군자士君子의 도道로 대우하는데 군자가 시정인市井人의 마음으로 나아가는 것은 군자가 할 바가 아니다. 낮은 품계를 사양할 때에는 마음이 분명하다가 높은 품계가 주어지면 갑자기 앞서 사양했던 것을 잊어버리고 개인의 영달만을 생각하는 행위와 마지못해 나아가는 것이 '임금님의 명령을 어길 수 없었다.'고 핑계 대는 것이 바로 시정잡배와 다름없는 마음인 것이다.

진퇴의 도리에 밝은 군자는 한 가지 일에도 지나치지 않는다. 낮은 관직에도 책임을 다하지 못하면 반드시 사퇴하였다. 또 자신의 지위나 의리로 보아 직책을 수행할 수 없다고 판단되면 반드시 물

러나야 하기 때문이다. 차마 물러날 수 없는 사정이 있더라도 의리에 굴하지 않을 수 없기 때문이다.

군자들은 때를 만나 도를 행하는 것*을 귀하게 여겼지만 자신이 할 일도 못하면서 능히 시의時誼에 맞도록 행하는 사람은 없었다. 간혹 학문에 실제를 얻지 못하더라도 세속에서 능히 분발하여 일하는 사람이란 반드시 그의 재주를 믿는 사람이다.

* 得時行道

퇴계는 나이가 들어가면서 고인들의 글을 보고 자세히 읽으면서 곰곰이 생각하고 탐구를 하니, 병이*의 천심은 밖을 빌어 구하는 것이 아님을 진실하게 알게 되고 글과 마음이 부합되는 맛이 있으며, 그 맛을 보는 즐거움이 무궁하므로 실상 이것으로써 세상을 마치는 것이 소원이라고 하였다.

* 秉彛
常道로서 사람으로서 굳게 지켜야 할 본연의 마음.

유발 하라리Yuval Noah Harari는 《사피엔스》에서 언행이 일치하지 않는 기독교와 기사도를 둘 다 믿었던 전형적인 중세 귀족들의 이중적인 모습을 신랄하게 꼬집었다.

"교회에 가면 성직자가 헛되고 헛되니 모든 것이 헛되도다. 부와 육욕과 명예는 위험한 유혹이다. 너는 유혹에 굴하지 않고 그리스도의 발자국을 따라야 한다. 그분처럼 은유하며 폭력과 방종을 피하라. 누구든지 네 오른편 뺨을 치거든 왼편도 돌려대며, 또 너를 송사하여 속옷을 가지고자 하는

* Holy Bible, 〈Matthew〉 5
If someone strikes you on the right cheek, turn to him the other cheek also. And if someone wants to sue you and take your tunic, let him have your cloak as well.

자에게 겉옷까지 가지게 하라."*라는 말을 굳게 믿는다.

　반면에 귀족들은 비단옷으로 갈아입고 영주가 베푸는 연회에 참석했을 때는 영주들이 "수치스럽게 사느니 죽는 게 낫다. 너의 명예를 의심하는 자가 있다면 그 수치는 피로써만 씻을 수 있다. 너의 적이 도망치고 그들의 아름다운 딸들이 네 발아래에서 떨고 있는 것보다 더 좋은 것이 어디 있는가?"*

라 외치는 말을 믿는다. 참으로 모순의 전형이자 내외가 분리된 두 얼굴의 사나이들이다.

　이들이 인생에서 기억해야 할 두 가지는 바로 혼자 있을 때는 자신의 생각을 돌이켜보고, 사람들과 같이 있을 때는 말을 조심해야 한다.*는 경구이다. 이를 자신의 정신세계를 채찍질하여 진정한 군자가 되기 위한 고해성사로 마음에 새겨야 한다.

* Yuval Noah Harari, *Sapiens*
  It is better to die than to live with shame. If someone questions your honour, only blood can wipe out the insult. And what is better in life than to see your enemies flee before you, and their pretty daughters tremble at your feet?

* Two things to remember in life. Take care of your thoughts when you are alone, and take care of your words when you are with people.

46

「군자」의 덕은 강한데 있는 것만은 아니다

剛雖君子之德 少過則入於暴悍强忿
강 수 군 자 지 덕 소 과 즉 입 어 포 한 강 분

—《퇴계전서》권23

강한 것이 비록 군자의 덕이기는 하나 조금이라도 지나치면 포악
하고 사나워져 주체하지 못할 정도로 성내게 된다.

Although being strong is the virtue of a superior person,
if he goes too far, he becomes violent and fierce and gets
angry beyond control.

한순간의 격한 감정에 의한 분노를 일조지분一朝之忿이라 한다.
一朝는 하루아침을 뜻하지만, 일생을 두고 보면 하루아침도 한순간
이라 할 수 있다. 분노가 일면 자기 자신을 잊어버려(忘其身) 기존
의 좋은 인상은 실추되고, 그 재앙은 부모에게까지 미치게 (以及其
親)된다. 게다가 성내면 지켜야 할 바를 잊어버려 분수도 모르게 된
다. 그래서 흔히들 성내지 않는 이에겐 복과 기쁨이 따른다고 믿는
다.

한때의 분함을 참으면 백일의 근심을 면
할 수 있다.*는 말은, 일상에서의 여러 감정들
을 자제하고 참는다면 근심할 일이 적어짐을 암시하고 있다. 또 분
노가 일어날 때는 어려움이 닥칠 것을 생각하
라*는 말은 분노가 일거든 이를 잘 다스려서
이성으로 감정을 억제하라는 선현의 가르침
이 내포되어 있다.

*《明心寶鑑》,〈戒性篇〉
忍一時之忿 免百日之憂.

*《擊蒙要訣》,〈九思〉
念思難

평소에 사납고 포악한 사람은 옛사람들이 조심하고 자신을 억제
하며, 강한 이빨은 깨져도 부드러운 혀는 남는다는 이치를 생각해
야 한다. 또 남의 허물과 잘못을 감싸주며 현인들을 존중하고 뭇 사
람들을 포용하는 모습을 보고, 포악한 기운을 빼서 마치 입고 있는
옷도 감당하기 힘들 듯이 해야 한다.《小學》,〈嘉言〉 이는 오늘날 분
노조절장애가 있는 이들에게 옛사람들의 지혜로 이를 제어하는 방
법을 제시해주는 말이라 할 수 있다.

《한서》에 곽해郭解라는 사람 이야기가 나온다. "그는 단신에 왜
소하나 공손하고 검소하며 외출하더라도 수행할 사람도 없었다. 하
지만 평민으로 협객을 자처하며 힘을 썼고, 그를 노려본 사람을 측
근이 살해했다. 곽해가 알지 못하는 사람이라지만, 곽해가 알면서
죽인 것보다 더 심하므로 이는 대역무도에 해당한다."고 전해진다.
이 일로 인해 관원들이 그를 체포하여 치죄하였고 그 일족은 몰살
당했다.

마치 달리는 수레를 멈추게 하듯 성난 마음을 스스로 잘 제어하

는 사람은 분노의 어둠에서 벗어나 밝은 곳에 머무르게 된다. 욕辱을 참아 성냄을 이기고, 선善하지 않은 것들을 이겨내기에 이런 사람들은 일도 잘 풀린다. 그래서《법구경》에서는 '성내지 않음' 과 '속이지 않음', 그리고 '마음으로 많이 구하지 않음' 등 이 세 가지를 잘 행하면 죽은 뒤에 天上에 오른다고 하였다.

《하디스hadith》는 이슬람교 창시자 무함마드Muhammad의 말과 행동에 대한 기록, 즉 언행록이다. 이 책에서 그는 "강한 사람일수록 상대를 쓰러뜨리는 사람이 아니라 화가 날 때 자제할 줄 아는 사람이라."고 말한다.

진정한 강자는 눈물이 없는 사람이 아니라 눈물을 머금고 달리는 사람이다.* 보석이 마찰 없이는 연마될 수 없듯이, 시련을 겪지 않은 완벽한 사람도 없다.* 군자도 마찬가지다.

군자는 학문을 하여 기질이 편벽된 것을 교정하며 물욕物慾을 막고, 덕성을 높여 가장 바르고 지극히 옳은 도道에 돌아가는 것이다. 군자의 덕은 바람이요, 소인의 덕은 풀이다. 풀 위로 바람이 불면 풀은 반드시 눕게 마련이다.*

어느 사회든지 그 사회의 지도자가 솔선수범하면 많은 사람들이 그것을 본받게 된다. 그 리더가 군자의 본성을 지녔다면 사람들의 표본이 됨은 당연하다. 군자의 본성은 인·의·예·지가 마음속에 뿌리하고 있어서 그 얼

*《菜根譚》
　真正的强者 不是没有眼泪的人 而是含着眼泪奔跑的人.

* A gem cannot be polished
　without friction, nor a man
　perfected without trials.

*《論語》,〈顔淵〉19
　君子之德 風 小人之德 草. 草
　上之風 必偃.

굴빛에 나타남이 수연히 드러나며 등에 가득하여 사체에 베풀어져 사체가 굳이 말하지 않아도 저절로 깨달아 올바르게 된다.*

*《孟子》,〈盡心章〉21
君子所性, 仁義禮智根於心.
其生色也, 睟然見於面, 盎於
背, 施於四體, 四體不言而喻.

남을 해칠 수 있는 힘이 있어도 사용하지 않는 사람, 남에게 자랑하기 위해 일하지는 않는 사람, 남의 마음을 감동시키고도 자기 자신은 돌과 같이 찬 마음으로 어떠한 유혹이라도 모두 물리칠 수 있는 사람, 이런 사람들이야말로 하늘의 은혜를 올바로 행하는 자이다.*

* W. Shakespeare, *Sonnets 94*
They that have power to hurt
and will do none, That do not
do the thing they most do
show, Who, moving others,
are themselves as stone,
Unmoved, cold, and to
temptation slow; They rightly
do inherit heaven's graces.

화살을 쏘아 과녁을 넘기는 사람이나 과녁에 미치지 못하는 사람 모두 정곡을 맞추지 못한 것은 마찬가지다. 힘이 약하거나 힘이 강한 것은 개개인의 근력에 차이가 있는 것이지 개개인의 근본에 차이가 있는 것은 아니다. 너그럽고 인자하면서도 단호한 사람, 총명하지만 남의 잘못을 들춰내지 않는 사람, 이런 사람이 아름다운 덕德을 지닌 군자이다.

47

「군자」는 자신과 남을 위하는 것이 같다

君子之謀道也 爲己爲人一也
군 자 지 모 도 야   위 기 위 인 일 야

—《퇴계전서》권31

군자가 道를 꾀함은 자기를 위하는 것과 남을 위하는 것이 같다.

A superior person's pursuit of the Way is the same for
himself and for others.

괴테는 가장 위대한 자를 "다른 사람의 능력과 열정을 자신의 계획을 성취시키는 데 활용할 수 있는, 그런 수완과 책략을 가지고 있는 사람이라."고 생각했다. 나를 가장 잘 도와줄 수 있는 사람은 결국 나와 함께 자신의 삶을 나눌 용기가 있는 사람이다. 바로 그런 용기를 지닌 사람이 군자이다.

군자는 많은 것을 덜어 적은 것에 보탬으로써 사물을 저울질하여 공평하게 베푼다.* 유학의 정신은 자신을 위하는 것과 남을 위하는 일을 본래 같은 것으로 여기는데 그 위대함이 있다.

*《周易》,〈謙卦〉
君子以裒多益寡稱物平施.

살면서 사람들이 서로가 이해하지 못한 점이 있을 때, 고집스럽게 각자의 주장이 너무 강해서 다른 사람에게 서로 책임을 전가하는 경우가 있다. 이것은 서로가 형식적인 거짓말만 늘어놓을 뿐 타협의 여지도 안 보이고, 진전될 기미는 더욱 찾아볼 수가 없다.

나와 남이 대등한 관계를 유지할 때 서로의 가치는 생명력을 지니게 된다. 미국의 아동 문학가이자 만능 예술가인 쉘 실버스타인 Shel Silverstein(1932~1999)의 《아낌없이 주는 나무》에서는 나무가 소년에게 유년기에는 놀 공간을 내어주고, 청년기에는 사과를 내어주어 돈을 벌어준다. 장년기에는 집을 만들라고 나뭇가지를 내어주고, 여행을 가기 위한 배를 만들라고 줄기를 내어주며, 노년기에는 밑동을 내어줘 쉴 공간을 만들어준다. (Shel Silverstein, 《The Giving Tree》)

일방적인 내어줌이다. 남과 나를 같이 생각하는 관계성을 유지하는데 일방적인 내어줌은 지속 가능한 관계를 어렵게 만든다. 그대와 두루마기를 같이 입겠네*라는 말이 있다. 친구 사이에 서로 허물이 없어서 출세하지 못한 친구를 위해 자신의 관복을 같이 입을 수 있을 정도로 친구를 나와 같이 생각하는 군자의 마음이 담긴 말이다.

*《詩經》, 〈秦風〉
與子同袍.

군자의 마음은 단순하게 우리가 누군가에게 무엇을 내어줄 수 있을까 보다는 자신이 누군가에게 어떤 존재로 남을 것인가에 있다.

이렇게 군자는 내면에 인仁을 기반으로 도덕적 행위의 기준인 의義에 따라 행동하기 때문에 자신과 상대를 대대관계로 볼 수 있는 사람이다. 그래서 어진 마음[仁]을 지닌 군자는 다른 사람들을 사랑하고, 예를 갖추는 군자는 다른 사람들을 공경한다. 자연히 남을 아끼는 자가 남들의 아낌을 받기 마련이고, 남을 존경하는 자가 남들의 존경을 받기 마련이다.*

*《孟子》, 〈離婁章〉下 28
仁者愛人, 有禮者敬人. 愛人者
人恆愛之, 敬人者人恆敬之

仁은 고대 사상에서는 직심直心으로 풀이하는 德이다. 군자란 정서적으로 결핍되지 아니하고 인정이 올바른 인격체이다. '군자가 처세處世하고 대인待人하는 도리인 군자지도는 밖에 나가 일을 행하거나 조용히 거처하거나 침묵하고 과언하거나 의론을 드러내는데 두 사람의 마음이 서로 같으면 마치 날카로운 칼날이 금속을 절단하는 것과 같고, 마음을 같이하며 하는 말은 그 향기로움이 난초와도 같다.*

*《周易》, 〈繫辭傳〉上
二人同心 其利斷金 同心之言
其臭如蘭.

흔히 군자의 인품을 난초의 향기로 비유하곤 한다. 퇴계는 한 문인에게 "군자의 맑은 영혼에서 나오는 인품의 향기가 다른 사람에게 드리워진다."*고 칭찬하였다. 겨울이 찾아와도 날아갈 향기를 지니고만 있다면, 꽃은 시들어도 본질은 살아남아 언제나 그 향기를 풍길 것이다.*

*《退溪先生文集》卷 19
清氣逼人.

* Shakespeare, *Sonnets 5*
Flowers distill'd, though they
with winter meet, Leese but
their show; their substance
still lives sweet.

유학은 완성이 아닌 과정을 중시한다. 자연히 군자도 완성형 인간이 아니라 완성되어져 가는 사람이다. 군자는 유아有我에서 무아無我로, 이기利己에서 이타利他 방향으로 천천히 발전해가면서 무한히 인식과 인지의 지평을 넓혀간다. 누구나 이미 군자가 되었다고 단정적으로 말하기보다는 군자가 되리라고 다짐할 수는 있다.

니체는 자기 자신과 친구에 대해서는 항상 성실하기, 적에게는 용기를 가지기, 패자에게는 관용을 베풀기, 그리고 그 외의 모든 경우에 대해서는 항상 예의를 갖추기 등 4가지 덕을 가지라고 한다. 그중에 자신과 친구에 대해서는 항상 성실하라는 말은, 항상 예의를 갖춘다는 것을 뜻한다.

사람을 가장 중요한 가치로 생각하는 사람, 다른 사람과의 신뢰 구축을 소중하게 생각하는 사람, 인간미가 넘치는 사람, 그리고 상대를 소중한 존재로 여기고 상대와의 약속에 대해서는 무슨 일이 있어도 지킨다는 신뢰와 책임이 바탕이 된 사람이야말로 상대를 나와 같이 존중하는 군자의 전형이다. 스스로가 이와 같이 책임감 있는 사람이 될 때, 자신도 다른 사람들의 사랑과 존경을 받을 수 있다.

가난하지만 정신이 풍요로운 사람은 "아무것도 없는 것 같으나 모든 것을 가진 자이다."* 영혼이 풍요로운 사람으로 정직하고 진실하며, 정의롭고 공손하며 절제할 줄 아는 사람이 바로 진정한 군자이다.

* Holy Bible, 〈2 Corinthians〉 6 As sorrowful, yet alway rejoicing; as poor, yet making many rich; as having nothing, and yet possessing all things.

48

자신에게 돌이켜 구하는 것이 「군자」이다

行有不得 皆反求諸己 君子之心也
행 유 부 득 개 반 구 제 기 군 자 지 심 야

— 《퇴계전서》 권21

행하고도 목적을 얻지 못하거든, 모두 자신에게 돌이켜 구하는 것이 군자의 마음이다.

If a superior person doesn't get a purpose after putting something into action, it is his mind to turn to himself and find the cause in him.

반구저기反求諸己는 '잘못을 자신에게서 찾는다'라는 뜻으로, 어떤 일이 잘못되었을 때 남의 탓을 하지 않고 그 일이 잘못된 원인을 자기 자신에게서 찾아 고쳐나간다는 의미를 담고 있다. 매사에 스스로 반성하고 일을 수행하는 것이 비방에 대처하는 요점이다. 일을 수행하면서 행위마다 힘쓰지 않아도 저절로 되는 사람이 전인全人이다.

여기서 군자와 소인이 갈라지게 된다. 군자는 이에 이르지 못한 것을 알고 수양하기 때문에 길하게 된다. 하지만 소인은 이를 알지 못하고 거스르기 때문에 흉하게 된다. 수양하고 거스르는 것은 공경하느냐 방자하게 구느냐에 달려 있다. 공경하면 욕심이 적어지고 이치가 밝아진다.

군자는 보이지 않는 곳에서도 경계하고 삼가며, 들리지 않는 곳에서도 두려워하고 조심한다. 은밀한 곳보다 잘 드러나는 곳이 없고, 세미細微한 곳보다 잘 나타나는 곳이 없다. 그러므로 군자는 그 홀로 있을 때를 삼간다.

에머슨R. W. Emerson은 "내 자신에게 나를 맞추는 것이 항상 최선이라."고 한다. 그는 '네 자신에게 복종하라'는 위대한 스토아학파stoicism의 가르침에 의해 숭고함이 내 안에서 깨어난다고 본 것이다. 그는 누구든지 자신 안에 신이 있음을 보여주는 것은 자신을 강인하게 만들지만, 자신 밖에 신이 있음을 보여주는 것은 자신을 사마귀와 종기로 만든다고 한다.

외물을 밖의 것으로만 여기는 것은 잘못된 것이다. 반드시 안이니 밖이니 하는 것을 둘 다 잊은 후에 본성을 정할 수 있다.* 즉, 사물은 비록 만 가지로 다르지만 이치는 하나이며, 이치는 하나이기 때문에 성性에 안과 밖의 구분이 없게 된다.

*《定性書》
乃極言以外物爲外之非, 而
必內外兩忘.

여기서 정성定性이란 마음이 여러 가지 감각과 자극에 의한 욕구로 어지러워지는 것을 안정시키는 것을 말한다. 흔히 군자의 마음이 툭 트여 매우 공정할 수 있는 것은 그 성을 온전히 하여 안팎의 구분이 없기 때문이다. 또한 외물이 다가오면 순응할 수 있는 것은 한결같이 그 이치를 따라 피차의 구분이 없기 때문이다. 사물이 밖이라는 것만 알고 이치에 피차의 구분이 없다는 것을 모른다면, 이것은 이치와 사물을 두 가지로 나누는 것이 되어 옳지 않다.

만약 사물이 밖이 아니라는 것만 인식하고 이치로 준칙을 삼지 않는다면, 이것은 안에 주인이 없어서 사물이 마침내 그 자리를 빼앗을 것이기 때문에 이 또한 불가하다. 오직 군자는 성이 안과 밖이 없음을 알아서 사물에 응하여 한결같이 이치를 따르기 때문에, 비록 날마다 외물과 접촉하더라도 외물이 나에게 해害가 되지 않아서 말끔하게 아무런 일이 없이 성이 정定해지는 것이다.

그러므로 〈정성서〉의 끝장에 말하기를, "노할 때에 급히 노함을 잊고 이치의 옳고 그름을 살펴보라." 하였으니, '급히 노함을 잊는다'는 것은 외물을 잊으라는 말이고, '이치의 옳고 그름을 살피라'는 것은 한결같이 이치를 따르는 말이다.

그 잘잘못을 자기에게서 찾고 남에게서 찾는 데에 따라 군자와 소인의 마음 씀이 나뉜다. 다른 사람의 착한 점과 악한 점을 보고 자신의 착한 것과 악한 것을 찾는 것은 군자가 자신에게 반성하여 이를 찾는다. 그리고 허물을 고치며 선으로 옮기기 위해 점검하고 바로잡는 데 사사로운 뜻은 전혀 용납되지 않는다.

착한 점과 악한 점에 대하여 남과 비교하는 것을 꺼리는 것은 자기 닦기를 힘쓰지 않으려는 것이다. 다른 사람과 장·단점을 비교하는 마음이 밖으로 향할 뿐 스스로 다스릴 수 없을 정도로 점점 소홀해지기 때문이다. 그것은 어진 이의 선행을 보거든 그와 같기를 생각하고, 어질지 못한 이의 불선한 행동을 보거든 마음속으로 스스로 반성해야 한다*는 것과는 전혀 다른 마음 씀이다.

* 《論語》,〈里仁〉 17
見賢思齊焉, 見不賢而內自省也.

군자는 세 가지 다른 모습이 있다. 멀리서 바라보면 근엄하고, 가까이 보면 온화하며, 그 말을 들으면 바르고 엄숙하다.* 자하가 스승 공자를 비유해 한 말이다. 이런 사람은 "저쪽에서도 미워함이 없고, 이쪽에서도 싫어함이 없으며 밤낮으로 힘써 길이 명예로움을 마치게 된다."*

* 《論語》,〈子張〉 9
君子 有三變 望之儼然 則之也
溫 聽其言也厲.

* 《詩經》
在彼無惡 在此無射 庶幾夙夜
以永終譽.

군자인 학자의 책무는 사고하는 인간이 되는 것이다. 그 책무는 자기 신뢰 안에서 형성된다. 그의 소임은 겉으로 드러나는 현상들 속에서 진실을 찾아 보여줌으로써 다른 사람들을 격려하고, 성장시키고, 인도하는 것이다. 학자는 시간이 오래 걸리고 명예와 대가가 따르지 않더라도 관찰의 임무를 성실히 수행한다.* 그가 지향하는 것은 세상에서 영달하는 것이 아닌 세상에 지선을 행하려 할 뿐이다. 그래서 군자는 먼저 자신에게서 선善을 구한다.

* R.W. Emerson, 〈The American Scholars〉
They are such as become Man Thinking. They may all be comprised in self-trust. The office of the scholar is to cheer, to raise, and to guide men by showing them facts amidst appearances. He plies the slow, unhonored, and unpaid task of observation.

13. 사랑(仁愛, Love)

유학의 중요한 모토인 인仁은 천지가 만물을 낳는 마음이다. 사람의 마음도 이 仁에 바탕을 두고 있다. 仁자는 인간을 의미하는 말과 많음을 의미하는 말로 이뤄져 있다. 또한 仁은 함께 살아가는 인간의 길을 뜻함과 동시에 관심을 내포한 사랑의 힘을 의미한다.

마르틴 부버는 "이 세상에 태어난 사람은 누구나 새로운 무엇, 그 이전에 있은 적이 없던 무엇, 근원적이고 유일무이한 무엇을 의미한다."고 말한다. 자기가 세상에서 유일하고 자기 같은 사람이 세상에 있은 적이 없었다. 그래서 사람은 누구나 세상에 새로운 존재이고, 세상에서 자기의 특성을 실현하도록 불림을 받는다.

하지만 사랑이란 복잡한 과제이다. 타인을 사랑하기 위해선 먼저 자기 자신을 사랑해야 한다. 자기 자신에게 가혹한 수치심을 자행하는 자의 가슴에, 어찌 남을 아끼는 사랑이 깃들 수 있겠는가?* 사랑은 자신을 아끼는 것이 먼저다. 사랑은 서로 마주한 두 개의 거울처럼 서로를 비추고 비춰주는 그 자체로 고귀한 존재이다.

* W.Shakespeare, *Sonnets 9*
No love toward others in that bosom sits, that on himself such murd'rous shame commits.

내가 사랑하는 사람이 내 전부라는 믿음이 전제되어 나를 만나기 전까지는 아무 존재도 아니었다*는 확신을 줄 수 있다면, 그리하여 당신은 내 존재의 이유이자 내 삶의 모든 까닭*임을, 더 나아가 존재의 의미를 부여하고, 있는 모습 그대로를 아름답다고 소리 높여 외칠 수 있을 때, 사랑(仁)은 상대의 심장에 고동을 울리고 마음엔 메아리로 남는다.

* you are nothing to me until you are everything.

* Sylvia Nasar, *A Beautiful Mind*
You are the reason I am. You are all my reason.

진정한 사랑은 마음 너머에서 발원되기 때문에 대립하지 않는다. 다만 마음의 흐름 속에 틈새가 생길 때마다 잠깐씩 사랑을 느낄 뿐이다. 우리가 할 수 있는 일이 있다면, 은혜와 사랑이 들어올 수 있는 공간을, 더 나아가 변화를 위한 공간을 창조하는 것뿐이다.

또한 "모든 고귀한 사랑은 사랑만을 구하진 않는다. 그것은 보다 많은 것을 구한다."*는 니체의 말을 경청할 필요가 있다. 고귀한 사랑은 이웃에 대한 사랑으로 그리고 보다 높은 곳과 먼 곳에까지 파동과 동심원을 그리며 나아가는 생명인 것이다.

* F.W. Nietzsche, *Also sprach Zarathustra*
Alle groBe liebe will nicht Liebe-die will mehr.

49

하늘은 사람을 공연히 사랑하지 않는다

爲人君者 知天之所以仁愛我者
위 인 군 자 지 천 지 소 이 인 애 아 자

―《퇴계전서》권6

백성의 임금이 된 자는 하늘이 자신을 인애하는 이유를 알아야
한다.

He who is the king of the people must know why
Heaven loves him.

하늘이 자신을 인애하는 이유가 공연한 것이 아닌 줄을 알게 되
면, 반드시 임금 노릇하기 어렵다는 것도 알게 된다. 천지의 큰 덕
은 만물을 낳고 기르는 것이다. 천지에는 온갖 생물이 빼곡히 모여
있어 동물이든 식물이든 크든 작든 간에 모두 하늘은 불쌍히 여겨
덮어주고 아껴준다.

모습이 하늘을 닮고 가장 신령한 마음을 지녀 천지의 핵심이 되
는 사람도 마찬가지다. 하늘은 만물을 생육하는 마음은 있으나 스
스로 베풀지는 못한다. 그래서 가장 신령한 우리 인간들 중에서도

성스럽고 밝고 어질며, 덕이 신과 인간에 어울릴만한 사람을 특별히 권애하여 임금으로 삼고, 백성들을 맡아 기를 것을 부탁하여 인애의 정치를 행하게 한다고 퇴계는 말한다.

하지만 임금이 된 자는 천명이 용이하지 않음을 알 수 있다. 높디높은 곳에서 날마다 감시하기에 털끝만큼이라도 속일 수 없다는 것도 안다. 그래서 천심을 알지 못하고 그 덕을 삼가지 못하는 자는 반대로 행하기에 하늘이 진노하여 재앙과 패망을 내리게 된다.

동중서董仲舒가 무제武帝에게, "국가가 장차 도道를 그르치려 하면 하늘이 먼저 재해를 내어 이를 견책하고, 그래도 반성할 줄 모르면 괴이한 변고를 내려 이를 경계하여 두렵게 하였다. 그래도 여전히 고칠 줄 모르면 상패가 이르게 되는데, 천심이 임금을 사랑하여 그 난을 방지하고자 한 것이라."고 하였다.

이 말은 임금은 마땅히 천심이 자신을 사랑하는 이유가 무엇인지, 그리고 자신이 어떻게 천심을 받들어야 하는지를 당연히 알아야 한다는 뜻이다. 그런 후에 이를 깊이 생각하고 익숙하게 방도를 강구하여 실제로 몸소 실천해야 비로소 천심을 향유할 수 있고 임금의 도리도 다할 수 있게 된다는 것이다.

주周나라 여왕厲王 때 대부들이 동료를 서로 경계하던 말 중에 "왕이 너를 옥처럼 아끼고자 한다. 그러니 이렇게 간곡히 간한다."*는 말이 있다. '너'는 동료를 가리킨 것이고, '옥'이라고 한 것은 보배스럽게 아낀다는 뜻이다.

* 張載, 〈西銘〉
張載王欲玉汝 是用大諫

이는 임금이 너를 옥으로 여겨 보배스럽게 사랑하므로, 내가 임금의 뜻을 본받아 너에게 간곡히 충고하여 바로잡으려 한다는 말이다. 하지만 대개는 대부들이 왕의 뜻을 칭탁하여 서로 경계했던 빗나간 하늘 사랑을 보여준 것들이다.

에크하르트 툴레가 "당신은 우주가 그 신성한 목적을 펼치기 위해 여기에 있습니다. 그러니 당신이 얼마나 소중합니까?"*라고 한 말은, 다음과 같은 말과 통한다고 하겠다.

* Eckhart Tolle, *Stillness Speaks*
You are here to enable the divine purpose of the Universe to unfold. That is how important you are!

만물은 각자 자기 본성을 완성하여 항상 존재하는 창조성 속에 살아 있다. 이것이 바로 道의 가치와 義의 원리를 구체화시키는 지혜의 문이다.*

* 《周易》,〈繫辭傳〉上7
成性存存 道義之門.

사랑은 자기 자신과 삼라만상에 깊이 내재한 생명의 존재를 느끼게 하는 신호이다. 그러므로 모든 사랑은 하늘의 사랑이고, 자연인 하늘은 사랑의 옳고 그름을 따지지 않는다.

대지인 어머니도 편을 들지 않는다. 다만 생명의 균형을 지킬 뿐이다.* 하늘의 해가 만물을 가리거나 차별하지 않고 비추듯, 달과 별이 미추美醜와 선악善惡을 가리지 않고 비추는 것은 자연의 속성이다. 누구도 가리거나 차별하지 않으면서 특별히 어느 누구에게 기울지 않는 것은 사랑의 속성이다.

* Mother Earth doesn't take sides; She protects only the balance of life.

버트란트 러셀Bertrand A. W. Russell의 사랑관은 숭고하다는 느낌
마저 든다.

사랑은 하늘의 선물이며 하늘이 부여한 최고의 것이다. 사
랑을 우리 안에 가둬둔 사람들은 사랑이 자유롭고 자발적일
때에만 발휘될 수 있는 아름다움과 기쁨을 파괴한다.

Love is a gift from heaven, the best that heaven has to
bestow. Those who shut it up in a cage destroy the beauty
and joy which it can only display while it is free and
spontaneous. (Bertrand A. W. Russell, 〈Sex Education〉)

하늘은 영원토록 우리를 독특하고 특별하고 귀한 존재로 본다.
누군가를 축복한다는 것은 우리가 해줄 수 있는 가장 중요한 인정
이다. 축복한다는 것은 한 사람이 사랑받는 자가 되었다는 사실을
그렇다고 확정하는 것이다. 축복은 그것에 담긴 실제 모습을 창조
해낸다.

50

사람을 고식이 아닌 덕으로 사랑하라

君子愛人以德 不以姑息之心
군 자 애 인 이 덕 불 이 고 식 지 심

—《퇴계전서》권17

군자는 사람을 고식적인 마음이 아니라 덕으로 사랑한다.

A superior person loves a man by virtue, not by ceremonial postures.

군자는 남을 위하여 도모하는 일에 자기의 힘을 다한다. 군자가 사람을 사랑하는 것은 덕으로써 하고, 소인이 사람을 사랑하는 것은 당장에 탈 없이 편안하게 하는 것으로 할 뿐이다. 말하자면, 사랑이 자연스럽게 내심에서 우러나오는 경우에는 더욱 커가지만, 이를 의무로 생각하는 순간 사랑의 의미는 퇴색된다.

덕이 바탕이 된 사랑은 내가 매우 소중하다는 것을 알면, 상대도 결코 가벼워질 수 없다는 사실을 느끼게 하는 신선한 감동이다. 이는 먹이기만 하고 사랑하지 않으면 돼지로 사귀는 것이고, 사랑하기만 하고 공경하지 않으면 짐승으로 기르는 것*과 같다는 말과 맥을 같이 한다.

지금 사람들은 줄곧 부모를 영광스럽게 봉
양한다고 구실을 삼고는 예의가 없는 옷과 음
식을 받는다. 이는 공동묘지의 무덤 사이에 가서 제사 음식을 빌어
다가 맛있는 음식을 장만해 드리는 행위를 두고는 스스로 효도라고
말하는 것과 다를 바가 없다. 진정한 군자라면 비록 부모 봉양하는
것을 시급히 여기지만, 이 때문에 지키는 지조를 변치는 않는다.

퇴계는 "仁한 사람의 마음은 본래 그러한 것이지, 잊지 않기를 생
각한 다음에 잊지 않는 것은 아니라."고 하였
다. 사람은 누구나 자신의 마음이 그 올바름
을 얻었을 때에 이를 체험하게 된다. 그리하
여 아버지와 어머니의 마음으로 모든 것을 포용하고 측은히 여기기
때문에 나와 남 사이에 안과 밖, 멀고 가까움의 차이가 없게 된다.

도저히 받아들일 수 없을 것 같은 것을 받아들일 때, 그에게는 가
장 큰 사랑이 찾아온다. 기회가 있을 때마다 자신의 내면을 '바라보
고' 자기도 모르는 사이 안과 밖 사이에 대립을 만들고 있지 않은지
살펴야 한다. 안이란 지금 당장 마음에 있는 생각과 감정 등을 말하
는 것이고, 밖이란 처한 장소나 함께 있는 사람 또는 일 같은 외부적
환경을 말한다.

니체는 이웃 사랑을 이렇게 표현하고 있다.

"그대들의 이웃을 사랑하라! 그러나 먼저 스스로를 사랑하는 자
가 되라! 자기 자신을 위대한 사랑을 가지고 사랑하고, 위대한 경멸

*《孟子》,〈盡心〉上 37
食而弗愛, 豕交之也. 愛而不
敬, 獸畜之也.

*《退溪先生文集》卷 9
自非見愛之深, 何以至此. 不
勝銘感之至.

을 가지고 사랑하라!"(니체, 《차라투스트라는 이렇게 말했다.》)

성경에서도 "네 이웃을 네 자신과 같이 사랑하라."고 말한다. 마르틴 부버는 "당신의 영혼이 몸의 모든 기관에 내재해 있는 것처럼, 이 원초적 영혼은 모든 영혼에 내재해 있다. 당신과 하나의 영혼으로 된 이웃이 사리분별이 부족하여 당신에게 잘못을 저질렀을 때 그를 벌한다면, 당신은 단지 자기 자신을 벌하는 것과 같다."고 말한다.

이웃에 대한 사랑보다 높은 것은, 먼 곳에 있는 자에 대한 사랑이다. 사랑스런 말은 사랑스런 목소리가 사람에게 깊이 들어가는 것만 못하다.* '사랑스런 말'은 '사랑스럽고 후덕한 말'로 사람들에게 이르게 하는 말이다. 사랑스럽고 후덕한 말에서 말하는 사람의 덕이 밝게 드러남을 알 수 있다. 그래서 사람들을 오래오래 깊이 감동시키는 것이다.

*《孟子》, 〈盡心〉上 14
仁言, 不如仁聲之入人深也.

사랑(仁)이란 천지만물과 더불어 일체가 되는 것이다. 자신이 먼저 근본이 되어야 한다. 그런 다음 남과 내가 하나의 이치로 친밀하게 연관되어 있다는 것을 알아야 한다. 여기에 측은한 마음이 관철되고 통해서 막힘이 없이 고루 미치지 않는 데가 없음을 깨달았을 때, 비로소 인仁의 실체가 드러난다.

만약 이 이치를 알지 못하고 무턱대고 천지만물이 일체인 것이 仁이라고 한다면, '인의 체'라는 것이 한없이 넓고 멀기에 나의 심신과는 아무런 상관이 없게 된다. 묵자墨子가 사랑에 차등이 없다고 한 것이나, 불가에서 남을 나라고 인식하는 모순은 모두 유학의 사랑(仁) 방식을 바로 알지 못했기 때문이다.

타인이 나와 같은 마음이 있음을 나는 내 마음을 혜량하여 알 수 있다.[*] 진정한 사랑의 불꽃이 나의 가슴에 타오를 때, 그대 가슴에도 사랑이 있음을 알게 된다. 사랑은 나에 대한 상대의 이미지와 상대에 대한 나의 이미지에 달려있기[*] 때문이다.

그래서 사랑을 소유한 자가 그 가치를 함부로 말하면, 사랑을 상품으로 취급하는 것과 다름없는 것[*]이 되어버린다. 진정한 사랑은 내려다보는 것이 아니라 올려다보는 것이기에 사랑은 절망에 빠진 이의 가슴에 열망에 젖게 하는 덕德을 지녔다.

[*] 《孟子》, 〈梁惠王〉上 7
他人有心 予忖度之.

[*] J.Krishnamurti
Love is based on your image of me and my image of you.

[*] W. Shakespeare, *Sonnets 102*
That love is merchandised whose rich esteeming,
The owner's tongue doth publish everywhere.

51

정성이 없으면 사랑받는 자도 의심한다

見愛者有疑
견 애 자 유 의

—《퇴계전서》권26

(정성이 없으면) 사랑 받는 자도 의심을 갖는다.

If you don't show your sincerity consistently, the loved
one has doubts about your authenticity.

사람은 자기 자신을 사랑하는 법을 배우지 않으면 안 된다. 이는
건강하고 건전한 사랑을 가져 자기 자신에 만족하고 자기 밖으로
뛰쳐나가기 위함이다. 이렇게 뛰쳐나가는 것은 이웃에의 사랑으로
변한다. 참된 사랑이 커져가는 숭고한 사랑의 기술인 것이다.

이는 가장 미묘하면서도 최고의 인내심을 요하는 고난도 기술이
다. 퇴계는 왕으로부터 깊이 사랑을 받았으며, 말로는 이루 다 표현
할 수도 없을 정도로 지극한 감명을 받았다고 했다. 그러면서 그는
누군가에게 사랑과 관심을 표현할 때는 덕德으로 하는 것이 의리라
고 했다. 덕은 정성에서 피어난 꽃인 셈이다.

진실한 사랑의 의의를 셰익스피어는 이렇게 표현했다.

"난 다만 당신의 사랑을 놓치지 않을까 하는 저 추악한 의혹
밖에 없습니다. 내 사랑에 거짓이 있다면 눈[雪]과 불[火] 사이
에도 애정과 생명이 있을 것입니다."*

* W. Shakespeare,
The Merchant of Venice
Nothing but ugly treason
of mistrust, which makes
me fear the enjoying of my
love : There may as well be
amity and league. 'Tween
snow and fire, as treason
and my love.'

영화 〈카사블랑카〉에서는 해외 도피자의
삶을 이어가는 고독한 릭(험프리 보가트)과
두 번씩이나 진짜 사랑을 포기해야만 하는 여
인(잉그리드 버그만)의 아픈 사랑의 기억이
소환된다. 릭의 카페에서 흑인 피아니스트 샘
(둘리 윌슨)이 부르는 노랫말은 진정한 사랑의 힘이 무엇인지 보여
준다.

Oh! A kiss is still a kiss in Casablanca. A kiss is not a kiss
without your sigh. (Casablanca by Bertie Higgins)

카사블랑카에서의 키스만이 감미로운 키스일 뿐(still a kiss), 실제
카사블랑카가 아닌 가상의 카페에서 나눈 키스는 사랑하는 사람의
숨결이 느껴지지 않기에 진정한 키스가 아니다. 그저 무미건조한
입술의 스침(a kiss)일지도 모른다.

사랑받는 자가 되어가는 것은, 우리가 생각하고, 말하고, 행동하

는 모든 것에서 사랑받고 있음을 구체적으로 드러내는 것이다. 여기에 '사랑받고 있다'는 것을 삶으로 드러내는 데는 길고 고통스런 과정이 수반된다.

헨리 나우웬Henri J. M. Nouwen(1932~1996)은 말한다.

정말 필요한 것은 일상적인 실존의 모든 영역에서 사랑받는 자가 되어가는 것이다. 내가 알고 있는 진정한 나 자신의 모습과 일상 속에 수없이 존재하는 구체적인 실제들 사이의 간격을 조금씩 좁혀가는 것이다. (Henri Nouwen, 《Life of the Beloved》)

엄마의 젖을 빨고 있는 아이의 모습은 인간의 사랑을 가장 감동적으로 보여준다. 사랑받는 자의 가장 완전한 모습은 서로에게 우리 자신을 주고자 하는 가장 깊은 욕망을 가장 친숙하게 표현한다. 마치 '피에타 상'을 보면 다가오는 그 사랑받는 자의 모습을 가슴으로 맞이하듯이……

누군가를 사랑한다는 것은 내가 줄 수 있는 가장 소중한 것을 그에게 준다는 의미다. 《성경》, 〈고린도전서 13장〉과 영화 〈겨울왕국 Frozen〉에 나오는 한 대사에 진정한 사랑의 뜻이 잘 나타나있다.

내가 내게 있는 모든 것을 가난한 이들에게 주고, 또 내 몸을 불사르게 내어줄지라도 사랑이 없으면, 내게 아무 유익이 없다.

If I give all I possess to the poor and surrender my body
to the flames, but have not love, I gain nothing.

진정한 사랑의 행위만이 얼어붙은 심장을 녹일 수 있다.

Only an act of true love can thaw a frozen heart.

혹시 상대가 탐탁지 않더라도, 그의 마음을 무시하거나 성의를 짓밟지 않고 공경하는 자세로 상대를 대한다면 지금보다는 훨씬 더 아름다운 세상이 될 것이다. 세상에서 가장 어려운 일은 사람이 사람의 마음을 얻는 일이다. (생텍쥐페리, 《어린왕자》) 그래서 삶이 사람이고, 사람이 사랑이 된다.

에리히 프롬Erich S. Fromm(1900~1980)은 "사랑이란 사랑하는 존재의 생명과 성장에 대한 적극적인 관심이라."고 말한다. 그래서 사랑은 '빠져드는 것'이 아니라 '참여하는 것'이기 때문에 사랑은 기본적으로 '받는 것'이 아니라 '주는 것'이 된다.

조건 없는 사랑은 누구나 갈망하는 것이지만, 장점이나 받을 가치가 있기 때문에 일시적 관심을 사랑이라고 포장하는 것은 항상 의심의 여지를 남기게 된다.

괴테는 슈타인 부인에게 보낸 편지에서 '우리가 태어난 것, 사그라지는 것, 자신을 극복하는 것, 사랑을 찾는 것, 울지 않게 하는 것, 그리고 우리를 하나로 묶어주는 것'들이 모두 사랑[仁]이라고 하였다. 편지라기보다는 온통 사랑으로 범벅된 한 편의 시詩이다.

52

사랑하고 미워함에 원칙이 있어야 한다

愛而知其惡 惡而不過其則 非親愛之得中乎
애 이 지 기 악 악 이 불 과 기 칙 비 친 애 지 득 중 호

―《퇴계전서》권 38

사랑하되 그 잘못을 알고, 미워하되 그 원칙에 지나치지 않는 것
이 친애가 중도를 얻는 것이다.

You love someone, but you know what's wrong with him,
Hate him, but do not deviate from the basic principle.
That's what keeps the right Way of love.

　사랑한다는 것은 어린아이가 균형 잡힌 인격체를 형성하도록 자
양분을 제공한다는 뜻이다. 그 균형을 위하여 고급스런 교육이나
엄청난 물질적 대가가 요구되지는 않는다. 따스한 말과 부드러운
손길, 그리고 세심한 관심과 정성껏 귀 기울여주면 충분하다. 그 균
형이 바로 유학에서 추구하고 지향하는 中이다.
　퇴계는 仁이란 글자를 해석하면서 문자의 뜻만 본다면 도움이 안
된다고 하였다. 즉, 仁이 내 마음에서 어떻게 마음의 德이 되며, 어

떻게 사랑의 이치가 되는지, 그리고 어떻게 온화하고 자애하는 도리가 되는지를 알아야 한다.

부모는 인자하고 자식이 효도하는 것은 인간의 큰 윤리다. 자식이 불초한 면이 있으면 참되게 가르치는 것이 옳지만, 가르치면서 은의恩義를 손상하게 된다면 실로 인륜을 해치게 된다. 그렇다면 가르치기를 어떻게 해야 중도中道를 얻을 수 있을까?

자식에 대한 사랑이 지나쳐 불초함을 모르는 것은 친애親愛가 편벽된 것이다. 가르치고 독려함이 지나쳐 은의를 손상하고 윤리를 해치게 되면 친애의 도리를 잃게 된다. 더구나 사사로이 분개하거나 억지로 참는다면, 이것 또한 하나의 편벽된 마음인 것이다.

사랑은 언제나 처음부터 다시 시작된다. 그리고 언제나 다시 시작될 준비가 되어있어야 한다. 사랑이 사랑을 낳듯이, 감사는 감사를 낳게 된다. 아이가 늘 감사하는 마음을 갖고 성장한다는 것은 축복이다. 하지만 이는 쉬운 일이 아니다.《잃는 것과 얻는 것》의 저자 리아루프트Lya Luft는 사랑이 쉽지 않은 것임을 일깨운다.

속담에 "아내가 귀여우면 처갓집 말뚝 보고도 절한다."*는 말이 있다. 사랑하되 사랑에 빠져 훈계를 소홀히 해서는 안 된다. 사람들은 자손이 훌륭하게 되는 것이 지극한 소원이라고 하면서도 정과 사랑에 빠져 훈계하고 단속하는 것은 소홀히 한다. 이는 김매기를 하지도 않고 벼가 익기를 바라는 것과 같다고 퇴계는 말한다.

* Love me, love my dog.

사랑엔 원칙이 있어야 한다. 남편의 아내에 대한 사랑은 비밀리에 붙여져 드러내지 않으면 된다. 하지만 아이들에 대한 사랑은 접근 방법이 좀 더 신중해야 한다. 자식이 말하는 것은 무엇이든 사랑한다거나, 자식이 무엇을 행하든 자식이기 때문에 사랑한다면 이는 원칙 없는 사랑의 방임이 된다.

몽테뉴의 수상록에 플라톤이 공기 돌 놀이하고 있는 한 아이를 꾸짖는 장면이 나온다.

> 아이가 대꾸했다. "작은 일로 나를 꾸짖으시군요." 그러자 플라톤이 대답했다. "습관이란 결코 작은 일이 아니란다."

> A boy replied, "You are chiding me for something unimportant." 'Habit' said Plato, 'is not unimportant.'
> (Michel E. D. Montaigne, *The Complete Essays*)

몽테뉴는 악의 섞인 거짓말과 속임수로 소꿉친구를 속이는 자식을 영리하다고 생각하는 어리석은 부모들도 있다는 것을 보여주고자 하였다. 거짓말과 속임수는 잔인함과 포악함과 배신의 씨앗이자 뿌리로서, 거기서 싹이 트고 힘차게 성장하여 습관의 손아귀 안에 들어가 더욱더 번창하는 것이다.

몽테뉴는 나이 어린 자식이 한 짓이 대수롭지 않은 일이라는 이유로 아이들의 그 추악한 성향들을 용서해 주는 것은 두 가지 면에서 매우 위험한 교육 방법이라고 말한다. 첫째, 어린아이의 본성은 보다 단순하며 그만큼 순수하고 강렬하기 때문이고, 둘째, 행위의 추악함은 금화냐 핀pin이냐의 차이가 아니라 행위 자체에 있기 때문이라고 한다.

사랑하는 사람의 아름다운 얼굴은 마음이 변하여도 언제까지나 사랑스럽게 보이는 법이다.[*] 또한 진실한 사랑으로 맺어지는 결합은 서로 훼방 놓지도 않는다. 저쪽의 마음이 변할 때, 곧 이쪽의 마음도 변하고, 저쪽이 멀리하면, 이쪽도 멀리하는 것은 모두가 사랑인 듯하지만 사랑이 아니다. 그저 미움이란 사랑의 반동일 뿐이다.[*]

지나치게 쏟아지는 비는 만물을 흘려보낼 뿐 생육시키지 못하듯, 사랑도 도에 지나치면 자손에게 화가 된다.[*] 사랑에 정도가 있을까 의문이 가지만, 분명한 것은 언젠가는 미워하게 될지도 모르는 사람으로서 상대를 사랑하고, 또 언젠가는 사랑하게 될지도 모르는 사람으로서 상대를 미워한다[*]면 치우친 사랑은 모면할 수 있을 듯싶다.

[*] W. Shakespeare, *Sonnets 93*
So love's face may still seem love to me, though alter'd new.

[*] Hate is only the recoil of love.

[*] 呂坤, 《呻吟語》
雨澤過潤 萬物之災也. 情愛過義 子孫之災也.

[*] Montaigne, Michel De, *The Complete Essays*
Love a friend, as though some day you must hate him: hate him, as though you must love him.

14. 의리(義理, Fidelity)

인간이 귀한 이유 중 하나는 '의義'를 소유한 데 있다. 이 '의'는 하나의 도덕 범주로 사회가 요구하는 도덕 판단과 관계있다. 맹자는 "마음이 똑같이 그러한 것은 어떤 것인가? 이른바 리理와 의義이다. 성인은 내 마음이 똑같이 그러한 것을 먼저 얻으셨다."*고 하였다. 그럼 義와 宜란 무엇인가?

*《孟子》,〈告子〉上 7
心之所同然者何也 謂理也
義也 聖人先得我心之所同
然耳.

의義자는 '딱 잘라 가르는 것', 즉 날카로운 칼날로 물건을 잘라서 그 길고 짧음과 크고 작음이 각각 알맞게 하는 것을 의미한다. 義에는 현실에 마땅하고[宜] 올바르게[善] 행동하는 구체화된 모습[儀]이나 원리 등의 뜻을 담고 있다.

義는 또한 사실판단의 상황성과 가치판단의 도덕성을 포괄하고 있어서, 영어로 'Justice'가 아니라 'Righteousness'라 한다. 공리적, 분배적, 경제적 정의와 도덕적, 정신적, 양심적 정의는 구분되어야 한다. 《성경》의 〈산상수훈〉은 이 'Righteousness' 단어 하나가 쓰인 상황과 양심에 따라 천국에 가 있느냐 그렇지 않느냐가 결정됨을 암시하고 있다.

마이클 샌들은 《정의란 무엇인가》에서 "정의는 미덕을 키우고 공동

선을 고민하는 것으로 올바른 분배의 문제뿐만 아니라, 올바른 가치 측정의 문제라.''고 하였다.

유학에서 성인은 우리의 마음 안에 공통적으로 가지고 있는 이 '올바른(도덕적) 가치'를 먼저 발견한 사람일 뿐이다. "義가 내재적인 것인가? 외재적인 것인가?"에 대한 논쟁에서, 맹자가 '의는 안에 있다'고 하여 고자告子의 '의가 바깥에 있다'는 견해를 비판한 근거이기도 하다.

의리義理를 義와 理를 나누면 理는 사물에 내재하고, 義는 사물에 처한다는 것으로 파악할 수 있기 때문에 선비는 義를 으뜸으로 여김과 동시에 義를 바탕으로 삼는다.* 仁義를 말할 때 仁은 사람의 마음이요 義는 사람의 길이 되며, 仁은 사람의 편안한 집이요 義는 사람의 바른 길*이 된다. 그래서 義는 사람의 행위가 마땅히 따라야 할 준칙이 된다. 따라서 "힘이 같을 경우에는 德을 헤아리고, 덕이 같을 경우에는 義를 헤아리는"*이유 가 바로 여기에 있는 것이다.

*《論語》,〈陽貨〉17
義以爲上 義以爲質.

*《孟子》,〈告子〉上
仁人心也, 義人路也 仁人之
安宅也, 義人之正路也.

*《書經》,〈泰誓〉
同力度德 同德度義..

53

매사엔 「의리義理」에 따른 적당함이 있다

凡事有義理 大小輕重 各有所當
범 사 유 의 리　대 소 경 중　각 유 소 당

―《퇴계전서》권 37

모든 일에는 의리가 있어서 일의 대소大小 · 경중輕重에 따라 각기
적당함이 있다.

Everything has its morality, so it is small or large, light
and heavy, and each has its own suitability.

의리義理는 새롭고 오래됨이 없고, 이치는 크고 작음이 없다. 이
치의 마땅한 것을 가리켜 의라 한다. 어리석으면서 어리석지 않은
체하거나, 능력이 안 되면서도 자리에 앉아 녹을 받는 것도 의당하
다 할 수 없다. 또한 헛된 명성으로 세상을 속이는 것도 의당하다
할 수 없다. 더 나아가, 그른 것을 알면서 덮어놓고 나아가는 것도
의당하다 할 수 없다. 직무를 다하지도 못하면서 물러나지 않는 것
도 의당하다 할 수 없다.

　퇴계는 "이 다섯 가지의 의당하지 못한 자세로 조정에 선다면, 의

리에 적당하지 않을 뿐만 아니라 신하된 의리
가 아니라."*고 하였다. 유학의 의리 사상의 핵
심은 출처론出處論에서 찾아볼 수 있다. 出은
벼슬에 나가는 것이고, 處는 벼슬에서 물러나거나 관직에 나가지
않고 고향에 머무는 것까지 포함하는 개념이다.

*《退溪先生文集》卷6
持此五不宜, 以立本朝, 其於
爲臣之義, 何如也.

사대부가 벼슬을 사양하고 받으며 나아가고 물러남은 다만 그 자
신의 선을 위한 것일 뿐만이 아니라 그 처한 바의 득실이 풍속의 성
쇠와 관련되기 때문에 더욱 심사숙고하여 살피지 않을 수 없다. 대
대로 큰 현인들은 나아가고 물러나는 경우 조금이라도 어긋나고 구
애됨이 있으면, 이것을 근심으로 여겼다.

벼슬자리에 나가는 것이 어긋난다고 여겨 나아가지 않는 것은 의
義라는 한 글자를 마음에 새기고 있기 때문이다. 이름을 구하는 자
는 반드시 이익을 위하고, 세상을 깔보는 사람은 반드시 믿는 바가
있는 법이다. 그러니 어리석고 비천한 사람들은 옛 선현들의 의리
정신을 스승으로 삼고 실행하지 않으면 더욱 더럽고 낮은 데로 빠
져들어갈 것이다.

물건을 주고받는데도 합당한 의리가 있다. 누군가가 의리로 물
건을 선사한다지만, 그 사람도 주는 사람의 물자를 그냥 받을 리가
없다. 때로는 선물을 보낸 것이 두고두고 후회로 남을 수도 있다.
선물을 보낸 사람의 뜻이 거절을 당한 꼴이 되어 마음엔 돌이킬 수
없는 후회로 남게 된다. 결국 작은 일을 큰일로 여기게 되어 심하게
후회하지 않아도 될 일을 지나치게 후회하게 된다.

학업을 하는데도 의리에 합당하게 해야 한다.' 선비가 학문에 진력하는데 형세도 중요하지만, 때와 처지에 따라 힘을 헤아려 공부해야 한다. 항상 의리義理로 스스로를 배양하여 중도에 포기하지 않으려고 노력한다면, 이 도리가 항상 마음과 눈 사이에 있게 된다. 그래서 학문하는 일도 합당한 의리로 결단해야지, 털끝만큼도 객기客氣를 부려서는 안 되는 곳이라 한두 마디의 말로 쉽게 다 표현하기는 어렵다.

퇴계는 "인심의 신령스러움이란 조명되지 않는 데가 없어서 천하의 의리를 마치 해와 별을 보듯이 환히 볼 수 있다. 이렇듯 신령스런 마음을 갖고 남의 심적心跡을 그의 출처 거취의 행태에서 가누어 본다면 서로 의심할 여지가 없다."고 말한다.

그렇다고 누군가의 행위가 의리에 어긋나지 않고 옛 법을 저버리지 않았다고 해서 미리 생각만으로 남을 의심할 필요가 없다. 만약 의리에 어긋나고 옛 법도를 저버리는 행위를 습관처럼 반복한다면, 그때 가서 합당한 의리로 서로의 관계를 처리하면 된다.

마이클 샌들은 "정의에는 분배되는 것이 무엇이냐에 따라 대상과 그것이 할당될 사람이라는 두 가지 요소가 있는데, 평등한 사람에게는 평등한 대상들이 할당되어야 한다."*고 하였다. 즉, 분배적 정의는 능력과 우수성에 따라 차별적으로 적용되는데, 이때의 정의는 도덕적 정의Righteousness와는 거리가 있는 '어떤 정의a

* Michael J. Sandel, *Justice*
Justice involves two factors:
things, and the persons to
whom things are assigned.
And in general we say that
persons who are equal
should have assigned to
them equal things.

Justice'일 뿐이다.

사물이 다 제자리가 있어야 존재의 의의가 있듯이, 사람도 모두 자기의 본분과 의리에 맞는 제자리가 있다. 하지만 사람들이 자신들의 마땅한 본분을 벗어나 의리에 어긋나는 상황을 조장하는 것은 다른 사람의 갖춘 바와 가지고 있는 것을 차지하고 싶어 하기 때문이다. 위대한 사람의 언행은 많은 사람의 동의를 받지 못할 수 있다. 그런 경우에도 모든 것이 도의를 목적으로 해야 한다.*

*《孟子》,〈離婁〉下 11
大人者 言不必信, 行不必果
惟義所在.

도의를 목적으로 해야 한다고 할 때의 의義란 정당성을 가리킨다. 이런 정당성도 언제나 개별적인 상황을 보고 판단해야 한다. 즉, 정당성으로서의 의義와 상황성으로서의 의宜가 동시에 고려되어야 한다. 따라서 유가의 의리정신을 함양하려면 단순히 표면적인 의미를 익힐 것이 아니라 그 사상을 마음속의 원칙으로 삼고 주어진 상황에 합당하게 지혜로운 판단을 통해 새로운 선택을 해야 한다.

54

「의리義理」는 정심하고 정밀한 것이다

義理精深微密
의 리 정 심 미 밀

—《퇴계전서》권 26

의리는 정심하고 미묘하며 은밀하다.

Morality is sincere, subtle, and secret.

퇴계는 "의리는 성현이 남긴 가르침의 자취이므로 결코 산만한

정신으로는 마음을 가라앉혀서 연구하는 공

*《退溪先生文集》卷 26
安能以渙散之精神 得致其
沈潛研究之功.

을 이룰 수가 없다."*고 하였다. 어떤 경우도
義에 해로움이 없는 일이면 풍속은 따르는 것

이 옳다.

한가로이 지내는 중에 실체를 깊이 사색하면 의義의 이치는 그렇
지 않은 때가 없고, 있지 않은 사물이 없다는 것을 깨닫게 된다. 이
렇게 고요한 가운데 스스로 명쾌하고 개운하게 깨달아야 의가 심신
에 보존될 수 있다.

갑자기 어떤 사물에 응접하는 순간 조금이라도 마음을 놓으면 자

신도 모르게 손놀림을 따라 의로움이 사라져버리는 것은 무르익지 않은 까닭이다. 곁에서 보기만 하였을 뿐, 참으로 그 가운데 들어가 자신의 물건으로 삼지는 못했기 때문이다.

김구 선생은 고능선高能善(1842~1922) 스승으로부터 말로써 요체를 전하여 마음으로 받아들이는 구전심수口傳心授 방식으로 교육을 받았다. 고능선이 과단성이 부족하다고 판단했던 김구에게 주었던 다음 구절은 선비의 의리 정신을 느끼게 하기에 충분했을 듯하다.

가지를 잡고 나무에 오르는 것은 대단한 일이 아니나,

벼랑에 매달려 잡은 손을 놓는다면 가히

대장부로다.*

*《白凡逸志》
得樹攀枝無足奇,
懸崖撤手丈夫兒.

고능선의 의義에 대한 지론은 김구의 생각을 치밀하게 하는데 지대한 영향을 끼친다. 다음 구절이 그중 하나이다.

"나라가 망하는 데도 신성하게 망하는 것과 더럽게 망하는 것이 있는데, 우리나라는 더럽게 망하게 되겠네. 백성들이 의義를 붙잡고 끝까지 싸우다가 함께 죽는 것은 신성하게 망하는 것이지만, 백성과 신하가 모두 적에게 아부하다 꾐에 빠져 항복하는 것은 더럽게 망하는 것일세."《白凡逸志》

의리는 무궁한데 사람들은 각자 어떤 편견에 빠져 있다. 그래서 마침내 자신들의 소견만을 정본이라고 고집하고 다른 사람들의 주장들은 깡그리 부정하려 들기 때문에 끝내는 한쪽으로 치우치는 문제점이 있게 된다. 퇴계는 문인에게 보낸 편지에서 "나의 문제점을 역설한 것은, 그것으로 변명을 하려는 것이 아니라 나의 아픈 곳을 드러내어 약을 구하고자 한 것이라."고 하였다.

퇴계는 항상 학문이 진전되지 못함을 안타깝게 여겼다. 그러다가도 전과 비교해 가슴속에 조금이라도 발전된 것이 있어서 자신이 했던 말의 문제점을 스스로 알게 된 것을 다행으로 여겼다. 공부의 어려움을 퇴계는 이렇게 표현하였다.

"이치란 캐어 보기가 쉽지 않고, 의리란 정밀하기 쉽지 않고, 말이란 알기가 쉽지 않고, 마음이란 다하기 쉽지 않고, 성현의 사업에는 이르기가 쉽지 않다."*

*《退溪先生文集》卷 42
理未易窮 義未易精 言未易知
心未易盡 聖賢事業未易到.

인간의 삶은 물과 같아서 높은 곳에서 내려와 낮은 곳으로 향하고, 선비의 마음은 재야로 고향으로 향한다. 퇴계도 자신이 공직에서 물러가고자 하는 뜻을 물의 성품에 비유하였다. 마치 물이 반드시 동쪽으로 흐르는 까닭이 당연하다고 말하면서 '얻은 것은 빈 이름이요, 누린 것은 큰 이익이라.'고 여겨 자신이 물러가는 것도 마땅한 의리라 여겼다. '누린 것은 큰 이익'이라고 여겨 마땅한 처신으로 물러가는 것이 의리라 여겼다.

나아갈 수 있어서 나아가는 것이 의義이며, 나아갈 수 없어서 나아가지 않는 것도 또한 '의'가 된다. 하루아침에 높은 관직과 후한 작록이 더해지는 것을 보고 책임이 어떠한지를 헤아리지 않고 받아들여 공직에 나아간다면, 이 또한 '의'라 할 수 없다는 것이 퇴계의 생각이었다.

현재 있는 사실을 그대로 받아들이고, 지나간 것은 놓아버린다. 그리고 다가올 일에 신념을 품어야* 과거, 현재, 미래가 일직선상에 놓이게 된다. 이것이 바로 과거, 현재, 미래가 만나는 것이 되고, 새로운 푯대가 되어 뒤에 오는 이들의 이정표가 된다.

* Accept what is. Let go of what was. And have faith in what will be.

《세설신어世說新語》에 순거백荀巨伯이라는 사람이 친구 병문안을 갔을 때의 일화다. 마침 친구가 사는 군郡에 적들이 공격하자 사람들이 모두 피신했는데, 순거백은 아픈 친구를 두고 떠날 수 없어서 남기로 한다. 친구가 자신은 어차피 죽을 몸이니 거백에게 떠나라고 거듭 말한다.

이에 순거백이 아픈 친구를 두고 떠나는 것은 의를 버리고 삶을 구하라는 것이니 그런 행동은 취할 수 없다고 말한다. 이를 지켜보고 있던 적들이 "의를 모르는 우리 같은 무리들이 의로운 나라에 잘못 들어왔구나."* 하고 되돌아갔다. 흉악한 적들의 가슴에도 의義는 이렇게 미묘하면서도 은밀한 힘으로 새겨지게 된 것이다.

*《世說新語》
我輩無義之人 而入有義之國.

55

「의리義理」에 의문점이 있거든 묵은 견해를 버려라

義理有疑 濯去舊見 以來新意
의 리 유 의   탁 거 구 견   이 래 신 의

—《퇴계전서》권37

의리에 의문점이 있거든 묵은 견해를 씻어버리고 새로운 생각을 가져라.

There are questions about doing something according to your morality, so wash away old views and do new thoughts.

일의 행할 때 일의 의리에 합당하도록 하려면 생각되는 대로 곧바로 행할 것이 아니라 앞선 예를 참고하여 처리해야 한다. 의리를 사색함에 있어서 혼란스럽고 경색된 곳에 이르렀을 때에도 이를 일체 쓸어버리고 가슴을 텅 비워 넓고 넓어 거리낌 없는 경지에서 하나의 새로운 안목으로 보아야 사물의 이치를 스스로 터득할 수 있다.

학문도 마찬가지다. 맵고 쓰디쓴 괴로움을 견디면서 공부를 오래 지속하다 보면 자연히 터득되는 바가 있게 된다. 중요한 것은 빨리하려고 서두르지도 말고 난관에 봉착하더라도 물러서지 않아야 한다.

한 번에 알지 못했다고 해서 바로 포기하는 일 없이, 남이 한 번에 할 수 있으면 나는 백 번을 하며, 남이 열 번에 할 수 있으면 나는 천 번을 한다*는 신념으로 노력해 나가야 한다.

*《中庸》20章
人一能之 己百之, 人十能之
己千之.

참되게 쌓기를 오래하면 자연히 의義에 정밀해지고, 인仁에 익숙해져 그만두려 하여도 그만둘 수 없는 경지에 이르게 된다. 이런 방법으로 공부를 해나가되, 또한 자질구레하게 당장 눈앞의 효과를 저울질하지 말아야 한다. 공자가 이른바, "어려운 것을 먼저 하고 소득은 뒤로 한다."는 그 말씀이 바로 이런 경우에 해당된다.

*《論語》,〈顏淵〉5
先難而後得.

퇴계 당시 조선에서는 성리학을 밝게 강론하는 사람이 많지 않아 저술이 거의 없었다. 퇴계는 유학이 없어지지 않는 한 관련된 책들도 반드시 후세에 전해질 것이기 때문에 미세한 흠이나 의심스러운 곳이 있다면, 이를 갈고 닦아 의미를 정확히 밝혀야 한다고 생각했다.

이에 대한 방법으로 퇴계는 문인들에게 "먼저 자신의 견해를 버리고 옛사람들은 의리의 무궁함을 참되게 보았기 때문에 마음을 비우고 도에 나아가는 뜻 또한 무궁했다."*는 것을 명심해야 한다고 하

*《退溪先生文集》卷10
古人眞見義理之無窮, 故其
虛心造道之意亦無窮.

였다. 그렇게 하지 않는다면, 후세 사람들이 오늘날의 우리들을 보는 것이 오늘날의 우리들이 옛날 사람을 보는 것과 같을 것이라 생각했다.

인척이 곤란한 상황에 처했을 때, 구해주려고 하면 의리에 해가 되고, 사실대로 하면 은의에 해가 되는 경우가 있다. 죄의 실상을 밝히는 일에는 처음부터 끝까지 털끝만큼도 거짓이란 용납될 수 없다. 청탁으로 난처한 상황을 모면하려 해서도 안 된다. 방법은 의로움에 비추어 묵은 견해를 버리고 해야 할 일을 다한 후 본래의 관계로 돌아오는 것이 인정人情과 의리에 모두 합당하다.

학문을 할 때도 마찬가지다. 선배를 이러니저러니 논란하는 것은 진실로 후학으로서 경솔하게 해서는 안 된다. 또한 이치를 분석하고 도道를 논할 때는 털끝만큼도 구차하게 해서도 안 된다. 제자가 스승의 저서를 논의해도 문제되지 않는 것으로 여겼던 것은 의리는 천하의 공정한 것이기 때문이다.

하지만 배우는 자가 해야 할 일은 무엇이 먼저이고 무엇이 나중이며, 누가 스승이고 누가 제자인지, 저것은 무엇이고 이것은 무엇인가, 그리고 무엇을 취하고 무엇을 버려야 하는가를 일관되게 당연한 이치대로 귀결시켜야 한다.

스승이 책을 간행하더라고 도리를 알고 시비를 공정하게 가릴 수 있는 제자를 얻는 것은 스승의 덕이었다. 제자는 그 책의 잘잘못을 논하여 제거할 것은 제거하고 그대로 둘 것은 두고 간행하여 세상에 내놓아야 한다. 이렇게 세상에 나온 책은 후학을 위한 행운이 될 것이지만, 본인을 위해서도 후의가 있게 됨은 자명한 일이다.

의리에 대한 입장은 벼슬을 하지 않고 농사를 지을 때도 해당한다. 벼슬하지 못한 선비가 농사를 짓기 위해 밭을 매입하는 것은 본래 잘못된 도리가 아니다. 하지만 그 밭 값의 고하에 대해선 지나치게 비싸거나 지나치게 싼 경우를 절충해서 공평하게 하는 것이 이치의 당연한 것이다.

조금이라도 자신에게만 이득이 되고 남에게는 손해가 되게 하는 마음이 있다면, 이것이 바로 순임금과 도척으로 갈라지는 지점이다. 이 점에 특히 유의하여 義나 利냐의 두 글자를 엄격히 구분하여야 겨우 소인을 면하고 군자가 되는 것이지 반드시 밭을 사지 않는 것만으로 고상하게 여길 것은 아니다.

그러나 이러한 일도 마음속에 오래도록 멈춰두면 사람을 더럽고 천한 데에 빠뜨리기 쉬우므로, 항상 스스로가 격려하고 조심해야 그런 곳으로 떨어지지 않는다.

56

「의리義理」의 감동은 시비是非가 정해지면 오래 깊어진다

義理之感 久愈深於是非之定
의 리 지 감 구 유 심 어 시 비 지 정

—《퇴계전서》권 48

의리의 감동은 시비가 정해지면 오래도록 더욱 깊어진다.

The impression of morality deepens for a long time
when the right or wrong of the case is determined.

*《靜菴先生文集》,〈附錄〉卷 6
[行狀]
日月之光 依舊明於 氣翳之釋.

일월의 광명은 안개 기운이 사라지면 옛 모습으로 밝아온다.* 눈앞에서 쥔 손이 높은 산을 가리듯이, 지상의 사소한 삶이 우리의 시선에서 세상에 가득 찬 광채와 신비를 가린다. 우리가 눈앞에서 높은 산을 가리는 손을 치우듯이 지상의 사소한 삶을 치울 수 있는 자는 누구든지 세상의 위대한 광채를 보게 될 것이다.

퇴계가 정암 조광조의 신원이 회복되자 남긴 말이다. 이를 계기로 "선비의 학문은 방향을 알 수 있게 되었고, 세상의 다스림은 이로 인해 거듭 밝아질 수 있었으며, 도학은 이에 힘입어 타락하지 않을 수 있었고, 나라의 기맥도 이에 힘입어 무궁해질 수 있었다."고 퇴계는 말한다.

한 번 활줄을 메워 당기면 한 번 활줄을 풀어 쉬게 하는 것이 문무文武의 도리이다. 지금 세상에서 한결같이 옛날의 도리를 따를 수는 없으나 천하의 보편적인 의리와 시비를 가리는 사람의 마음은 옛날이나 지금이나 같아서 하루도 그것을 없애버릴 수는 없다.

퇴계는 시비와 可否를 단정하여 따지지 않고 함부로 나아가는 것만을 생각한다면, 선비의 기풍이 허물어지고 세상의 도의가 무너지는 것이 마치 강을 건너면서 밧줄과 노가 없는 것 같다*고 하였다.

바둑에서는 단 한 수만 잘못 두어도 온 판세를 어렵게 하거나 심지어 패할 수도 있다. 마찬가지로 허명뿐인 사람을 관직에 추천하

*《退溪先生文集》卷 9 斷置是非可否, 一切不問, 而惟冒進之爲事, 則愚恐士風頹壞, 世道潰決, 如渡江河而無維楫.

면 한두 번은 사람들을 감동시킬 수 있다. 하지만 재목이 아님은 바로 한 수를 잘못 두는 격이 되어 결국 판을 그르치게 된다.

의로운 말은 현실에서 의로운 행동으로 옮겨져야 한다. 진정으로 덕행이 갖춰진 사람은 말을 하면서 다른 사람이 믿어주기를 요구하지 않는다. 또한 행동을 하면서 좋은 결과를 요구하지도 않는다. 오직 정의가 존재하는 바를 말하고 실천적 행동으로 옮길 뿐이다. 중봉 조헌趙憲(1544~1592)이 그랬다.

임진왜란이 발발하자 조헌趙憲은 의병을 모집하여 항전하였다. 당시의 의병들은 국가의 위태로움을 보고 대의大義에 따라나서기는

했지만, 공부만 하던 선비들이기에 훈련이 잘된 왜군과 전투에서 상대가 될 리가 없었다. 조헌이 금산전투에서 마지막으로 의병들에게 내린 훈령이다.

"오늘은 다만 한 번의 죽음이 있을 뿐이다. 죽고 살고 나아가고 물러감에 義라는 한 글자에 부끄럽지 없도록 하라."*

*《重峯先生文集》,〈附錄〉卷 1
今日只有一死 死生進退無媿 義字.

영화 〈브레이브 하트Braveheart〉에서 주인공 멜 깁슨이 침략군에 맞서 보여준 결연한 의지는 중봉 조헌의 의義를 떠올리게 한다.

"지금 도망치면 살 순 있다. 하지만 언젠가 죽음에 이르렀을 때, 지금과 그때의 시간을 바꾸고 싶을 것이다."

If you run away now, you will live, but when you die, you will want to change the time you have now and then.

모든 사람은 죽는다. 또한 모두가 진정으로 살아 있는 것도 아니다. 선비가 나라가 위태로울 때 생명을 버리는* 것은 공자의 의리정신에서 비롯되었다. 싸움에서 한 사람도 도망가지 않고 700명이

*《論語》,〈子張〉1章
士見危致命.

모두 순절한 것과 영화에서 멜 깁슨이 능지처참 당하면서도 보여준 것이 절의정신이다.

절의節義란 절개와 의리를 합하여 일컫는 말이다. 절의는 천하의 큰 제방으로 하늘의 상도를 지탱하는 것이자 인류의 기강을 세우는 것이다. 이 때문에 세상의 가르침과 관계가 있다.* 나라가 위란에 빠졌을 때, 순도殉道하는 절의정신은 평시에는 매사에 시비곡직是非曲直을 분명히 하여 正道를 지키는 義理정신으로 나타난다.

*《錦南先生集》卷 1,〈東國通鑑論〉
節義 天下之大防 所以扶天常 植人紀 有關於世敎.

프랑스의 철학자이자 작가인 알베르 카뮈Albert Camus(1913~1960)는《페스트》에서 주인공 랑베르를 통해 혼자만 행복하다는 것은 부끄러운 일이라고 하여 자신의 의리정신을 보여준다. 평화롭던 오랑市에 페스트가 유행하게 되자 도시가 폐쇄되면서 랑베르는 그곳에 갇히게 된다.

그는 페스트로 고통받는 사람들을 보고 탈출할 기회가 있었음에도 불구하고 단념한다. 부조리한 일을 목도하고 그냥 지나치지 않는 자세, 타자와 공감대를 형성하고 이들을 적극적으로 도우려는 책임의식은 바로 의리정신에서 비롯된다.

15. 선언(善言, Good Words)

자로子路는 자신에게 허물이 있음을 알려주는 말을 들으면 기뻐했다. 우임금이 자기에게 가르침이 될 선한 말을 들으면 절을 하면서* 받아들였다. 즉, 남이 내 허물을 지적하길 기다릴 것도 없이 자기 자신을 굽혀서 천하의 선언을 받아들였다. 게다가 우임금은 맛있는 술을 마다하고, 선언을 좋아하셨다.*

*《孟子》,〈公孫丑〉上 8
聞善言則拜.

*《孟子》,〈離婁〉下 20
禹惡旨酒而好善言.

에리히 프롬은 삶을 사랑하는 윤리는 스스로 선과 악의 원리를 갖고 있다고 하면서 "선은 삶에 이바지하는 모든 것이고, 악은 죽음에 이바지하는 모든 것이라."*고 말한다. 다시 말해, 선은 삶을 존중하는 것, 삶과 성장과 전개를 드높이는 모든 것이라는 것이다.

* Erich S. Fromm
The Heart of Man.

언제나 깊으면서도 근원적인 것은 善*뿐이라고 한다. 선은 마음에서 우러나는 것으로 말과 행동으로 드러난다. 특히 말은 신중하게 해야 한다. 말이 이치에 맞지 않는 것은 실언을 하거나 긴장을 풀 때이다. 말로써 논쟁을 벌일 수도 있고, 말로써 하나의 체계도 세울 수 있으며, 말로써 믿음을 줄 수도 있

* Deep and fundamentalist
always good.

는 것이다. 그래서 말할 때는 단어 하나도 신중해야 한다.

《세설신어》에 문제가 명제를 데리고 함께 사냥을 나갔다가 어미 사슴이 새끼사슴과 함께 있는 것을 보았다. 문제가 그 어미사슴을 쏘자 활시위소리와 함께 쓰러졌다. 다시 명제에게 그 새끼를 쏘라고 하자, 명제가 활을 놓고 울면서 "폐하께서 이미 그 어미를 죽이셨기에 신은 차마 다시 그 새끼를 죽이지 못하겠습니다."라 하였다. 이에 문제가 "좋은 말이 사람의 마음을 움직이는구나."*라고 하였다. 이후 명제를 후임으로 정했다.

*《世說新語》
好言動人心.

"선은 완전하다. 반면에 악은 절대적이지 않고, 극히 사적이어서 열이 결핍된 상태인 냉기와 같다. 모든 악은 죽음이나 공허일 뿐이다."*라고 할 정도로 에머슨의 선에 대한 정의는 강렬한 인상을 남긴다.

그는 "선의는 절대적이며 실제적이다. 자신이 가지고 있는 선의만큼 사람은 생명력을 지닌다. 이런 정신을 어디에 적용하느냐에 따라 사랑, 정의, 절제 등과 같이 다른 이름으로 불린다."고 말한다.

* R.W. Emerson, 〈An Address〉
Good is positive. Evil is
merely privative, not absolute:
it is like cold, which is the he
privation of heat. All evil is so
much death or nonentity.

57

다른 사람의 아름다움도 이루어준다

成人之美
성 인 지 미

—《퇴계전서》권9

다른 사람의 아름다움도 이루어준다.

The beauty of others is also considered beautiful.

《창선감의록彰善感義錄》은 창선彰善, 즉 남의 착한 행실을 세상에 드러내어, 그 의義로운 일에 감感동하는 이야기를 담은 권선징악형 소설이다. 소설에서는 명나라 사대부 화씨 가문에서 일어나는 갈등을 중심으로 악한 인물과 선한 인물의 대비가 극명하게 드러난다.

비슷한 유형의 소설과는 차별화된 점이 있다면, 이 소설에서는 악한 인물이 나중에 자신의 죄를 깨닫고 진심으로 뉘우친다는 것이다. 악한 일을 저질렀던 사람도 다시 선한 사람이 될 수 있다는 가능성을 열어두었다는 것은 이 소설의 특이점이기도 하다.

누군가의 착한 행실이 세상에 드러나는 것은 마치 황금이 저절로 광채를 내는 것과 같다. 황금이 최고의 가치를 지니게 된 것은 황금이 귀하면서도 찬란하게 빛나기 때문이다. 황금은 항상 세상에 자신의 변치 않는 빛을 내어준다.

최고의 덕성을 닮은 모습으로 황금은 최고의 가치를 지닌다. 자신의 것을 내어주는 자의 눈빛은 황금처럼 빛난다. 황금빛은 달과 태양 사이에 평화를 맺어준다.*

마르틴 부버는 인생의 좌우명은 '주고받기'라고 말한다. 그에게 모든 사람은 주는 자임과 동시에 받는 자로 여겨진다. 그렇지 못한 사람은 열매를 맺지 못하는 나무처럼 외로우면서도 공허한 삶을 산다는 것이다. 삶은 하나의 선함이라는 생각, 우리가 자유와 행복을 만끽할 자격이 있다는 생각은 서로에 대한 존중과 믿음이 바탕이 되어 두 가슴에 면면히 흐르게 된다.

* F.W. Nietzsche, *Also sprach Zarathustra*
Nur als Abbild der höchsten Tugend kam Gold zum höchsten Werte. Goldgleich leuchtet der Blick dem Schenkenden. Goldes-Glanz schließt Friede zwischen Mond und Sonne.

맹자는 "남에게 취하여 선을 하였으니, 이것은 남과 함께 선을 한 것이다. 그렇기 때문에 군자는 남과 함께 선을 하는 것보다 더 훌륭함이 없다."*고 하였다. 그래서 자신을 완성하는 것은 인간다움이지만, 자기를 완성하는 방법을 미루어 남을 완성시키는 것은 지혜로움이 된다.

*《孟子》,〈公孫丑〉上 8
取諸人以爲善 是與人爲善者也. 故君子莫大乎與人爲善.

지혜로운 사람은 결코 남의 잘못이 눈에 들어와도 지나치게 충고하지 않는다. 상대가 그 충고를 이겨낼 수 있는가를 먼저 고려한다. 마찬가지로 남에게 선善을 권하더라도 지나치게 높은 것을 강요하지 않는다. 상대가 충분히 따르도록 배려하면서도 상대의 숱한 과실들은 문제 삼지 않는다.

퇴계는 "마땅히 옳은 것은 따르고 잘못된 곳은 스스로 고치며, 저쪽의 과실을 대략 들추고 그가 따르고 따르지 않고는 내버려두는 것이 좋다."*고 말한다. 선량한 인간은 "다른 사람들 속에서 약점을 찾으려고 두리번거리지 않으며 다만 빗나감이 없이 자신의 목표를 향하여 매진하는 사람이다."(Marcus Aurelius) 끊임없이 자신을 다듬고 깎아내는 사람은 훌륭한 사람과의 교제를 쉽게 할 수 있는 조건을 갖춘 셈이 된다.

*《退溪先生文集》卷 13
但當從其是 而自改誤處 略
擧彼失 而聽其從否如何.

진정으로 자기가 하고 싶지 아니한 일은 남에게도 하게 하지 말아야 한다. 더 나아가 자기가 서고 싶은 자리에 남도 세워주고, 자기가 이루고자 하는 것을 남도 이루게 해주려는* 자세가 전제되어야 한다. 다시 말해, 전자는 자신을 단속하라는 뜻이며, 후자는 인간관계에서 입장을 바꿔 생각해 보라는 것이다.

*《論語》,〈衛靈公〉23
己所不欲 勿施於人, 己欲立
而立人 己欲達而達人.

우리는 나누어주는 삶을 살기 위해, 선택받고 축복받고 상처도 받았다. 사랑받는 자의 삶의 모습은 나누어주는 것이다. 나누어주는 사람이 될 때에야 비로소 선택받고 축복받고 상처받은 사실을 온전히 이해할 수 있다. 우리 삶은 다른 사람의 삶과 관계 속에서 그 진정한 의미를 드러낸다.

니체는 삶을 값지게 보내고 싶다면 날마다 아침에 눈뜨는 순간

"오늘은 단 한 사람을 위해서라도 좋으니 누군가 기뻐할 만한 일을 하고 싶다."는 다짐을 하라고 한다. 또 셰익스피어는 더 적극적으로 "나는 그대가 최대의 행복을 소유하길 원하오. 이 소원이 이루어지면 난 열 배나 행복하오."*라 말하고 있다.

* W. Shakespeare, *Sonnets 37*
Look, what is best, that best I wish in thee : This wish I have, then ten times happy me!

율곡 이이는 "학문이란 별다른 이치가 아니다. 다만 일상에 있어 옳은 것을 찾아서 그것을 행하는 것일 뿐이라."*고 하였다. 진정한 학자의 자세는 자신만을 위하는 독선이 아니요, 남을 위해 봉사하는 위선도 아니라 천하를 감화시켜 착하게 하는 이른바 천하를 겸선兼善할 수 있어야 한다. 이러한 점이 진정 수기안인修己安人하는 것이요, 격군안민格君安民하는 것이다.

* 李珥 撰,《石潭日記》卷 下
學問豈有他異哉 只是日用間
求其是處行之而已矣.

다른 사람과 관계된 일을 하면서 서로 남을 위해주는 것이라 여기면 책망을 하게 되지만, 자신을 위하는 것이라 여기면 잘 실행된다.* 상대방 입장에서 생각한다는 것은 발상의 전환일 뿐 결국 나를 위하는 최고의 묘수이다.

*《韓非子》,〈外儲說左〉上
挾夫相爲則責望, 自爲則事行.

58

도道가 같은 사람은 말을 하지 않아도 부합된다

道同者 不信而相符
도 동 자 불 신 이 상 부

—《퇴계전서》권17

도道가 같은 사람은 말을 하지 않아도 부합된다.

People who are well versed in the Way get to know each
other even if they don't speak.

도가 같으면 한마디의 답변으로도 들어맞고, 뜻이 다르면 일을 벌이느라 수고롭기만 하다는 말은 의미심장하다. 하지만 "같지 않은 사람은 천 마디 말을 하더라도 깨닫지 못한다."* 천지가 위대한 까닭은 만물은 나란히 길러도 서로 해치지 않으며, 길은 나란히 걸어도 서로 방해되지 않기* 때문이다.

마찬가지로 작은 덕은 냇물처럼 끝없이 흐르고, 큰 덕은 깊으면서도 고요하여 장엄하게 변화한다.* 영화 〈적벽대전〉에서는 거문고 연주

* 《退溪先生文集》卷 17
  不同者 千言而不諭.

* 萬物拉育而不相害 道粒行
  而不相悖

* 《中庸》30章
  小德川流 大德敦化.

대결 장면이 나온다. 아름다운 선율을 타고 흐르는 팽팽한 긴장감은 이 영화의 클라이맥스 장면이라 할만하다. 유비의 촉나라와 손권의 오나라가 동맹을 맺기 위해 손권의 장수, 주유를 찾아간 제갈량에게 그의 비범함을 알아본 주유가 제갈량에게 거문고 연주를 권한다.

제갈량은 자신의 실력은 비천하다고 말하지만, 두 사람의 거문고 연주는 어느새 환상의 앙상블을 이루게 된다. 마침내 선율이 최고의 긴장감 넘치는 대결로 이어지고, 두 사람은 말 대신 거문고의 선율로 무언의 대화를 나눈다. 서로의 의중이 말없이 일치되고 있음을 영화는 보여준다.

매사가 이렇게 조화의 도를 달성하는 것은 아니다. 버트란트 러셀Bertrand A. W. Russell은 과학이나 과학기술 덕분에 악을 위해서는 하나로 뭉치지만, 선을 위해서는 여태껏 하나로 뭉치지 않았다."*고 말한다.

인류가 전 세계를 파괴할 수 있는 기술은 배웠지만, 바람직한 방향으로 협력할 수 있는 기술은 배우지 못했음을 그가 목소리 높여 고발한 것은 이 시대 철학*의 부재를 선언한 것이기도 하다.

* Bertrand Russell
Mankind, owing to science and scientific technique, are unified for evil but are not yet unified for good.

* A Philosophy of Our Time

중국 청나라 때 곽휘원郭暉遠이란 사람이 먼 곳에서 관직생활을 할 때, 부인에게 편지를 보냈는데, 착각하여 백지를 넣고 봉하였다. 그 아내가 오랜 만에 온 남편의 편지를 꺼내보니 달랑 백지 한 장

뿐이었다. 그녀는 다음과 같이 화답시를 보냈다.

푸른 깁창 아래서 봉함을 뜯어보니,　　　碧紗窓下啓緘封

편지지엔 아무것도 쓰여 있질 않네,　　　尺紙終頭徹尾空

아마도 우리 님 이별의 한 품으시고,　　　應是仙郎懷別恨

말 없는 가운데 그리는 맘 담으셨네.　　　憶人全在不言中

(袁枚, 《隨園詩話》)

　무의미한 천 마디보다 백지가 낫다고 할까? 아니면 아마추어 남편에 프로 아내라고 할까? 백지를 주니 모나리자를 그렸다고 할까? 괴테는 "돌은 침묵의 교사"라고 말한다. 돌은 관찰자를 침묵시키기 때문에 돌에게서 배울 수 있는 최선의 것은 전달이 불가능하다는 것이다. 정말 마음이 통하는 사람 사이에도 언어란 원래 불필요한 것이다.

　한 초등학교 미술시간에 선생님이 학생들에게 자신이 원하는 그림을 그리게 했다. 학생들이 모두 자신이 그린 그림을 제출하였는데, 오직 한 여학생만 수업이 끝날 때까지 기다리다 흰 도화지를 그대로 제출했다. 사실 이 학생은 가정형편이 어려워 크레파스를 준비하지 못했던 것이다.

　이를 알아차린 선생님은 '배를 그렸구나!' 하고 무심하게 대답하고는, 다른 학생들이 알아차리지 못하게 흰 도화지를 먼저 제출한 그림들 사이에 끼워 넣었다. 그 후 세월이 흘러 이 소녀는 훌륭한 화가가 되어 예전 선생님을 찾아가 당시의 얘기를 나누게 된다.

그때 만약 백지인 도화지를 보고 선생님이 '뭘 그렸냐?'고 물었다면 '배를 그렸는데 배가 그만 침몰했다'고 말하려고 했었는데, 선생님이 먼저 배를 얘기해서 말을 하지 못했다고 하였다.

짧은 순간만이라도, 아니면 조금 더 길게 다른 사람들의 가슴에 자신을 새겨 넣는 것은 모두 자신의 행동에 달려 있다. 자신에게 주어졌다고 생각되는 과제, 예를 들어, '네 이웃을 자신과 같이 사랑하라'는 것과 같은 과제를 해결하려고 노력하는 것에서부터 사랑에 대한 기억은 시작된다. (홀거 라이너스,《남자 나이 50》)

맹자는 "선을 내세워 사람을 굴복시키는 방법으로 사람을 제대로 따르게 할 수는 없다. 선으로 사람을 양육한 다음에라야 천하를 따르게 할 수 있다."*고 하였다.

맹자가 이선양인以善養人을 강조했던 것은 지극한 선으로 사람들을 감화시켜 자발적으로 선을 따르게 하려는 것이었다. 온 세상의 초목이 봄이 왔음을 연락받은 후에 싹을 틔우고 꽃을 피워 열매를 맺는 것은 아니다. 말없이 행동하는 자연의 법도가 잔잔한 바람과 부드러운 비가 되어 적셔주기 때문이다. 자연은 말없이 행하여도 세상은 알고 있다.

*《孟子》,〈離婁〉下 16
以善服人者, 未有能服人者
也. 以善養人, 然後能服天下.

59

패역한 말을 하거나 듣는 것도 폐단이다

恒言或悖 猶患其悖入之辱
항 언 혹 패 유 환 기 패 입 지 욕

—《퇴계전서》권12

패역한 말을 하는 것도 폐단이지만, 그 패역한 말을 듣는 것도 욕이 된다.

It is bad to say crooked things, but it is disgraceful to hear them.

마이클 샌들Michael J. Sandel은 《정의란 무엇인가》에서 "언어는 무엇이 공정하고, 무엇이 불공정한지 선언하고, 옳고 그름을 구별한다. 우리는 이것들을 묵묵히 파악할 뿐 그것들에 논쟁거리를 덧붙이지 않는다. 언어는 선을 식별하고 고민하는 매체다."*라고 했던 아리스토텔레스의 말을 인용하여 언어의 특성을 말하고 있다.

* Michael J. Sandel, *Justice*
Language is about declaring what is just and what is unjust, and distinguishing right from wrong. We don't grasp these things silently, and then put words to them ; language is the medium through which we discern and deliberate about the good.

인간이 동물들과 다른 점은 언어를 구사할 수 있다는 것이다. 동물이야 기껏 소리를 낸다지만 소리는 쾌락과 고통을 나타낼 수 있을 뿐이다. 그러나 인간 고유의 특징인 언어는 단순히 쾌락과 고통을 나타내거나 기록하는 수단에만 국한되는 것은 아니다.

동물들의 소리는 발설되는 순간 소기의 목적을 달성하고 바로 사멸하는 일종의 군호에 불과하다. 하지만 인간의 언어에는 사상과 감정이 담겨있어서 언어를 발설한 사람이 죽은 후에도 살아남는다. 말을 신중하게 해야 하는 이유가 바로 여기에 있다.

맹자는, "사람이 말을 함부로 하는 것은 꾸짖음을 받지 않았기 때문이라."고 하였다. 실언이나 허언은 꾸짖음을 받지 않았기 때문에 말을 함부로 하는 경향이 있지만, 반드시 꾸짖음만이 능사는 아니다. 최선은 꾸짖음을 듣지 않고도 실언을 하지 않는 것이다.

*《孟子》,〈離婁〉22
人之易其言也, 無責耳矣.

일단 말을 거슬리게 하면, 거슬리는 말을 듣게 되는 법이다.* 퇴계는 "말하는 자가 거리낌 없이 말할 때, 듣는 자가 이에 성내지 않으면, 패역하고 음란하고 외설스런데 이르는 것은 당연하다."고 하였다. 그는 이런 자들의 말을 차마 입으로 옮길 수도 없고, 귀로 들어줄 수도 없어서 몸이 떨리고 마음이 아플 정도라고 하였다. 그런데도 뻔뻔스럽게 자신의 말을 돌이켜볼 줄도 모른 데다가 방자하게 자신이 기발한 생각을 한 것으로 여기는 자들을 퇴계는 경계해야

*《大學》,〈傳文〉10
言悖而出者, 亦悖而入.

*《退溪先生文集》卷12
言者不忌, 聽者不怒, 悖慢淫褻, 無所不至.

한다고 하였다.

악을 미워하는 것은 악에 대한 일종의 예속이 될 수 있기 때문에 해결 방법은 증오보다는 이해하는 편이 낫다.* 부모를 사랑하는 자는 감히 남을 미워하지 않으며, 부모를 공경하는 자는 감히 남을 능멸하지 않는다.* 하물며 남의 부모를 욕되게 하여 결국은 자신의 부모를 욕되게 할 수는 없다.

입에서 나온 나쁜 말이 남의 부모에게 가해지면, 자신의 부모의 귀에 추함이 미치는 것은 당연한 결과이다. 학문한다는 사람들 중에 "지금 세상에 이렇게 시류에 따르고 더러움에 영합하지 않으면 몸을 보전할 수 없다."*고 하는 말을 듣고, 퇴계는 "아아 또한 미혹됨이 심하구나. 부모를 욕되게 하면 살고, 부모를 욕되게 하지 않으면 죽는 경우 진실로 양심이 있는 자는 그래도 부모를 욕되게 하여 삶을 구하려 하지 않을 것이다."*라고 하였다.

욕됨이 제삼자로부터 온 것도 사람의 아들된 자는 스스로 자신의 죄로 여겨야 마땅하다. 더구나 자신으로 말미암아 욕되게 한 것은 말할 것도 없다. 이런 자는 비록 본연의 마음을 잃지 않았더라도 어느 누구도 그가 한 말을 믿지 않을 것이다.

* Bertrand Russell, 〈Knowledge and Wisdom〉
Hatred of evil is itself a kind of bondage to evil. The way out is through understanding, not through hate.

* 《孝經》
愛親者, 不敢惡於人, 敬親者, 不敢慢於人.

* 《退溪先生文集》卷 12
今世不如此同流合汚, 身不得保.

* 《退溪先生文集》卷12
嗚呼, 其亦惑之甚也. 辱親則生, 不辱親則死. 苟有良心者, 猶不肯辱親以求生.

말을 조심해야 한다는 메시지를 전하는 詩이다.

"입은 화를 부르는 문이요,
혀는 자신을 베는 칼이다.
입을 닫고 혀를 놀리지 않으면
몸이 편안하고 처함에 편안하다."*

*《馮道》,〈舌詩〉
口是禍之門
舌是斬身刀
閉口深藏舌
安身處處牢.

마르틴 부버는 언어는 두 가지로 대별할 수 있다고 한다.

"진정한 열정을 갖고 기도의 말을 할 수 있는 사람들이 있으며, 따라서 그 말은 스스로 빛을 내는 보석처럼 빛난다. 반면에, 말이 창문에 불과한 사람들이 있다. 창문은 그 자체로 빛을 발하는 것이 아니라 단지 빛이 안으로 들어오도록 할 뿐이고, 그 이유 때문에 빛이 나는 것이다."(Martin Buber)

진정성 있고 아름다운 말은 코끼리도 춤추게 하지만, 알맹이 없는 무의미한 말은 하던 일도 멈추게 한다.

60

때를 기다려 말해야 선언善言이 된다

待居可言之地而言之 始爲盡善耳
대 거 가 언 지 지 이 언 지 시 위 진 선 이

—《퇴계전서》 권 23

말할 수 있는 지위에 있을 때 말해야 비로소 선언善言이 된다.

You have to speak when you are in a position to speak,
and only then does it become a true word.

* Speak only when you feel
  your words are better than
  silence.

* First learn the meaning of
  what you say, and then
  speak. Epictetus

* 《孟子》, 〈盡心〉
  士未可以言而言, 是以言餂
  之也. 可以言而不言, 是以不
  言餂之也. 是皆穿踰之類也.

침묵을 지키는 곳보다 말하는 것이 낫다고 느낄 때 말해야 한다.* 그렇게 하기 위해서는 먼저 말하려는 것의 의미를 되새긴 후에 말하는* 습관을 의도적으로 기를 필요가 있다.

맹자는 "선비가 말해서는 안될 때에 말한다면, 이는 말로써 물건을 핥아먹는 것이요, 말을 해야 할 때 말하지 않는다면, 이는 말하지 않음으로써 물건을 핥아먹는 것이니, 이는 모두 담을 뚫거나 넘어가서 도둑질하는 종류라."*고 하였다.

사람들이 혓바닥으로 물건을 취하는 것을 첨舌이라 한다. 상대의 귀를 즐겁게 하기 위한 '아첨하는 말'과 직언을 해야 할 자리에서 '침묵을 지키는 것'은 기회를 엿본다는 면에서 모두 남에게서 물건을 탐하여 취하는 것과 같다. 이런 것은 담을 뚫거나 넘어가서 도둑질하는 것에 다를 바 없다고 본 것이다.

조선 중기 유학자 안방준安邦俊은 "말을 해야 할 때는 말을 하고, 말해서 안될 때는 말하지 마라. 말해야 할 때 말을 안 해도 안되고, 말해서는 안될 때 말을 해서도 안 된다. 입아 입아 이렇게만 하여라."*라고 할 정도로 말할 때 주의할 것을 강조했다.

* 安邦俊, 〈口箴〉
言而言, 不言而不言. 言而言不可, 不言而言亦不可. 口乎口乎如是而已.

말에 관한 명언은 18세기 후반의 유학자 유만주兪晩柱에게서도 찾아볼 수 있다. 그는 스물네 권의 일기장《흠영欽英》을 남겼다.《흠영》은 '꽃과 같이 아름다운 사람의 정신을 흠모한다.'는 뜻이며, 자신의 호號이기도 하다. 20세에 쓰기 시작하여 34세에 임종할 때까지의 일기이다.

유만주兪晩柱의《흠영》에 나오는 언행言行의 품격에 관한 말이다.

말해선 안될 것을 말하면,
이는 말이 품격을 잃는 것이고,
행해선 안될 것을 행하면,
이는 행이 품격을 잃는 것이다.*

* 兪晩柱, 《欽英》
不當言而言,
是言而失格也,
不當行而行,
是行而失格也.

퇴계는 문인이 쓴 상소를 평하면서 말을 신중히 해야 함을 말한 바 있다. 자신이 처한 입장에서 말해야 할 당위성도 없기 때문에 섣부르게 나선 것은 스스로 경솔한 면을 보였다고 하였다. 이는 그 직책에 있지 않거든 그 정사에 관하여 함부로 참견하지 말라*는 뜻을 일깨운 충고였다.

*《論語》,〈泰伯〉14
不在其位 不謀其政.

퇴계는 평소에 문인들에게 "일상생활에서 한 마디 말이나 행동 하나하나가 마땅함을 얻는다면 호연지기에 해될 것이 없다. 그러나 한 가지라도 걸림이 있으면 천지와 어긋나게 되어, 곧 호연지기를 기름에 해가 있게 된다."고 하여 언행에 각별히 신중해야 함을 강조했다. 맹자의 부동심不動心의 경지에 이르는 것도 처음에는 말 한마디 행동 하나부터 바로잡아가는 공부를 해야 함을 말한 것이다.

세상을 말재주만으로 경쟁하듯 살아가는 것은 무익하다. 진실된 공부도 하다 말다 하는 것은 자신을 수양하는데 도움이 안 된다. 말을 하고 행동을 할 때 신중한 척하는 것이 아니라 신중함이 일상화되어 몸과 마음에 체득되어야 한다. 이런 잘못된 습성을 지니게 된 원인으로 퇴계는 "기습의 편벽과 물욕의 가림 그리고 세상사의 견제"* 이 세 가지를 지적했다.

*《退溪先生文集》卷17
氣習之偏, 物累之蔽, 世故之掣.

침묵의 수양을 해봐야 말 많은 게 시끄러운 줄 안다. 몽테뉴는 《수상록》에서 웅변가 이소크라테스Isocrates가 연회에서 웅변술에 관해 말해달라는 요청을 받았을 때 그가 처신했던 방법을 보여준다. 웅변가는

"지금은 적합한 시간이 아닙니다. 지금 이곳에서 해야 할 이유를 모르겠습니다."

What I can do, this is no time for: what this is time for, I cannot do! (Michel E.D. Montaigne, *The Complete Essays*)

라고 대답했다. 사람들은 그의 말이 옳다고 생각했다. 웃으며 즐겁게 지내기 위해 모인 사람들에게 연설이나 수사학을 강연한다면 그 자리에 어울리지 않는 분위기를 만들 것이기 때문이다.

코미디언이 청중들의 웃음을 자아내려고 노력하지만, 집에서 쉬는 시간에도 가족들의 웃음을 자아내려고 하지는 않는 것처럼, 말할 때 말하고 침묵할 때 침묵해야 함을 완곡한 어법으로 거절한 것이다.

16. 정도(正道, Right Way)

정도正道에서 바를 正자는 두 가지 의미를 지니고 있다. 하나는 正이 一과 止가 합쳐진 글자로 '하나밖에 없는 길에서 잠시 멈추어 살핀다'는 뜻을 지니고 있다. 또 하나는 正이 一과 之가 합쳐진 것으로 똑바로 가는 것이 역부족인 상황이나 상태, 즉 뭔가가 결핍된[乏] 상태를 뜻하기도 한다.

괴테는 "인간의 옳은 발걸음이 그것을 신뢰할 수 있도록 해야 한다."고 말한다. 그러기 위해서는 인간은 품격이 있어야 하고 자비롭고 선해야 한다. 이것들은 인간이 다른 모든 것과 비교할 수 없을 정도로 차별화된 덕성임을 보여준다.

참회를 뜻하는 히브리어 'teschubah'도 자기 비난의 뜻이라기보다는 정도正道로 되돌아온다는 뜻을 담고 있다. 흔히 자신이 돈독하여 귀하게 여기는 것도 정도正道를 굳게 지킬 때 해당된다. 어긋났는데도 자신의 견해만을 고수하는 것은 한심한 일이다. 학문을 좋아하지 않거나 학문에 조회가 깊지 않은 자들 중엔 자신이 현명하고 지혜롭다고 속단한 나머지 학문을 빨리 이루려 한다. 욕망의 그늘에 정도가 가린 것이다.

하늘의 도리에 이르는 길(정도)은 매우 넓어서, 조금만 마음을 두어도 가슴속이 넓어지고 명량해지는 것을 느낄 수 있다.《채근담》하지만 사람의 욕심에 따르는 길은 매우 좁아서, 조금만 발을 들여놓아도 눈앞이 모두 가시덤불과 진흙탕이 되어 버린다.

로버트 풀검Robert Fulghum의《내가 알아야 할 모든 것은 유치원에서 배웠다》는 책은 정도正道를 지키라는 것으로 시작된다. 누구나 집을 나서자마자 세상과 마주하게 된다. 특히 어린이에게 세상의 시작점이 유치원이든 초등학교든 어디서든지 "첫날 선생님으로부터 공동체 문화를 이루고 있는 것들을 공히 배우게 된다. 이를 '기본적인 규칙들Simple rules'이라고 부른다."* 이 규칙들이 앞으로 어린이들에게는 삶의 정도가 되는 셈이다. 그래서 저자는 "진리는 대학의 상아탑에 있는 것이 아니라 유치원의 모래성에 있다."고 하였나 보다.

* Robert Fulghum, *All I Really Need to Know I Learned in Kindergarten*
From the first day we are told in language we can understand what has come to be prized as the foundation of community and culture. The teacher calls these first lessons 'simple rules,'

61

인륜의 밝음은, 곧 「정도正道」의 밝음이다

人倫之明 卽正道之明也
인 륜 지 명 즉 정 도 지 명 야

—《퇴계전서》권 42

인륜의 밝음은, 곧 정도의 밝음이다.

The brightness of humanity is the brightness of the Right
Way.

중국의 하夏·은殷·주周 삼대三代의 학교는 모두 인륜을 밝히기 위해 만들어진 것이다. 구체적인 교과목으로 덕성을 기르고 근본을 세우는 것은《소학》에 있었고, 규모를 확대하고 줄기를 뻗게 하는 것은《대학》에 있었다. 또 필요한 것들은 사서오경으로 채우고 제자백가로 넓히면 정학은 여기서 벗어나지 않는 정도를 밝는 것이었다.

스승이 가르치는 법과 선비가 배우는 법, 그리고 행인이 따라 행하는 법이 모두 이와 같은 방식을 거쳐 그 올바름을 얻게 된다. 이에 선비들은 인륜을 밝히고 정도를 밝히기 위해 학교를 설치하고 인재를 양성하여 선치를 이룩하려는 국가의 깊은 뜻에 이바지해야 할 책임과 의무가 있는 것이다. 학교는 학교의 기능을 완수하고 선비는 선비의 책임과 의무를 다했을 때, 비로소 각자의 정도를 다했다 할 수 있다.

사람이 사람으로서 지켜야 할 도道가 있는데, 가르침이 없으면 금수나 진배없게 되기 때문에 성인이 이를 걱정하여 인륜을 가르쳤다. 그래서 사람을 가르치거나 사람과 사람이 교제하는 경우에도 지켜야 할 정도가 있어서 이에 맞게 처신해야 한다. 큰 틀에서 사람이 지키고 따라야 할 도는 하나이지만 성현들이 이 도를 말한 것은 상황에 따라 여러 가지로 나타날 뿐이다.

가령 일관一貫의 도는 전체의 대용大用을 들어서 말한 것이고, 솔성率性의 도는 사람과 사물이 따르는 바를 가리켜 말한 것이다. 증자는 공자의 충서忠恕를 말했기 때문에 이것으로 도道를 삼았고, 자사는 학자의 충서忠恕를 말했기 때문에 도를 어김이 멀지 않다고 하였던 것이다.

그러나 도는 다른 데서 구하기를 기다리지 않는다. 다만 충서로 그 이치를 다한다면 충서가 곧 도이고, 인의예지仁義禮智에 나아가 그 이치를 지극히 따르면 인의예지가 곧 도道가 된다.

道가 있는 사람은 속에 쌓인 것이 밖으로 드러나 덕스러운 모양이 얼굴에 나타나고 등으로도 넘쳐난다. 그는 질박하고 정직하고 의를 좋아하며, 말을 관찰하고 얼굴빛을 살피며, 생각하여 자신을 낮춘다. 이렇게 하면 그는 나라에 있어서도 반드시 통달하게 되며,

집안에 있어서도 반드시 통달하게 되는 것이다.

뭔가에 통달한다는 것은 일반 사람들이 다가갈 수 없을 정도로 너무 고차원적이거나 결코 이룰 수 없을 정도로 요원한 것이 아님을 알 수 있다. 이를 아일랜드의 작가인 오스카 와일드Oscar Wilde는 쉽게 설명하고 있다.

> "삶은 복잡하지 않다. 우리가 복잡할 뿐이다. 삶은 단순하며, 단순한 것이 옳은 것이다."

> "Life is not complex. We are complex. Life is simple and the simple thing is the right thing."

사람들은 마음에 '무엇이 선이고, 무엇이 옳은 것인가'에 대한 가치 판단의 기준을 가지고 있다. 이 기준은 바로 퇴계의 말을 빌리면 "천리를 보존하고 인욕을 극복한다.[存天理遏人欲]"는 것이 된다. 욕망은 인간의 내면에서 싹터 선한 본성을 해치기 때문에, 성인이 되는 데 가장 큰 장애요인이다. 따라서 천리를 해치는 인욕을 극복하기 위해서는 꾸준한 수신의 과정이 필요하다.

결국 모든 사람이 성인이 될 수 있다는 가능성을 제시한 맹자의 주장은, 누구나 수신을 통해 선인이 될 수 있음을 보여준 것이다. 그러나 세상에서 벌어지는 일들을 자세히 보면, 악인이 해악을 끼치는 것보다 선인이 끼치는 해악이 가장 해로운 악인 경우가 많다.

니체는 "세상에서 악인들이 어떠한 해악을 끼친다 해도 선인의 해악이 가장 해로운 악이다."고 말한다.[*]

이들은 진정한 의미의 선인이 아니다. 선인이라는 가면을 쓴 악인일 뿐이다. 인간의 미래에 최대의 위험은 아마도 악인이 가면을 쓴 선인이 아닐까 싶다. 이들은 인류이란 말에서

* F.W. Nietzsche, *Also sprach Zarathustra*
Und was für Schaden auch die Bösen tun mögen: der Schaden der Guten ist der schädlichste Schaden!

어떤 느낌을 가질까? 과연 가슴에 와닿는 게 있기나 할까? 선과 악이라는 것, 정도라는 것, 공정하다는 것, 절제라는 것, 그리고 용감하다는 것 등은 모두 인류이 바탕이 되었을 때 빛을 발하는 도덕관념들이다.

공정하게 행동해야 공정한 사람이 되고, 절제된 행동을 해야 절제하는 사람이 되고, 용감한 행동을 해야 용감한 사람이 된다.[*]

* Michael J. Sandel, *Justice*
We become just by doing just acts, temperate by doing temperate acts, brave by doing brave acts.

《주역》의 〈풍산점豐山漸〉괘의 점漸은 조금씩 나아간다는 의미이다. 여자가 시집을 갈 때는 서두르지 않고 전안례奠鴈禮에 따라 점진적으로 준비하는 것을 정도貞道라 한다. 인간만사가 모두 이와 같다. 급하게 나아가면 급하게 쇠퇴하게 되고, 점진적으로 나아가면 장구한 세월을 이어가게 된다. 이는 정도正道의 올곧음을 지켰을 때만이 가능하다.

62

귀한 것은 정도正道를 듣고 굳게 지켜라

貴於自信之篤者 爲其聞正道而固守之耳
귀 어 자 신 지 독 자 위 기 문 정 도 이 고 수 지 이

―《퇴계전서》권16

자신의 독실한 것을 귀하게 여기는 것은 정도正道를 듣고 굳게 지킬 때이다.

It is time to listen to the Right Way and keep it firmly that one values one's faithfulness.

그리스신화에 이카로스 이야기가 있다. 크레타섬에 갇혀 있던 다이달로스는 탈출을 위해 아들 이카로스에게 깃털에 밀랍을 발라 날개를 만들어준다. 그는 "너무 높이 날면 태양열에 밀랍이 녹고, 너무 낮게 날면 바다 물기에 날개가 무거워지니 항상 중간으로만 날라."고 당부한다. 그러나 이카로스는 하늘로 더 높게 날고자 하다가 태양열에 밀랍이 녹아 바다에 추락해 결국 죽고 만다.

지나치거나 부족한 것은 모두 정도에서 벗어났기 때문에 어느 쪽으로는 치우치게 된다. 치우친다는 것은 어느 한쪽에 집착하고 있

다는 뜻이기도 하다. 걱정되는 것은 선비가 어느 한쪽에 심하게 집착하게 되면 변화하기에도 쉽지 않아 정도에 이르기 어렵다는 점이다. 그러면 덕에 나아가지 못하고 "우산이 벌거숭이가 된 근심"이 있게 된다.

정도를 굳게 지키는 선비는 다른 사람이 자신을 공격하더라도 두려운 생각에 스스로 반성하여 덕을 키우고 일을 넓히기를 꾀해야 한다. 이것이 지난날의 잘못된 견해 때문에 벌어진 일이라면, 이를 말끔히 씻어버리고 새롭게 거듭나려고 해야 한다. 종전의 견해를 강력히 주장하여 스스로 옳다고 강변하는 것은 자신에게도 도움이 되지 않는다.

또한 충분히 생각해 보지도 않고 다른 사람의 말을 배척하는 행위도 삼가해야 한다. 게다가 유리한 위치라면 다른 사람에게 일체 양보하지 않으면서도 말로는 마음을 비우고 뜻을 겸손하게 가졌다고 하는 행위는 결코 선善을 택하고 유익함을 구한다는 것과는 거리가 있다. 대체로 자신이 독실한 것을 귀하게 여기는 것은 정도正道를 듣고 굳게 지킬 때 해당하는 말이다.

정도를 지킨다는 것은 분수를 지키는데서 시작된다. 대현大賢의 일을 중인衆人이 알 수 없는데도 함부로 공격하고 비난하는 것도 정도를 해치는 것이 된다. 이런 상황을 니체는 '떨리는 발걸음'으로 표현하고 있다. "나는 인간들이 있는 곳으로 가기는 했으나, 그들이 있는 곳에 닿으려면 아직도 멀었다. 밤이 고요할 때, 이슬은 풀 위에 떨어진다. 내가 내 길을 찾아서 나갈 때, 사람들은 비웃었다. 참으로 그때 나의 발은 떨렸다."*

* F.W. Nietzsche, *Also sprach Zarathustra*
Sie verspotteten mich, als ich meinen eigenen weg fand und ging ; und in Wahrheit zitterten damals meine Füße.

몽테뉴는 "덕德을 추구한다 할지라도 적당한 한계를 벗어나면 올바른 사람도 부정不正한 사람이라 불리고, 현인도 미치광이라 불린다."는 호라티우스Horace의 말에 부정적인 생각을 보인다.

하지만 이 말을 《주역》의 〈명이明夷〉 괘로 풀어서 설명하면 도움이 될 듯싶다. 명이는 태양이 지하에 들어갔으니 밝음(明)이 상해[夷]되는 상이다. 간정艱貞은 비록 간난신고艱難辛苦를 겪을지라도 정도를 굳게 지킨다는 의미다. 명이明夷시대는 악덕 소인들이 득세한 암흑기이다.

성인군자는 만약에 바른 도리를 지키지 못하고 소인들에 협조하게 되면 세(상의)악世惡에 빠져서 혹 그 몸은 보전하게 되더라도 군자의 도리人道는 잃게 될 것이고, 또 소인들에 반하여 공격한다면 때로는 생명까지도 위험한 경우도 있을 수 있기 때문에 道를 굳게 지켜야 유리하다는 것이다.

마르틴 부버의 《인간의 길》에 나오는 정도에 관한 일화는 평이한 가운데 진리가 있음을 보여준다. 랍비 나훔의 제자들이 장기를 두고 있었다. "자네들 장기 두는 법을 아나?" 하고 물었다. 제자들이 부끄러워서 아무 말도 못하자, 그는 자기가 던진 질문에 스스로 이렇게 답하였다. "그래, 내가 장기 두는 법을 말해주지. 첫째, 한꺼번에 말을 두 번씩 놀리지 못함. 둘째, 앞으로만 가야지 뒤로는 가지 못함. 셋째, 저쪽 끝줄에 가 닿으면 어디로든 마음대로 가도 좋다.”
고 하였다. 지극히 원론적이고 원칙적인 이야기이다. 즉, 정도를 따
르라는 것이다.

마이클 샌들의 《돈으로 살 수 없는 것들》에는 대리로 줄 서는 사
람을 가리키는 라인스탠더line sunders들에 관한 이야기가 나온다.
이들은 줄을 서서 기다리는 수고를 견디고 대가로 무료 공연 입장
권에 한 장당 수고비를 받는다. 극장 측은 줄 서기 대리행위는 공연
정신에 어긋난다고 주장하면서 이들의 영업을 막으려 한다. 이것도
수고한 것에 대한 대가를 받는 것이니 정도라 할 수 있다.

반면에 뉴욕 검찰이 “무료여야 하는 입장권을 판매하는 행위는
기관이 납세자의 후원으로 혜택을 누릴 뉴요커의 권리를 침해한
다.”고 하면서 대신 줄 서서 입장권을 구해주는 광고를 중단시켰다.
이것도 권리를 침해하는 행위라는 측면에서 정도라 할 수 있다.

참으로 삶은 문제 해결의 연속이 아닐 수 없다. 《명심보감》에 “근
심은 욕심이 많은 데서 오고, 재앙은 탐심이 많은 데서 온다. 위로
는 하늘이 지켜보고 아래로는 자신이 그대를 관찰하고 있으니, 오
직 정도를 지켜 마음을 속이지 말라고 한다.”*
도를 넘지 않은 생활이란, 자신의 통상적인 행
동반경 내에서 자신의 상태를 끊임없이 예의
주시하는 것이다. 결국 과유불급에 비춰서 넘
치거나 미치치 못한 것 어느 쪽으로도 기울지 않는 중中이 정도라
할 수 있다.

*《明心寶鑑》,〈正己〉篇 26
患生於多慾 禍生於多貪上
臨之以天監 下察之以地祇
惟正可守 心不可欺.

63

상도常道와 변도變道를 이해하라

當理會常 未要理會變
당 이 회 상 미 요 이 회 변

—《퇴계전서》 권38

마땅히 정상正常적인 도리를 이해해야 하고, 변칙적인 도리를 이해하려고 할 필요가 없다.

You should understand the a legitimate Principle and do
not need to try to understand an anomalous principle.

《근사록》에 "천하의 이치는 끝마치면 다시 시작되니, 이 때문에 항상 하고 다하지 않는 것이다. 항은 일정함을 말한 것이 아니니, 일정하면 항상 하지 못한다. 오직 때에 따라 변하고 바뀌는 것이 상도이다."[*]고 하였다.

[*]《近思錄》,〈道體〉13
天下之理 終而復始 所以恒
而不窮, 恒非一定之謂也 一
定則不能恒矣 惟隨時變易
乃常道也.

의리義理와 연결시켜 생각해야 하는 말이 상도常道와 권도權道이다. 常道란 일상적인 삶 속에서 야기되는 도덕적·실천적인 원칙론을 말하며, 權道는 특수한 환경에서 야기되는 도덕적·실천적인 상황론을 말한다. 常道로서의 義는 사물의 道理를 정밀하게 연구하여 극치에 이르면 일에 응하고 물에 접하는 사이에 義 아닌 것이 없다.

권도權道는 인간에 내재된 보편적인 인의仁義의 道를 표준으로 한다. 그래서 자기가 손해 보는 일에 권도를 쓰고, 남을 해치지 않는 일에 권도를 써야 한다. 남을 죽이고 자기가 살거나, 남을 없애고 자기는 남는 일을 군자는 하지 않기* 때문이다.

* 《春秋公羊傳》, 〈桓公 13年〉 行權有道. 自貶損以行權. 不 害人以行權, 殺人以自生, 亡 人以自存, 君子不爲也.

정상적인 도리를 이해하지 못하고 변칙적인 도리를 이해할 수는 없다. 權道를 행하여 中道에 맞으면 정도에서 이탈되지 않는다. 정도는 만세의 떳떳함이요, 권도는 일시의 운용이다. 상도는 사람이 다 지킬 수 있으나 권도는 도를 체행한 자가 아니면 써서는 안 된다. 상도를 따르기가 어렵다고 여겨지는 경우에 이를 헤아려서 판단하고 처리하는 방도는 권도를 적용할 수밖에 없다.

'허벅지 살을 베어내는 것'을 '할고割股'라고 한다. 《효경孝經》에는 "우리의 몸과 뼈, 그리고 살갗은 모두 부모로부터 물려받았으므로 이를 훼손하거나 다치지 않게 잘 보존하는 것이 효의 시작이다."*고 하여 부모님이 물려준 신체의 소중함을 일깨우고 있다.

* 《明心寶鑑》, 〈孝行〉 篇 身體髮膚 受之父母 不敢毁 傷 孝之始也.

하지만 다른 사람에게 도움을 청할 수도 없는 너무나 절박한 상황에 이르면, 불가피하게 자신의 몸을 훼손해서라도 부모님의 목숨을 구하려는 것 또한 자식으로서의 지극히 애절한 마음이다. 백범

김구 선생도 도망 중에 부모를 봉양할 길이 없어 '할고'를 한 적이 있었다.

그렇다고 이를 효라고 할 수는 없다. 다만 정성스런 마음이라면 못할 일이 없다는 효심을 높이 받들어서, '허벅지 살을 베어내는 것'은 '효에 거의 가깝다고 말하지만' 엄밀히 효는 아니다. 이런 경우를 권도로써 부모를 봉양한 것이라고 한다.

대개 일이 어쩔 수 없는 지경에 이르러 합당한 방법이 없으면, 부득이 차선을 택해 따르게 되는 것은 일시적으로 당연히 그렇게 해야 하나 깊이 살펴서 행해야 한다. 그렇게 하지 않으면 어그러지고 치우쳐서 도를 어지럽히게 되는 지경에 이르게 되는 것이다.

정치도 어지러움이 극에 이르면 당연히 다스려져 천추千秋에 반드시 치세로 돌아가는 것이 고래의 상도常道라 하였다. 인간의 윤리적·도덕적 본질을 올바르게 구현하는 것이 의義의 경상經常이라면, 주어진 상황에서 가장 알맞게 또는 가장 마땅하게 행동하는 것은 義의 권변權變이 된다.

權에는 정도가 아닌 임시방편으로 운용한다는 변도變道의 뜻이 담겨있다. 權이 經의 변용일 때 이를 권변權變이라 하는데, 이 權變에도 公心을 벗어나 私心이 개입되면 권모술수의 권사權詐로 퇴색된다. 이는 의리사상에서 상황성[權道]과 원리성[常道]의 문제와도 깊은 관련을 갖고 있다.

常道와 權道를 실천으로 옮기는 行道가 直사상이다. 맹자는 直하지 못하면 道는 나타나지 않는다고 하였다. 이런 맥락에서 호연지기를 기르되 '곧게 길러야[以直養]' 사사로움이 없게 된다. 곧다, 바르다는 의미의 直은 十과 目과 ㄴ(隱의 고자)로 나누어 볼 수 있는데, 이는 열 개의 눈으로 숨어있는 것을 본다는 뜻을 담고 있다.

이러한 뜻에서 미루어 보아 직이란 곧은 길, 즉 올바른 길에서 멈추어 살피며 열 개의 눈으로 숨어있는 것을 보듯 자신을 바라보는 눈이 있음을 알고 숨기지 않는 것이다.

사람은 누구나 자기 자리에 맞게 행동해야 한다. 그렇지 않고 남의 자리를 탐내어 자기 자리를 버린다면, 이는 정도가 아니다. 사람이 정도에 이르기 위한 초석은 자기 자신을 아는 것이다. 즉 자신의 지위나 상황 등을 항상 인식하고 그 상황에 맞는 언행을 하는 것이 정도에서 벗어나지 않는 길이다.

퇴계는 "벼슬자리에 있는 자가 말을 해야 할 때 하지 않으면 그 죄가 크다."고 하였다. 주변을 의식해서 지위에 맞는 제 역할을 하지 못하면서 저울질하듯 마지못해 한마디 하는 것은 권도가 아니다. 퇴계는 한 문인에게 "인仁과 예禮로 마음을 간직하되 순임금처럼 되지 못할까를 걱정하고, 직의直義로운 기운을 기르되 과감히 증자처럼 용맹하게 처신하라."*고 하면서, 그는 힘주어 말한다. "나에게 믿음이 있거나 없거나 하는 것 이 때로 있어왔지만, 그것을 저울질한 적은 한 번도 없다."고

*《退溪先生文集》卷22
仁禮存心, 而抱如舜之憂. 直義養氣, 而果如曾之勇.

64

대개 바른길은 어긋나기가 쉽다

大抵正路易差 雜術易惑
대 저 정 로 이 차   잡 술 이 혹

—《퇴계전서》권 28

대개 바른길은 어긋나기 쉽고, 잡된 기술은 현혹되기가 쉽다.

Usually, the right Way is easy to go wrong and evil tricks
can be misled into being right.

    흔히 옳고 그름을 공정하게 판단할 수 있어야 한다는 생각에는
어느 누구든 이의를 제기하지 않을 것이다. 퇴계는 평소에 글을 읽
다가 스스로 지극히 옳다고 여겨 다른 어떤 것도 볼 필요가 없다고
생각한 적이 있었다. 그러다가 혹시나 하는 마음으로 고증하기 위
해 다른 글을 본 후에 느낀 바가 있었다. 오랫동안 한 곳에 정신을
쏟아 탐구하다 보면 넓게 보지 못하고 그 속에 빠져들 염려가 있다
는 것을 알게 되었다는 것이다.

    그는 "그때서야 비로소 우리의 도에 대해 세운 기반이 튼튼하지
못하고 보는 안목이 분명하지 못했음을 알았다."고 하면서, 선비들

이 학문하면서 정도에서 벗어나지 않을까 우려하기도 하였다.

학문하는 사람들은 정해진 법도를 지키면서 그것을 정해진 규칙으로 삼아야 한다. 그리고 올곧게 자신들의 길을 가야 한다. 퇴계는 수령의 자제들이 선악善惡의 두 갈래 길에 마주하였을 때, 선한 길을 따르는 사람은 열 명 백 명 가운데 겨우 한두 명뿐인데 반해, 악한 길을 따르는 사람들은 흘러가는 물에 휩쓸리듯 모두가 그쪽으로 몰려가는 것을 보고 심히 우려가 된다고 하였다.

마르틴 부버의《인간의 길》에 나오는 일화인데, 그는 스스로 질문하고 답변도 한다.

질문: 탈무드에는 어머니의 자궁 속에 있는 아이가 세상의 한쪽 끝에서부터 다른 쪽 끝까지를 보고 가르침을 알게 되지만, 아이가 태어나 땅의 공기를 접하자마자 천사가 아이의 입을 쳐서 모든 것을 잊어버리게 한다고 쓰여 있다. 왜 그래야 하는지 모르겠다. 왜 처음에는 모든 것을 알고, 그 다음에는 그것을 잊어버려야 하는가?

대답: 인간에게는 흔적이 남게 되며, 그 흔적을 통해 인간은 세계에 대한 지식과 가르침을 다시 습득할 수 있고 하나님을 섬길 수 있게 된다.

이미 알고 있는 것에 만족하고 안주하게 되면, 정도에서 벗어나기가 쉽다는 얘기다. 항상 새로운 것을 대하듯 확인하고 검토하고 또 자신을 돌아보고 진정 올바른 길이 무엇인지 끊임없이 확인하기 위한 최선의 방법은 스스로 묻고 답하는 기회를 갖게 하는 것이다.

정암 조광조가 부제학으로 있을 때의 일이다. 북방에 오랑캐들이 출몰하여 백성들에게 막대한 피해를 입히자, 이들을 어떻게 처리할 것인가를 놓고 조정에서 대신들 사이에 논쟁이 벌어졌다. 매복하였다가 기습공격을 하여 이들을 섬멸하자는 주장에 대해 조광조의 생각은 달랐다.

"이렇게 하는 일은 속임수이자 정당하지 못하며, 결코 왕도로서 오랑캐를 제어하는 도리가 되지 못합니다. 이는 좀도둑이 벽을 뚫거나 울타리를 넘어 도둑질을 하는 것에 불과합니다. 당당한 일개 국가로서 하찮은 오랑캐 하나 때문에 감히 도적의 꾀를 쓴다면, 나라의 욕이자 위엄에도 손상을 끼치게 되니 신으로서는 매우 부끄럽게 여깁니다."

이에 좌우 재상들의 반론은 극에 달했다.

"병법에는 기정奇正이란 것이 있다. 이는 병법兵法의 한 가지로서 상도常道로 하지 않고 변칙적인 수단으로 하는 것과 정도로 하는 방법을 말한다. 오랑캐를 제어하는 데는 정도經法와 권도權道, 즉 절대적인 방법과 임기응변으로 하는 방법이란 것

이 있는데, 이번 일은 임기방편으로 해야지 하나만을 고집할 수
는 없는 것이다. 모든 사람의 논의도 이미 일치를 보았는데, 한
사람의 말로 갑자기 변경을 한다는 것은 옳은 일이 아닙니다."

그리고는 병조판서가 "밭갈이하는 것은 남자 종에게 묻고, 베를
짜는 것은 여자 종에게 물어야 한다. 신이 젊을 때부터 북문北門을
출입하였기 때문에 오랑캐의 행습을 너무나 잘 알고 있다. 바라건
대, 신의 말을 들으시고 오졸한 선비의 말은 형편상 다 듣기가 어렵
습니다."라고 말하면서 논쟁이 끝났다.

이 논쟁을 두고 퇴계의 견해는 단호하다. 질문에 따라 이치에 맞
는 답변을 해야 한다. 그러니 학자들도 평소에 바꾸기 어려운 사례
를 의논할 때는 마음속에 명확한 근거를 가지고 응대해야 한다. 어
떤 분야에 지식이 충분하지 않은 채 주장하는 것은 큰 우환을 초래
할 수 있다.

기존의 정해진 사안을 바꾸는 문제는 경솔하게 의논할 수 없다.
만약 별안간 바꾸겠다고 말한다면 마음가짐이 바르지 못한 것이 된
다. 바꾼다는 것도 형편에 따라 정도에 맞게 하는 일이다. 그러나
이치를 살피는데 밝지 못하고 일의 성격을 정확하게 파악하지 못했
으면 말을 자제할 필요가 있다. 이렇게 해야 정도에서 어긋나지 않
게 된다.

17. 비판(批判, Criticism)

비판批判은 비난과 다르다. 비판批判의 '비'는 품평品評한 말이라는 뜻이고, '판'은 딱 잘라 판단하고 단정하다(斷定) 하여 가린다는 뜻이다. 즉, 비판은 '현상이나 사물의 옳고 그름을 판단하여 밝히고 비교해서 바로잡는 것을 가리킨다. 비판에는 옳고 그름 모두 그 근거를 논리적으로 분석하여 평하는 것도 포함된다.

반면에 비난非難은 잘못이나 결점을 흠잡아서 나쁘게 말하는 것을 뜻한다. 합당한 근거를 제시하지 못하는 경우나 허점이 없는데도 의도적으로 흠집 내서 나쁘게 말하는 것은 비판이 아닌 비난이 되고 만다.

《논어》에 "자공아, 너는 충분히 뛰어나지 않으냐? 나는 남을 비판할 여유가 없다."*고 말한 구절이 나온다. 공자는 뛰어난 자공이 자주 남을 비판하면서도 자신의 문제점을 모르고 스스로 반성하는 일에는 소홀히 하자 이를 안타깝게 여겼다.

공자의 비판하는 말투도 상대를 자극해서 반성하게 하는 직설법이라기보다는 자신의 단점을 말하는 식으로 자공의 문제를 지적하였다. 이는 바람을 향해 침을 뱉는 일은 삼가라는 뜻을 전하는 비판의 정수

*《論語》,〈憲問〉31
子貢方人, 子曰: 賜也賢乎哉
夫我則不暇

라 할 수 있다.

　퇴계는 "사람은 마땅히 과실이 있는 속에서 과실 없는 것을 찾아야
지, 과실이 없는 속에서 과실 있는 것을 찾아
서는 안 된다."*고 하였다. 과실이 없는데서
허점을 찾으려는 것은 의도적으로 상대를 흠
집 내려는 저열한 수준의 비난이다.

* 《退溪先生文集》卷 10
人當於有過中求無過, 不當於
無過中求有過.

　《성경》에 다른 사람을 비판할 때 주의하라는 경계의 말이 나온다.
"너희가 판단을 받지 않으려거든 남을 판단하지 마라. 너희가 남을 판
단하는 것만큼 너희도 판단을 받을 것이며, 남을 저울질하는 것만큼
너희도 저울질당할 것이다."*

　사람은 누구나 자신을 잘 안다고 하지만 냉
정하게 바라볼 필요가 있다. 《성경》에 나오는
말대로 형제의 눈 속에 있는 티는 보면서도,
자신의 눈 속에 있는 들보는 깨닫지 못하는 것

* Holy Bible, 〈Matthew〉 7:1-3
Do not judge, or you too will
be judged. For in the same
way you judge others, you
will be judged, and with the
measure you use, It will be
measured to you.

은 결코 균형 잡힌 사고라고 할 수 없다. 자신의 말을 잘 알아야 한다.
작은 흠을 가지고 흰 패옥을 가리지 말아야 한다. 퇴계 이황의 말이다.

65

올바른 것은 따르고 잘못된 곳은 고쳐라

但當從其是 而自改誤處
단 당 종 기 시 이 자 개 오 처

—《퇴계전서》권 13

마땅히 그 옳은 것은 따르고 잘못된 곳은 스스로 고쳐라.

Follow what is right and correct what is wrong by
yourself.

일반적으로 토론하거나 충고할 때도 "상대의 과실을 대략 들추
고, 그가 따르고 따르지 않고는 내버려두는 것
이 어떨까?"* 사람은 자기 과실은 모른 채 자
신은 옹호하고 남을 공박하는 데만 힘쓰는 경
향이 있다. 자신을 변호하는 언변은 강물처럼 쏟아내면서도, 천박
하고 빈약한 입장을 감추기에 급급한 사람과는 논쟁하면서 이기기
를 바랄 수는 없다.

　퇴계는 문인들에게 상대의 주장에 대해 한계를 두지 말고, 그 좋
은 점을 취해 단지 몇 마디 말만 개정해서 지선至善에 나아가는 것

* 《退溪先生文集》卷 13
略擧彼失 而聽其從否如何.

이 좋다고 하였다. 그러면서 자신의 주장에 대해서도 "오류가 있으면 비정批正해 주기를 바란다."*고 하였다.

* 《退溪先生文集》卷 11
有誤, 亦望批誨.

왜냐하면 퇴계의 말에 제자들이 모두 승복하고 더러는 찬탄하는 데에만 그쳐서는 안 된다는 경각심을 불러일으키기 위해서였다. 선비들은 붕우 간에 서로 연마하고 유익함을 주는 것이 의리라고 여겼다. 이는 상대가 하는 것만을 나무라는 것이 아니라 서로가 성취한 바를 옛사람들의 사업에 비교해보고 반성하기 위함이다.

《논어》에 "군자는 남을 도와주어 완성할 수 있도록 하고, 남의 단점은 선도해 이루지 못하도록 한다."*고 하여 책선을 군자의 도리라 여겼다. 하지만 학문의 깊이가 고니와 땅벌레의 차이가 날 정도인데,

* 《論語》, 〈顔淵〉16
君子成人之美 不成人之惡.

도 자신의 학문이 고원한 것으로 착각하여 자신의 일에만 머리를 파묻고 다리를 빠뜨리려 하는 자들이 있다.

이런 부류는 정직해야 할 실천공부에 돌아볼 겨를이 없기 때문에 성현들의 위기지학과는 더욱 멀어지고 더욱 잊어버리면서도 자신들이 해야 할 일은 이미 다했다고 주장한다. 그러면서 조용한 고니를 비난한다. 위의 고니와 땅벌레 예는 퇴계가 했던 말인데, 퇴계는 땅벌레 수준의 사람과 생각을 같이한다는 것 자체가 잘못된 것이기 때문에 문인들에게 충고하는 동시에 스스로를 바로잡고자 했다.

다른 사람의 글이나 언행에 대하여 비판을 하거나 비난을 하더라도 정확하게 알고 해야 한다. 공명정대하고 적확해야 문제가 없

게 된다. 문제의 근본에서부터 자세히 이해해야 횡으로 혹은 종으로 말하더라도 잘 통하게 된다. 근본적인 큰 뜻은 버려두고 한두 가지의 흐름에서 자잘하게 끄집어내 말하는 것은 아무리 장황한 설명을 덧붙여도 수고로울 뿐 소득이 없다. 구태의연하게 분석하는 것은 언어 낭비이니 하지 말리는 것이다.

가령 규정 속도 이상으로 운전해서 목표지점에 빨리 도착했다면, 이를 두고 운전을 잘한다가 아니라 운전을 빨리한다고 해야 한다. 소주 10병을 마신 사람에게 술을 잘 마신다가 아니라 술을 많이 마신다고 해야 한다.

다음날 생활에 큰 지장을 초래하지 않는 사람이라면, 그는 술을 많이 마시면서도 잘 마신다고 말할 수 있다. 겉만 보고 판단하는 성급한 일반화의 오류를, 특히 학자들은 범하지 말라는 것이다.

에머슨R. W. Emerson(1803~1882)은 "확신을 가지고서 먼저 자기 자신을 낮추려 한다면 학자는 방해되고 손해라 여겨졌던 순간들로부터 푸짐한 정신적 보상이 자신에게 물밀듯 들어온다는 사실을 알게 될 것(R.W. Emerson, ⟨Literary Ethics⟩)이라."고 하였다.

그러면서 그는 학자는 자신과 잘 합일을 이루지 못하는 동료들로 인해 심적 고통을 느낄 필요가 없다고 말한다. 잠깐 스치듯 마주하는 사람들이 자신과 견해가 다를 수 있고, 이를 자신에게는 거슬리게 표현할 수도 있기 때문이다.

셰익스피어W. shakespeare(1564~1616)는 "나는 나요, 그들은 그들이거늘, 자기들의 행위를 기준으로 나를 비난하는 것이니, 그들은 비

뚤어졌으나 나는 곧고 올바르리니, 그들의 더러운 생각에 내 행위
가 침범되어선 안 되리오."*라고 말한다.

* W. Shakespeare, *Sonnets 121*
I am that I am; and they that level. At my abuses reckon up their own; I may be straight, though they themselves be bevel; By their rank thoughts my deeds must not be shown.

시시비비를 가리는 일에는 항상 감정을 자극하는 일이 동반된다. 누군가로 인해 괴롭다는 생각이 들면, 먼저 자기 스스로를 돌아볼 필요가 있다. 그리고 자신이 느끼는 감정이 올바른 것인지 아니면 순간의 울화에 사무친 데에서 발원한 것인지를 냉철히 곱씹어 봐야 한다. 특이 겉으로 드러난 감정에 사로잡히는 것은 감정으로 인한 2차 가해가 된다.

다음 괴테의 말은 많은 것을 생각하게 한다.

> "정다운 말, 망각의 달콤하고 부드러운 말 대신에 너는 과거를 들추어내어 좋은 일보다는 나쁜 일만 찾아내 현재의 찬란한 빛과 은은히 떠오르는 미래의 희망찬 여명까지도 모조리 어둡게 하는구나."

스스로를 감정의 동굴이라는 어둠에 자신을 맡겨선 안 된다. 감정에 생채기를 내는 말을 삼가야 한다.

66

말에 미혹되어 오랜 친구를 멀리하지 말라

豈遽爲所惑 而自外於久要間哉
기 거 위 소 혹 이 자 외 어 구 요 간 재

—《퇴계전서》권 32

어찌 갑자기 남의 말에 미혹되어 오래 사귄 친구 사이에서 스스로 소외시킨단 말인가?

How can you suddenly be seduced by other people's words and alienate yourself from friends you've made for a long time?

*《退溪先生文集》卷 10
人之所見不同 所好亦異.

사람들의 소견은 같지 않기 때문에 좋아하는 바도 역시 다르다.* 의미는 무궁하기에 사람들의 소견에도 어떤 편견이 있을 수 있다. 그러나 자신들의 소견만을 옳은 것이라고 고집하고, 다른 사람들의 주장들을 온통 부정하려 하기 때문에 끝내는 한쪽으로 치우치게 된다.

퇴계의 문인 중 한 명이 고을 수령직에서 파면당한 적이 있었다.

고을 사람들이 그를 비방한다는 말을 듣고, 퇴계는 단호하게 "비록 잘못한 일이 없었다고 할지라도 삼가고 두려워하는 도리로 처신하는 것은 의리상 참되고 절실한 것"이라고 하였다. 그러면서 퇴계는 문인들에게 "서로 지나치게 추종하지 말고, 남의 비방하는 말을 들으면 그것을 삼가고 두려운 마음으로 받아들이는 태도를 지니라."*고 하였다.

*《退溪先生文集》卷 32
勿相過從, 以見吾聞人謗言,
承之以謹畏之意云耳.

한 시대를 향도하는 주된 사상이 부재하면 사회는 혼미해진다. 이런 사회에서 향원鄕原이 덕을 어지럽히는 풍습은 보잘것없는 무리들이 세속에 아부하는 데서 시작된다. 또 속학俗學들이 방향을 잡지 못하는 것은 과거를 보는 이들이 명리를 추구하는 데서 비롯된다. 이에 편승해 명리를 좇는 벼슬길에서 기회를 타고 틈을 엿보아 양심을 속이고 도의를 저버리는 무리들 또한 늘어나게 된다.

이런 사회 분위기에서는 인심이 바를 리가 없다. 윗사람이 초심을 잃고 좋아하고 미워함에 치우치고 일을 사사롭게 처리한다면, 향원 같은 이들이 술수를 부리고 괴이한 짓을 하고 온갖 줄을 통해 관직을 탐하게 된다. 선비가 한 번 이들의 술수에 떨어지면 곧바로 그들에게 동화되기 쉽다. 그들에게 동화되면 이쪽과는 멀어지게 될 것이고, 좋은 것이 그들 쪽에 있으면 싫은 것이 이쪽에 있게 된다. 즉, 그들과 한 덩어리가 되면 이쪽과는 원수가 되고 만다.

니체는 "사람이란 벗 속에 최상의 적을 갖지 않으면 안 된다. 벗의 뜻에 거슬릴 때라도 그대는 충심으로 벗과 가까운 사이가 되어

* F.W. Nietzsche, *Also sprach Zarathustra*
Man soll in seinem Freunde noch den Feind ehren. Kannst du an deinen Freund dicht herantreten, ohne zu ihm überzutreten?

*《書經》,〈盤庚〉
人惟求舊 器非求舊惟新.

야 한다."*고 말한다. 남의 결점을 곱씹어 들추는 사람은 아무것도 얻지 못한다. 옛말에 "사람은 옛사람을 구하고, 그릇은 옛것을 구할 것이 아니라 새 그릇을 쓴다."*는 말이 있다.

소설 《우리들의 일그러진 영웅》에서 시골 학교로 전학을 온 한병태는 급장인 엄석대가 구축해놓은 불합리한 환경에 저항한다. 그러나 지속되는 엄석대의 학대와 소외에 결국 한병태는 저항을 포기하고, 그에게 순응하게 된다. 그러나 새로 부임한 담임 선생님이 엄석대의 성적조작을 알게 되었고, 엄석대의 또 다른 비행들을 고발하라고 말한다. 아이들이 망설이다 이윽고 엄석대의 비행을 봇물처럼 쏟아낸다.

그러나 한병태는 아이들의 갑작스런 태도 변화에 반감을 느끼고 자신은 "엄석대의 비행을 모른다."고 대답한다. 그는 "석대의 총애를 받지 못한 아이들과 석대의 손발 노릇을 했던 아이들이 가장 열성적으로 석대를 고발했다."고 비난하는 아이들에 대한 반감 때문에 이렇게 대답했던 것이다.

사람들은 흔히 공격당할 약점을 감추기 위해 남을 공격하고, 그로 인해 적을 만들기도 한다. 니체가 "타인에 대한 우리들의 믿음은 우리들 스스로에 대한 믿음이기를 원하며 은근히 고백한다."고 했던 것처럼, 사람들은 때때로 사랑으로 질투를 뛰어넘으려고 한다.

《성경》에 "우리를 유혹에 빠지지 않게 하시고"라는 말에는 바라

는 사람에 대한 무한한 신뢰가 담겨 있다. "나를 살피고 시험하사
내 뜻과 내 마음을 단련하소서. 주의 사랑이 내 앞에 항상 존재하고
나는 주의 진리 속에 끊임없이 걷고 있다."*
라는 말처럼, 유혹이란 말은 곧 시험하다는
말을 떠올리게 한다.

* Holy Bible, 〈Psalms〉26
Try me, examine my heart
and my mind; for your love
is ever before me, and I walk
continually in your truth.

　이어지는 "주의 사랑이 내 앞에 항상 존재
하고 나는 주의 진리 속에 끊임없이 걷고 있다."는 말 중에서 중요
한 것은 영문의 'is ever'이다. 여기서 is는 현재의 사실을 나타내며
영속성을 의미하는 ever를 붙여 변치 않음을 암시한 진리이자 상도
常道를 나타낸다. 그래서 '유혹에 빠지지 않게'라는 말에는, 말하는
사람이 신에 대한 무한 신뢰가 담겨있다.

　사람들의 의지를 시험하기 위해 유혹은 언제든 찾아온다. 비록
열매가 먹음직하고 소담스러워 보일 뿐만 아니라 슬기롭게 해줄 것
처럼 탐스러워도* 주변의 달콤한 말에 미혹
되어 스스로 금령을 어기진 말아야 한다.

* Holy Bible, 〈Genesis〉6
The fruit of the tree was good
for food and pleasing to the
eye, and also desirable for
gaining wisdom.

비방의 논의가 있고 없음에 따르지 말라

不以謗議有無爲進退 只當視吾義所安
불 이 방 의 유 무 위 진 퇴 지 당 시 오 의 소 안

—《퇴계전서》권24

비방의 논의가 있고 없음에 따라 나아가거나 물러나는 것이 아니고, 다만 나의 의리의 편안한 바에 따른다.

It does not move forward or retreat as there is or is not a discussion of slander, but it follows the right judgment of my morality.

퇴계는 "조정의 소명을 입은 뒤에는 편안한 바를 찾기가 극히 어려울 것 같아 마음이 근심스러울 뿐이라."고 하였다. 그래서 터무니없는 말을 듣더라도 그대로 접어두고 개의치 않아야 한다고 다짐하곤 했다. 곧은 길을 가면서 사람들이 남을 공격하거나 반박하는 것도 반드시 행하는 것이 마땅한 곳이 있고, 행해서는 안 되는 곳이 있다.

만약 남을 공박하면서 경솔한 의도로 한다면 사람의 너그럽지 못

하고 야박한 속내만 드러내는 꼴이 되어 남들의 빈축만 사게 된다. 이런 문제를 감정적으로 받아들이게 되면 동조하는 무리를 끌어들여 위세를 세우고 권력을 불러들이는 추함에 이르게 된다. 이런 사람들은 자신이 좋아하는 것은 다른 사람도 좋아한다는 사실을 미루어 남을 배려할 줄도 모른다.

퇴계는 만년에 조정에 여론을 일으켜서 그저 공박을 일삼던 자들이 자기들이 좋아하는 인물은 추켜세우고, 싫어하는 인물은 떨어뜨리는 데만 마음을 쓰는 것을 보고 매우 나라의 앞날이 걱정스럽다고 하였다. 바로 이런 자들의 생각이 당파를 나눠 서로 공격하는 조짐을 보였기 때문이었다.

조정의 이런 분위기를 의식하고 문인들에게 항상 자신의 부족한 점을 생각하라고 가르쳤던 퇴계도 "도의로써 인물을 논평하면서 자신의 모자람은 생각하지 않고 약간 구차한 말이 있다고 해서 이를 두고 몇 마디 말을 했었는데, 이 버릇을 고치지 못하는 것은 나의 죄라."고 솔직하게 말하기도 했다.

선비가 다른 사람들이 의심한다고 해서 자신의 확고한 신념을 굽혀서도 안 되지만, 자기 생각에만 얽매여 다른 사람들의 말을 무조건 배척해서도 안 된다. 다른 사람들의 여론에 편승해서 사사로운 감정을 드러내서는 더더욱 안 된다.

또한 자신이 독단에 빠져서도 안 되지만, 다른 사람의 독단을 받아들여도 안 된다. 끊임없이 진실을 추구하며 자신의 본분을 지키려는 자는 세상 사람들이 비난을 하거나 혹은 아첨을 하더라도 일체 신경 쓰지 않는 연습을 해야 한다.

사람이 살아가는 가운데 사람들 사이의 벌어지는 알력도 현실의 일부이다. 분명한 것은 그것을 숨기는 것보다도 드러내는 것이 사건을 해결하는데 도움이 된다. 호미로 막을 곳을 가래로 막게 되는 상황이 벌어질지도 모르기 때문이다. 사람들 사이에 벌어지는 힘들고 고통스러운 일일수록 바로 해결책을 찾는 것이 중요하다.

거울에 비친 나의 화난 모습이 마음에 들지 않는다고 해서 거울을 깨뜨려버리는 것은 문제를 해결하는 본질이 아니다. 조용히 왜 자신이 화난 얼굴을 하게 되었는지를 곰곰이 생각해 봐야 한다. 거울에 비친 자신의 모습을 보고 위협적인 행동을 취한다면, 그것은 곧 자신에게 위협을 가하는 것이나 다름없다.

현실을 직시할 필요가 있다. 현실을 직시한다는 것은 거울에 비친 자신의 모습을 인정하는 것이다. 어떤 모습이더라도 그대로 받아들이고 스스로를 다정한 말로 위로해주듯이 대하면, 금방 모습이 변할 수도 있고 더 나아가 세상을 변화시키는 방법이 될 수도 있다.

《중용》23장에 치곡致曲이란 말이 나온다. 치致는 미루어 지극히 하는 것이고, 곡曲은 일부분을 나타내는 말이다. 즉, 치곡은 극히 사소한 일도 가볍게 여기지 않고 정성스럽게 최선을 다해야 한다는 뜻이다.

몽테뉴는 "내 보잘 것 없는 점이 무엇이건 간에 그것들을 감출 생각이 전혀 없다. 그것은 대머리이며 반백의 모습으로 그려진 내 초상화를 감추려 하지 않는 것과 같다. 그것은 화가가 완벽한 얼굴을

그린 것이 아니라 나 자신을 있는 그대로 그린 것이기 때문이다. 이
것이 나의 신념이며 견해다."*라고 말한다.

그는 자신의 목적은 오직 자신의 생각을
나타내는 것뿐이기 때문에 자기 자신을 변
화시키는 새로운 것을 알거나 보게 된다면
내일의 생각이 달라질지도 모른다는 것이
다.

사람에게 진정한 변화란, 정신세계의 변
화를 의미한다. 외부의 여론에 못 이겨 바
뀌는 것은 변화가 아니라 변신이다. 변화는 내부에서 일어날 때, 진
정한 변화라 할 수 있다.

* Michel E.D. Montaigne, *The Complete Essays*
I mean that whatever these futilities of mine may be, I have no intention of hiding them, any more than I would a bald and grizzled portrait of myself just because the artist had painted not a perfect face but my own. Anyway these are my humours, my opinions.

68

남을 꾸짖지 말고 스스로를 꾸짖어라

實不暇訶人 而當自訶耳
실 불 가 가 인   이 당 자 가 이

—《퇴계전서》권26

남을 꾸짖을 겨를이 없이 스스로를 꾸짖음이 당연하다.

It is natural to scold yourself instead of trying to scold others.

《명심보감》에 "자기가 일에 능하다고 해서 상대의 무능을 책망하지 말며, 자기의 장점을 내세워 상대의 단점을 탓하지 말라."*고 하였다. 남의 장단점을 논하는 것이 옳지 않은 것은, 사람으로 하여금 각박한 습관을 키우게 될 것을 우려해서다.

*《明心寶鑑》,〈正己〉篇7
不可以己之所能 而責人之
不能 不可以己之所長 而責
人之所短.

자기 몸에 상처를 내보지 못한 사람은 남의 몸에 있는 흠을 비웃는 법이다. 참다운 학문을 하려는 선비는 남을 꾸짖는 것으로 자신의 이름을 드러내지 않는다. 니체는 "그대는 벗에게 있어서 맑은 공기, 고독, 빵, 약이 될 수 있는가? 자기에게 감긴 쇠사슬을 풀지 못하는 자가 적지 않다. 그런데도 그 사람은 벗에게는 구세주였다."*고 자성을 촉구한다.

* F. W. Nietzsche, *Also sprach Zarathustra*
Bist du reine Luft und Einsamkeit und Brot und Arznei deinem Freunde? Mancher kann seine eignen Ketten nicht lösen und doch ist er dem Freunde ein Erlöser.

선비가 뜻을 독실하게 세우지 못해 공부하다가 중도에 그만두면 좋지 않은 소문이 사방으로 퍼지는 것은 막을 방도가 없다. 날마다 몸소 배우고 이를 실천에 옮기는 것이 하나도 믿을 만한 것이 없게 되면 명성만을 탐하기 위해 남을 속인다는 책망 또한 면할 수 없게 된다.

퇴계가 문인들에게 스스로 꾸짖을 것을 당부한 말이다.

"각기 채찍질을 가하여 자신에게 돌이켜 구하고 이를 실천하며, 하늘의 이치를 근본으로 삼아 날마다 연구하고 체험하는 공부를 해야 한다. 또한 지知와 행行이 함께 나아가고 말과 행동이 서로 돌아보게 해야 성문聖門에 죄를 얻지 않을 것이고 높은 선비들의 꾸짖음도 면할 것이다."

학문하는 사람이 옛 문헌 속에 담긴 뜻을 깊이 고찰하지 않고 남을 나무라기만 하는 것도 지나치게 가혹한 것이다.* 왜냐하면 학자들이 다른 사람들의 비판에 대해서 일일이 대응할 수 없기 때문

*《退溪先生文集》卷 10
顧人不深考古義 而責人太苛耳.

이다. 그래서 비판을 무릅쓰고 행동할 때는 해야 한다. 그러면 비판하거나 꾸짖는 자도 점차 인정하려는 방향으로 바뀌기도 한다.

그래서 고대 그리스 로마의 철학자 에픽테토스Epictetus는 "피해를 입어도 그 원인을 자신에게서 찾아라."고 말한다. 보통 사람들은 도움이 필요해도 다른 사람에게 기대하고, 피해를 당해도 그 원인이 다른 사람에게 있다고 여긴다. 반면에 학자들은 도움을 스스로 구하고, 피해를 입어도 그 원인을 자신에게서 찾는다. 철학적 깨달음에 이르고자 하는 사람이라면 그 누구도 탓하지 않고, 칭찬하지 않으며, 잘못을 따지지 않고, 비난하지 않는다. 마치 뭔가 속에 든 것이 있는 사람인 척하는 허세의 말 또한 절대 하지 않는다.

"누군가를 비난하고 싶을 때는 이 점을 기억해두는 게 좋을 거야. 세상의 모든 사람이 다 너처럼 유리한 입장에 서있지는 않다는 것을." 이 말은 미국 소설가 스콧 피츠제럴드F. S. Fitzgerald(1896~1940)가 어렸을 때, 아버지가 그에게 했던 충고로 나이가 들어서도 여전히 기억난다고 하였다.

스콧은 1910년대 중반에 지네브라 킹이란 여성을 사귀었으나 집이 가난하다는 이유로 거절당한다. 지네브라 킹의 아버지가 스콧에게 했던 "가난한 집 남자애들은 부잣집 여자애들과 결혼할 생각을 하지 말아야 한다."*는 말은, 가난한 청년에게 단순한 꾸지람을 넘어 영혼에 채찍을 가하여 존재를 송두리 채 부정하는 장송곡처럼 들렸을 것 같다. 이는 향후 스콧의 작품 성향에 큰 영향을 남겼다. 세월이 흘러 성공한 스콧은 돈을 벌게 되면서 굉장히 사치스럽게 생활했는데 어릴 적의 이런 일들이 상당한 트라우마로 작용했었다.

* Poor boys shouldn't think of marrying rich girls.

꾸지람은 타인의 영혼에 생채기를 내기도 하지만, 상대의 의중을 제대로 알지 못하고 급히 내뱉은 꾸지람은 자신을 무한한 부끄러의 나락으로 떨어뜨리기도 한다.

세 살 된 딸아이가 양손에 사과를 들고 있기에 엄마가 장난삼아 한 개를 줄 수 있냐고 물었다. 이에 아이가 오른손에 들고 있던 사과를 한 입 베어 먹었다. 살짝 기분이 이상해진 엄마가 다시 한번 사과를 한 개 줄 수 있냐고 물었더니, 이번엔 아이가 왼손에 들고 있던 사과를 한 입 베어먹었다.

이를 지켜보던 엄마는 마음속으로 "아이를 애지중지 키워봐야 다 소용없어. 이렇게 어린아이도 저밖에 모르니 다 필요 없어!"라고 아이를 꾸짖고 있었다. 잠시 후 아이가 "엄마 이 사과가 더 맛있어요. 이것을 엄마가 드세요."라고 하였다. 엄마의 기분이 어땠을까?

나는 그대를 위해서라면 나 자신과도 기꺼이 싸우리니, 그대가 미워하는 자를 내가 어찌 사랑할 수 있으리오.*

* W. Shakespeare, *Sonnets 89*
For thee, against myself I'll vow debate. For I must ne'er love him whom thou dost hate.

18. 경계(警戒, Alertness)

거인의 힘을 가진 것은 장한 일이지만, 거인처럼 그 힘을 사용하는 것은 포악한 일이다.* 이 말은 셰익스피어의《눈에는 눈(Measure for Measure)》에서 이사벨라가 오빠의 생사여탈권을 쥐고 있는 안젤로 재판관에게 한 말이다. 첫 선고를 내리려는 재판관에게 첫 형량을 받게 될 오빠를 위해 신중하게 판결할 것을 경계한 것이다.

*It is excellent to have a giant's strength; but it is tyrannous to use it like a giant.

퇴계는 "무엇을 귀히 여기고? 무엇을 취할 것인지? 등은 학자들이 매우 경계해야 할 바라."*고 하였다. 학자가 힘써서 분발하지 않으면서 아무것도 이룩한 것이 없다고 탄식만 하는 것은 전혀 학문에 뜻을 두지 않은 자와 다를 바 없다.

*《退溪先生文集》卷 38
奚貴奚取, 此吾輩之大戒也.

이는 학자가 국량局量이 넓지 못하고 견해가 투철하지 못한 까닭이다. 학자는 부는 바람에 풀이 움직이듯 너무 성급해서 처신할 바를 모른다든지, 간사한 얼굴로 더러운 행동을 하여 환난患難만을 모면하려는 것은 지극히 경계해야 한다. 이 또한 퇴계의 말이다.

《성경》에 "이 지극히 작은 자 하나에게 하지 아니한 것이 곧 내게 하지 아니한 것이라."*고 하여, 만물은 저마다 존재의 의의와 존엄한 가치를 지니고 있음을 밝히고 있다.

*Holy Bible, 〈Matthew〉 25
Whatever you did not do for one of the least of these, you did not do for me.

당장은 부와 힘을 가지고 있지만, 부유함도 영원할 수 없고, 권력의 힘도 영원하지 않다. 아이가 자라 어른이 되듯, 지금은 그저 기다란 막대기에 불과할지 모르지만, 막대기는 결국 큰 나무가 되어 열매를 맺고 그늘을 드리우게 될 수 있다는 그 가능성을 경계해야 한다.

100리 길을 가는 사람은 90리를 절반으로 친다*는 말은, 진무왕秦武王이 전쟁에서 승승장구

*《戰國策》, 〈秦策〉
行百里者, 半於九十.

한 후, 교만한 기색이 역력하자 이를 경계한 말이다. 시작의 중요성을 강조해 '시작이 반'이라고 한 것은, 어떤 일이든 하면 된다는 자세에 힘을 실어주는 말이다. 하지만 자칫 시작만 하고 중도에 그만두는 나약한 의지를 조장할 수도 있다. 많은 것을 반쯤 아는 것보다는 아무것도 모르는 편이 낫다!(Nietzsche, *Also sprach Zarathustra*)

69

앞을 거울삼아 뒤를 바르게 하라

鑑前貞後 以膺多祉
감 전 정 후 이 응 다 지

─《퇴계전서》권9

앞을 거울삼아 뒤를 바르게 한다.

Make an example of what someone used to do and do
what you need to do according to it.

《정관정요》라는 책은, 당나라 태종이 근신들과 정치적인 문제를
논한 것을 현종 때 오긍吳兢이 항목을 분류하여 엮은 책으로 치도治
道의 요체를 보여주고 있다. 이 책에서 "구리로 거울을 만들면 의관
을 단정히 할 수 있고, 옛일을 오늘의 거울로 삼으면 홍망성쇠를 알
수 있으며, 사람으로 거울을 삼으면 득실을 밝
힐 수 있다."*고 한 구절이 나온다.

＊《貞觀政要》,〈魏徵傳〉
以銅爲鑑 可正衣冠,
以古爲鑑 可知興替,
以人爲鑑 可明得失.

이 중에서 옛일을 오늘의 거울로 삼으면 홍
망성쇠를 알 수 있다는 말을 변용하여 퇴계는
문인들에게 "시의時宜를 알아서 잘 처리하고, 앞을 거울삼아 뒤를

바르게 하라."*고 충고하였다.

한편으로는 원인이 없이 어떤 일이 일어나
면 오해와 싸움의 발단이 될 수 있다는 고사
를 거울삼아 함부로 말을 올리지 못하게 하였
다.* 비유컨대, 사냥하면서 사슴을 쫓되 숲으
로 너무 깊이 들어가서도 안 되겠지만, 이 말
만 듣고 고지식하여 융통성이 없어도 안 됨을 말한 것이다. 항상 중
도를 지키되, 서리를 밟으면[霜氷] 굳은 얼음이 멀지 않다는 사실은
소홀히 여기지 말라는 것이다.

퇴계는 〈무진6조소〉에서 임금이 "옛 임금들의 허물을 오늘의 거
울로 삼아 금석金石처럼 뜻을 굳건히 하고 시종일관 변하지 않도록
행할 것"을 강조하였다.

지위고하를 막론하고 사람은 누구나 이미 지나간 일을 고친다는
것 자체를 매우 어렵게 생각한다. 다만 지나간 일들을 앞일을 행하
는데 중요한 지침으로 삼는 다면 생각은 달라질 수 있다. 잘못된 점
은 바로잡고 잘된 점은 계승하여 더욱 발전시켜 나가다 보면 지난
날의 잘못을 다시 밟는 일은 자연히 줄어들 수밖에 없다.

하지만 누구에게나 인생의 시간은 제한되어 있어서 무한히 긴 시
간처럼 보낼 수는 없다. 이 제한된 인생의 시간을 니체는 적극적으
로 활용할 방안을 제시한다. 오래 살수록 어쩔 수 없이 능력이 떨어
지는 인간이지만, 그는 그저 새끼를 꼬는 사람처럼 되지는 않겠노
라 다짐한다. 왜냐하면 그들은 새끼를 길게 꼴 때마다 스스로 점점

*《退溪先生文集》卷 9
惟知時善處, 鑑前貞後, 以膺
多祉.

*《退溪先生文集》卷 12
鑑無因之戒, 而不敢發.

뒤로 후퇴하기 때문이란다.

퇴계는 문인들에게 "접촉하는 모든 일을 천만 두려워하고 삼가야 한다."고 충고하였다. 학자가 일 벌이기를 좋아하면 가만히 있지 못하는 버릇이 생기기 마련이다. 여기에다가 이상한 이론을 내세워 명성을 구하려는 욕심이 혹처럼 붙는 것은 설익은 학자들의 고질병이기 때문이다. 세상이 험난하다는 사실을 퇴계는 이 한마디로 문인들을 깨우치고자 하였다.

그런데 학문에 뜻을 두었다는 사람들 중에도 학문에 익숙해지기도 전에 겉멋에 빠져든 사람들이 많은 것을 퇴계는 가장 경계할 바라고 하였다. 그래서 퇴계는 문인들에게 "사실을 떠벌리거나 사실보다 지나치는 말은 한마디도 하지 말라고 부탁하였다." 이를 경계하지 않으면 절대로 남에게 참된 모습으로 보이지 않을 뿐더러 후세에 전할 수가 없기 때문이다.

퇴계는 평소 과장이 심한 문인에게 "모든 것은 더욱 신밀愼密" 두 글자를 제일의 의義로 삼는 것이 합당하니, 천 번 만 번 마음에 두고 경계하여 소홀히 하지 말라. 이미 지나간 세월은 따라잡기 어렵고 앞으로 노력은 자신에게 달렸으니, 노력해서 스스로 우뚝 설 생각을 하고 가볍게 세속에 휩쓸려 따르지 말라."*고 했던 충고는 오늘날 공부하는 학자들도 새겨들을 필요가 있을 법하다.

*《退溪先生文集》卷33
已逝光陰難追 而方來工力
在己 勉思自拔 毋輕流徇.

퇴계의 문인들을 포함해서 퇴계에게 가장 많은 충고를 받은 사람은 아마도 아들이지 않을까 싶다.

퇴계가 아들 준雋에게 보낸 편지에 그가 훈계하는 내용이 들어
있다.

> 네가 한 몸으로 제사를 받들고 학업을 닦으며 한편으론 집
> 안일을 처리하니 흔들리고 어지러운 때가 있는 듯하다. 그러
> 나 마땅히 적의하게 할 것이다. 만일 업무에 끌리어 평소의 뜻
> 과 일상적인 학업을 폐기하는 자는 마침내 향리의 부패한 관
> 리가 될 뿐이니 경계하라.*

*《退溪先生文集》卷 7
正當隨宜順處 不廢素志與
恆業 爲可耳. 若牽俗務 而
廢志業者 終爲鄉里之陳人
而已 可不戒哉.

사적인 영역과 공적인 영역을 엄격히 구분
하여 처신하고 끊임없이 수양에 힘써 부패를
경계하라는 엄중한 충고다.

70

늘 경계하고 두려워하는 자세를 가져라

靡有將迎 恒存戒懼
미 유 장 영 항 존 계 구

－《퇴계전서》권44

보냄과 맞이함이 없이 늘 경계하고 두려워하는 자세를 가져라.

Always be wary and afraid without sending and
welcoming.

선비는 스스로 자신을 돌아보고 반성하며 보이지 않는 데서도 늘
조심하는 것이 신독愼獨이다. 이를 위해 밖으로 헛되이 반응하는 일
이 없이 엄숙하게 하고, 안으로 허황된 생각을 버리고 마음을 명경
지수처럼 맑게 해야 한다.

선비들 중에 현명한 척하면서 진심을 감추고 상대의 허점을 이
용해서 얻은 지위나 명예는 오래가지 못하고 오히려 일신의 재앙이
되는 경우가 많다. 하지만 내실이 쌓여서 빛이 나고 형체가 정대하
여 울림이 높고 덕德이 충실해져서 명예가 드높여지는 자도 있다.

이를 거울삼아 중국 고대의 백익伯益이란 사람은 순임금에게 "염

려할 것이 없어도 경계하여 법도를 잃지 말며, 안일함에 몸 담지 말고 쾌락에 빠지지 말며, 현명한 사람을 신임하여 두 마음을 갖지 말 것이며 간사한 사람을 버리는데 주저하지 마십시오."라고 하였다. 임금의 마음이 한번 경계를 게을리하여 안일과 쾌락에 빠지면 머지 않아 법도가 무너지게 된다. 또한 현명한 신하를 기용하지 못하고 간사한 자를 내치지 못하게 되는 것은 불을 보듯 분명해진다.

그런 까닭에 잘 다스려지는 조정이라도 한번 이런 조짐이 있게 되면 대신 중에는 반드시 임금의 잘못된 판단에 영합하여 권력을 탐하려고 하는 자가 있게 되며, 소인배 중에는 실권이 있는 자에게 아부하여 사사로운 이익을 탐내는 자가 있게 된다.

현명한 스승이 주는 명예를 경계하라는 충고는 선비들에게 중요한 정신적 지주가 된다. 퇴계는 "옛날을 우러러보면 따라가기 어렵고, 오늘날을 살기에도 부끄러운 일이 많다."는 말을 되뇌면서 항상 누군가가 통렬하게 자신을 바로잡아주고 경계해 주기를 기대했었다.

《주역》, 〈택수곤澤水困〉 괘에 여자는 "서남쪽에서 벗을 얻으나 동북쪽에서 벗을 잃는다."고 한 것은, 여자가 어렸을 때는 벗들과 함께 학문 도덕을 배우고 성 *西南得朋, 東北喪朋. 장한 후에 출가하게 되면 벗들과 헤어지게 됨을 뜻한다. 여기에 남편을 만나고 또 자녀를 기르는 것이 여자로서 가장 안정되어 길하게 된다.[安貞 吉]

이는 역사적으로 외척이 득세하여 정치를 파행으로 몰아가는 사례가 많았으므로, 출가 후에는 친정 쪽 식구들이나 어렸을 때의 벗들을 잊고 가정 일에만 전념해야 집안이 안정되어 길하리라는 경계의 의미를 함축하고 있다. 물론 이는 남자의 경우에도 같다.

의미를 좀 더 확장시켜보면, TV 뉴스 앵커나 연예인으로 왕성한 활동을 하다가 결혼을 발표함과 동시에 은퇴를 선언한 후에는 일체 TV나 언론에 나오지 않는 사람들이 이 예에 해당한다. 화려한 삶과 팬들의 사랑을 한 몸에 받았던 것이 쉽게 잊히지는 않겠지만, 결혼 후에는 자신이 받았던 그 모든 관심을 가정에 쏟겠다는 의지로 읽어야 하지 않을까 싶다.

퇴계가 손자에게 동년들과 모두 연석을 함께하는 자리에서는 더욱 마음가짐을 신중하게 하여 순간의 기분에 휩쓸려서 함부로 경거망동한 행동을 하지 말라고 충고하였다. 즉, 명예, 지위, 권력 등 자신보다 더 나은 자들을 보았을 때 겉으로 드러난 모습만 보고 괜한 경쟁심에 사로잡히는 일이 없도록 경계하라는 것이다. 그렇게 하면 누구를 부러워하거나 시기를 할 필요가 없게 된다. 게다가 자신의 힘으로 이길 수 없는 경쟁에 뛰어들지 않는다면 결코 패배자가 되는 일도 없을 것이다.

B.C. 4세기 전반 시칠리아의 시라쿠사의 군주 디오니시우스 1세의 신하였던 다모클레스는 자신이 모시는 왕의 권력과 부를 부러워했다. 이를 눈치 챈 왕은 그에게 "내 권좌에 잠시 앉아보겠느냐."고 깜짝 제안을 한다. 권좌에 앉아 위를 올려다보니 날카로운 칼이 말총 한 올에 간당간당 매달려 있는 것을 보고 공포에 사로잡히고

만다.

왕이 "권좌란 언제 떨어질지 모르는 칼 밑에 있다."는 것을 알도록 하기 위해 옥좌를 잠시 비워준 것이었다. 여기서 권력의 무상함과 권력욕을 경계하라는 뜻의 '다모클레스의 칼Sword of Damokles'이라는 속담이 유래되었다.

이생진 시인의 〈하늘로 가려던 나무〉라는 시詩에는 이 의미가 잘 나타나 있다.

> 나무가 겁 없이 자란다
> 겁 없이 자라서 하늘로 가겠다 한다
> 하지만 하늘에 가서 무얼 한다
> 갑자기 허탈해진다
> 일요일도 없는 하늘에 가서 무엇을 한다
> 나무는 그 지점에서 방황하기 시작한다.

웅덩이에 가장 빠지기 쉬운 사람은 하늘의 별만 쳐다보며 걷는 사람이라고 한다. 위도 좋지만 내가 딛고 있는 곳이 어디인지 아는 것이 별만 보다가 별 볼일 없게 되는 것보다는 낫다.

71

옛 걸음걸이 방식을 잊어버리지 말라

恐不免去故步
공 불 면 거 고 보

—《퇴계전서》권21

옛 걸음을 잃어버림을 면치 못할까 두렵다.

I'm afraid I'll forget the old ways of walking.

니체는 "자기의 길을 가고 있는가 어떤가는 그 사람의 걸음걸이로 알 수 있다. 내 걸음걸이를 보라! 그런데 자기 목적에 가까이 간 사람은 춤을 춘다."*고 하여 자신이 갈 바를 잊지 않으면서 본래의 자기를 잃지 않아야 함을 말하고 있다.

* F. W. Nietzsche, *Also sprach Zarathustra*
Der Schritt verrat, ob Einer schon auf seiner Bahn schreitet ; so seht mich gehn! Wer aber seinem Ziel nahe kommt, der tantz.

* 《莊子》,〈秋水〉篇
邯鄲學步.

퇴계는 요즘 벼슬하는 사람은 요직에 오르면 아첨하거나 거만해져서 "옛 걸음걸이를 잃어버림을 면치 못할까 두렵다."*고 하였다. 이 말은 전국시대 한 청년의 걸음걸이에서 유래하였다. 당시 조趙나라 한단 사람들은 걷는 모습이 특별히 멋있었다고 한다. 그래서 북방 연燕나라 수릉壽陵에 사는 청년이 한단 사람들의 걷는 모습을 배우기 위해 먼 거리를 마다 않고 한단까지 갔다.

그는 매일 하루 종일 한단의 대로에서 그곳 사람들이 걷는 모습을 유심히 관찰하였다. 그는 그들의 걷는 모습을 보면서 따라 하였지만, 아무래도 닮지 않았다. 원래의 걷던 방법에 습관이 되어 있었기 때문에 새로운 걸음걸이가 잘 익혀지지 않는다고 생각했다. 그래서 그는 억지로 원래의 자신이 걷던 방식을 버리고, 처음부터 다시 배우기로 하였다.

그는 한 걸음 한 걸음 발을 뗄 때마다, 발을 어떻게 들고 또 어떻게 놓는지를 생각해야만 했다. 게다가 다리의 조화와 걸음의 폭 등에도 신경을 써야만 했다. 그렇다 보니 자신의 팔다리를 마음대로 움직이지 못한 채 걸음걸이를 배울수록 힘들고 어렵게만 느껴졌다.

오랫동안 연습했으나 그는 한단 사람들의 걷는 법을 배우지도 못했을 뿐만 아니라, 원래 자신의 걸음 방식마저 잊어버렸다. 결국 그는 네 발로 기어서 연나라로 돌아올 수밖에 없었다. 자신의 본분을 잃고 남의 흉내를 내다가 결국 두 가지를 모두 잃게 되는 상황을 표현한 말이다.

퇴계는 한 문인이 산중에 있는데도 자신을 비난하는 자가 있다는 말을 듣고는 교유交遊를 삼가지 못한 소치라 여겼다. 그러면서 퇴계는 "지난날의 잘못을 지금이라도 깨우치면 불행은 이미 지나가고 지극한 행복이 다가오게 된다."*고 하였다. 지금 당장이라도 반성해야

*《退溪先生文集》卷13
向來之誤 今日之覺 不幸已
往 至幸方來.

할 점은, 조금 얻은 것을 가지고 만족해하지 말고 중도에 그만두는 것을 깊이 경계하면서 경박한 풍속에 따라 변질되지 말아야 한다는 것이다.

한 가지 일에 오래 매진하면서 얻음이 없을까봐 조급하게 근심할 필요는 없다. 일을 하면서 끊임없이 자신을 돌아보는 것이 중요한 것이다. 심지어 퇴계도 전에 다른 사람이 자신의 말대로 실천하지 않는 것을 보고 큰 문제라고 생각했던 것이 문득 자신에게도 그런 문제점이 있다는 것을 알게 되어 두려운 생각마저 들었다고 하였다. '오늘의 오롯한 나'는 '과거의 무수한 나'들이 발전과 변화를 거듭하면서 이룬 결정체이다.

마이클 샌들은 "나는 과거를 안고 태어났는데, 개인주의자처럼 나를 과거와 분리하려는 시도는 내가 맺은 현재의 관계를 변형하려는 시도라."[*]고 하였다. 한 개인의 사회적, 역사적 역할과 지위와는 별개의 존재라는 생각이 잘못된 것임을 전하고 있다.

루쉰魯迅(1881~1912)은 《아Q 정전》에서 주인공 아Q가 가장 혐오하는 첸 영감의 맏아들의 가식적인 모습을 고발하고 있다. 그는 성내에 있는 서양 학당에 다니다가 일본으로 건너갔다. 그리고 반년이 지나 귀국했을 때는 서양 사람들처럼 다리를 곧게 펴서 걷고 변발마저 하지 않았다. 그 모습에 그의 어머니는 여러 번 대성통곡을 했고, 그의 아내는 세 번이나 우물에 뛰어들었다. 그러면서 술에 취했을 때 나쁜 놈들이 변발

* Michael J. Sandel, *Justice*
I am born with a past; and to try to cut myself off from that past, in the individualist mode, is to deform my present relationships.

을 잘라버렸다고 했다.

하지만 그 말을 믿지 않았던 아Q는 그를 '가짜 양놈' 또는 '양놈 앞잡이'라고 부르면서, 그를 볼 때마다 속으로 저주를 퍼부었다.

아Q가 특히 참을 수 없었던 것은 그의 가짜 변발이었다. 가짜 변발을 했다는 것은 이미 사람으로서 자격을 잃은 것이나 다름없었다. 또 그의 아내가 세 번만 우물에 뛰어들고 네 번째로 뛰어들지 않은 것을 보면, 그녀도 훌륭한 여자라고 할 수 없다고 생각했다.

당시 청나라에서는 변발이 없으면 관리가 될 수 없었기 때문에 가짜 변발이 붙은 모자를 썼다는 것, 그가 가짜 변발을 하자 아내도 더 이상 우물에 뛰어들지 않았다는 것, 그리고 그의 어머니가 거짓 변명을 하면서도 관리가 되기를 바랐다는 것 등이 모두 가식임을 아Q는 고발하고 있다.

이솝우화에 독수리를 따라하려다 붙잡힌 갈 까마귀 이야기가 나온다. 양치기에게 잡힌 갈 까마귀는 날개가 꺾여서 날지 못하게 된다. 아이들이 무슨 새냐고 묻자, 양치기는 "이 새는 갈 까마귀가 분명한데 수리가 되고 싶어 하는 것 같더구나."라고 대답했다.

72

열매보다 잡초가 먼저 익지 않게 하라

稊稗之秋遽及也
제 패 지 추 거 급 야

—《퇴계전서》권14

쓸데없는 잡초가 먼저 익지 않게 하라.

Don't let the useless weeds ripen first.

퇴계는 성인聖人의 시대는 멀고 성인의 말씀은 사라져서, 이단異端이 참된 이치를 어지럽히게 되었다고 하면서 이단에 빠지게 된 사례를 3가지로 구분하였다. 첫째, 처음에는 정도正道를 지키다가 나중에 사도邪道에 빠지는 경우, 둘째, 중립적인 태도로 양쪽이 다 옳다고 하는 경우, 셋째, 겉으로는 배척하는 체하면서 속으로는 찬양하는 경우 등 이들이 이단에 빠져 들어간 정도의 차이는 있지만 하늘을 속이고 성인을 무시하며 인의仁義를 가로막는 죄는 똑같다고 하였다.

이들은 현명한 지혜와 대단한 용기를 발휘하는 것과 같은 특단의 조치를 취하지 않으면 탁류 같은 이단의 길에서 벗어나 참된 근원으로 돌아오기가 어렵다. 새로 맛 들이려는 정학은 달콤하지 않고 이미 익숙해진 이단의 학문은 잊기 어렵기 때문이다. 이를 방지할 방법으로 퇴계는 "오곡의 열매가 익기도 전에 돌피 등 쓸데없는 잡초가 먼저 익지 않게 하는 것이라."*고 하였다.

* 《退溪先生文集》, 卷14
五穀之實未成, 而稊稗之秋
遽及也.

이단의 길에서 벗어나려면 거경·궁리의 공부에 힘써 노력해야 한다. 흔히 학자가 책을 읽고도 얻은 바가 없다고 말하는 것은, 글 뜻만 파악했지 자신의 심신과 성정性情 속에 배어들게 하지 못했기 때문이다. 거경과 궁리 두 가지는 서로 머리가 되고 꼬리가 되는 독립된 공부이나, 서로 병행해 나가는 방법으로 해야 한다.

욕심을 없애야 욕망의 구덩이에 빠지는 치욕을 면할 수 있다. 퇴계는 자신도 10여 년 전에는 구덩이에 빠진 사람이었으나 늙고 병들어 기가 꺾이고 쇠한 후에야 비로소 구덩이에서 빠져나올 수 있었다고 하였다. 하지만 여전히 모귀희렵*의 병통이 있으므로, 항상 두려워하고 조심하여 다시 구덩이에 추락하지 않으려고 스스로 경계한다고 하였다.

* 暮歸喜獵
정호程顥는 사냥을 좋아했는데, 사냥이 학문에 방해가 된다고 여겨 사냥을 좋아하는 마음을 버렸다. 12년째 되던 해 저녁 무렵 집으로 돌아오다가 사냥하는 것을 보고 자기도 모르게 기쁜 마음이 생겼다. 그래서 정호는 고질적인 습성이 된 것은 그만큼 고치기 어렵다고 탄식했다고 함.

사람의 욕심이 위험스러운 것은 천지를 떠받치고 일월을 꿰뚫을 만한 기운과 절개가 있더라도 한순간의 유혹에 빠져들게 된다는 것이다. 욕심은 이처럼 두려운 것이니 항상 눈이 아직 녹기 전에 풀이 먼저 돋아나지 않도

*《退溪先生文集》, 卷 16
雪未消草已生.

록* 경계하는 마음을 가져야 한다고 퇴계는
말한다.

퇴계는 어버이를 위해 관직에 나가는 경우가 있지만, 이렇게 해
서 봉양하는 것을 효도로 여기지 않는 이도 있기 때문에 너무 빨리
관직에 뜻을 두는 것도 선비들이 경계해야 한다고 거듭 강조했다.
일부 선비들 중에는 녹사를 가벼이 여긴다면서도 마음에 미련을
버리지 못한 것을 비유해서 퇴계는 "봄바람이 불면 베어낸 뿌리도
되살아난다. 녹사의 병 뿌리를 다시 되살아나지 않게 한다면 좋겠
다."*고 하였다.

*《退溪先生文集》, 卷 25
公能漸輕 何善如之 須勿令
春風吹又生 則尤善也.

평소에는 무덤덤하게 반응이 없던 선비들
도 주위에서 과거시험을 준비하거나 과거시
험 얘기를 자주 듣게 되면 감정에 혼동이 일어나기도 한다. 그러면
서 자신이 하고 있는 위기지학이 과연 옳은 것인지 반문하기도 한
다. 때로는 맑은 물에 비친 자신의 모습이 초라하게 보일지도 모른
다.

니체는 "나는 거울 속을 들여다보았을 때, 전율을 느끼며 소리를
질렀다. 그 속에서 본 것은 나의 얼굴이 아니라 악마의 찌푸린 얼굴

* Friedrich Wilhelm Nietzsche,
Also sprach Zarathustra
Wahrlich, allzugut verstehe
ich des Traumes Zeichen
und Mahnung: meine Lehre
ist in Gefahr, Unkraut will
Weizen heiβen!

과 조소嘲笑였기 때문이다. 지금 나의 가르침
은 위험 속에 빠져 있다. 그리고 잡초가 밀이
라 자칭하려 하고 있다."*고 고백하고 있다.
'참 나'와 거울에 비친 '거짓 나'의 모습이 오버
랩되면서 본래의 내 얼굴과 흔들리는 얼굴이

마음마저 뒤흔들기도 한다.

《성경》, 〈창세기〉 편에서 하느님과 같아질 수 있다고 아무리 유혹하더라도 아담과 이브가 자신들의 본 모습을 알고 본분을 잃지 알았더라면 결코 유혹에 빠지지 않았을 것이다.

"여자가 쳐다보니 그 나무 열매는 먹음직스럽고 소담스러워 보였다. 그뿐만 아니라 그것은 슬기롭게 해줄 것처럼 탐스러웠다."*는 구절에서 자신들에게 무한 신뢰를 주던 신의 경고에 순종하지 않고 뱀의 유혹에 빠지고 만다. "여자가 열매를 하나 따서 먹고 자기와 함께한 남편에게도 주자, 그도 그것을 먹었다."(창세 3, 6)

* Holy Bible, 〈Genesis〉 3-6
When the woman saw that the fruit of the tree was good for food and pleasing to the eye, and also desirable for gaining wisdom, she took some and ate it.

금지된 과일을 먹은 대가는 혹독했다. 그들은 신처럼 선악을 분별할 수 있는 '지혜의 눈(열매)'을 뜨기보다 뱀처럼 서로가 헐벗었음을 볼 수 있는 '탐욕의 눈(잡초)'을 뜨게 된 것이다. 무화과 잎으로는 몸만 가릴 수 있을 뿐 탐욕의 마음까지 가릴 순 없다.

19. 성찰(省察, Introspection)

깨달음이란, 우리 인식의 범위 안에서 일어나는 영속적인 고통과
찰나적인 갈등이 만나 틔우는 불꽃이자 멈출 줄 모르는 고뇌와 사고의
찬란한 각축장이기도 하다.

진정한 '나'를 향해 돌아가는 길. 마음속 깊은 곳으로 끝없이 파고 들
어가는 길. 때로는 목표하는 곳에 순조롭게 도달하기도 하지만, 때로
는 시작하자마자 진입도 못하고 끝나버리는 참담하기 이를 데 없을 정
도로 어려운 길. 그 길이 '참 나'를 향하는 길이기에 그렇게 여러 번 애
쓰며 보내고 나면 완성된 모습으로 나타나기도 한다.

눈부시게 찬란함은 순간을 위한 것이지만, 참된 것은 후세에도 사
라지지 않고 남는 법이다. (괴테) 이를 위해 학자는 "옛 견해를 씻어버리
고 새로운 뜻을 찾으려 애쓴다."* 성찰하는
행위가 마음속에서 일어날 때, 우리가 생각
의 빛으로 우리 자신을 바라볼 때, 우리는
우리의 삶이 아름다움 속에 둘러싸여 있음
을 발견하게 된다.*

《논어》에서 증자曾子는 날마다 세 가지

*《退溪先生文集》卷 10
濯去舊見 以來新意者也.

* R.W. Emerson, 〈Spiritual Laws〉
When the act of reflection takes
place in the mind, when we
look at ourselves in the light of
thought, we discover that our
life is embosomed in beauty.

로 성찰하였다[日三省]. 첫째는 남을 위하여 일을 도모함에 충실하지 않았는가? 둘째는 붕우와 더불어 사귐에 미덥거나 믿지 않았는가? 셋째는 전수받은 것을 익히지 않았는가?* 충실, 믿음, 배움 이 세 가지를 기준으로 자신을 돌이켜보는 것이 증자의 성찰이었다. 세 가지일 뿐 세 번을 의미한 것은 아니니 성찰의 횟수는 정해진 것이 아니다.

> *《論語》,〈學而〉4
> 爲人謀而不忠乎 與朋友交而不信乎 傳不習乎.

깨달음이란 먼 데 있는 것이 아니다. 깨달음은 아무리 다가가도 붙잡을 수 없는 초월의 세계가 아니다. 깨달음이란 자신의 존재와 하나 됨으로써 느끼는 자연스러운 상태일 뿐이다. (에크하르트 톨레)

리처드 탈러는《넛지》에서 "성찰시스템은 자동시스템보다 현명할 뿐 아니라 더 선할 수도 있다. 가끔은 현명하다는 것 자체가 곧 선함을 뜻하기도 한다."*고 하였다. 그러면서 그는 에이브러햄 링컨이 말한 인간의 본성 중에서 보다 나은 천성들(the better angels of our nature)을 장려한다면 사람들의 삶이 지금보다 훨씬 더 나아질 것이라고 전망했다.

> * Richard H. Thaler,《Nudge》
> The Reflective System can be nicer as well as smarter than the Automatic System. Sometimes it's even smart to be nice.

73

오늘날을 살기에도 부끄러운 일이 많다

仰古難追 處今多愧
앙 고 난 추 처 금 다 괴

—《퇴계전서》권 12

옛날을 우러러보면 따라가기 어렵고, 오늘날을 살기에도 부끄러운 일이 많다.

It is hard to keep up with the old days, and there are many embarrassing things to live today.

퇴계는 편벽되고 고루한 몸으로 오랫동안 시골에 살다 보니 몸은 쇠약해지고 정신은 흐릿해져 학업이 소홀하다고 하면서 항상 누군가가 통렬하게 바로잡을 수 있게 도와주기를 바랐다.

그러면서 문인들에게는 때와 일에 따라 마음을 올곧게 지켜서 스스로 성찰하는 공부를 놓지 말라고 하였다. 관직에 있으면서도 틈날 때마다 책을 가까이하여 그 책이 주는 의미와 의취로 마음과 가슴을 적시고 깊이 음미하라고 하였다. 책 속에 푹 젖어서 노닐다 보면 시간이 지남에 따라 조금씩 익숙해져서 공부의 효능을 느낄 때가 있을 것이라고도 하였다.

　이를 위해 사물이 외부에서 접촉하거든 막아서 그것이 내면에 간여치 않도록 하라*고 하였다. 이는 공자가 '삿됨[邪]'에 대하여 '막는다[閑]'는 말을 붙였기 때문에 이렇게만 하면 참으로 외부의 사악함이 내면에 간여치 않게 할 수 있다는 것이다.

*《周易》,〈乾卦 文言傳〉
閑邪存其誠.

　선비는 이렇게 독실한 뜻을 지녀 옛 습성이 잘못된 것을 깊이 후회하고, 통렬하게 징계하여 고치려고 노력해야 한다. 한때의 허물을 후회하고 스스로 새롭게 하는 것은 어려운 것이 아니다. 중요한 것은 처음과 끝에 변함이 없이 우뚝하게 무너지는 세파의 가운데 발을 디디고 서는 것이 어려운 것이다.

　이런 기상으로 마음을 체득할 수 있다면, 무엇을 배운들 이루지 못할 것이 없게 된다. 하지만 우려할 점은 뜻을 세웠다가 바로 포기하게 되면, 시작만 있고 끝이 없는 것이 되어 결코 훌륭한 결과를 얻을 수 없다는 것이다. 기존의 삶이 바뀌지 않더라도 자신을 진지하게 점검해 본 경험만으로도 스스로 살아 있음을 느끼게 된다.

　스스로 반성하는 도덕의 힘은 중요하며, 이 힘만으로도 사람은 언제나 높은 곳으로 향할 의지를 지닐 필요성을 절감하게 된다. 사람은 누구나 인생을 살면서 높은 곳으로 향하려는 욕망을 지니고 있다. 어제보다 오늘이, 오늘보다 내일이 나아지길 바라기 때문이다. 이는 일종의 덕행을 위한 수양으로 진심으로 꾸준히 행하면 자신도 모르게 점차 나아짐을 느낄 수 있게 된다.

마크 트웨인Mark Twain(1835~1910)은 《아담과 이브의 낙원일기》에서 아담을 통해 매일매일 새로워지는 모습을 상상하며 낙원의 일기를 쓰기로 마음먹는다. "바로 시작하는 게 가장 좋겠다. 그리고 기록이 혼란을 일으키지 않도록 해야겠다. 나는 이러한 상세한 기록들이 언젠가는 역사가에게 중요한 자료가 되리라는 것을 직관적으로 알 수 있다."[*]

사람은 누구나 사랑하는 사람이 죽었을 때 그 빈자리가 더욱 크게 느껴지는 법이다. 그 자리를 그리움만으로는 다 채울 수는 없다. 오늘을 혼자 살기에도 부끄럽고 미안했을까? 아담은 이브가 먼저 죽자 비문에 "그녀가 어디에 있었든, 그곳이 바로 낙원이었노라."[*]라고 새긴다.

맹자는 "부끄러움이 사람에게 있어서 매우 크다. 이랬다저랬다 하길 교묘하게 하는 사람은 부끄러움을 느낄만한 곳이 없다. 부끄러워하지 않음이 남과 같지 않다면 무엇이 남과 같은 것이 있겠는가?"[*]라고 하였다. 이렇듯 사람에게 있어서 부끄러움은 필수적인 것이다.

에머슨R. W. Emerson은 "자신의 마음으로 앞을 보지 않고 다른 사람의 마음에서 나온 진리를 그대로 받아들인다면, 비록 그 진리가 폭포수처럼 쏟아지는 빛 속에 있더라도 혼

[*] Mark Twain, *The Diaries from ADAM and EVE*
It will be best to start right and not let the record get confused, for some instinct tells me that these details are going to be important to the historian some day. For I feel like an experiment.

[*] Mark Twain, *The Diaries from ADAM and EVE*
Wheresoever she was there was Eden.

[*]《孟子》,〈盡心〉上 7
恥之於人大矣. 爲機變之巧者, 無所用恥焉. 不恥不若人, 何若人有.

자만의 시간과 성찰과 자기 극복의 과정이 없기 때문에 결국 치명
적인 폐해가 일어날 수밖에 없다."*고 말한
다.

* R.W. Emerson, 〈The American Scholars〉
Instead of being its own seer, let it receive from another mind its truth, though it were in torrents of light, without periods of solitude, inquest, and self-recovery, and a fatal disservice is done.

고스란히 자신의 성찰을 통해서 자신을 바라볼 수 있어야 한다. 과거의 전통, 물려받은 책들, 영혼을 일깨우는 말들, 그리고 수많은 조언들, 이 모든 것은 자신의 앞을 볼 수 있도록 도움이 되는 길라잡이인 것은 분명하지만, 그대로 따른다고 해서 자신의 길이 그와 같이 열리는 것은 아니다.

인디언들은 사람의 양심을 그림으로 그려왔다고 한다. 그들은 가슴속에 삼각형 양심을 가지고 태어나는데 자라면서 거짓말이나 부끄러운 일을 저지르면 이 삼각형 양심이 회전하면서 모서리로 가슴속을 마구 파헤치기 때문에 가슴이 떨리고 마음이 아프다고 믿었다. 성장하는 동안 무수히 많은 양심의 가책을 느끼게 된다.

이 과정에 삼각형은 모두 닳게 되고 어른이 되었을 때는 삼각형이 원형으로 바뀌게 된다고 한다. 원형은 마음을 아프게 하지 않기 때문에 어른이 되어서는 아무리 부끄러운 일을 해도 아픔을 느끼지 못하게 된다고 믿었다. 그래서 그들은 양심을 두 가지 그림으로 구분해 어린아이의 양심은 삼각형으로, 어른의 양심은 원형으로 표기했던 것이다. 오늘날을 살기에도 부끄러운 일이 많은 것은 마음에 가책을 느끼게 해줄 삼각형의 양심이 무디어졌기 때문이다.

74

지난날의 보잘 것 없던 자신이 되지 말라

不知不覺間 依前無狀者
부 지 불 각 간   의 전 무 상 자

—《퇴계전서》권37

자기도 모르는 사이에 늘 지난날 그대로의 보잘 것 없는 자가 되고 말았다.

Without even realizing it, I always became a humble person as I was.

"슬프다. 착한 사람과 악한 사람이 거꾸로 되고 충신과 역적이 바뀌었도다. 이같이 천리에 어기어지고 덕의가 없어서 더럽고, 어둡고, 어리석고, 악독하여 금수만도 못한 이 세상을 장차 어찌하면 좋을꼬."(안국선,《금수회의록》)

이는 안국선의 우화소설인《금수회의록》의 서문에 실린 내용이다. 이 책은 각종 금수들이 인간들의 부도덕성을 주제로 자신(동물)에 빗대어 비판, 풍자하는 소설이다. 이처럼 예로부터 도덕성이 결여되어 인간다운 행동을 하지 못하는 사람을 흔히 인면수심人面獸心

이라 하여 동물에 비유한다.

　역사의 수레바퀴를 돌릴 수 없듯이 뒷걸음치면서 앞으로 나아가기를 바랄 수는 없다. 퇴계는 "지난날은 글렀고 지금이 옳다는 말이 참으로 나를 속이지 않았음을 깨달았다."고 하였다. 좋지 못한 점이 있으면 바로 고치고, 비록 고칠 곳이 많더라도 이를 싫어하지 않고 고쳐야 한다는 것을 깨닫고 한 말이다.

　《회남자》, 〈원도훈〉에는, "나이 쉰이 되어 사십구 년을 잘못 살았음을 알게 됐다."*는 거백옥蘧伯玉의 말을 전하고 있다. 여기서 유래하여 50세를 옳고 그름을 비로소 알기 시작하는 나이라는 뜻에서 지비知非라 했다. 이후에도 거백옥은 "나이 예순까지 예순 번이나 변해가며 처음엔 옳다 여겼던 것도 끝내는 잘못을 바로 고쳤다."*고 했다.

*《淮南子》, 〈原道訓〉
年五十而知四十九年非.

*《淮南子》, 〈原道訓〉
行年六十而六十化, 未嘗不
始于是之而卒诎之以非也.

　귀거래사歸去來辭는 동진東晉시대 시인 도연명陶淵明의 대표적인 시이다. 이 시에 "覺今是而昨非"라는 구절이 나온다. 여기서 '今'은 '진나라 심양도 팽택 현령을 사직하고 집으로 돌아가는 상황'을 의미한다. 그리고 '昨'은 현령으로 재직하면서 '쌀 다섯 말의 봉급을 받기 위해 상급 관리들에게 허리를 굽혔던 상황'을 의미한다.

　비록 실업자로 집에 돌아가는 지금 상황[今]이 옳고[是] 상급 관리들에게 굽실거리던 상황[昨]은 틀렸다[非]는 사실을 이제야 비로소 깨달았다[覺]는 뜻을 지니고 있다.

도연명에게 시간은 중요한 것이 아닌 환상에 불과한 일종의 관념이었을 것 같다. 그에게 귀중하게 여겨졌던 것은 시간에서 벗어난 상황인 다시 말해, 과거의 굴레를 훌훌 벗어 던져버린 바로 '지금'이었다.

채근담에 "지금 사람들은 오로지 생각을 없애려고 애쓰나 끝내 없애지 못한다."고 하였다. 그러면서 그저 앞의 생각에 머물지도 않고, 뒤의 생각을 받아들이지도 않으며, 오직 현재의 일만 처리해 나가면 자연히 무념의 경지에 들어갈 것이라고 해결책도 제시하고 있다.

"머리를 돌리니 바로 언덕이더라."라는 뜻의 회두시안回頭是岸이라는 말이 있다. 이 말은 원래 원나라 때 불교소설인《도유취度柳翠》에 나오는 이야기로, 월명月明 나한이 기녀 유취柳翠를 불도로 이끄는 내용이다.

속세의 인간들은 서로가 옳다 그르다고 주장하면서 다투고, 너 죽고 나 살자는 식의 싸움이 그치지 않은 채, 끝없는 고해 속에 빠져 허우적거리더라. 하지만 '지은 죄를 드러내고 회개하면 바로 피안이다.'라는 의미를 지니고 있다.

독일 철학자 칼 야스퍼스는 "인간은 그가 자신의 것으로 만들어 놓은 바로 그 원인으로 인해 그와 같은 사람이 된다."*고 하였다. 다람쥐 쳇바퀴 돌듯이 익숙해진 환경에서 쉽게 벗어나지 못하는 게 인간이다. 성경에 하나님이 아브라함에게 했던 약

* Karl Theodor Jaspers
Was der Mensch ist, das ist er durch Sache, die er zur seinen macht.

속을 지켜 430년간 종살이하던 히브리 백성을 해방시킨다. 이들에게 광야는 애굽에서 몸에 밴 노예근성을 뿌리 뽑기 위한 최적의 장소였다. 하지만 이스라엘 백성들은 혹독한 단련을 이기지 못하고 이전 삶을 동경한다.

노예 신분이긴 해도 적당한 자유와 마음껏 먹을 수 있는 노예 시절이 더 낫다고 여겼다. 지나칠 정도로 과거에 집착한 나머지 불순종의 죄를 범하게 된다. 몸은 비록 광야에 있으면서 가나안의 풍요를 꿈꿨지만, 온통 마음은 애굽을 잊지 못한 것이다. 차라리 마음의 고통은 있지만, 몸이라도 편했던 '예종의 길'(프리드리히 하이에크, 《예종(노예)의 길The Road to Serfdom》)이 그리워졌던 것이다.

퇴계는 "처음에 길을 잘못 들었다 하더라도 다른 사람이 경계하는 말을 듣고 즉시 스스로의 잘못을 고치고 새롭게 되기를 도모한다면 지난날의 주장만을 옹호하던 생각을 바꿀 의사가 있는 것이라."고 하였다. 선비 된 자가 지난날의 견해만 따르고 변하지 않는다면, 이는 결코 가볍게 간과할 문제가 아니다. 그가 은거하면서 도를 논하는 경우에는 후생들에게 의혹만을 끼치게 되고, 만약 출세하여 세상에 쓰일 경우에는 정사政事에 해를 끼치기 때문이다.

75

자신의 허물을 고치는데 인색하지 말라

知過固難 改過不吝 爲尤難
지 과 고 난 개 과 불 린 위 우 난

―《퇴계전서》권23

허물을 알기는 진실로 어려우며, 허물을 고치는데 인색하지 않기
란 더욱 어렵다.

It is truly difficult to know one's own faults, and it is even
more difficult not to be stingy in correcting them.

끊임없이 자기를 아끼는 사람은 너무 아끼기 때문에 나중에는 병
약해진다고 한다. "옛날의 군자는 자신의 무능함을 괴로워하며 정
면으로 그것과 맞섰다. 그러나 오늘날 군자라 자처하는 자들은 자
신의 무능을 남들이 알게 되는 것을 부끄러워하여 그 문제를 피해
간다."*고 하여 명나라 여곤呂坤은 자신의 무
능함을 자각하는 자가 참된 지자知者임을 보
여주고 있다.

자신의 약점을 남에게 보이기 좋아하는 사람은 없다. 그런데 자

* 呂坤,《呻吟語》
古之君子 病其無能也, 學之.
今之君子 恥其無能也, 諱也.

신의 약점이 무엇인지조차 모르는 사람도 세상에는 많다. 그렇다면 자신의 약점을 스스로 발견했을 때는 어떻게 해야 하는가? 정면으로 도전하여 그 약점을 고치라는 것이 여곤의 주장이다.

스파르타의 장군 아들이 자신의 검이 짧다고 불평을 하자, 아버지가 "거기에 한 걸음을 더 보태거라."라고 충고했다는 일화는 의미하는 바가 크다. 주어진 여건이 열악하다고 탓할 것이 아니라 그 열악한 여건을 적극적으로 활용할 수 있는 방도를 생각해내라는 의미로 읽히는 이 말은 인생의 모든 일에 적용될 수 있다.

화를 참지 못하는 것이 자신의 큰 문제라고 말한 문인에게 퇴계는 "참되게 체찰하고 극복하는 공부를 하면서 이를 용감하게 행동으로 옮기라."*고 하였다. 뜻과 기상이 '격앙되어 오르내린다는 것'은 '풀이 죽고 가라앉는 것'보다야 낫다. 하지만 이를 믿고 나만한 사

*《退溪先生文集》卷 23
實下體察克復之功, 只在自
家能振勵勇爲.

람은 어디에도 없다고 한다면, 반드시 뽐내고 제멋대로 나가서 궤도를 따르지 않게 된다. 이런 오만한 자세는 세상을 가볍게 여기기 때문에 살아가면서 끊임없이 문제를 일으키게 된다.

선비가 잘못이 있는데도 스스로 반성할 줄 모르고 또 겸손한 마음으로 머리를 숙여 간절하고 돈독한 자세로 학문에 임하지 않으면, 한쪽으로 치우친 폐습을 변화시킬 수 없다. 그렇기 때문에 옛날의 군자들은 '격앙하여 오르내림'을 귀히 여기지 않았다. 때로는 이러한 뜻과 기상을 갖고 있으면서도 의리의 학문에 공덕을 쌓아 혈기로 치우친 폐습을 녹여냈던 것이다. 이는 선비가 숭상해야 할 태

도라고 퇴계는 말했다.

매사에 급한 기질을 보이는 선비들 중에는 논변을 할 때도, 선유들의 설에서 옳지 못한 곳을 먼저 찾아내어 힘써 깎아내리고 배척하면서 상대가 말참견도 못하게 한 뒤에 그만두는 경우가 있다. 중요한 것은 자신의 허물을 먼저 애써 찾아 고치려는 자세이다. 옳은 곳을 찾아 궁구하여, 명백하고 평실하고 정당한 도리는 좇아 착실하게 공부하는 뜻깊은 면이 있어야 한다. 그렇지 않으면 이런 습관이 오래 지속되면 바르게 보고 아는 것이 어려워 이를 실천하는데 큰 장애가 된다.

진정한 선비라면 남이 한 말이야 사실이든지 아니든지 따질 것 없이 그 모두를 자신을 반성하고 나에게 보탬이 되는 기회로 삼아야 한다.* 지나간 일에 대해 잡다한 말들이 들리거나, 혹은 말 많은 사람들이 으레 하는 말이라서 믿을 것이 못 된다 하더라도 그 원인을 세밀히 분석하여 자신을 반성하고 고칠 것은 단호히 고쳐야 한다.

니체F. W. Nietzsche가 "그대는 그대 자신의 불꽃으로 스스로를 태우지 않으면 안 된다. 그대가 먼저 재가 되지 않고서 어떻게 새로 태어나기를 원할 수 있겠는가?"*라고 했던 말은 시대를 떠나 기억할 만한 명구가 아닐 수 없다.

동양에서 극기수신克己修身을 강조한 것은, 자기 자신을 늘 스스로 성찰할 것을 강조한

*《退溪先生續集》卷 5
莫問人言之虛實. 而皆可以
爲自反進修之益.

* F.W. Nietzsche, *Also sprach Zarathustra*
Verbrennen mußt du dich
wollen in deiner eignen
Flamme ; wie wolltest du
neu werden, wenn du nicht
erst Asche geworden bist!

것이다. 자신에게 문제가 있을 때나 없을 때나 자성은 필수이며, 상대방의 실수를 보고 자신도 그런 같은 실수를 하였는지 자성을 한다. 여기에 혼자서 있을 때도 신독愼獨을 통해 도덕적으로 자각을 한다.

참된 선비는 남의 단점을 완곡하게 감싸줄 줄 알아야 한다. 그것을 들춰낸다면, 이는 자신의 단점으로 남의 단점을 공격하는 것*이 된다.

*《채근담》
人之短處 要曲爲彌縫 如暴而揚之 是以短攻短.

한 문인이 옳지 못한 습관으로 악을 쌓아 가는 것이 많다고 하자, 퇴계는 하고자 하는 말은 무슨 일을 두고 한 말인지 모르겠으나, "옳지 못한 것이 되고 악한 것이 되는 줄을 알았다면 과단성 있게 그런 행위를 끊어버려 하지 않으면 그만이지 남에게 물을 필요가 있겠는가?"*라고 단호하게 충고한다.

*《退溪先生文集》卷35
知其爲不義爲惡, 則當一刀兩段, 斷置不爲可也. 何必問人.

자신의 문제점을 가장 잘 아는 사람도 자신이다. 스스로의 허물을 돌이켜 생각해보고 해결할 수 있는 방법도 스스로 찾아내는 것이 최선이다. 자신의 생각에 확신을 갖지 못하고 일이 있을 때마다 누군가의 도움을 받으려 한다면 이것도 시간이 지나면 허물로 남게 된다. 허물을 뿌리 채 뽑아 없앤다는 것은 사실상 어렵기 때문에 옛 선비들은 끊임없이 허물을 줄여나가려고 했던 것이다.

76

반성하고 깨닫는 자세를 지녀라

省覺得
성 각 득

—《퇴계전서》권26

반성하고 깨우쳐 터득하라.

Reflect, enlighten and learn what you are willing to study
on your own.

퇴계는 "반성하고 깨우쳐 터득하라. 그러면 두뇌가 회전되며 점
차 공부가 쌓이고 또 심력을 다해 수양을 하게
된다."*고 말했다. 이렇게 실행하기를 오래하
면 성현聖賢의 문정에 들어가게 되는 때가 오

*《退溪先生文集》卷 26
如此省覺得, 庶可因此回頭
轉腦 漸次加工 振厲修治.

게 된다는 것이다.

그러나 공부하지 않고 한탄만 하면, 배운 것도 다시 잊어버리게
되고 외물에 얽매이고 이끌리게 된다. 이런 생활이 반복되면 반성
과 깨닫는 것도 모르는 필부필부와 별로 다를 바가 없게 된다.

이런 잘못된 굴레에서 벗어나기 위해서는 묵은 상습에서 벗어나

야 하며, 실속 없는 겉치레를 따르지 않아야 한다. 잠시만 경계하지 않아도 마음이 어두워지고 끝내 마음을 잃어버리게 된다. 이는 마치 꿈에 배를 불린 사람이 깨어나면 배부른 기억만 날 뿐 실제는 그렇지 않은 것과 같다.

내면에서 부정적 감정이 일어나는 것을 느끼더라도, 그것을 실패로만 여길 필요는 없다. 그런 감정이 생기게 된 원인부터 반성하고 감정을 다스릴 방도를 깨달으려 노력하는 것이 중요하다.

영국 소설가 올더스 헉슬리Aldous L. Huxley의 《아일랜드》라는 소설은 팔라라는 섬에 표류하게 된 영국인 윌 파너비가 섬사람들의 삶을 관찰하여 기록한 내용이다. 이곳의 다중 가족제도는 한 아이가 본래의 부모 외에도 대략 10~20개의 가정에 각각 조금씩 머무르는 특이한 풍습으로 이들 모두를 부모라 부른다. 이는 원래의 부모 밑에서 자란 아이가 고정된 성격과 성향에 따른 특성을 그대로 물려받는 것을 방지하기 위한 것이다.

또 한 가지 특이한 점은, 마치 다산 정약용이 주장했던 여전제처럼 마을 전체가 공동 생산과 의무 노동에 의해 생산된 식료품과 생필품을 가지고 생활하는 자연주의적 사회이며, 그곳 주민들의 정신이 온전하다는 것이었다. 섬에서 윌 파너비의 눈에 제일 먼저 들어온 것은 알록달록한 앵무새들이었다. 그 새들은 끊임없이 '주목하라, 지금 여기를, 주목하라.'라는 말을 되풀이하고 있었다. 이곳 주민들이 자기들 스스로를 상기하기 위해 그 말을 새들에게 가르쳤던 것이다.

이는 마치 증삼이 "나는 하루에 세 가지로 나 자신을 반성하노니

다른 사람을 위하여 도모함에 충실하지 않음이 있었던가. 친구들과 사귈 때 진실한 태도로 대하지 않았는가. 전수받은 것을 익히지 않았는가."라고 했던 말을 연상시킨다. 증삼의 이 말에도 중요한 메시지가 담겨 있다.

*《論語》,〈學而〉4
吾日三省吾身 爲人謀而不忠乎
與朋友交而不信乎 傳不習乎.

다른 사람과의 관계, 친구와의 관계, 그리고 후진들과의 관계 속에서 증삼이 매일 자신을 반성한 것은, 이런 관계성 속의 인간이라는 것으로서 자신이 수행해야 할 역할을 제대로 잘하고 있는지 그리고 매일 자신의 미진한 점을 개선해 지선의 길로 나아가고자 했기 때문이다.

황순원의 소설 〈별〉에서 소년은 누이가 죽은 어머니와 꼭 닮았다는 노파의 말을 듣고, 그 말을 부정한다. 누이가 못생겼다고 생각하는 소년은 누이가 만들어 준 인형마저 싫어서 땅에 묻어버린다. 심지어 누이의 애정을 부정하는 행동도 서슴지 않는다. 누이가 시집가던 날, 가마에 오르던 누이가 울면서 소년을 찾지만 소년은 끝내 나타나지 않는다.

얼마 지나지 않아 누이가 죽었다는 부고를 듣고도 소년은 슬퍼하지도 않았다. 그런데 소년의 눈엔 맺힌 눈물에 별이 들어왔다. 누이의 별을 내몰면서도 다시는 누이를 볼 수 없다는 생각에 분노가 치민다. 그 분노는 만만한 당나귀에게 돌아간다. 엄마와 누이의 죽음이 가져온 심리적, 정서적 빈곤과 난폭한 행동을 통해 자신의 경험을 수용하고 적응해 가는 소년의 성장과정이 전개되는 소설이다.

한 걸음 아래로 내려가는 것은 한 걸음 위로 올라가는 것이다. 잠시 자신을 내려놓는 것이 버리는 것처럼 보이지만 결국 본연의 자신을 찾는 길이다. 내적 반성을 통해 잘못을 깨닫고 바로잡아, 현실을 직시하는 자세를 지닌다. 이렇게 현실과 생각이 조화를 이루게 하여 삶의 갈래마다 운용되고 있음을 깨달아야 한다.

한 여자아이가 옆에서 바느질하는 엄마를 지켜보고 있다가 호기심이 발동하여 자신이 바늘귀에 실을 꿰어 보겠다고 하자, 엄마가 바늘과 실을 손에 쥐여줬다. 아이는 몇 차례 시도했지만 좀처럼 실을 꿰지 못하고 그만 카펫에 바늘을 떨어뜨리고는 말았다. 떨어진 바늘을 쉽게 찾지 못하자 엄마에 대한 미안함과 자신의 무기력함에 아이는 그만 울음을 터트리고 말았다.

엄마가 아이를 달래며 "아가야 마음을 낮추고, 몸도 낮춰서, 개미의 눈으로 바늘을 찾아보려무나." 엄마의 가르침에는 잔잔하지만 깊은 뜻이 담겨 있다. 마음을 낮추는(下心) 것은 조금 안다고 교만하지 말라는 의미이며, 몸을 낮추는 것(禮節)은 상대방과의 관계성에서 나의 예의를 다하는 것을 뜻한다. 여기에 개미의 눈Ant's eye은 눈높이를 낮추면 더 많은 것이 마음의 눈으로 들어온다는 것을 뜻한다.

반성하고 깨닫는 행위는 본래의 나를 돌아보는 것이다. 이렇게 돌아섬은 사람을 안으로부터 새롭게 하는 것이다. 마르틴 부버는 《인간의 길》에서 "돌아섬이란 참회나 속죄의 행위보다 훨씬 위대한 무엇을 뜻한다."고 하였다. 여기서 말하는 '돌아섬'이란, 자기 존재를 송두리째 돌이킴으로써 자신만의 이기심이란 미궁에 빠졌던 사람이 신에게로 가는 길, 즉 신이 결정하셨던 그 사람만의 독특한 일을 성취할 수 있는 길을 찾아 얻게 된다는 것이다.

20. 덕행(德行, Virtuous Conduct)

인간은 덕성을 함양하여 지극한 선善을 향해 실천적 삶을 영위하는 것을 최고의 목표로 삼는다. 덕행을 근본으로 삼고 지식을 말단으로

여겼기 때문에, 덕은 외롭지 않아 반드시 이웃이 있다.*고 믿는다. 그래서 덕이 확립되면 여기에 온갖 선이 따르게 된다.

공자의 제자 중 덕행과에 뛰어난 제자가 넷이 있었다. 첫째가 안회, 둘째가 민자건, 셋째가 염백우, 넷째가 염옹이었다. 공자가 그들이 남면해서 백성을 다스릴 만하다고 했던 것을 보면 그들의 덕행이 얼마나 뛰어났는지 알 수 있다.

《주역》,〈풍산점〉괘에, "덕이 점점 쌓이면서 풍속도 점점 선하게 변

화되어간다."*고 하였다. 이는 선한 풍속이 바람처럼 틈만 있으면 파고 들어가 유순한 덕으로 세상 사람들을 감화시킨다는 것을 암시하고 있다.

'德은 得하는 것'이라 한 것도, 덕은 사람들이 의식함이 없이 실천적인 삶 속에서 점진적으로 쌓아가는 것이기 때문이다. 덕을 표현하는 방식이야 어떻든 덕의 순수성과 덕의 숭고함, 그리고 덕의 성스러움은

난의 향기처럼 멀리 날려 오래 남는다.

서양에서도 선을 행하면 예기치 않은 방식으로 돌아온다.*고 말하는 것을 보면, 덕행에 대한 관념은 동·서양의 보편적인 감정인 듯하다.

* Do good. It will come back to you in unexpected ways.

몽테뉴는 "덕德은 많은 꽃들이 피어 있는 기름지고 아름다운 평원에 있으며 그곳에서 덕은 모든 것들을 아래로 내려다본다."*고 하여 덕은 도저히 올라갈 수 없을 정도로 험준한 산에 있는 것이 아니라 누구나 쉽게 다가갈 수 있는 곳에 있다고 하였다.

* Michel DE Montaigne, *The Complete Essays*
Virtue dwells on a beautiful plateau, fertile and strewn with flowers; from there she clearly sees all things beneath her.

마이클 샌들Michael J. Sandel(1953~)은 아리스토텔레스의 덕행을 인용해 말하고 있다. "도덕적 미덕은 습관의 결과로 생겨 행동으로 터득하는 것이기 때문에 미덕은 우선 예술처럼 연습해야 얻을 수 있다."*고 하여 덕행(Virtue)도 새가 날갯짓을 반복하듯 연습을 통해 강해지는 힘(Arete)임을 암시하고 있다.

* Michael J. Sandel, *Justice*
Moral virtue comes about as a result of habit. It's the kind of thing we learn by doing. The virtues we get by first exercising them, as also happens in the case of the arts as well.

77

덕을 기록하여 후세에 전하라

紀德傳後 固欲後世之知名也
기 덕 전 후 고 욕 후 세 지 지 명 야

─《퇴계전서》권9

덕을 기록해 후세에 전하는 것은, 진실로 후세 사람들에게 이름
을 알게 하려 함이다.

Recording superior persons' virtuous words and deeds
and conveying them to future generations are truly to
make future generations know their thoughts and deeds.

예로부터 동양에서는 오래되어도 사라지지도 않고 썩지도 않는
것으로, '덕을 쌓는 일', '공을 쌓은 일', '좋은 말을 남기는 것' 등 세 가
지를 삼불후라 하였다.* 이 중에서도 훌륭한
글이나 말을 남기는 것은 일상의 호흡처럼 한
시도 멀리할 수 없는 영원히 사는 방법으로 인
식되었다.

*《左傳》,〈襄公 24〉
太上有立德 其次有立功 其
次有立言 雖久不廢 此之謂
不朽.

셰익스피어W. Shakespeare는 "여러 사람의 눈에 영광스럽게 보이

는 책은 황금 표장을 하고 그 속에 황금 이
야기를 간직하고 있다."*고 하였다. 그 대표
적인 책이 동양의 《도학록》이다.

* W. Shakespeare
At book in many's eyes doth
share the glory, That in gold
Clasps locks in golden story.

이 책은 당시 인물 중 도덕과 문장이 뛰어
나며, 공업과 절의를 세운 훌륭한 분들의 오롯한 정신들이 이 책에
자세히 기재되어 있어서 후진들이 스승 삼고 본받을[法] 만하다. 선
현들은 의리의 무궁함을 참되게 보았기 때문에 마음을 비우고 진리
에 나아가려는 뜻 또한 무궁했다.

참된 인간의 삶을 담고 있는 책은 귀중한 씨앗들로 가득 차있는
셈이다. 그것은 아직도 살아 있는 목소리가 되어 우리의 심금을 울
린다. 그런 책을 읽는다는 것은 또 다른 지성을 만나는 일이기도 하
다. 이런 책을 두고 존 밀턴John Milton(1608~1674)은 "세상을 초월한
삶을 위해 썩지 않게 보존 처리되어 소중히 모셔져 온, 거장의 정신
속에 있던 귀중한 생명력의 원천이라."고 하였다.

또한 말에는 미美와 역사가 있으며, 우리들은 각기 자기 시대에
어법과 발음의 전통을 손상하지 않도록 취
급하여 다음 세대에 보낼 책임이 있다*고 버
트란트 러셀Bertrand A. W. Russell은 말한다.

* Bertrand Russell, *Political
and Cultural Influence of
U.S.A*
Words have beauty: have a
history, and we are, each in
our own day, responsible for
handling on an unimpaired
tradition in direction and
enunciation.

훌륭한 사람들의 선언善言과 덕행德行이
후세에 전해지는 기준은 그 사람의 풍범과
의리 그리고 문사에 달렸다. 니체가 "그대들
조상의 덕이 지나간 행로의 발자취를 걸어

라!"*라고 했듯이, 퇴계가 "후세 사람들이 오늘
날의 우리들을 보는 것이 오늘날 우리들이 옛
날 사람을 보는 것과 같지 않겠는가?"라고 한
것은 후세 사람들을 두려워하였기 때문이다.

덕이 세상에 믿어지지 않고, 행실이 남에게 신임을 받지 못하면,
허명으로 세상을 속이는 일이 점점 더 심하게 된다. 그래서 《시경》
에서는 "깊이 너의 조상을 생각하여 너의 덕행
을 닦으라."*고 하였다.

헨리 나우웬은 "우리가 이 땅에서 사는 몇
년이 가장 좋은 땅에 심긴 작은 씨와 같다."고 말한다. 열매를 맺기
위해서는 씨는 죽어야만 한다. 그러면 비록 우리 시대에 거두지 못
하더라도 다음 세대에게 남겨질 수확은 풍성할 것이다. 작지만 성
실한 행동, 사랑의 몸짓, 용서의 말, 작은 기쁨과 평화 등을 받아들
이는 사람이 있는 한 계속 배가될 수 있고 이후에도 계속 남을 것이
라 믿는다면, 우리의 삶은 분명 달라질 것이다.

진정으로 스승이 되고자 하는 사람은 누구든지 육체보다는 자신
의 저서 중에 살아남기를 바라야 한다.* 사람
이 남긴 살다간 자취는 결코 사라지지 않고 남
기 때문이다. 비록 사람은 그 수명을 다하면
한 줌 흙이 되어 먼지와 공기처럼 흔적 없이
사라진다. 하지만 그가 남긴 선행이든 악행은 가감 없이 그 본성을
다하여 각각의 결실을 맺고 미래 세대에 선행과 악행 그대로 영향

* F.W. Nietzsche, *Also sprach Zarathustra*
Geht in den Fußstapfen, wo schon eurer Väter Tugend ging!

* 《詩經》,〈大雅 文王〉篇
無念爾祖 聿修厥德.

*Any man who has the genuine impulse of the teacher will be more anxious to survive in his books than in the flesh.

을 미친다.

　니체는 선과 악을 창조한 자는 항상 사랑하는 자였다고 말한다. 자연스럽게 사랑의 불꽃과 분노의 불꽃이 모두 덕의 이름으로 이글이글 불타고 있음을 암시하고 있다. 그러면서 그는 사랑하는 자들의 심정이 강물처럼 강기슭의 사람들에 위한 축복으로 또는 위험으로 넘쳐흐를 때, 거기에 사랑하는 자들의 덕의 근원이 있음을 확신하고 있다.

　그래서 덕은 하늘을 감동시켜 멀어도 이르지 않음이 없으니 가득하면 덞을 부르고 겸손하면 더함을 받는 것이 하늘의 이치*가 된다. 덕은 기록으로 전해지면 정신이 되고, 덕이 삶의 문양으로 새겨지면 문화가 된다.

*《書經》,〈大禹謨〉
惟德 動天 無遠弗屆 滿招損 謙受益 時乃天道.

　정신과 문화를 살아 숨 쉬게 하는 것은 언어다. 산정상의 바윗돌이 굴러 깨지고 마모되어 둥근 조약돌이 되듯이, 언어도 돌처럼 마모되어 다듬어진다. 덕으로 기록된 언어는 세월의 흔적을 담고 의미를 쌓아 멀고 먼 세월을 견뎌내어 더욱 새로워진 모습으로 후세의 삶에 빛이 되어 등장할 수도 있다.

78

착한 일을 쌓아 천명을 돌린다

人道積善以回天
인 도 적 선 이 회 천

—《퇴계전서》권35

사람의 도리는 착한 일을 쌓아 천명을 돌릴 수 있다.

One's duty can turn the fate given by Heaven by making
the virtuous words and deeds.

캐서린 라이언 하이디가 쓴《트레버》에서는 한 아이가 작은 실천
으로 세상을 바꾸는 이야기를 다루고 있다. 주인공 트레버는 남들
이 관심을 가지지 않는 사람들에게 작은 선행을 하나씩 베풀고 다
른 사람들에게도 똑같이 선행을 행하여 줄 것을 부탁한다.

"제가 세 사람에게 아주 좋은 일을 해주는 거예요. 그 사람들이 어
떻게 은혜를 갚으면 되냐고 물으면, 다른 사람에게 베풀라고 하는
거죠. 그러면 세 사람이 각각 세 사람씩 돕게 될 거고, 다 합쳐서 9명
이 도움을 받게 되죠. 그다음에는 27명이 도움을 받게 될 거예요."

다른 사람에게 베풀기(Pay it Forward) 운동을 실천에 옮기는 트레

버의 작은 배려와 노력은 궁극적으로 보다 나은 사회를 건설하게
된다는 이야기다.

지극한 정치는 향기로워 신명에 감동되니 서직이 향기로운 것이
아니라 밝은 덕이 향기롭기*때문이다.

*《書經》,〈君陳〉3
至治馨香, 感于神明, 黍稷非
馨. 明德惟馨

사회가 발전하려면 덕행을 바탕 삼아 사회
구성원들이 공동의 목표를 향해 나아가야 한
다. 이 목표가 바로 선이다. 사회에 선이 실현될 때, 그 사회는 차가
운 사회(A Cold Society)가 아니라 인간다움이 넘쳐나는 따뜻한 사회
(A Warm Society)인 건전한 사회로 발전해 갈 수 있다.

니체는 "그대들의 심정이 강물처럼 강기슭의 사람들에 대한 축
복으로서 또한 위험한 것으로서 넘쳐흐를 때, 거기에 그대들의 덕
의 근원이 있다."*고 말한다.

* F.W. Nietzsche, Also sprach
Zarathustra
Wenn euer Herz breit und
voll walk, dem Strome
gleich, ein Segen und eine
Gefahr den Anwohnenden:
da ist der Ursprung eurer
Tugend.

같은 맥락에서 퇴계는 천지는 조작의 행위
가 없이 운행에 맡겨졌지만, 사람의 도리는 착
한 일을 쌓아야 천명을 돌릴 수 있다고 하였
다. 그래서 만일 善하다는 명예만을 꾀한다면
선을 할 길이 없게 된다. 선행이 몸에 쌓이면
훌륭한 명예가 위로 올라가는 것은 자연의 이치이다.

《성경》에 "이제 갈 길을 서두르자. 내가 앞
장을 서마."*라고 한 것은, 악의 성향이 인간에
게 은밀히 떠보는 것이다. 흔히 말하는 개과

* Holy Bible, 〈Genesis〉 33
Let us be on our way: I will
accompany you.

천선과 달리 천선개과遷善改過라는 말이 있다. 자신의 과실이 없더

라도 남의 좋은 점을 보고는 그리로 옮겨 따라가는 것을 천선이라 하고, 자신의 과실이 있을 때 징계하고 고치는 것을 개과라 한다. 두 가지 일이라 할 수 있다.

선과 악은 항상 자기 속에서 거듭 스스로를 극복하지 않으면 안 된다. 그래서 《채근담》에서는, "총애와 이익에서는 남을 앞지르지 말고, 덕행과 일에서는 남에게 뒤처지지 마라."고 하였다. 또한 다른 사람과의 관계에 대해서는 "남에게 받는 보수는 분수를 넘지 않도록 하고, 몸을 갈고 닦는 일에서는 분수 안으로 줄어들지 마라."고 가르친다.

하늘이 인간에게 주는 선물은 교만하거나 압도적이거나 독점적인 신성이 아니라 우리가 존재하고 성장하도록 유도하는, 우리가 이미 가지고 있는 것과 같은 아름답고 선천적인 선의라고 에머슨은 말한다. 누군가가 뭔가를 준다면 그것은 가치가 낮은 이득이지만, 크든 작든 자기 자신의 일부분을 실행할 수 있도록 해주는 것은 오직 가치가 높은 선의뿐이라는 것이다.

덕은 인간의 온갖 즐거움을 주는 어머니이다. 덕은 인간의 즐거움을 올바른 것으로 만들어 인간의 즐거움을 확실하고 순수한 것으로 만든다.*

덕을 적당한 정도로 조절함으로써 인간의 즐거움을 늘 생기 있고 풍미 있는 것으로 유지시켜주는 것으로 덕의 수단은 노력이 아니라 절제임을 몽테뉴는 밝히고 있다.

* Michel DE. Montaigne, *The Complete Essays*
She is a Mother who nurtures human pleasures: by making them just she makes them sure and pure.

마르틴 부버는 죄를 지었는지, 안 지었는지 혼자 속으로 꿍꿍거리지 말고, 성서의 '악을 떠나 선을 행하라'는 말을 따르라고 강조한다. 악에서 아예 돌아서서 더는 거기 마음을 쓰지 말고 선을 행함으로써 대처하라는 것이다.

탈무드에는 더욱 실천적으로 덕을 베푸는 일화가 나온다. 명랑한 웃음이란 뜻을 가진 '이삭'이 태어났을 때, 어머니는 나이가 상당했음에도 불구하고 모유를 먹였다고 한다. 그녀는 진짜 어머니임을 보이기 위해 이웃 아이에게도 젖을 먹였다. 이 이야기에는 자신이 지니고 있는 힘이나 재능은 우선 자신의 가족에게 베풀고, 그런 다음 사회에 베풀라는 가르침이 담겨있다.

유발 하라리는 세상을 좀 더 낫게 만들기 위해 "당신이 누군가를 도우면, 그 누군가는 그 뒤에 다른 누군가에게 도움을 줄 테고, 그렇게 우리는 세상 전반을 개선하는 데 기여하고 친절의 거대한 사슬을 잇는 작은 연결고리가 될 것을 제안하였다."* 《도덕경》에는 '상선약수上善若水'라는 말이 나온다. 최고의 선善은 물과 같다는 뜻이다. 물은 만물을 이롭게 하는 데 뛰어나지만 다투지 않고, 모든 사람이 싫어하는 곳에 머물기* 때문에 물은 도에 가깝다고 말한다.

흐르는 물처럼 살기만 해도 법도에 맞는 삶이니, 결국 물처럼 행하면 천명을 바꿀 수 있다는 얘기가 된다.

* Yuval Noah Harari, *21 Lessons for the 21st Century*
You can help somebody, and that somebody will subsequently help somebody else, and you thereby contribute to the overall improvement of the world, and constitute a small link in the great chain of kindness.

* 《道德經》제8장
上善若水, 水善利萬物而不爭, 處衆人之所惡.

79

가을 서리가 봄비 혜택을 이기게 하지 말라

不可使秋霜勝春澤
불 가 사 추 상 승 춘 택

—《퇴계전서》권19

가을 서리가 봄비 혜택을 이기게 해서는 안 된다.

Fall frost should not overwhelm the benefits of spring
rain.

《만무방》이란 소설의 제목은 '염치가 없이 막된 사람'이라는 뜻이
다. 언뜻 보면 굉장히 무례하고 불쾌한 사람처럼 보인다. 하지만 이
소설의 배경이 되는 1930년대 소작농들의 뼈아픈 현실을 조금만 관
심을 갖고 들여다본다면 생각은 달라진다. 당시 소작농들은 1년 내
내 열심히 땅을 갈고, 씨를 뿌리고, 거름을 주고, 일꾼을 사서 모내
기를 하고, 추수를 한 뒤에 수확한 곡식의 80퍼센트를 소작료로 내
지 않으면 '염치가 없는 인간'으로 각인되는 세상이었다.

즉, 이 소설에서 등장하는 만무방은 사회의 구조가 만들어 낸 기
형적 존재이자, 민초들의 고통스런 삶을 적나라하게 보여준다. "내

것 내가 먹는데 누가 뭐래?" 이 말은 정식으로 벼를 추수하면 여기 저기서 빚을 갚으라고 난리일 테니, 밥을 먹을 만큼만 몰래 훔치는 비극적 현실을 암시하고 있다. 그야말로 빛나는 21세기에 그림자 같은 존재들로 영화 기생충을 떠올리게 하는 소설이다.

　퇴계도 당시 전혀 독촉하지 않을 수는 없지만, 조세를 독촉하는 목소리가 슬프기만 하다.*고 하였다. 그러나 현실에서 왕은 아래로 혜택을 베풀 수 있어도 직접 먼 지방에까지 미치게 할 수는 없고, 서 민은 위로 사정을 호소할 수 있어도 직접 왕에게 들리게 할 수는 없 다.

*《退溪先生文集》卷 19
催租聲 嗟勢固不得以盡無.

　폭넓은 능력과 충분한 지혜를 소유한 선비와 백성을 사랑하고 국 가를 걱정하는 군자가 대신이 되어 국정운영을 위한 계획을 세워야 한다. 이들은 오로지 공적인 일에만 마음을 기울이고, 지방에 교화 를 선포하되 골고루 자문하는 일에만 집중하면 된다. 이렇게 하면 국가의 대책을 수립하여 최고의 치세를 이룰 수 있고 도덕의 뜻으 로 유도하여 먼 곳의 백성을 편안하게 할 수도 있다.

　옛날의 임금은 백성들 보기를 상처 난 것을 보듯 하며 어린아이 를 보호하듯 하였다. 부모가 자식을 사랑하는 마음은 한이 없다. 만 일 질병에 걸리거나 기근과 추위에 떨면 직접 자신이 겪은 것처럼 슬퍼하고 가엽게 여겼다. 안아주고 어루만져 주어서 정성껏 방법을 강구한다면 그 방책이 결코 멀리 있지 않는 것이다.

　먹을 식량이 없고 치료할 약이 없는데 다른 중대한 일이 있다고 핑계 대며 하지 않는 짓. 백성들을 몰아세워 재촉하고 핍박해서 물과 불 속에 집어넣는 짓. 불을 꺼주지 않을 뿐만 아니라 장작을 더 집어넣어 태우는 짓. 물에서 건져내지 않을 뿐만 아니라 물결을 일으켜서 더 잠기게 하는 짓. 여기에다 또 매질하고 형벌을 가하는 짓. 이러한 만행은 이렇게 하여 소중한 일에 성공을 거둔다 해도 부모 된 자로서 자식을 사랑하는 도리는 결코 아니다.

조정의 뜻은 백성을 다친 사람처럼 보고 불쌍하게 여기는 데도 그 은혜가 충분히 아래까지 닿지 못한다. 백성들은 옮겨 다니고 떠돌아다녀 흩어지고 없어져 애통해하는데도 원한이 위로 통하지 않는다. 세금 독촉도 극심하여 제 몸 하나도 잘 보호하지 못하고 더 나아가 친척과 벗들의 위급함을 구제하지 못한다. 관리들은 억지로 자리만 지키면서 그 녹을 탐낸다. 바로 이러한 것들이 퇴계가 단 하루도 마음이 편치 않아 속히 관직을 떠나고자 했던 이유였다.

맹자는 "우와 후직과 안회가 추구한 도리는 모두 같다."*고 하였다. 우는 세상에 물에 빠진 사람이 있으면 자기 때문에 빠졌다고 여겼다. 후직은 세상에 굶는 사람이 있으면 자기 때문에 굶는다고 여겼다. 그래서 백성의 구제를 서둘렀던 것이다. 대우와 후직, 안회는 서로 처지를 바꾼다 해도 똑같이 행동했을 것이다. 백성을 돌보는 지도자의 자세가 이러하였음을 맹자는 추구하는 도리가 같다고 한 것이다.

* 《孟子》, 〈離婁〉下 29
禹稷顔回同道.

흉년을 구제하는데 최상책은 없다 하더라도 마음을 다해서 위로

하는 입장에 서야 한다. 흐릿한 말과 행동을 물리치고 맑고 밝은 마음가짐으로 두루 돌보는 것과 원통함은 풀어주고 굽혀진 것은 펴지게 하는 것이 급선무가 되어야 한다.

맹자는 "지금 어떤 사람이 별안간 어린아이가 장차 우물에 빠지는 걸 본다면 모두가 두려워하면서 가엾게 여기는 마음을 지녔기 때문이다. 그런 마음은 어린아이의 부모와 친교를 맺기 위함도 아니고, 주위 사람들에게 명예를 요구하기 위함도 아니고, 나쁜 소문을 싫어하기 때문도 아니다."고 하였다.

에머슨은 "인간은 자신의 번영을 위해서가 아니라, 다른 사람들의 이익을 위해, 고통을 참기 위해 태어났다."(R.W. Emerson, 〈The Method of Nature〉)고 하였다. 다른 사람을 위해 고통을 참는다는 것은, 마을 주변 어디에서나 흔하면서도 인간을 위해서 피 흘리는 단풍나무의 고귀한 역할과 같다.

다른 사람을 위한다는 것은 칭찬을 받기 위함이 아니다. 우리의 행위를 사람들에게서 인정받기 위함은 더더욱 아니다. 존재하는 모든 것이 신성하다는 하늘의 뜻과 사명이 우리에게 흐르고 있기 때문에 그 생각을 받들어 행할 뿐이다.

80

선에 옮겨가기를 바람처럼 빠르게 하라

天善如風之速 改過如雷之猛
천 선 여 풍 지 속 개 과 여 뇌 지 맹

—《퇴계전서》권 26

선에 옮기기를 바람처럼 빠르게 하고, 잘못을 고치기를 우뢰처럼 맹렬히 하라.

Do good deeds as fast as the wind and correct mistakes quickly as if lightning strikes fiercely.

《주역》에, "바람은 위에 있고 우레는 아래에 있는 것이 〈익괘益卦〉이다. 군자는 선善을 보거든 선으로 옮기고, 잘못이 있거든 고친다." 하였는데, 주자는 "선에 옮기기를 바람처럼 빠르게 하고, 잘못을 고치기를 우뢰처럼 맹렬히 한다."고 하였다.

퇴계는 선정善政을 베풀지 못하는 지도자의 잘못된 사례를 다음과 같이 세 가지로 대별하여 지적했다. 첫째, 자신에게 근본을 두지 않고 세상이 다스려지기를 바라는 것. 둘째, 덕을 항상 변함없이 하지 못하고 하늘에 보응報應을 구하는 것. 셋째, 평소에는 하늘을 공경하고 백성을 돌볼 줄 모르다가 재앙을 만나면 형식만 갖추어 대강대강 응하는 것 등, 이런 자세로 정치를 계속하게 되면 나라는 형통하던 끝에 비색하게 되고, 치세 끝에 환란이 생겨난다고 하면서 수백 년 동안 태평하던 국사에 폐단이 날로 늘어날까 두렵다고 하였다.

《논어論語》에 "사해 안에 있는 사람을 모두 형제다."*는 말은 인성에 대한 깊은 이해가 내 포된 구절이다. 사람의 본성은 우리가 다른 * 《論語》, 〈顏淵〉
人皆有兄弟, 我獨亡.
사람에게 잘해주면 그 사람도 내게 잘해준다는 것은 당연한 이치 다. 사람은 누구나 인간으로서의 본성이 있고 이 본성은 지극한 선 을 향한다. 이를 인성향선人性向善이라고 했다. 이러한 성향이 있기 에 사해 안에 있는 사람을 모두 형제가 될 수 있는 것이다.

《서경》에 "하늘은 따로 친함이 있지 않고 오직 공경하는 이를 친 애하며, 백성은 변함없이 그리워하는 이가 있는 게 아니라 어진 이 를 그리워하며, 귀신은 변함없이 흠향하는 것이 아니라 정성을 바 치는 이에게 흠향한다." 하였다. 공경과 어짊, 그리고 정성에는 사 람이 타고난 아름다운 덕, 즉 미덕이 바탕을 이루고 있다.

미덕의 정서는 신성하며 숭고하다. 그것은 인간에게는 천복이며 인간을 무한한 존재로 만든다.*

이 무한한 존재가 되는 방법으로 유발 하 라리는 "도덕적으로 행동하기 위해 고통을 깊이 헤아리는 능력을 기르기만 하면 된다. * R.W. Emerson, 〈An Address〉
The sentiment of virtue is divine and deifying. It is the beatitude of man. It makes him illimitable.
어떤 행동이 어떻게 해서 자신이나 남에게 불필요한 고통을 낳는지 진정으로 이해한다면 자연스럽게 그 행동을 멀리하게 될 것이라."고 설명하고 있다.

퇴계는 평소의 신조가 사사로운 감정을 가지고 누구에게 인정을 베풀고 싶지 않았다. 이 때문에 비록 가까운 친척이라 하더라도 그를 위해 청탁을 하는 일이 없었지만, 먼 친척 중 한 명이 세금 감면을 원하는 부탁을 한 적이 있었다. 퇴계는 거듭 거절하여 돌려보냈었다. 하지만 얼마 후 그는 가련한 마음을 참을 수가 없었다.

그 집에는 쌀 한 톨 베 한 포도 없는데, 관리가 문 앞에 지키고 서서 세금을 독촉하는 것이 마치 성화와도 같았다. 그래서 퇴계는 생각을 바꿔서, "저 사람은 비록 나와 그 거리가 소원하지만, 조상의 입장에서 보면 다 같은 자손이 아니겠는가? 그런데도 내가 어떻게 그냥 지나가는 길손처럼 여기고 도와주지 않는단 말인가?" 하였다.

이 기막힌 사연을 어디 호소할 곳이 없어서 관청이 덕을 베풀어서 이 궁박한 친척을 구제해 주기를 청하기로 마음먹었다 그래서 이를 태수에게 사실대로 고하고 세금을 감해주시길 청하였다. 이에 태수가 이를 모두 면제해 주었다.

새뮤엘 스마일즈 《자조론》에는 조지프 스트릿 가문의 선행을 소개하고 있다. 그 가문은 근면하고 성실하게 모은 재산을 귀하게 쓴 것은 역사의 귀감이 되었다. 자신이 고용한 사람들의 사회적 처지를 개선하기 위해 노력하면서 좋은 일에는 아낌없이 기부하였다. 조지프 스트릿이 했던 연설에는 가문의 실천철학이 담겨 있다.

"태양이 일생 동안 무상으로 나를 환하게 비춰주는 점을 고려해 볼 때, 나와 함께 이 세상을 살며 자신들의 근면으로 내 재산을 불리는 데 도와준 사람들의 복지를 증진을 위해 그간 모은 재물의 일부분을 쓰지 않는다면 참으로 배은망덕한 일이 될 것이다."

대한민국에서도 부영건설의 이중근 회장의 통큰 베풂이 사회를 훈훈하게 하고 있다. 이 회장이 자랐던 마을의 이장은 "지난해 말에 부영 측에서 마을에 실제로 살고 있는 사람들의 수를 파악했다."며 "오랫동안 고향을 지켜준 것에 대한 고마움의 의미로 마을 사람들에게 큰돈을 주신 것 같다."고 말했다. 그는 "운평리 마을 사람들은 다 돈을 받아 고마움을 어떻게 표현할지 모를 정도로 들떠있다."고 현지 상황을 소개했다.

이 회장은 운평리 죽동마을 가난한 농가에서 태어나서 동산초등학교와 순천중학교를 졸업한 후 어려운 가정 형편 때문에 상급학교에 진학하지 못했다. 빈손으로 상경해 고학으로 야간고등학교를 다녔다. 순천에 부영초등학교를 세우는 등 교육 부문 사회 공헌 활동을 해온 이 회장이 고향 사람들에게 격려금을 전달한 것은 이번이 처음이다. 하지만 선을 옮기는데 바람보다 빨리 실천한 사례는 이루다 말할 수 없을 정도다. 부영그룹이 지어서 기증한 학교 건물, 기숙사 등은 초등학교에서부터 중학교, 고등학교, 그리고 대학에 이르기까지 수십 개가 넘는다. 특히 전국에 있는 부영이라는 교명이 들어간 학교들은 전부 부영에서 지어서 기부한 것이라고 한다. 참으로 노블레스 오블리주를 실천하려는 이중근 회장의 철학이 대한민국 곳곳에 뿌리내리고 있다고 생각한다.

내 삶의 빛이 되어준 말들

-퇴계 이황 선생 어록 中에서-

초판 인쇄 2023년 9월 20일
초판 발행 2023년 9월 26일

지은이 박종용
발행자 김동구
디자인 이명숙·양철민
발행처 명문당(1923. 10. 1 창립)
주 소 서울시 종로구 윤보선길 61(안국동)
        국민은행 006-01-0483-171
전 화 02)733-3039, 734-4798, 733-4748(영)
팩 스 02)734-9209
Homepage www.myungmundang.net
E-mail mmdbook1@hanmail.net
등 록 1977. 11. 19. 제1~148호
ISBN 979-11-91757-89-7 (03810)

25,000원